髑髏検校

横溝正史

角川文庫
15194

目次

髑髏検校

鯨奉行

一

「鯨だ！　鯨だ！　鯨が見えるぞオ」

文化八年、辛未《かのとひつじ》の元旦《がんたん》である。

初日もまだお出ましにならぬ、ここ外房州は白浜《しらはま》の、暁の闇をつんざいて、ドドドドーン、ドドドドーン、とけたたましく鳴りひびく大太鼓の音が村中の快い眠りの夢をうち破った。

「鯨だ、鯨だ、鯨が見えるぞオ」

興奮した声で、軒ごとに触れ歩くのは岬番所の若い衆らしい。

「なんだ、鯨だ？」

がばとはねおきた人々は、

「おい、鯨だとよ、おっかあ、用意しろ」

「あいよ」

と、ばかりに、いままで静かな眠りをむさぼっていた白浜は、一瞬にして上を下への大騒ぎとなった。

「鯨だってさ」

「そうさ、鯨だとよ」

「鯨が見えるってさ」

「そうだってね、鯨が見えるってね」

と、口々にわめき散らしながら、老いも若きもわれがちにと浜へ出てみれば、いかさま、まだ明けやらぬ海のうえ、はるか沖のかなたに浮城《うきしろ》かとも見まごうばかり、悠々と潮を吹いているのは、一頭、二頭、三頭の巨鯨《おおくじら》。

「鯨だ！」

「鯨だ！」

「鯨だ！」

と、わっとあがるときの声。

「やあ、でっけえお年玉だぞオ。網元の仁右衛門さんはどうしたあ」

「おお、仁右衛門ならここにいるぞ」

「おお、旦那《だんな》、おめでとうございます。すばらしい福の神が舞いこんだじゃございませんか」

「おお、めでたいな。なんとかして、この福の神を逃がさぬようにせねばならぬが、観音崎の忠太はどうした」

「へえ、いま源助のやつが知らせに走りましたから、おっつけここへ見えるでがしょう」

「よし、それでは忠太が来るまでに、舟の用意をしておけ。銛《もり》の具合はよいか。篝火《かがりび》のしたくを忘れるな。おお、それからだれか、お奉行所へこの由を、ご注進申しあげろ」

網元の仁右衛門というのは、年の頃は六十あまり、潮で洗いあげた肌は唐金《からかね》をあざむくばかり、無造作にたばねた大束は、さながら針金を植えたよう、銀色に逆立っている。とんと、矢口の頓兵衛《とんべえ》といった格好だ。

「合点だ！」

仁右衛門の下知一番、たちまち篝火があかあかと燃えあがる。八丁櫓《はっちょうろ》がおろされる。銛が綱に結び直される。

男も女も、老人も子供も、だれひとり遊んでいる者はない。村中総出の浜辺は、まるで戦場のような騒ぎだ。

何せ、鯨一頭捕獲すれば、十か村が三年うるおうといわれるくらいだから、人々が気違いのように勢い立ったのも無理はない。

そこへ銛を担いでいっさんに駆けつけて来たのは、観音崎の忠太――まだ若い威勢のいい男だ。

「旦那おめでとうございます」

「忠太か、おそかったじゃないか。待ちかねたぞ」

「申し訳ございません。すっかり用意ができておりますね。どれ、それじゃそろそろ出かけましょうか。皆さんお願い申します」

忠太は界隈《かいわい》きっての銛の名手、鯨捕りにはなくてはならぬ男だった。

やがて、ドドドドーン、ドドドドーンと親船の太鼓が鳴る。八丁櫓がさっと銀色の飛沫《ひまつ》をあげた。

「エイオー、エイオー」

褌《ふんどし》一本の若い衆たちの筋肉が、小気味よく躍って、舟は威勢よく岸をはなれる。

「頼んだぞオ、しっかりやって来いやあ」

「合点だ」

「一頭も逃すなよオ」

「おっと、引きうけたあ」

丸に仁の字は網元仁右衛門さんの紋所だ。

この紋所うった吹流しを押し立てて、八丁櫓の親船は、沖の巨鯨を目差して飛んでいく。

その周囲には、三十艘《そう》にあまる小舟が、赤銅色の若い衆のせて、蜻蛉《とんぼ》のようにスイスイ続く。やがて小舟は、パッと八の字にひらいた。

この辺特有の鯨囲み末広の陣だ。幸い海はないでいる。鯨はいまだに悠々と、霧のような潮を吹いている。

折からかなた水平線に、真っ紅な日輪が現われた。ああ、元旦の鯨捕り、げにやこれこそ、男のなかの男一匹、世にも勇壮な観物《みもの》でなければならぬ。

二

「旦那様、白浜の網元、仁右衛門さんがお目にかかりたいと申して参っておりますが」

老僕の取り次ぎに、

「なに、仁右衛門が参ったとの」

と、甲越軍記よりふと顔をあげたのは、去年の秋より、この外房州の鯨奉行所に勤番の身となった、秋月数馬《あきづきかずま》。年は二十四、五であろう。色白の、水もしたたるばかりの美青年だ。

いったい、この鯨奉行というのは、大目付直轄になっていて、つまり、房州の鯨漁いっさいについて支配をする権限を持っている。

何せ鯨というやつは、昭和の今日でもすばらしい宝だから、当時にあっては、黄金何千両にも匹敵する値打ちを持っていた。それぐらいだから、鯨捕りについては、しばしば村と村、網元と網元との間にいざこざが起こる。それらをうまく処理すると同時に、いっそう鯨の捕獲を奨励しようというのが、この鯨奉行の役目である。

当時の鯨奉行は、鵜殿駿河守《うどのするがのかみ》様、千五百石のお旗本だったが、あいにく微恙《びよう》で、暮れから引きこもっている。されば、新参の吟味役、この秋月数馬がしばらく代役をしなければならなかった。

「なに、仁右衛門が参ったとの」

数馬は困ったように、美しい眉根《まゆね》にしわを寄せた。

今日は七草である。

元旦に、すばらしい鯨漁があったことは、むろん数馬も知っている。なにかまた、それについていざこざが起こったのではあるまいか、何しろこの辺の漁師ときたら、手に負えぬほど気が荒いのだから。……

「ともかくも、これへと申せ」

「はい」

老僕が引きさがると同時に、仁右衛門がすり足で現われた。

案外にこにことしている。微醺《びくん》を帯びているのか、頰《ほお》をほんのり染めているところは、網元争いの訴訟沙汰《そしょうざた》ではないらしい。

数馬は、まずほっとした。

「仁右衛門か、よく来た。めでたいな」

「旦那様、おめでとうございます」

「いや、ありがとう。元旦早々から、あのようなすばらしい漁があるなど、今年はよくよく縁起がよいとみえる。村の者一同元気か」

「はい、おかげさまで、何しろ元旦早々のあの獲物で、みんな有頂天になっております」

「そうであろう。しかし、有頂天になるのもよいが、あまり羽目を外すとあとで後悔するようなことがあるぞ」

「はい、私もそう存じまして、いろいろと小言を申すのでございますが、若い者のことゆえ、なかなか聞きませぬ」

「ふむ、そうであろう。まあよいわ。新年のことゆえ、少しは大目に見ておいたがよい。時に鯨捕りというものを、拙者も初めて見たが、ずいぶん威勢のよいものだの」

「恐れ入ります。何しろ命知らずの者ばかりでございますから、さぞ、乱暴なやつとお驚きなすったでございましょう」

「いやいや、勇ましくてよい。あれは何と申したの、そうそう、観音崎の忠太か、あれがいちばん大きなやつを仕止めたところは、実にあっぱれであった」

「おほめにあずかり恐れ入ります」

「で、鯨の処分はついたか」

「さようでございます。それについて、旦那様《だんな》にお目にかけようと思って、このようなものを持って参りました。実ははなはだ異なことがございまして」

と、言いながら、仁右衛門が懐中より取り出したのは、ひとつの風呂敷包み。

「異なことと申すのは？」

「まず、これを御覧下されませ」

風呂敷包みを解いて差し出したのは、一個のビードロの瓶である。

「ほほう」

と、数馬は思わず眼をみはった。

「これはなんだ。フラスコとでも申すものかな。物の本で読んだことはあるが、見るのはこれが初めてだ。どうして、このようなものを手に入れたの」

「それが、旦那様、鯨のやつが飲んでいたのでございます」

「なに。鯨が」

「はい、鯨の胎内から出て参りましたので、ところで旦那様、そのフラスコの中を御覧下さいませ。何やら、長い書物《かきもの》が入っている様子でございます」

「なに？　書物が？」

数馬が驚いて瓶をすかしてみると、なるほど、濃褐色の瓶の中に、何やら紙片が入っている。

「実は、先ほどその書物を取り出して、あらためてみたのでございますが、われわれには、とんとちんぷんかんでございます。しかし、よほど異なことが書いてある様子ゆえ、取りあえずお届けに参りました」

「ああ、さようか、それはご苦労であった。どれ、何人がなんのためにこのようなことをいたしたのか、あらためてみよう」

瓶の口には厳重に封蠟《ふうろう》がしてあったが、それは仁右衛門の手によってすでにはがされてあった。

数馬は栓を抜いて丸めた紙片を取り出した。

その書物は日本紙に細筆でしたためたもので、およそ、十数枚もある。

冒頭には、

「長崎居留、蘭学生鬼頭朱之助《きとうあけのすけ》覚書」

と、あり、その次には、

「文化七年庚午《かのえうま》の十月　誌之《これをしるす》」

と、ある。

つまり、この書物はいまから約二か月以前、長崎に居留する、鬼頭朱之助なる蘭学生によってしたためられたものらしい。

「ほほう」

と、数馬は見も知らぬ人物の手記に、思わず好奇の眼をみはりながら、一枚、二枚とそれを読んでいったが、すると、たちまち彼は世にも異様な、世にも恐ろしい幻想の世界に、われ知らずくらめくような気がしたのである。

ああ、諸君よ。

鯨の胎内からはからずも発見された、この鬼頭朱之助の手記こそは、後日、江戸の天下を震撼《しんかん》させた、あの髑髏検校《どくろけんぎょう》の出現を予告する、世にも奇怪な前触れだったのである。

不知火島《しらぬいじま》

一

――後日の為一筆覚書を記し置候《おきそうろう》。打続く怪異と恐怖の為、私事《わたくしこと》心乱れ気騒ぎ、殆《ほと》んど心地死ぬばかりなるも、茲《ここ》に記すはゆめゆめ狂人の狂夢には候わず、これこそ過ぐる一か月に亙《わた》りて私の嘗《な》めたる世にも恐ろしき事実譚《たん》にて候——

朱之助の手記は、まず右のような冒頭をもって始まっていたが、しかし、それをこのまま記すことはとても煩にたえぬ。

されば、筆者は朱之助の手記を骨子として、世にも奇怪な彼の経験を、物語風に書き進めようと思うのである。

だから読者よ、以下しばらくは二か月以前に起こった朱之助の冒険譚と思い給え。

鬼頭朱之助は長崎に留学する蘭学生である。年齢《とし》は二十四、郷里は江戸で、江戸には父もいれば母もいる。また愛する許婚者《いいなずけ》も、彼のめでたく修学して帰って来る日を待っている。

文化七年九月六日、朱之助は老僕を連れて、出島から舟をこぎ出した。

あまり学問に凝ったので気鬱《きうつ》症、いまの言葉でいえば神経衰弱だ。これに悩まされた朱之助は、しばらく書籍の間をはなれて、釣でもしたらよかろうという医者の忠告に従ったのである。

出島からこぎ出したのが、朝の九ツ半、天気も上々だったし、獲物も面白いほどあった。

船中で携えて来た割籠《わりご》を開いたが、久しぶりに食べる物もうまかった。

ました」


「爺《じい》、いい気持ちだな」

「ほんに今日は、若旦那も見違えるほどよいご血色でございます。これで爺も安心しました」

　老僕は次郎吉といって、江戸からわざわざ朱之助について来ているのである。これをもってしても、朱之助が相当の大身であることがわかる。

「おまえにも心配をかけて済まなかった。これからは、時々こうして保養をしよう」

「それがよろしゅうございます。学問も大切でございますが、それよりもお体が第一。もしものことがございましたら、爺め、大旦那様に申し訳ございませぬ」

「いや、父上にはこのようなこと沙汰《さた》してはならぬ。朱之助は達者で勉強していると、いつも書面をもって申し伝えてあるのだから、おまえもよけいなことを言って心配をおかけ申さぬがよいぞ」

「はいはい、承知いたしました。いや、大旦那様も大旦那様でございますが、あなた様がご病気と聞いたら、番町のご心配がまたかく別。まあ、せいぜい、気をつけて下さいまし」

「おお、琴絵《ことえ》どのか」

　朱之助は思わず、ポッと頰を赤らめて、遠くのほうを見るような目つきをした。琴絵というのは、朱之助の許婚者なのだ。

「はい、あのお美しいお嬢様が、この爺に手紙を下さいますたびに、書いてあるのは若旦那のことばかり、もう三年近くもお目にかかりませぬが、どのように美しくなられたことやら、爺も早く、お二人の御祝言の日を見とうございます」

朱之助はいよいよ頬を赤らめて、無言のまま浮標《うき》をながめていたが、やがて嘆息するように、

「それも、もう遠いことではないな」

と、つぶやいた。

朱之助の修業も、来年の春になれば終わることになっている。ああ三年、江戸を離れてこの長崎の土地へ足を踏み入れてより、はや三年になる。

三年といえば短い月日ではない。ましてやあとに恋しい許婚者を残して来た身には、空行く駒のあがきの、どのように遅く思われたことだったろう。

だが、もうすぐだ。

あと、五月《いつつき》――そうだ五月たてば、恋しい江戸の土が踏める。父にも会える。母にも会える。兄にも会える。そして、あの懐かしい琴絵にも。――

「若旦那様、浮標《うき》が動いているのではございませぬか」

次郎吉爺やに注意されて、朱之助はハッとしたように瞳《ひとみ》を動かした。

と、このとき、朱之助の眼にうつったのは、水平線のはるかかなたに、ポッツリ浮

かんだ黒い雲。

「おや、爺や、いやな雲が出て来たようだが」

「ほんに、これはいけませぬ。そろそろと引き揚げたほうがよろしいかもしれませんね」

「いま、何時《なんどき》ごろであろう」

「さ、八ツ半ごろではございませぬか」

「さようか。それではボッボッ帰ろう」

二人はそろそろ身じたくをはじめたが、しかし、その時にはすでに遅かったのだ。ざあーっと生暖かい一陣の風が頰をなでたと見るや、今まで鏡のようにないでいた海面に、百千の海蛇が頭をもたげるよう、泡立った波が舷《ふなばた》を洗って、あの一点の黒雲が、見る見るうちに空いっぱいに拡がっていった。

「あ、若旦那《だんな》様、これはいけません」

次郎吉爺やはあわてて櫓《ろ》を握ったが、と、またもや、どっと吹きおろしてきたつむじ風が、ぐらり、小舟を揺すって、斜めにバラバラ、棒のような雨が落ちてきた。

嵐なのだ！

しかも、筆にも言葉にも尽くしがたいほどのひどい嵐なのだ。

広い海面はまたたくうちに、真っ黒な雲に覆われて、折々、さあーっと気味悪い稲妻があたりを掃いていく。小舟はやがて、木の葉のようにくるくる波間に旋回をはじめた。

「若旦那様!」

「爺!」

ぐしょ濡《ぬ》れになった二人は、真っ青になって舟の中で抱きあった。

二

――櫓も取られ候、櫂《かい》も奪われ候、我等は最早なすすべもなく、小舟に運命を託《たく》す身とは成り果て候。飆風《ひょうふう》はなおいつ鎮まるとも覚えず。暗澹《あんたん》たる空。恐ろしき疾風《はやて》、丈余の波、我等は幾度か地獄の口を眺めし心地致し候――

嵐は一昼夜つづいた。朱之助主従の漂流は二昼夜つづいた。実際、その間よく舟が水にのまれなかったものと、不思議に思われるくらいである。

あたりを見れば波、波、波ばかりだ。

嵐は一昼夜ののちにはおさまったが、まだ海面にはひどいうねりが残っている。

「爺、ここはどの辺であろう」

「若旦那様、私にも分りませぬ。ああ、とんだことになりました。この分ではとても助かる見込みはございませぬ」

次郎吉爺はしきりに鼻汁《はな》をかんでいる。二昼夜にわたる疲労と飢餓で、爺はすでに死人のように憔悴《しょうすい》しているのだ。

「爺よ、気を落とすでない。気を落とさずば、また助かるすべもあるであろう」

「じゃと申して、このような海の上、西も東も分らぬものを。ああ、江戸の大旦那様がこれをお聞きになれば、どのようにお驚きなされましょう。琴絵様はお嘆きのあまり、お気も狂いあそばすでしょう」

「爺よ、そのようなことをいうてくれるでない。拙者もそれを考えると苦しくなる」

朱之助も絶望したように、海のうえを見渡した。

やがて日が暮れる。

二日目の夜がやってきた。今宵はまた、昨日の嵐がうそでもあったかのように上天気だ。空にはいっぱい星が浮かんでいる。うねりも次第におさまって、そよとの微風もない。この好天気が、いっそううらめしいくらいだ。

舟は漆黒の海のうえを、吸いこまれるように流れていく。果てしもない地獄の大海原なのだ。

と、この時、ぐったりと舷によりかかっていた次郎吉爺が、突如、頓狂《とんきょう》な声をあげた。

「おや、若旦那様、あの灯はなんでございましょう」

「なに？　灯だと？」

朱之助が瞳をあげてみれば、いかさま濃藍色の夜霧の向こうに、点々としておびただしい灯が見える。さながらお祭りの提灯《ちょうちん》を見るように、灯は霧の中で消えてはつき、ついては消える。その美しいことは言うばかりもない。

「若旦那様、きっと漁師の篝火《かがりび》にちがいありません。ひとつ呼んでみましょうか」

次郎吉爺やはありたけの声を出して呼んでみたが返事はない。

返事がないのみか、その篝火はこちらが近づいていくにしたがって向こうへ消える。いまそこにあったと思われるのが、近づくとずっと向こうのほうで燃えている。

「爺よ、分った。これは不知火《しらぬい》だよ」

「え？　不知火とは？」

「有明の海に燃えると聞く、これが不知火だ。呼べばとて、答える道理はない」

「ああ、それでは漁師の篝火ではございませぬか」

爺やはがっかりしたようにつぶやいたが、その時、またもや頓狂な声をあげた。

「ああ、若旦那様、陸地が見えます。あれは確かに陸地に違いございませぬ」

――ああ、われ等は救われ候いぬ。次郎吉爺やの見つけしは、確かに島にて候いし、われ等の喜びわれ等の嬉《うれ》しさは如何《いか》ばかりなりしぞ――。

二人は抱きあって喜んだ。涙を流して喜んだ。しかも幸い潮の加減か、舟はしだいに島のほうへ吸い寄せられていく様子である。

やがて、二人が、この不知火に取り囲まれた島に打ちあげられたのは、それから三刻あまりも後のこと。

浜辺には銀色の砂が夢のように光っていた。空には南国特有の美しい月が出ていた。海のうえを見ると、あの不知火が、鬼火のように陰々として燃えているのだ。

「若旦那様、助かりました。ああ、助かりましたぞ」

次郎吉爺やは狂気のごとく躍り狂う。

「しかし爺や、この島に人は住んでおらぬのであろうか」

「いいえ、そんなはずはございませぬ。ほら、御覧なされませ。向こうの山の上に、灯がちらついているではございませぬか」

「おお、なるほど」

「さあ、行ってみましょう。あそこにいる人が、きっと私たちを救ってくれるにちがいございませぬ」

二人は飢えと疲労によろめく足を踏みしめて、坂を登っていった。が、その灯のついた家のまえまで来たとき、さすがの二人も思わずぎょっとばかりに息をのみ込んだのだ。

ああ、ここはいったいどこなのだ。そして、これは何人の住まいなのだ。松林を背に負うて、小高い山のうえに建っているのは、御殿造りの目もあやなお邸《やしき》ではないか。

二人が思わず門前に立って顔見合わせた時、

「お客様、よくおいででございました。殿様がお待ちかねでございます」

鈴を振るような声音とともに、門をひらいて忽然《こつぜん》と立ったのは、意外、月の精かと見まごうばかりの上臈《じょうろう》だった。

さあーっと風が松《まつ》が枝《え》を鳴らして、空には月が美しい。その月光を半面に受けた上臈の顔は透きとおるほど美しかったが、なんということだ、この美しい女性には影がない。

月がすべての物の影を、美しく、妖《あや》しく地上に隈取《くまど》っているのに、この女性ばかりは、影を持っていなかった。

「まあ、なにをそのようにぼんやりしていらっしゃいます。殿は先ほどよりお待ちかねね。さあ、こうおいでなされませ」

上臈は朱之助の手をとった。その手は氷のように冷たい。

沖には不知火がいよいよ妖しく燃えさかっている。

一

――思いがけなきこの御殿、さてはまたわれらを迎うる影なき上臈、とかく合点のいかぬ節のみ多く、夢に夢見る心地に候いしも、なにを申すも二日二晩の漂流にて、身心綿の如く疲労仕《つかまつ》り候えば深くは怪しまず、導かるるままにあやかしの御殿に踏みいれ候こそ愚かなる仕儀にて候いし。――

と、鬼頭朱之助の覚書は、まだまだ続くのである。

「ほんにようおいでなさいました。殿様にはお待ちかね、こうおいでなさいまし」

ふたりを迎えた上臈の顔は、透きとおるように妖しくもまた美しかった。

「これはこれは、いかいお造作になります。してここは何様のお屋敷でございますな」

「ほほほほ、そのような堅苦しいご挨拶《あいさつ》はあとのこと。見れば御老人にはきついお疲れ。さあ、こちらへおいでなさいまし」

上臈はくるりと踵《きびす》を返すと、咲き乱れた秋草をかきわけて、とっとと先に歩いて行く。そのつま先に尾花の露が、蛍のように光って散った。

「若旦那《だんな》様、だ、大丈夫でございますか」

次郎吉爺やはさっきから、しきりに歯をガタガタ鳴らせている。

「大丈夫だ、拙者にまかせておけ」

「それじゃというて、なんだかあんまり——」

「まあ、よいと申すに、海で捨てた命と思えば、なにを恐るることがあろう。狐狸妖《こりよう》怪《かい》のたぐいならば、たんだ一打ちじゃ」

朱之助はこともなげに笑ったが、後から思えば、海で死んだほうが、どれくらい楽だったかしれぬ。

御殿は表からうかがったよりははるかにひろかった。庭内には空を摩すような檜林《ひのき》が鬱蒼《うっそう》とそびえ、所々にそそり立つ奇岩奇樹、背よりも高き秋の七草、さてはまた、思いがけないところに滝さえあって、さながら深山幽谷へわけ入った心地だ。

そういう中をあやしの上臈は、石を跳び、橋を渡って、風のごとく進んで行く。琥《こ》珀《はく》いろの月光が、烏羽玉《うばたま》の髪をすべって、折々全身から飴《あめ》のような光を放つのが、なんともいえぬほど気味悪い。

ふいに朱之助がきっと足をとめた。

「爺、あれはなんだ」

「若旦那、な、なんでございます」

「それよ、闇のなかにうごめく怪しの光り物、二つ、四つ、六つ、八つ、あ、爺、用心いたせ」

朱之助の言葉も終わらぬうちに、ざあーっと風をまいて躍り出したのは数頭の狼だ。バラバラと二人を取りまくと、ウーッとひくい唸《うな》り声をあげながら、牙《きば》を鳴らし、毛を逆立てて、いまにも躍りかからんその勢いの恐ろしさ。

「わっ、若旦那ッ」

次郎吉爺やは悲鳴とともに、朱之助の体にむしゃぶりついたが、その悲鳴をきいたのか、さっきの上臈が風のように舞い戻って来た。

「あ、お静かに、騒いではなりませぬぞ」

上臈は二人を背にきっと狼をにらみすえ、

「シッ、お客人だぞえ。殿様のお客人だぞえ。危害を加えるとその分にはおきませぬぞ」

と、威丈高になって叱りつける。

その権幕に狼は、二、三歩タジタジ後ずさりをしたが、まだ未練そうに土をかいている。

上臈はそれを見ると、満面に朱をはき、きりっと柳眉《りゅうび》を逆立てるとかっと朱唇をひらいたが、いやその形相のすごいこと。

「おのれ、これほどいっても聞き入れぬか。よしよし、そのように聞き分けがなくば、またいつかのように、殿様に真っ二つに引き裂かれるぞよ」

さすがの狼もその勢いに恐れをなしたか、尻尾《しっぽ》をまいてすごすごと引き返す。上臈はそのあとを見送って、朱之助主従を振りかえった。

「さぞお驚きでございましょう。お断わりしておくのを忘れて失礼いたしました。なにを申すも無人ゆえ、ああして狼の放ち飼い、だれでも無断で屋敷をうかがう者があれば、たちどころに狼の餌食《えじき》、また屋敷を抜け出そうとしても同じこと、ほほほ、ご用心なされませ」

女は釘《くぎ》を打つようにいうと、艶然《えんぜん》として打ち笑う。

ああ、朱之助はいまや捕われの身も同然。これから先、彼はこのあやかしの御殿にて、どのような怪異に遭遇することだろう。

二

「殿様、お客人をご案内申して参りました」

「おお、松虫か、大儀であった。それよ、鈴虫、簾《すだれ》をあげてとらせよ」

はっと答えて簾を揚げたのは、松虫の妹であろう、眉目容《みめかたち》、瓜《うり》二つほどよく似た女だ。

百畳敷きもあろうかと思われる大広間なのである。見ると正面には異形の人物が坐《すわ》っている。眼鋭く、鼻高く、唇は紅珊瑚《べにさんご》よりまだ紅い。漆黒の総髪は房々と肩に垂れ、白絹小袖《こそで》に緋色袴《ひいろばかま》、金襴《きんらん》の殿様羽織は目もあやに、いかさま高貴の人物と見受けられたが、ただ奇怪なのはその年格好だ。ひどく年寄りのようでもあるし、朱之助と同年くらいにも見える。

「よく見えられた。さ、ずっと近う参られい」

「はっ」

朱之助はすっかり度胸をすえている。これが妖魔《ようま》の首魁《しゅかい》ならば、一打ちに斬り捨てるまでのこと。若年とはいえ朱之助、一刀流の腕に覚えがあった。

「御免蒙《こうむ》ります。拙者は長崎留学中の江戸の者、鬼頭朱之助と申します。このたびははからずもご造作になります」

「なんのなんの、沖に小舟を見受けしゆえ、松虫を迎えに参らせたまでのこと。それにしても江戸の御仁と聞けば懐かしい。これよ、松虫、鈴虫、お客人に一献差し上げい」

朱之助主従の前には、すぐに美々しい膳部《ぜんぶ》が運ばれる。しかし不思議なことにこの御殿、見かけに似合わず仕える者は松虫鈴虫の二人きりらしい。ほのかな紙燭《しそく》に照らされた広間のほかは、闃《げき》として声もないのである。

「さあ、くつろいで一献やられい。そしてゆるゆる江戸の物語など聞こう。のう松虫鈴虫」

「ほんにそれがよろしゅうございます。江戸と申すはたいそう繁華なところやら」

「されば、なんと申しても将軍家お膝元《ひざもと》、天下に比ぶものなき繁盛《はんじょう》でございます」

「おお、そうあろう。天下の諸侯ことごとく集まるとあれば、将軍家のご威勢はまた格別、また美しい女なども数多いことであろうな」

「はっ」

と、答えて朱之助は思わず相手の顔を見直した。冗談かと思ったが案外そうでもない。にたりと底気味悪い微笑をうかべた顔には、何やら得体の知れぬ真剣さがあるのだ。

「ことに名高いは当将軍家の三の姫君、陽炎《かげろう》とやら申す方、ふふふ、その姫君にいちど見参いたしたいものじゃて」

朱之助は思わず箸《はし》を取り落とした。

それもそのはず、朱之助の許嫁者《いいなずけ》琴絵というのは、陽炎姫お付きの腰元、されば朱之助も琴絵の口より、たびたび姫のうわさをきいていた。比ぶ者なき美しさ、比類なき気高さ、げにや姫こそは天下随一の美人だという評判。

朱之助は思わず膝を進めた。

「そこもと様はいかにして陽炎姫を御存じでございます。またあなた様のご尊名、お洩《も》らし下されば幸せと存じます」

「ふむ、わしか、わしは名もない世捨人、おお、それよ、沖に燃ゆる不知火《しらぬい》のように頼りない身の上、ははは、されば不知火検校《けんぎょう》と申すがわしの名前じゃ。だがこのような世捨人も陽炎姫の名はとくより承っている。近々に見参いたす所存じゃて」

「おお、それでは検校どのにはちかくご出府いたされますか」

「おお、参る。江戸へ参る。ふふふ、わしが江戸へ参らば、どのような騒ぎが起ることじゃろう。いや、これは失礼いたした。松虫、松虫、お客人にはお疲れのご様子、早々ご寝所へおともない申したがよいぞ」

なんとも合点のいかぬ主《あるじ》の言動、かつはまた陽炎姫や琴絵の身の上、そぞろ気にかかって朱之助、寝所へ案内されてもなかなかまぶたがあわぬ。

と、丑満刻《うしみつどき》であろうか。廊下にあたってひそひそと人の話し声。

朱之助はがばと跳ね起きると聞き耳を立てた。

「ほんによい殿御じゃ。鈴虫、そなたに先を越されるのが、わたしは残念でなりませぬ」

「だって、姉さん、約束だから仕方がありませんわ。この前のときには、姉さんに先をお譲りしたではありませんか」

「でもあの男は今日の殿御ほど若くもなく、血も少なかった。でも仕方がないわ。殿に見つからぬうちに、さあ早くご馳走《ちそう》におなり」

「じゃ、姉さんもいっしょにいらっしゃい」

松虫鈴虫だ。

殿御というのはどうやら自分のことらしいが、ご馳走になるとは何事だろう。

二人が入って来る様子に、朱之助はあわてて枕に頭をつけたが、と、障子を開いた気配もないのに風のごとくスーッと入って来たのは松虫鈴虫、闇のなかに二人の姿が、夜光虫のようにすけて見える妖《あや》しさ。

鈴虫はツツーとすり足で側へ寄ると、ヌッとうえから朱之助の顔をのぞきこんだ。瞳《ひとみ》が鬼火のようにキラキラ光って、唇は熟れきった柘榴《ざくろ》だ。長い髪の毛がさらさらと朱之助の頰をなでる。

氷のような息が、きりでもむように頰を打つ。戸外は狼の遠《とお》ぼえが物凄《ものすご》い。

やにわに鈴虫が朱之助の顔を抱いた。

「おのれ、妖怪《ようかい》――」

朱之助は叫ぼうとしたが声が出ない。手脚はしびれて身動きもできぬ。

鈴虫は唇をつぼめると、子供が乳房を吸うように、つと、朱之助ののどをめがけてとびついた。……

と、その時、廊下に当たって検校の声、

「これ、松虫鈴虫はいずこへ参った。お客人に無礼を働かば、今後骨寄せは相成らぬぞ」

「あれ、どうしよう、殿様のお声だわ」

「見付かっては大変、鈴虫はやくおいで」

ザワザワと立ち迷う気配、やがて忽然《こつぜん》と二人が消えたあとには闃として烏羽玉《うばたま》の闇……。

夢か現《うつつ》か、朱之助はそれきり前後不覚である。

骨寄せ怪異

一

「お客人、昨夜はよく寝《やす》まれたかな」

その翌日の晩のことである。朱之助はまた昨夜の大広間で不知火検校の饗応《きょうおう》をうけた。

「おかげさまにてぐっすり眠りました」

「いやいや、そうではあるまい。その顔色ではあまりよく眠れなんだとみえる」

検校はジロリと、蒼白《そうはく》の朱之助を見る。

「いや、実を申すと昨夜奇怪な夢にうなされました。したが検校どの、昨夜の女性《にょしょう》はいかがいたしましたな」

「おお、松虫鈴虫か、あれはいささか不始末の科《かど》あって、しばらく蟄居《ちっきょ》を申しつけた。だがまあよい。また江戸の話など聞かせてもらおう。わしもしたくができ次第出府いたす所存ゆえ、少しも多く江戸のことを知っておきたい」

ほの暗い紙燭の影で、検校は物《もの》の怪《け》のような笑い声を立てると脇息《きょうそく》から乗り出すのだ。

こういう幾日かがすぎた。

松虫鈴虫はあれきり姿を見せぬ。朱之助は夜ごと夜ごと、あの大広間で検校の饗応をうける。検校はそのたびに、朱之助に江戸のことを話させる。検校が近々に江戸に参るというのは、どうやら本心らしい。

しかし、不思議なことには、昼間は絶対に検校は姿を見せないのである。朱之助が、目覚めるといつも膳部の用意はしてあったが、人の姿はどこにも見えなかった。そしてたそがれとともに忽然と、検校はあの簾《すだれ》のうちに現われるのだ。

「若旦那《だんな》様、わしはどうもこの御殿が気に入りませぬ。不知火検校とは何者でございましょう。またあの女どもはその後どうしたのでしょう」

次郎吉爺《じい》はおびえきって、めっきりやせた。

「若旦那様、一刻も早くここを脱出しましょう。浜辺には小舟がつないであるはず。あれに乗ってもう一度海へ出ましょう」

「爺、それはよいがどうしてこの屋敷を抜け出すのじゃ。あれ、聞け、あの声をなんと思うぞ。松虫はなんと申した。みだりにこの御殿を出れば、立ちどころに狼の餌食《えじき》じゃぞ」

「ああ、それではもう、生きてこの御殿を出ることはかないませぬか」

次郎吉爺はがっかりして涙をぬぐう。

爺が泣くと朱之助も泣きたくなったが、しかしそこは若年のこと、いつまでも落胆してはいない。幸い日中は無人の御殿、その間に周囲を探検しておこうと思った。

御殿の裏側は小高い丘になっていて、その上には昼なお暗き森が茂っている。ある日、朱之助はこの森の中に不思議なものを発見した。

饅頭形《まんじゆう》をした塚なのである。塚のうえには三基の石碑が立っている。中央なるはことに大きく、左右のはやや小さい。

「爺、これは何人かの奥津城《おくつき》と見ゆるな」

「そうらしゅうございます」

「何人の墓であろう。たぶん中央のが主の墓で、左右たるは家臣であろう。どれ、何人の墓か改めてみよう」

朱之助はつかつかと石碑の側に立ち寄ったが、なにぶんにも年月を経ているとみえて、石の表面には苔《こけ》がいっぱい。でも、三基の墓のことごとくに、寛永《かんえい》十八年正月卒すという文字が見える。寛永十八年といえば今からざっと百七十年前のこと。石碑に苔がむしているのも無理はない。三人とも時を同じゅうしてこの世を去ったのは、殉死の類《たぐい》か、それにしても何人であろうと苔を落としてよく見ると、左には俗名松虫、右のは同じく鈴虫。

朱之助はあっとたまげた。

そうするとあの二人の女性は、すでにこの世にない者か。そうだそうだ。狼をひと眼で射すくめるあの神秘な力量といい、深夜朱之助の寝所に忍びこんで生き血を吸おうとした所業といい、まさしく幽鬼でなくてはならぬ。

だが、そうすると不知火検校とは何者だ。

松虫鈴虫の二基の墓に、守られているこの石碑こそ、あの不知火検校の正体を語るものではあるまいか。

朱之助はあわてて中央の石碑の苔をかき落とした。だが、残念なことには、このほうは俗名——四郎と見えるのみ、他は磨滅して知る由もない。……

「若旦那様。どうしました。お顔の色が真っ青でございます」

「いや、爺、何んでもない」

「なにか石碑に怪しい節でもございましたか」

「さあて、なにぶんにも苔むしてよくは分らぬ。だが、爺よ、ここはわれらの近づくべき場所ではない。匆々《そうそう》御殿へ立ちかえろう」

朱之助は悪夢に酔った心地だった。蹌踉《そうろう》として足が地につかなかった。

二

——検校はついに島を立ち去り候。われらはここに唯《ただ》一人取り残されたるも、江戸へ赴きたる検校の、如何《いか》なる悪虐無道を働くや、思うだに恐ろしく、取急ぎこの覚書記《したた》め候。何人にもあれ、これを入手候方《かた》は、早々公儀へお届出下され度《たく》、検校こそは人にあらず、正《まさ》しくこの世の鬼にて候。私事しかとそれを見届け候儀という は。——

朱之助はあれ以来、狂するばかりの動転に身心をずたずたにさいなまれていた。夜毎、奥津城の奥より抜け出す幽鬼、——そのようなことが信じられるだろうか。だが、そのあり得べからざることが、今や現実に起こりつつあるのだ。

しかも、その幽鬼は、間もなく江戸へ赴こうとしている。江戸へいって、何をしでかすつもりか、考えるさえ、ゾッと肌に粟《あわ》が出る。

島には毎日、陰鬱《いんうつ》な日がつづいた。台風があとからあとからこの孤島を襲うて、暗《あん》澹《たん》たる風が、終日島を吹きあれる。海の色は黒い鉛色に変じて、高いうねりが、巌《いわ》に当たって物凄《ものすご》い響を発する。そういう日には、狼の唸《うな》り声もいっそう高いのである。

飢えた狼は近ごろではしだいに御殿の周囲に近づいて、どうかすると爛々《らんらん》たる眼が、木立の間に見えることもある。次郎吉爺はすっかりおびえて、骨と皮にやせてしまった。

ある日の夕方、御殿から海のほうを見ていた次郎吉爺が、突如、大声で朱之助を呼んだ。

「あ、若旦那様、船が見えます。船がこの島へやって参りましたぞ」

狂喜する爺の声に、朱之助が階《きざはし》に出て見れば、いかさま三百石あまりの舟が、島の入江へ近づいて来た。

「若旦那様、助かりました。あの船で私たちは故郷へ帰れます」

「爺、待て。早まってはならぬ。いかなる船か、もっとよく確かめてからのことだ」

朱之助が瞳《ひとみ》をこらしてよく見れば、船の舳《へさき》にはたはたと黒い小旗が翻っている。しかも、その小旗に染め抜かれたのは正しく髑髏《どくろ》。

「爺、残念ながらあれはわれらを救いに来た船ではない。まさしく検校の御用船だ」

「それでも若旦那様、わけを話して……」

「待て待て、拙者はいささか確かめねばならぬことがある。爺、そちはここにおれ。けっしてついて来るではないぞ」

「若旦那様」

追いすがる次郎吉を振りはなして、朱之助がやって来たのは裏の奥津城。折しも空はいよいよ暗く、吹きすさぶ風、ひらめく稲妻、やがて、ざあーっと天地をくつがえすような雨さえ降ってきた。

——と、この時だ。

塚の上なる石碑が動いたと見るや、忽然《こつぜん》としてそこに現われたのは、まぎれもなく不知火検校。朱之助はあっと叫んで木立の陰に身を隠した。

検校はすっくと塚の上に立ったまま、虚空に妖《あや》しい呪文を切る。吹く風に、総髪がさっと逆立ち、はたはたと翻る両袖《そで》は、さながら巨大な蝙蝠《こうもり》の、黄金の翼かとも見まごうばかり。

紫電はいよいよすさまじく、雷鳴は地軸をゆるがし、飄風《ひょうふう》は巨木を吹き倒す。ひどい嵐だ。

検校はこの嵐の真っただ中に立ったまま、しばし黙然として呪文を唱えていたが、やがてかっと眼をひらくと、左右の掌を下にむけ、二つの墓を手招きする。

と、ああ、何んという妖しさ。

二つの墓の底より、飄々乎《ひょうひょうこ》として躍り出したのは、バラバラの骸骨《がいこつ》だ。まず髑髏が、次いで胴の骨が、さらに右手、右脚、左手、左脚と、さながら見えぬ糸で手繰《たぐ》り寄せられるごとく躍り出した二体の骸骨は、検校の手招きに合わせて、ひょこり、ひょこり虚空に踊る。

恐ろしい骸骨踊り、嵐の中の幽鬼の饗宴《きょうえん》だ。

さすがの朱之助も、ジーンと全身が凍るような恐ろしさに打たれた。

こうして、しばらく骸骨は無気味な踊りを踊っていたが、そのうちにバラバラになっていた骨が、しだいに集まると、やがて、そこに朦朧《もうろう》と立ったのは松虫鈴虫。

ああ、いつか検校がつぶやいた骨寄せとはこのことなのだ。二人は果たしてこの世の者ではなかった。薄暗い奥津城の底よりはい出した、あの世からの幽鬼なのだ。

「松虫。鈴虫」

「はい」

「いよいよ、時節到来じゃ。海には船が待っている。さあ参ろうぞ」

検校は左右に二人の手をとったが、その時朱之助の背後にあたって恐ろしい悲鳴がきこえた。

「ああ、若旦那《だんな》様。恐ろしい、あいつは鬼だ、幽霊じゃ。恐ろしい、恐ろしい、恐ろしい」

次郎吉なのである。

爺《じい》やはかっと白眼を見ひらき、口から泡を吹きながら、独楽《こま》のように、ブルブルブル、七転八倒していたが、やがて、ぐっと反り返ったまま、ぴたりと動かなくなった。あまりの恐ろしさに立ったまま悶死《もんし》してしまったのである。
検校も爺やの声にジロリとこちらを振りかえったが、その表情《かおいろ》は微動だにしない。冷然として何やら呪文を唱えると、さっと風を切って一頭の狼が近づいて来た。

「おお、来たか、ふびんながら門出の血祭りじゃ」

狼の上顎《うわあご》と下顎に手をかけると、バリバリ、狼は真っ二つになった。

「さあ、これでよし、松虫、鈴虫、江戸の土が踏めるぞ」

「ほほほほほ」

「ほほほほほ」

骨を刺すように二人の女は笑った。

嵐はいよいよ猛《たけ》り狂い、雷鳴は全島をゆるがす。この中を飄々と歩いて行く三人の後ろ姿を、朱之助はただ呆然《ぼうぜん》として見送っていた。

浜には幽霊船が木の葉のように揺れている。……

夜歩き姫

一

「仁右衛門、これはまたよほど異なものだな」

房州鯨奉行勤番、若き秋月数馬は読みおわると呆然たる瞳をあげた。

悪夢より覚むれば、一瞬にして平和なる房州の春、障子にはかあーっと菜種いろの陽が色づいて、波の音ものどかである。

だが、数馬はそれにもかかわらず、襟元がゾッと寒くなるような悪寒を感じた。

「仰せのとおりでございます。旦那様、これはだれかのいたずらでございましょうか」

「そうかもしれぬ。そうあってほしいものじゃ」

数馬はしばし黙然として打ち案じていたが、やがて仁右衛門のほうを振りかえると、

「仁右衛門、この覚書はしばらく拙者が預かりおく。よいであろうな」

「ええ、もうよろしい段ではございませぬ。そう思ってお届けいたしました。やれ、まあこれで私の役目もすんだというもの、それでは旦那様、まっぴら御免下さいま

し」

「おお、帰るか。大儀であったの」

仁右衛門が立ち帰った後も数馬はしばし黙然として身動きをせぬ。膝《ひざ》の上には依然として朱之助の覚書がのっている。

彼はこの覚書を何人かのいたずらか、さてはまた狂人の狂夢と信じようとした。しかし、なんとやら心にかかる一節がある。数馬はむろん、朱之助なる人物を知りもしなければ、不知火検校の怪異に至っては、失笑しそうな気持ちだったが、ただその一節ゆえに心が重い。

秋月数馬、禄高《ろくだか》は三千石、格式からいえば奉行鵜殿駿河守様よりは上であるが、それにもかかわらず、この辺境の勤番を仰せつけられたのには、人の知らぬ理由がある。そして、その理由というのが、気にかかる一節に結びついているのだ。

「ああ、なにか変わったことがなければよいが」

数馬は低声《こごえ》でつぶやくと、やがて筆、巻紙を取り寄せて、さらさらと一通の書面をしたためた。

「源之丞、源之丞はおらぬか」

「はっ」

と答えて、敷居際に手をついたのは小姓の源之丞。

「何かご用にござりますか」

「おお、そのほうこれより直ちに、この書面を持って、江戸表へ赴いてくれ。宛名は上にしたためあるゆえ、そこへこれを持参いたすのじゃ」

「はっ、かしこまりました」

源之丞は書面をとって上書を見ると、

「あ、これは――」

「なにも申すでない。内密のご用ゆえ、そのつもりでやりとげねばならぬぞ」

「身命にかえまして」

それから間もなく、文筥《ふばこ》を懐中にした源之丞は、房州から江戸をさしていっさんにとんでいたが、ちょうどそのころ。

ここは鮫津《さめづ》の海岸に向かって建ったお浜御殿。

人も知るとおり将軍家斉《いえなり》には数え切れぬほどの子女があったが、陽炎姫もその一人である。

姫の美しさは、いにしえのかぐや姫もかくやとばかり、江戸でもだれひとり知らぬ者はないくらいであったが、好事魔多く、とかく健康がすぐれぬところから、しばしばこのお浜御殿へお成りになる。そして、こちらに滞在中は、手回りの腰元どももなるべく数少なく、いたって簡素なくらしであったが、そのお浜御殿の奥深くで。――

「琴絵、朱之助とやらからはまだ便りがないか」

双六《すごろく》、歌留多《かるた》、貝合わせにも飽いて、ほかの腰元どもを退けた陽炎姫は、そういうと、ふと、琴絵の寂しげな顔に眼をやった。

「はい、姫君さま」

琴絵はぼっと頬を染めながら、やるせなげにため息をつく。

そのころ、姫は十八になっておられたが、いかさま、比類なき美しさは、照り輝くばかり。しかし、琴絵もまた姫に劣らぬ美しさだ。琴絵は番町に住む御殿医の娘だったが、歌に堪能なところから召し出されて、腰元というよりはお話相手、もったいないが無二の親友だ。

「ふびんやな。いまに至るも便りがないというは、もしや……琴絵、朱之助が釣りに出たというのは九月六日であったな」

「はい、四月あまりになりまする。姫君さま、わたしは、もうあきらめております。聞けばあのころ、恐ろしい嵐があったとのこと、しょせん、筑紫《つくし》の海の不知火《しらぬい》と消えたのでござりましょう」

さすがに歌人だけあっていうことも雅《みやび》だ。

「恋する者は引き裂かれる。それがこの世の辛い掟《おきて》じゃ。不幸せはそなたばかりではない」

「姫君さま」

琴絵は声をうるませて、

「あのお方より、便りはございませぬか」

「ありませぬ。あの方は江戸より遠ざけられてしもうた。わたしが想いを寄せたばかりに、お小姓頭の勤めをはがれ、房州の鯨奉行。……でも、わたしの心に変わりはない。生きる限りはあの方の面影はわたしの胸にある。琴絵、身分がなんであろう。想う方に添いもせで、将軍家の姫君がなんであろう」

陽炎姫は脇息《きょうそく》に身を伏せて、よよとばかりに泣きむせぶ。意外、秋月数馬は陽炎姫の想われ人だった。

二

「姫君さま、そのようにお昂《たか》ぶりなされてはお体に触ります。あまりお嘆きあそばしますと、また……」

と、いいかけて、琴絵はあわてて息をのみ、

「いいえ、夜もだいぶ更けました。それに、空模様も変わった様子、ほら、あのように波の音が高くなって参りました。さあ、一刻も早くおやすみなされませ」

「おお」

陽炎姫は泣きぬれた顔をあげると、

「またしてもわたしの繰りごと、幾度いうても返らぬことじゃ。したが琴絵、今宵はなぜかひとしお淋《さび》しゅうてならぬ。そなた宿直《とのい》をしてくりゃ」

「はいはい、かしこまりました」

口では気軽にいったものの、琴絵はふいと不安な眼付きをする。

波の音はしだいに高くなった。夜とともに風はますます吹きつのり、鮫津の海岸一帯はひどい時化《しけ》模様。千切れ雲は翩翻《へんぽん》ととんで、鉛色の海は坩堝《るつぼ》のごとく湧き返る。

その夜お浜御殿に宿直していた侍のひとりは、丑満刻《うしみつどき》、ふと世にも奇怪な物を見た。湧きかえる海のうえを、その時、沖のほうから疾風のように、一艘《そう》の舟が入って来るのを目撃したのである。

むろん、海のうえは墨を流したような闇だから、普通ならば、何物も見分けかねるのがほんとうだった。

それにもかかわらず、くっきりとその舟が、若侍の眼をとらえたというのは、舟全体が、鬼火のごとく妖《あや》しい光を放っているからだ。

まるで奇怪な影絵のように、帆柱から、帆綱のはしに至るまで、朦朧《もうろう》と闇のなかに浮きあがってみえる妖しさ。帆柱には小旗がはたはたひらめいてその旗には髑髏《どくろ》の旗印。

「山田氏《うじ》、山田氏、お目覚めなされ。奇怪なものが見えますぞ」

「おお、伊藤氏か、いかがいたした」

「ちょっと、こちらへ来てくれ。いったい、あれはなんであろう」

「なんだ、なにがあるのだ」

「なんでもよいから、その寝ぼけ眼《まなこ》をこすって、ちょっと、こっちへ来てくれ」

最初にいぶかしと見た伊藤という若侍は、同僚をたたき起こして物見へ出た。

「ほら、あの舟だ。いったい、あの舟はなんであろう」

「いかさま」

山田某も眼をこすりながら、

「これは奇妙、暗闇のなかにどうしてあのようにハッキリ見えるのであろう。おお、伊藤氏、舳《へさき》にだれやら、人が立っているではないか」

なるほど瞳《ひとみ》をこらしてよく見れば、総髪の人物がすっくと立って天の一角をにらんでいる。

白絹小袖《こそで》に燃えるような緋《ひ》の袴《はかま》。しかもその両側には、おすべらかしの二人の上《じよう》臈《ろう》が、風にもめげず立っている。

「山田氏」

伊藤はガタガタ歯を鳴らせながら、

「これはただごとではない。おそらく妖魔《ようま》悪霊のたぐいに違いあるまい。あッ！」

その時、舳に立った人物が、さっと片手をあげた。と、そのとたん、一道の光芒《こうぼう》が、舟よりお浜御殿をめざしてツッーと走ったかと見るや、二人はわっと眼がくらんで、物見台から転落してしまった。

琴絵がふと目覚めたのはその時だ。

さらさらさら、さらさらさら、柔らかい衣《きぬ》ずれの音をきいて、琴絵は思わず呼吸《いき》をのむ。

「姫君様、姫君様」

低声で呼んでみたが返事はない。恐る恐る寝所をのぞいてみたが果たしてそこはもぬけのから。

琴絵はツッーと廊下へ出た。と、一枚の雨戸があけ放たれて、そこからさっと冷たい風が吹き込んでいる。

「姫君様、姫君様」

呼ばわりながら、外をのぞくと、飄々《ひょうひょう》として、雲のうえを踏むように庭のおもてを滑って行く人影。間違いもなく陽炎姫だ。

「あ、方々お出合いなさいまし。姫君様がまたご不快でござりますぞ」

呼ばわったがいらえはない。宿直の者もみんな眠ってしまったらしい。

「ええ、言いがいのない人たち。姫君様、姫君様」

琴絵は呼ばわりつつ庭のうえへとびおりた。

風はいよいよ激しく、折から雨さえ、ボツリボツリと落ちてきた。その中を陽炎姫は、憑《つ》かれたようなあしどりで、いずくともなく歩いていく。

夜歩き症、今の言葉でいえば夢中遊行、これが日ごろからの姫の病気だった。

雪の卵塔場《らんとうば》

一

瓦《かわら》が飛ぶ、家が倒れる。一時はどうなることかと思われた飄風《ひょうふう》だったが、それでも、ものの小半時もたつと、不思議にピタリとおさまって、そのころから雨は雪に変わった。

サラサラサラ、サラサラサラ。

さきほどの嵐とはうってかわった静けさの中に、降りしきる雪の音ばかりが淋しく、あたり一面、みるみるうちに白銀の一色もて塗りつぶされていく。

「姫君様ア、もし、姫君様はいずこにおわしますぞいなア」

琴絵はもう気もそぞろだった。雪のなかをこけつまろびつ、狂気のごとく叫んでみたが、聞こえるものとては雪の音ばかり、右を向いても雪、左を向いても雪、果てしれぬ闇の中に降りしきる雪があつい帳《とばり》となって、一間さきとは見通せぬ。恐怖と不安にかてて加えてこの寒さ。琴絵はカチカチと凍えきった歯を鳴らす。

姫のお身のうえに、万一のことがあっては——そう考えると、琴絵は鉛をのまされたように、腹の底が重くなる。

夜歩き症。——この奇怪な病は、おさないころからの姫の持病だった。一時は本服したかとも思われていたのに、去年の秋ごろまたぞろ頭をもちあげて、あろうことかあるまいことか、尊いお身のうえで夢中遊行、さてこそ、人一倍美しくうまれついたお身でありながら、いまだにお輿入《こしい》れの沙汰《さた》もなく、こうしてお浜御殿に出養生の、わびしい暮らしをしているのだった。

それだけに琴絵の勤めは重く、責任は重大なのだ。この寒空に出歩いて、もしお風邪でも召してはと、そう考えると気が気でない。

「姫君様ア、もし、姫君様いなア」

声を限りに呼ばわったが、悲しや、依然として答えはない。

嵐のあとの静けさが、いっそ淋《さび》しく、素肌の足にしみる雪の冷たさ、眉《まゆ》も睫《まつげ》毛も凍りつく中を、ついうかうかと御殿から遠くはなれて、はて、ここはいったいどの辺であろうと、ふと琴絵が立ちどまって、あたりを見回したその時である。雪の中から浮きあがった異形の影が、一つ、二つ、三つ、足音もなくスーッと側を通り抜けるのに気がついた。

「もし」

琴絵はあわてて声をかけた。

「卒爾《そつじ》ながらお尋ね申します。もしやこのあたりで、尊いお身なりの若い女性に、お会いなさりはしませんでしたかえ」

異形の影はその声に立ちどまるかと思いのほか、なんの挨拶《あいさつ》もなくスーッと行き過ぎる。

「あれ、もし、ちょっとお待ちなされませ。お尋ねでございます。もしやこのあたりに——」

琴絵が夢中ですがりつこうとするとたん、

「無礼しやんな」

ピシャリと、鞭《むち》のように鋭い声で、

「そのようなこと、われらは知りませぬぞ」

無慈悲な言葉に、琴絵はあっと息をのんだ。瞳を定めてよく見ると、中なる一人は総髪の異様な人物。そして左右にひかえた二人というのは、これはまた草双紙から抜出してきたような美しい上臈なのである。

総髪の人物はしばし食いいるような眼差しで、じっと琴絵の面を眺めていたが、やがてニヤリと笑うと、

「なるほど、江戸には美人が多いと聞いておったが、いや、まったくうわさの通りじゃて」

と、気味悪く舌なめずりをして、

「ふふふ、だが、今宵のところはほかに用事もある。これ、松虫、鈴虫、早う参れ」

二人の侍女をしたがえて、そのままスーッと足音もなく、雪の中へと消えていく。

琴絵は二の句もつげなんだ。いったい何人であろうか。あの横柄な口の利きようといい、かつまた二人の侍女といい、いかさま由緒ありげに見えるのだが、琴絵にはとんと見当もつかぬ。何やら妖しく気味悪く、琴絵は思わずゾッと身《み》ぶるいをしたが、いやいや、今はそんなことを考えている場合ではなかったと、ようやく気を取り直して、

「姫君様、もし、姫君様いのう」

呼ばわりながら、またもや雪の中をさまよい歩いているうちに、ふと通りかかったのは、荒れ果てた寺院の塀の外、見ると雪のうえに点々と、かわいい足跡が残っているので、

「あれまあ、姫君様としたことが、このようなところまで……」

と、つぶやきながら足早につけていくと、その足跡はこわれかかった土塀のなかへ消えている。

「姫君様、もし、姫君様はそこにおいででございますかえ」

言いながら土塀のすきより何気なく、寺の中をのぞきこんだ琴絵は、そのとたん、さーっと髪の毛が逆立った。

「あれまあ、姫君様ア」

ひと声高く叫んだが、あまりの恐ろしさにさすが気丈な琴絵も、そのままウーンと気が遠くなってしまったのである。

二

「もし、旦那《だんな》様、よいあんばいに嵐はやみましたが、今度はこの雪でいかい難渋、ほんにいまいましい晩じゃございませんか。おっと、足元に気をおつけなさいまし」

酢漿《ほおずき》の紋所うった提灯《ちょうちん》で、足元を照らしながら、さくさくと雪を踏んでやって来たのは、饅頭笠《まんじゅうがさ》に赤合羽、脛《すね》もあらわな奴《やっこ》をつれた、宗十郎頭巾《ずきん》のお武家だった。

奴は寒そうに鼻をすすりながら、

「ええもう、豪気に冷える晩だ。それにしても旦那もずいぶん物好きだな。染井様のお屋敷で、あのようにお止めなさるのを、無理に振りきってのにわかのお立ち。これから麻布《あざぶ》まで帰るなんて、いやよっぽど酔狂というもんでございますよ」

　うらめしそうな奴の言葉に、

「これこれ、雁八、そう愚痴をこぼすでない」

　と、たしなめるようにいったのは、年のころは、五十二、三、人品のいい武士なのだ。そのころはやった宗十郎頭巾をスッポリかぶり、毛羅紗《ラシャ》の合羽を着ていたが、口の利きよう、眼の配りにも、なみなみならぬ修業のほどがうかがわれる。

「実を申せば、さきほどの嵐にちと合点のいかぬ節があったので、にわかに出立を思いたったが、まあ勘弁しろ」

「へえへえ、なに、別にお恨みしているわけじゃございませんが、ほんに先ほどの嵐は凄《すご》うございましたね。それに何やら怪しい舟が見えると、染井様のお屋敷で騒いでおりましたが、旦那、あれはいったいなんでございましょう」

「さあ、それじゃ。わしにもちと気にかかる。はて、何か変事がなければよいが」

　あとは無言で、さくさくと雪を踏む音ばかりが淋しい。やがて二人がやって来たのは、さっきの寺の塀の外。

　雁八はふと提灯をふりかざして、

「おや、あんなところに女が倒れている」

「どれどれ、なるほど、この寒空に癪《しゃく》でも起こしたか、捨てておいたら、凍え死んでしまうであろう。雁八、助けてやるがよい」

「はいはい、合点でございます」

雪を蹴《け》って走り寄った雁八が、心得たもので、うんと活を入れると、琴絵はハッと息を吹き返したが、そのとたん、

「姫君様ア」

血を吐くようなひと声に、

「なに、姫君様?」

武士が驚いてきき返した。

琴絵はブルブル身ぶるいしながら、雪のあなたを見回していたが、ふいにわっと叫ぶと、

「あれ。姫君様がまだあのように。——」

わななく指で指さす土塀の中をのぞきこんで、

「ウワーッ、バ、化け物だ!」

雁八は雪のうえにしりもちついた。

無理もない、雪明かりにほんのり浮きあがった卵塔場の中に、ひときわ目立って大きい雪をかぶった五輪塔。その五輪塔によりかかって、眠るがごとくうっとりと、顔

を空ざまに向けているのは、いわずと知れた陽炎姫。しかもその左右からは二人の上﨟《じょうろう》がしっかり腰を抱き、さらに白衣の不知火検校が、頬をすり寄せるように、姫の項《うなじ》を抱いている。検校の唇は紅珊瑚《べにさんご》のように艶々《つやつや》ぬれて真っ赤だった。

「おのれ、妖怪《ようかい》！」

がらりと傘を投げ捨てた武士の手から、さっと銀箭《ぎんせん》、小柄《こづか》がとんだ。と、そのとたん、きっとこちらを振りかえった不知火検校、一瞬、憤怒の形相物凄《ものすご》く、さっと瞳《ひとみ》を光らせたが、ただちに侍女をふりかえると、

「それ、松虫、鈴虫」

眼配《めくば》せをしたかと思うと、にわかにどっと吹きおろしてきた一陣の旋風が、ざあーっと粉雪を吹きあげて、あなや、あたり一面真っ白な雪煙、それきり三人の姿は見えない。

「おのれ、待て！」

卯塔場の中に躍りこんだ武士は、夢かうつつか、あたりを見回して呆然《ぼうぜん》と立ちすくむ。

「あれ、姫君様、気をたしかにお持ち下さいまし。どこもおけがはござりませぬか」

琴絵は姫の体を抱きよせたが、いまだ眠りがさめぬのか、姫はうっとりとして空の一方を凝視している。武士は急いで姫の脈をとった。

「おお、いささか衰弱しておられるようだが、命には別条ない。しかし、合点のいかぬさっきの様子。してしてこれはいずれの姫君にておわせられまするぞ」

「はい、あの、それは」

「いやいや、差し支えあらばそのままにても結構。しかし、こうしていてはお体にも触りましょう。お屋敷はいずこじゃ、ついでのことに送りとどけて進ぜよう」

「はい、あの……」

送ってもらえばおのずから、姫の身分もわかる道理、といって、一刻もこんなところに躊躇《ちゅうちょ》はできぬ。

「ありがとうございます。したが、あなた様のご姓名は？」

「おお、拙者か、けっして気遣いいたされるな。われらはこのようなことを他言いたす者ではない。拙者は麻布《あざぶ》狸穴《まみあな》に住まいいたす、鳥居《とりい》蘭渓《らんけい》と申すものじゃ」

聞いて、琴絵はびっくりした。

「え、それではあなたが蘭渓様で？」

「おお、いかにも」

武士は柔和な面に微笑をうかべ、

「数ならぬ拙者のような者でも、名前は御存じとみえますな」

と、優しくきいたが、これを知らいでどうしよう。麻布七不思議の一つとまでいわれた蘭渓先生、その人こそは、恋しい鬼頭朱之助にとっては、恩師にあたる人ではないか。

蜘蛛《くも》を飼う武士

一

「縫之助、縫之助、ちょっとこっちへ来てくれ」

呼ばれて、ふと足をとめたのは、稽古《けいこ》帰りと見えて、竹刀を担いだまだ前髪の若侍。袴《はかま》を短くはいて、袖《そで》は肘《ひじ》までとどかない。年は十六か七であろう、丸々と太った身丈も大きく、血色もいい頬、涼やかな眼、いかにもいさぎよい感じのする少年武士だった。

狸穴に過ぎたる者が二つある。蘭渓先生に次男坊とまでうたわれた、鳥居蘭渓の次男縫之助、今しも稽古戻りの裏木戸から、母屋のほうへ行こうとするところを、ふいに庭の奥から呼びとめられたのである。

「おお、兄上、なにかご用でございますか」

縫之助は開きそろった梅の枝をくぐり抜け、声のするほうへ近づいていく。

「おお、お前にちょっと頼みたいことがある。しばらくそこに控えていてくれ」

変なところから声がすると思ったのも道理、声の主は、座敷牢《ざしきろう》の中にいるのだ。年は二十七、八であろう、狼のように尖《とが》った顔をしていて、月代《さかやき》は伸び放題、無精髯《ぶしょうひげ》がもじゃもじゃ生えて、ただならぬ眼のいろといい、わななく唇といい、ひと目で正気でないことが知れる。

これが蘭渓の長男、縫之助には異母兄にあたる大膳という気違い武士。

大膳は弟を呼んだものの、用事のことは忘れたとみえ、格子の側にあぐらをかいたまま、しきりに何やらたぐっている。見ると細い糸の先にブラ下がった、一匹の蜘蛛と余念なく戯れているのである。

スルスルスル、スルスルスル、鉤《かぎ》のような両手の指で、交互に糸をたぐり寄せては、逃げようとする蜘蛛を手元にひき寄せ、ひとりでゲラゲラ悦にいっている。見れば座敷牢の蜘蛛はその一匹のみではない。いたるところに蜘蛛の巣が張っていて、うようよするほど、いやらしい虫がうごめいているのだ。

縫之助は眉《まゆ》をひそめて、このあさましい姿をながめていたが、やがてたまりかねて、

「兄上、兄上」

と、呼んだ。

「なんじゃ」

「お呼びでございましたが、拙者になにかご用でございましたか」

「おお、そうそう、とんと失念いたしておった。蜘蛛の餌がなくなったぞ。蠅がおらぬか。蠅を捕ってきてくれ」

「蠅でございますか」

縫之助は悲しげにため息をついて、

「さようでございます。だいぶ暖かくなりましたゆえ、おっつけ蠅も出て参りましょう。見つけましたら、捕って参りましょう」

「いや、後ではいけぬ。今ただちに捕って参れ。蜘蛛めが腹をすかしよってうるそうてならぬ。早う集めてきてくれ」

「これはまたご無体な」

「なに、無体じゃと」

ふいに大膳がくるりと向き直った。

「そちゃこの兄に逆らう気か。おお、父上のご寵愛《ちょうあい》を笠《かさ》に着て、この兄をないがしろにする気じゃな。ええい、もうよい、そちには頼まぬ。われら勝手にとって参るわ」

気違い力というやつは恐ろしい。両手を格子にかけて、阿修羅のごとく猛り立てば、さしも頑丈な牢格子もメリメリメリメリ、今にも砕けんばかりの有様に、縫之助は、すっかり途方にくれてしまった。

「兄上、兄上、ああ、困ったことになりましたな。よろしゅうございます。どこぞに一匹ぐらいおりましょう。すぐに捜して参ります」

縫之助が情けなさそうにため息をついた時、

「縫之助様、縫之助様」

籬《まがき》をへだつる隣家の庭より、優しい声が聞こえてきた。縫之助はふりかえって、

「おお、お小夜どのか。いまは悪い、悪い」

と、合図をするのを相手はかまわず、

「いいえ、大膳様のお声が聞こえましたゆえ、急いで参りました。ほれ、蜘蛛の餌をここに」

袂《たもと》につつんだ紙袋をソッと出して渡すのは、隣家の娘で名はお小夜、縫之助とは筒井筒、振り分け髪の幼な友達。

「おお、さようか、それはかたじけない。兄上、兄上、蜘蛛の餌が参りました」

「おお、蝿か、蝿か、生きているな。ブンブン舞っているな。そらそら蜘蛛よ、いま餌をやるぞ。血の垂れそうなやつをくれてやるぞ」

縫之助はお小夜と顔見合わせてほっとため息。大膳はしばし、物凄《ものすご》い勢いで蜘蛛が蝿を食うさまを、さも心地よげにながめていたが、

「どうじゃ、見事であろう。あのバリバリという音をきくとゾクゾクするわ。じゃが、

蝿ではまだ物足らぬな。縫之助、蝶《ちょう》はまだ出ぬか。もうそろそろ出そうなものじゃが」

「兄上、まだ蝶の出る季節ではございませぬ」

「まだか、ああじれったいな。蝶が美しい羽をふるわせて、もがき苦しむところはまた格別。ああ、早く蝶の出る季節になればよいがの」

大膳は狂った眼差しで、ぼんやりと格子の中から天の一角をながめていたが、

「おお、そうじゃ、蝶の出る季節ともなれば、われらもこの牢内より出ることができる。うっふっふっ、縫之助。お小夜どのもよく聞け」

「はい」

「そのほうたち、日ごろからこの大膳を気違いじゃの、たわけじゃのと嘲《あざけ》っていようが、今にわれらの天下になる。うっふっふっ、お小夜どの」

「は、はい」

「はははは、なにもそのようにこわがることはないわ。いつ見てもそなたはきれいじゃな。うっふっふっ、さぞ血がうまかろうな」

「あれ！」

お小夜が思わず両の袂で顔を覆うた時、

「縫之助、縫之助、そのようなところで気違いを相手になにをいたしておるぞ。用事

がある。「父のところへ参れ」

蘭渓の声が聞こえてきた。

二

鳥居蘭渓。

この人がいったいいかなる素姓の人物であるか、何人も詳しく知っている者はない。武士とはいえど何様に仕えているでもない。そうかといって浪人でもなく、内々幕府から隠し扶持《ぶち》をいただいているといううわさ。

腕は一刀流の達人、国学に通じ、易をよくし、さらに蘭学の心得もあり、医術もくろうとはだしの腕前とやら、うそかほんとか、海内無双《かいだい》の碩学《せきがく》ともいわれ、されば世をすねて何人にも仕えようとせぬのを、無理矢理に説き伏せて、幕府より捨扶持をくれ、したい三昧《ざんまい》のことをさせてあるといううわさ、これほどの人物だから、徳をしたって門をたたく者も多かったが、よほど気に入った人物でない限り、めったに門下生にはしなかった。

鬼頭朱之助は、その数少ない門下生のひとり、しかも蘭渓がいちばん属目《しょくもく》して、自らすすめて長崎へ留学にやったものである。

この蘭渓には二人の男子があったが、兄の大膳は、狂死した先妻の血を引いたものか、幼いころより粗暴の振舞いが多かったが、二十をすぐるころよりおいおい気が変になって、今では生き物の血をすする蜘蛛《くも》を飼うのが何よりの道楽。これには父の蘭渓もひとかたならず頭をいためていたが、それに反して弟の縫之助は、勇気才覚、人にすぐれた若者だった。

「父上、なにかご用でございますか」

衣服を改め、父の書院へ入って来た縫之助、まったく十六とは見えぬほど大人びている。

ところで、この蘭渓の書院というのが尋常ではない。

西洋風に椅子《いす》、卓子《たくし》がしつらえてあって、卓子のうえにあるのはそのころ珍しい地球儀、壁には万国図絵や解体図、さらにビードロの戸棚《とだな》のなかには一個の髑髏《しやれこうべ》さえおさめてあって、黒絹に張りつめられた部屋の様子が、とんと魔法使いの住まいのようだ。

「まず、それへ掛けたがよい」

蘭渓はなぜか浮かぬ顔で、しきりに膝《ひざ》の黒猫をなでている。西洋風のガウンというのであろうか、ああいうゆるい毛羅紗《ラシヤ》の袍衣《ほうい》を長々と着流して、雪白の総髪を肩に垂れたところが、いかにもこの部屋の主らしい。

「はっ」

と、答えて縫之助は、父のまえに腰をおろす。

蘭渓はいかにも屈託《くったく》ありげに、しばし、縫之助の顔をうち見守っていたが、やがておもむろに口をひらいて、

「縫之助、いつぞや父が鮫津の海岸で目撃した怪異については、そのほうにも話したことがあったな」

「はい、承りました」

「あれからもうひと月になる」

蘭渓は沈んだ様子で指を繰っていたが、

「爾来《じらい》、父は片時もあのことを忘れはせなんだ。なんとも合点のいかぬあの場の仕儀に、なにかよからぬことが御府内に起こるのではないかと心を痛めていたが、果たしてさようじゃ。縫之助、この書面を見よ」

差し出された一通を見て、

「あ、これは根岸備前守《びぜんのかみ》様よりの御書状」

「さようじゃ。将軍家姫君、陽炎姫のご不例につき、内々意見をききたい、すぐ出頭しろというおさしず。父は内々、このようなこともあろうかと、かねてより心を痛めておった」

根岸備前守様といえば、大岡越前守《えちぜんのかみ》や遠山左衛門尉《さえもんのじょう》とともに、後世に残る名奉行、

寛政から文化へかけて、江戸の総元締ともいわれた人だが、かねて蘭渓の学問に深く帰依して、事あるごとに、その意見をたたくのは珍しいことではない。

「おお、それではあの晩、父上がお救いなされたは、やっぱり陽炎姫でございましたか」

「いかにもさよう。だが縫之助、驚くのはまだ早いぞ、もっともっと大変なことがある。縫之助、この筆跡に覚えがあるか」

蘭渓がさらに懐中より取り出した、もう一通の部厚な書状をいぶかしげに取りあげた縫之助、そのとたん、思わずはっと息をのんだ。

「や、や、これは見覚えのある、鬼頭朱之助どのの筆跡」

「いかにも、縫之助、一度その書面を読んでみるがよい」

朱之助が孤島で書いたあの手記は、巡り巡ってこうしてついに、蘭渓親子の眼にふれるところとなったのだ。

隣同士

一

さて朱之助の手記が、どうして鳥居蘭渓の手に入ったかというと、それにはつぎのような仔細《しさい》がある。

房州鯨奉行勤番、秋月数馬が愛する陽炎姫の身を気づかって、小姓の源之丞を使者に立てたことは前にも述べたが、その源之丞が持ちかえったのは琴絵の手紙、中にはこまごまとあのあやかしを述べたうえ、鳥居蘭渓先生に、危ないところを救われたという一節まで書き添えてある。

そこでハタと膝を打ったのは秋月数馬だ。

琴絵の手紙より察すれば、もはや朱之助の手記には寸分も疑いをさしはさむ余地はない。なんとも知れぬ怪しい鬼が、陽炎姫をねらっていることは、今や疑うべくもなかった。

数馬はいても立ってもいられぬ思いだったが、身は房州に勤番の身。軽々しく任地をはなれることはかなわぬ、そこで思いついたのは蘭渓先生。かねてより人柄を聞き知っていた数馬は、先生をおいてほかに、あの恐ろしい髑髏検校を倒し得る者はあるまいと気がついた。そこで早速、書面に添えて、朱之助の手記を送ってきたというわけだ。

それはさておき、朱之助の手記を読み終わった縫之助は、さすがまだ若年の身の、筆にも言葉にもつくせぬほどの恐ろしさに、思わず呆然《ぼうぜん》たる瞳《ひとみ》をあげた。

「父上、これは真実でございましょうか。真実といたせば、一刻もゆるがせにならぬ一大事」

「縫之助、そのほうは鬼頭朱之助のひととなりをよく存じおろうな」

「は」

きっと面《おもて》をあげた縫之助。

「知らずにどういたしましょう。江戸にある時は兄とも仰いだ朱之助どの」

「よし、しからば聞くが、朱之助は怪異におうて気が狂うような人間か」

「なかなかもって、そのような」

「よしよし」

蘭渓は心地よげににんまりわらうと、

「それでよい、朱之助の手記はことごとく真実じゃ。わしは信ずる。すみからすみまで信ずることができる。それにしてもこのような変事のなかに、よくもこれだけの事をしたためしもの、あっぱれなやつじゃ」

「父上、父上」

縫之助は必死の面持ちで膝《ひざ》を乗り出し、

「すりゃ、朱之助どのには、おいたわしや、人知れぬ絶海の孤島に、いまも生き長らえていられるのでございましょうか」

「そうであろう、ふびんながら助くる術《すべ》もない。しかし、縫之助、朱之助も朱之助じゃが、それよりも一大事は髑髏検校と申すやつ。わしがこの眼でしかと見たからは、たしかに江戸へ現われたに違いない。縫之助、江戸の天地に間もなく、一大事変出《しゅつ》来《たい》いたすであろうぞ」

「はっ」

いつにない、沈痛な父の言葉に、縫之助は思わず身がひきしまる想い。親子はしばし、じっと眼と眼を見交わしていたが、やがて蘭渓はつと椅子より立ちあがった。

「父はこれよりただちに備前守様お屋敷へ参らねばならぬ。また、仕儀によっては陽炎姫をお護《まも》りして、かの恐ろしい髑髏検校とやらと一騎討ちじゃ。向こうを倒すか、父が倒れるか、相手もなみなみならぬ怪物ゆえ、この勝負、生命がけじゃ。縫之助、そちもその覚悟でいたがよいぞ」

ああ、こうして、髑髏検校対鳥居蘭渓の、前代未聞の争闘の幕は、今まさに切って落とされようとするのである。

二

「お小夜、お小夜はおらぬかえ。ええまあ、あの娘としたことが、おおかた、また居眠りでもしているのであろうか。ほんにちょっとの間も眼を離せない娘だよ」

青々と剃《そ》った眉根《まゆね》をひそめて、チェッと舌打ちをしたのは、鳥居蘭渓の隣家に住む、蛭川幻庵《ひるかわげんあん》という町医者の後妻お角《すみ》という女。

もはや四十に手がとどこうという大年増《おおどしま》だのに、白粉《おしろい》べたべたといやらしく、もとはどこかの飯盛り女だったとやら、額に険のある女だ。

「ほんにおまえさん、いやんなっちまうよ。いかに生《な》さぬ仲だとはいえ、あたしがこの家へ来てからというもの、一度だってあの娘はいい顔を見せたことがありゃしない。おまえさんが猫かわいがりにかわいがるから、つけあがってあたしをばかにしてるんだよ」

「なあに、そんなことはあるめえが」

亭主の幻庵はもうよほど酔っているとみえ、呂律《ろれつ》もまわらずまるで正体がない。

掃除もいきとどかぬ座敷の中は、壁はボロボロ落ち、畳は破れて、すすけた行燈《あんどん》のそばには、杯盤狼藉《はいばんろうぜき》、二人はすっかり酒がまわっていた。

蛭川幻庵、もとはこの界隈《かいわい》でも相当はやった医者だったが、先年妻に先立たれ、どこからか、この怪しげな女を引きずりこんできてからというもの、日ごと夜ごと酒びたり。おかげで顧客《とくい》もだんだん離れ、このごろではいつもピイピイ、内所は火の車だった。

「チェッ、おまえさんがそんなことをいってるから、よけいつけ上がってばかにするんだよ。これお小夜、お小夜はいないか。酒がなくなったんだよ。早く買って来ないかえ。ええもう、気の利かない娘だよ」

「お角、さ、酒を買って来いって、かんじんのお鳥目《ちょうもく》はあるのかえ」

「お鳥目、ふん、そんな気の利いたものがあってたまるものかね。だけどさ、親が酒を飲みたいといやあ、子供としてそれくらいの工面をするのがあたりまえじゃないか。あああああ、あたしゃもうこんな貧乏暮らしにゃほんにくさくさしちまうよ」

その貧乏にはだれがした。もとは界隈きっての分限者だという評判だったのを、酒は飲むわ、女だてらに博奕《ばくち》は打つわ、またたく間に家中を蜘蛛《くも》の巣だらけにしてしまったのは、みんなこのお角のせいだった。

「ねえ、おまえさん」

お角は急に猫なで声になって、

「だからさ、この間からも言ってるじゃないか。向こうの伊丹屋の親爺《おやじ》さ、あれがお小夜の器量に眼をつけ、この間から世話をしよう、世話をしようって、しつこく言ってくるんだよ。伊丹屋といや、蔵が三つもある分限者さ。そりゃ年はいきすぎてるが、そんなことをいってる場合じゃないよ。おまえさん、親の威光でひとつお小夜を、うんといわしたらいいじゃないか」

「ブルブルブル」

酔っていても、女に性根を抜かれていても、そこはさすがに親の情、幻庵はくわい頭を振り立てて、

「お角、てまえ、なにをいう。お小夜は今年いくつだと思う。とってわずか十と六、ブルブルブル、そんなことはならぬ、なりませぬぞ。やせても枯れても蛭川幻庵のひとり娘じゃ、そんなあさましいことはなりませぬぞ」

「チェッ、なにをいうのさ、なにがやせても枯れてもさ。やせきって、枯れきって、絞ったって汁も出やしないじゃないか。ええい、そんならおまえさん勝手におし、あたしゃもう知らないよ。お小夜、これお小夜」

お角は立って、がらりと庭の雨戸をひらいたが、とたんにゾーッと首をすくめた。

「はい、はい、なんぞご用でございますか」

人気のない、おぼろ月夜の庭に向かって、お角がしきりに頭を下げているから、おどろいたのは幻庵だ。

「お角、だれか庭にいなさるのか」

「しっ」

と、お角はうしろざまに手を振って、

「はいはい、あの、それではあなた様のおいいつけを聞きましたら、五両、あの、大枚五両という金を下さるとおっしゃるのですか。はいはい。それはもう、――そしてどのようなご用でございましょう。え？　なんでございます。お隣の、――はいはい、あのお隣の座敷牢《ざしきろう》を――あの座敷牢を破るのでございますか」

聞いて幻庵はびっくりした。

「お、お角、てまえいったい何をいってるのだ。おまえ、気でもちがやあしないか」

「しっ、黙っておいで」

お角はくるりと振りかえると、眼を光らせ、声をひそめて語るには、

「おまえさん、きれいなお上臈《じようろう》さまだよ。そのお上臈さまがね、ほらお隣の気違いを座敷牢から出してくれりゃ、五両の金を下さるというのだよ。あたしゃちょっと行ってくるから、おまえさん待っておいで。帰りにゃたんまり酒を買って来るからね」

「お角、お待ち、これ、待たねえか」

「ええい、なにをじゃまだてするんだよ」

小褄《こづま》をとってきりりと帯にはさんだお角は、止める幻庵を突きはなし、ひらりと庭

へとび下りると、はやうすくらがりの庭づたい、いっさんに隣家のほうへ走っていく。それを見て驚いたのは幻庵だ。

「お小夜、お小夜はいないか。た、大変だ」

幻庵の声に驚いて駆けつけて来たお小夜は、さっきからの話を、あらまし聞いていたのであろう、眼を真っ赤に泣きはらしている。

「おお、お小夜、大変だ、お角のやつが、だれかに頼まれ、無法にもお隣の座敷牢を破りにいきおった。おまえいって、止めて来い」

「あの、まあ、母さんが」

お小夜もはっと仰天して、素足のまま急いで庭へとびおりたが、その時すでに、お角が格子を切り破ったのであろう。大膳の気違いじみた高笑いが聞こえてくる。

「あれ、まあ、母さん」

お小夜が夢中であいの垣まで駆けつけた時、ふいにだれやら、がっちりお小夜を抱きとめた。

「あれ、だ、だれだえ、そこを離して、いやだといったら、いたずらするときかないよ」

お小夜はいたって気丈な娘である。簪《かんざし》逆手に抜きとって、きっと相手をふりかえったが、とたんに、ジーンと血の凍る思いがした。

薄闇の中にすっくと立って、じっとお小夜を見おろしているのは、白絹小袖《こそで》に緋《ひ》の袴《はかま》。艶々《つやつや》とした漆黒の頭髪を肩に垂れた、世にも異様な人物だった。

「あれえ、だれか来てえ」

お小夜はそのまま気が遠くなったが、その間に大膳は牢を破って脱け出したとみえ、笑い声はしだいしだいに遠くなる。

その夜、二人の上臈に導かれ、大膳がこおどりせんばかりに疾走しているのを、見たものがあるとやら。

闇夜の蝙蝠《こうもり》

一

父、蘭渓を送り出したあと、とろとろとまどろんでいた縫之助は、何やら異様な叫び声に、はっと夢からさめた。

(はてな)

あたりを見回し、自鳴鐘《とけい》をみるとまだ八ツ半、それほど晩《おそ》い時刻でもないのに、いつしか正体もなく眠りこんでいたのが、われながら合点がいかない。深更から暁にかけて書をよむことはあっても、その間、眠りに誘われるなどということは、かってないことだった。それだけに縫之助は不快である。

気がつくと、襟元がゾクゾクとうす寒く、なんとなく頭も重い。

「これよ、だれかおらぬか、雁八はおらぬか」

熱い茶でも所望するつもりで、手を鳴らしたが返事はなく、返事の代わりにどこか遠くで、またもや異様な叫び声。

縫之助ははっとすると、とたんに頭がさえてきた。いまのは確かに、兄大膳の声だった。それもひと通りの叫び声ではない。有頂天になって喜んでいるような高笑いが、尋常とは思えない。

(はて、何事が起こったか)

縫之助、思わず刀をひきよせると、がらりと雨戸をひらいてみる。

蕾《つぼみ》という蕾が、いちじにふくらみそうな、ねっとりした春の宵、木の葉いちまい落ちる音さえ聞こえそうな静寂のなかに、どこか遠くで琴の音がしている。

「兄上、兄上、いかがなされましたか」

縫之助は庭へおりると、座敷牢のほうへ回ってみたが、そのとたんあっと仰天した。誰がねじ切ったのか座敷牢の錠が外れて、のぞいてみると中はもぬけの殻。あのいやらしい蜘蛛ばかりが、うすくらがりの部屋の中に、うじゃうじゃと気味悪くうごめいているのだ。

「しまった！」

と、血相かえた縫之助、

「これよ、雁八、雁八はおらぬか、灯を持て」

大声に呼ばわれば、遠くのほうで、

「へえい」

と、間の抜けた返事。やがて提灯《ちょうちん》かざして、のこのこと現われたのは奴《やっこ》の雁八だ。寝呆《ねぼ》け眼をこすりながら、

「若旦那《だんな》様、どうかいたしましたか」

「おお、雁八、一大事じゃ。兄上のお姿が見えぬぞ」

「え？　なんでございます。それでは大膳様がお見えになりませぬか」

「おお、兄上が牢をやぶって逃げられた。父上のご不在中、万一のことがあっては相すまぬ。雁八、どこかその辺に、お姿が見えはせぬか、ひとつ捜してみてくれ」

「へえへえ、承知いたしました。したが、あの厳重な錠前を、いったいどうして破ったものか。いや、これだから気違いの力というやつは恐ろしいて」

「なにを申しておる」

「へえへえ、なに、こっちのことでございますわい」

首をすくめた雁八が、座敷牢のまえを離れると、提灯かざして何気なく、隣家の庭をのぞいてみたが、そのとたん、

「うわッ！　ワ、ワ、若旦那！」

腰の蝶番《ちようつがい》が外れたらしい。そのままへなへなへたばったから、驚いたのは縫之助だ。

「これ、雁八、いかがいたした」

「ど、どうもこうもございませぬ。で、で、出ましたあ」

「なに、出たとは何が」

「いつぞや、大旦那《おおだんな》のお供のみぎり、鮫津の古寺でみた、あの化け物が、そ、それそれ、隣の庭に……」

聞くより早く縫之助、提灯もぎとりさっと闇にかざしてみたが、そのとたん思わずあっと息をのんだ。

春の夜の闇はあやうし梅の花――咲きそろった梅の古木のその下に、何やら異様な影がうずくまっているのだ。

白絹小袖に緋の袴、艶々とした漆黒の髪の毛を肩にたらした異形の姿が、鬼火のようなほの明かりを、あたりの闇にまき散らしつつ、片手にしっかと抱いているのは、まぎれもない隣家の娘、可憐《かれん》のお小夜。

「おのれ、妖怪《ようかい》！」

若年ながら縫之助、さすが父の仕込みだけあって、勇気は大人も及ばない。手にした提灯投げつけると、二尺三寸、志津三郎の銘刀を抜く手も見せず、斬りつけたが、とたんにさあっと飛び散ったのは、今を盛りと咲きほこった梅花数輪。

「慮外者めが」

異形の影はこちらを向いて、ハッタと縫之助をにらんだが、いや、その眼光の恐ろしさ、かつまた、真っ赤にそまった唇の、なんともいえぬ気味悪さ。

さすがの縫之助もシーンと金縛りにあったよう、再び踏み込む勇気もくじけたが、かくてはならじと、

「おのれ、妖怪、覚悟!」

振りかぶった二の太刀を、真っ向から斬りおろしたとたん、さアっと妖《あや》しい白気があたりを立ちこめ、異形の影は霧のようにすうっとうすくなっていった。そしてあとにはお小夜がひとり、血の色もなく、ぐったりと土のうえにくずおれているのである。

縫之助はしばし茫然《ぼうぜん》としてあたりを見回していたが、やがて急いでお小夜を抱きおこすと、

「お小夜どの、これ、気をたしかにお持ちなされい」

二度三度、名を呼ばれて、お小夜ははっとわれにかえったが、見ると白いのどのあたりに、ポッチリと赤い咬《か》み傷。

縫之助はそれを見ると、思わずぎょっと顔をそむけたが、お小夜はそれとも気がつかず、

「あれ、縫之助さま、たいへんでございます。母さんがだれやら怪しいお人に頼まれて大膳様の牢《ろう》をお破りなされました」

「おお、それでは兄上の牢を破ったのは……」

「あい、母さんでございます。大膳様はあやしい二人の上臈《じょうろう》にみちびかれ、どこへやらいってしまわれましたが、縫之助さま、少しも早くあと追いかけて」

「おお、かたじけない、それでは雁八、お小夜どののことは頼んだぞ」

袴《はかま》の股立《ももだ》ちきりりとって、縫之助がいっさんに駆け出したときである。いずこより現われたのか、季節はずれの巨蝙蝠《おおこうもり》が、ひらりひらりと空に舞っていたが、やがて闇をついていずこともなく飛び去った。

二

鮫津のお浜御殿は、こよいも深い憂色につつまれている。陽炎姫のご容態が、あいもかわらずはかばかしくないのだ。

おいたわしや姫君は、日ごと夜ごと衰えて、美しいお顔は梨の花のように血の気もなく、きょうこのごろでは瞳《ひとみ》の色にも力がなかった。

そのお浜御殿へ、いましもズイと乗りつけた二挺《ちょう》の駕籠《かご》がある。出迎えたのはお浜御殿の警備頭、お側御用人の榊原主計頭《かずえのかみ》。

「おお、根岸どの、ご苦労千万に存じます。さきほど大目付神保佐渡守《さどのかみ》様より、内密のお達しがあったにより、お待ち申しておりました」

「いや、榊原どのにもご苦労に存じます。さぞご心痛のことでござろう」

駕籠のたれをあげて出たのは、年配の、でっぷりと肥えたかっぷくのよい御仁、この人こそ名奉行のほまれ高い、根岸備前守様。つづいてもうひとつの駕籠より出たのは、いわずと知れた鳥居蘭渓。いよいよ、お浜御殿へ実地検分に出かけたとみえるのだ。

榊原主計頭に案内されて、お錠口へとおると、出迎えたのは琴絵である。琴絵もあらかじめ、今宵の来訪をきかされていたとみえる。

「おお、琴絵どの、ご苦労ご苦労、して、して、姫のご容態はどうじゃの」

「はい、今宵はいつになく、よくお寝《やす》みでございます」

今日このごろの姫の看護で、琴絵もどこやら、いたいたしい疲れの色がみえていた。

「琴絵どのと仰せらるるか、いつぞやお目にかかりましたな」

「はい、先生」

蘭渓の言葉に、琴絵ははや少し涙ぐむ。

「してして、その後もやはり、姫には夜歩きをあそばさるるか」

「はい、その後二、三日のあいだはまだよろしゅうございましたが、近ごろではまたときどき」

陽炎姫は骨と皮とにやつれていながら、それでもやっぱり夜歩きの沙汰《さた》はやまないのだ。宿直《とのい》のものがすこしでも油断をすると、いつしかふらふらと御殿をあとにさまよい歩く。やむなく近ごろでは、夜に入るとともに、御殿の雨戸という雨戸には、厳重な桟がかけられるくらいだった。備前守はため息ついて、

「いや、まことに困ったものじゃ。上にもことのほかご心痛での。わけても御生母呉《くれ》竹《たけ》様のお嘆《なげ》きはまた格別」

「ごもっともでございます。それと申すもこの琴絵がいたりませぬゆえ、なんとも申し訳ございませせぬ」

「いやいや、そのようなことはない。そなたの陰日向《かげひなた》なき忠勤は、上にもよくご存知、呉竹様も御満足じゃが、何を申すも御病気が御病気ゆえ、ふつうの医者ではいかがであろうと、それで今宵、蘭渓先生をともない申したが、姫の御寝中とあってはどうであろうか」

「いえいえ、そのようなことなら、一刻も早いほうがよろしゅうございます。わたくしより姫君様によろしく申し上げますほどに、なにとぞお脈取り願わしゅう存じま

す」

「おお、さようか、しからば榊原どの、卒爾《そつじ》ながら姫の御寝所へ案内していただいても、差し支えはございませぬかな」

「なにとぞよろしゅうお願い申しあげます。それ、琴絵どの、ご案内申せ」

「はい」

お錠口から奥へとおると、広い廊下のあちこちには、灯もあかあかと、不寝番の女たちがひそひそとささやき交わす声も不安そう。姫の御病気以来、ちかごろでは宿直の数もふえ、日夜、警戒は厳重を極めていた。

やがて、備前守様と鳥居蘭渓、姫の寝所のつぎの間へ来てみると、これはしたり、宿直の女が五、六名、前後も知らず白河夜舟。琴絵ははっと驚いて、

「あれまあ、早瀬様、紅梅様、どうしたものでございます。もし、お目覚めなされませ。お客様でございます。お目覚めなされませと申しますに」

揺り起こしたが、いっかな目覚むればこそ、前後不覚の高いびきは、なんともけしからぬ有様だ。蘭渓先生、きっとばかりにこの様子をながめていたが、にわかに、眉《まゆ》をひそめると、

「琴絵どの、姫の寝所はあれにてござるかな」

「はい」

琴絵の答えるのも待たで蘭渓先生、つかつかと襖《ふすま》のそばへよると見るや、

「ごめん」

さっと、襖をひらいて帳《とばり》をかかげたが、こはいかに寝所のなかはもぬけの殻。

「あれ、姫君様は？」

と、琴絵ははっと息をのむ、騒ぎをきいて腰元たちも、いっせいに目覚めたが、だれひとり姫の抜け出したのを知っているものはない。寝所のあたりはにわかに大騒ぎとなったが、琴絵はなにを思ったのか、両手でそれをおさえると、

「お待ちなされませ。姫のお行方はすぐ分ります。ほら御覧あそばせ、この糸車がくるくる回っておりまする」

なるほど見れば、傍らの花筒にさした糸車が人気もないのにくるくる回っているのだ。琴絵はきっとその糸車を手にとりあげ、

「妹背山《いもせやま》のお三輪《みわ》の故知にならい、姫君様のお召物のすそに、糸のはしを縫いつけおきました。この糸をしたっていけば、姫君様のお行方もわかる道理、おいで下さいまし」

姫を案ずる琴絵の機転だった。

なるほど見れば、糸車より出た紅のひと筋は、寝所から廊下のほうへと長くつづいている。そのあとを追っていくと、座敷からお錠口を伝って、さらに屋上の物見のほ

うへつづいている。

「おお、さては姫君には物見へ出られたとみゆる。もしものことがあっては一大事、それ、琴絵どの」

手燭をかざした三人は、物見へそって出てみたが、そのとたん、思わずあっと宙をふんだ。高い望楼の窓から、半身のり出すようにして、姫はぐったり空を見ている。その顔のいろは白蠟《はくろう》よりもまだ白かった。

「あれ、もし、姫君様」

琴絵はあわてて駆けよったが、なにをみたのか、ふいに、

「あれえ！」

と、叫んで両手で顔をおおうた。

「琴絵どの、琴絵どの、いかがいたした」

「あれ、もし、先生、あのようなものが……」

わななく指で琴絵が指さしたとたん、姫のそばより何やら黒いものが、フワリと離れて窓から外へとび出した。

「や、や、ありゃ蝙蝠《こうもり》！」

いかにもそれは蝙蝠だった。一匹の巨大な蝙蝠が、怒ったような羽ばたきしながら、しばらくゆらゆら虚空を舞っていたが、やがて、おぼろ月夜の空遠く、しだいに影は

小さくなった。

あとには蘭渓先生と備前守様、思わずゾッと顔見合わせる。

白狼異変

一

陽炎姫のお悩みはますますつのるばかりである。

ちかごろでは全身の血という血を吸いとられたように、肌が白く透けてみえて、お召し物さえ重たげに見える。

「琴絵」

「はい」

「そなたにもいろいろ苦労かけたが、この様子ではしょせんわたしは助かりませぬ。いまにわたしの体からは、一滴の血もなくなるであろう。そして、やがては朽木のように、はかない生命を終わるのであろう」

世間では、そろそろ花の便りをきこうというのに、陽炎姫ばかりは、冬の寒さに閉ざされて、氷のように手足は冷えきっていた。もはや頭もあがらない。起きているさえ大儀なのである。それでいながら夜ともなると、不思議な夢魔にひきずられ、われにもなくそぞろ歩きをする陽炎姫、やがてはその名のごとく陽炎と消えるお命かと思うと、お側についている琴絵も、あまりの痛ましさに、涙なしには姫のお顔も見られない。

琴絵はそれでも気を取り直し、

「まあ、何をおっしゃいます。ああして、蘭渓先生もお骨折り下さいます。きっときっと、いまに御本服なされますに違いございませぬわ。お庭の桜が咲くころには、またもとどおりのお体になれますでしょう」

「ありがとう、そなたがそのようにいってくれるのはうれしいけれど、わたしにはもうちゃんと分っている。それに、死ぬということは、わたしにはそれほどいやなことでもない。ただ母上様のことを考えると、それが悲しゅうて……」

姫はしとどに枕を濡《ぬ》らすのであった。

「あれまあ、お気の弱いそのようなこと。死ぬなどとは鶴亀、鶴亀、それより姫君様、おお、それそれ、よいお話がございます」

「琴絵、よい話というのはえ」

「さればでございます。姫君様の御病について、蘭渓先生もことのほか、肝胆をくだいていられましたが、どうしてもお側にひとり、腕の立つ殿御がいると申すところから、ちかぢかに、よい殿御が、この御殿へ参られるはずでございます」

「はて、よい殿御というのは」

「あれ、まあ、姫君様のおとぼけなさいますこと。それそれ、房州にいられる、あのお方でございます」

「なに、それでは秋月様が……」

姫は思わず身をおこしたが、すぐ淋《さび》しげに打ち笑うと、

「ほほほほ、琴絵としたことがなにをうじゃうじゃ。あのお方は御勘気をこうむって房州の鯨奉行、どうしてここへお見えになるものか」

「いいえ、姫君様、真実でございます」

琴絵は膝《ひざ》をのり出すと、

「なんでも蘭渓先生が、大目付様を説きふせて、無理矢理にあの方を江戸へお呼び戻しになるということ、うそとおぼしめすなら、今度蘭渓先生がお見えになった時、じかにお聞きなされませ」

「琴絵、それでは真実のことかえ」

消えかかった灯が、一時ぱっと燃えあがるように、姫の頬にもほのかな紅がさした。

「真実でございますとも、なんでうそなど申しましょう。さあ、ですからよくお休みなさいまし。おお、そうそう、蘭渓先生のお送りくださいましたこの花胡《はなにんにく》、これをお

首のまわりにまいておきましょう」

琴絵が朱塗りの籠《かご》から取り出したのは、匂いの高い葫の花である。この葫は蘭渓先生がわざわざ送りとどけてきたもので、この花をのどのまわりに巻いておけば、さすがの吸血鬼もその匂いにおそれをなして、近寄ることができぬという。それかあらぬかこの二、三日は、姫の身にも異変はなく、いくらか血色をとり戻していた。

いつもは姫は、この葫の香をきらって、なかなか琴絵の言葉にも従わぬのであったが、今宵は秋月数馬の話もあったせいか、素直に葫を巻きつけ、やがてすやすやとお休みになった様子。

琴絵もちょっとひと安心、はじめて胸をなでおろしたが、ちょうどそのころ、千代田城吹上《ふきあげ》御苑でちょっと変わった出来事があった。

そのころ、西国のさる大名から、将軍家へ白狼を献上したものがあった。

白狼とは伝説《はなし》にはままあるが、実際はいたって珍しい。姿かたちはふつうの狼なのだが、全身雪に覆われたように、長い白毛で覆われて、みるからに神秘不可思議の感がある。

将軍家でもことごとくよろこばれて、特別仕立ての檻《おり》に入れ、吹上御苑で飼っていられたが、その夜深更、この白狼が怪しくほえ続けるところから、番士のひとりが様子を見にきた。

と、見ると、檻のまえに何やら怪しい影が朦朧《もうろう》と立っている。大奥でもみたこともない、﨟《ろう》たけたひとりの上﨟《じょうろう》だ。

「だれだ、何者だ」

番士は驚いて声をかけたが、そのとたん、上﨟の手がさっとあがったと見るや、するすると檻の戸がひらいて、中から猛然と躍り出したのは献上の白狼だ。こいつが真一文字にとびかかってきたから、驚いたのはくだんの番士。

「やや、方々お出合いなされ、曲者でござる。白狼がとび出しましてござりますぞ」

大声に呼ばわったからさあ大変、大奥はにわかに大騒ぎとなったが、その間にくだんの白狼は、怪しい上﨟にみちびかれ、いずこともなく逃げ去ってしまったのである。

二

「姫君様、お喜びあそばせ。いよいよ秋月様がお着きでございますよ」

琴絵が瞳《ひとみ》を輝かせて、陽炎姫にそうささやいたのは、吹上御苑であの白狼騒ぎがあってから三日目のこと。

「え？　それではあの方が……」

姫がいまにも起き直ろうとするのを、琴絵はあわててなだめながら、

「あれ、まあ姫君様のお気の早い、いまお着きになったばかり、表にて榊原様と御談

合とやら、夜が明けたらお目通りなさいますでしょう。さあ、今宵はよくお休みなさいまし」

「琴絵、それでもわたしは一刻も早く会いたい。しかし、このように見苦しくやつれていては、あの方はなんと思召《おぼしめ》すであろう」

「まあ、なにをおっしゃいますやら、それでございますから、少しでもよくお休みになって、お元気になったところで、久々のご対面なさいまし。それに今宵は蘭渓先生の御次男様、縫之助どのとおっしゃる方も表へお詰めとのこと、なんのご心配もいりませぬ。さあさあ、よくお休みになったがよろしゅうございます」

琴絵になだめすかされて、それでも姫はやっと眠りについた。琴絵はしばらく、その寝顔を見つめていたが、おおそれそれと、例の花瓶、これをそっとお褥《しとね》のまわりから、のどのあたりに撒《ま》きちらす。

「ほんにさすが蘭渓先生、この葫のよく利くこと。これを撒いてお寝《やす》みになるようになって以来、姫君様の御容態も、見ちがえるようになった」

琴絵が寝所から出ると、出合い頭に入って来たのは、ひとりの腰元。

「おお、琴絵様、呉竹様のお見舞いでございますよ」

「え？　呉竹様が」

琴絵が驚いているところへ、静かに入って来たのは、陽炎姫の御生母呉竹様、姫の御容態を心痛のあまり、夜中ながら見舞いに来たのだ。

「琴絵、大儀じゃの。してして、姫の容態は」

「はい、ちかごろはめっきりおよろしいほうでございます。ただ今もよくお休みでございます」

「おお、それはなにより、ではひとつ寝顔でも見て帰りましょう。いいえ、案内はいりませぬ。そなたはここにひかえていてたも」

あとから思えば、この時、琴絵がお供をしていたら、あんな間違いはなかったのだ。なにもしらぬ呉竹様は、ひとり寝所へ入ったが、なんともいいようのないあの匂い。

「まあ、琴絵としたことが、このような匂いの強い花を寝所へおいて、これでは姫も休まれますまい」

呉竹はせっかくの葫を、姫の身のまわりから取り捨ててしまったが、ちょうどその時、だれやら激しく雨戸を打つ音に、

「はいはい、どなたでございます。今時なんの御用でございますか」

腰元の早瀬がなにげなく、雨戸をひらいたからたまらない。そのせつな、さっと躍りこんで来たのは一頭の白狼だ。

「あれえ！」

思わず叫ぶ早瀬の肩をおどり越え、白狼は風をきって寝所のほうへ——琴絵もあっ

とおどろいた。

「やや、狼でござりまするぞ。かたがたお出会いなされませ。白狼が御殿へおどりこみましたぞ」

大声で叫んだから、さあたいへん。腰元どもはわっと叫んで居間からとび出す。騒ぎをききつけ、表のほうから、宿直《とのい》の武士がおっとり刀でかけつけて来る。なかには秋月数馬も、鳥居縫之助もまじっていた。

「琴絵どの、琴絵どの、いかがなされた」

「おお、秋月さま、狼が――陽炎姫の寝所へ」

「なに、狼が――縫之助どの、それ」

姫の寝所へふみこんだが、白狼はもうそのへんには見えない。すやすやと眠っている姫のそばには、生母呉竹が土色になって気を失っているばかり。折から向こうで、狼だ、狼だと口々にののしる腰元の声。

「それ、狼は向こうだそうな」

ふたりはまたもやおっとり刀でひきかえしたが、あとで琴絵ははっと気がつき、急いで寝所へとびこんだが、その時である。風のごとく、幻のごとく、すうっと琴絵のそばを通りすぎたものがある。

「もし」

琴絵はきっと呼びとめて、

「そなたは何者じゃ、どうしてこの寝所へ忍びこんだのじゃえ」

声をかけると、相手はニタリとこちらを振りかえったが、その顔を見たせつな、琴絵はジーンと全身の血が一時に凍るかと思われた。

いつぞや、雪の五輪塔でみた、奇怪な総髪の人物。しかしあのときからみると、はるかに若々しく見える。白皙《はくせき》のおもては照り輝くばかり美しく、朱をはいた瞼際《けんさい》は、春霞《はるがすみ》のようにほのかな微笑をたたえて、げにや、ふるいつきたいほどの美少年。――だが、あの唇はどうしたのだ。あの気味悪い唇の色は――。

琴絵はあっと姫をふりかえったが、姫はすでにこと切れていた。全身はすっかり血の気を失って、頬は白蠟《はくろう》よりもまだ白い。

「あれえ！」

琴絵が思わず顔をふせたせつな、灯がスーッとくらくなったかと思うと、怪しの美少年は霧のように虚空にとけて、あとには吹きこむ風がゾッと背筋をなでるばかり。

――

迎え駕籠《かご》

一

「おめでとうございます。親方、きょうもまた大した入りでございますぜ、初下《はつくだ》りからこの人気、さすが天王寺屋の親方はちがったものだと、いやもうたいへんな評判でございますぜ」

「ありがとう。なに、江戸のお客は義俠心《ぎきょうしん》がつよいから、数ならぬわたしのような者でも、特別にごひいきにして下さるのさ」

鏡台のまえで双肌《もろはだ》ぬいで、顔のこしらえをしているのは、ついちかごろ大坂から、この市村座へ下って来たばかりの中村富五郎、年は若いが名題のケレン師で、水際立ったそのケレンに、ちかごろ江戸の人気を独占しているかたちだった。

「なにしてもあの骨寄せの場なんざ、親方よりほかにできるものはありゃしません。あんまり鮮やかだものだから、ありゃ切支丹《キリシタン》の妖術《ようじゅつ》を使うんじゃないかって、いやまあ、どこもかしこも大騒ぎ、こいつは大当たりでございますねえ」

初下りの富五郎が、江戸っ児をあっといわせただしものというのは「鏡山後日岩《かがみやまごにちのいわ》藤《ふじ》」俗にいう骨寄《こつよ》せ岩藤である。骸骨《がいこつ》になった岩藤が、再びこの世にいきかえり、お家に仇《あだ》をするという鏡山の後日譚《ごじつものがたり》、富五郎はその岩藤と、岩藤のおとし種、藤波由縁之丞という美少年の二役を演じて骨寄せの場であざやかなケレンを見せていた。

髑髏検校の一件は、御公儀でも厳重に秘しかくしているのだが、こういうことはとかく世間に洩《も》れやすく、ちかごろでは江戸でだれ一人知らぬ者はない。そこを当てこんだのがこの骨寄せ岩藤、そいつがパッと評判になったから、市村座は連日の大入りだ。

「治右衛門さん」

富五郎は由縁之丞の、美しい扮装《ふんそう》にとりかかっていた手をふとやすめ、

「おまえさん、人気をあおって下さるのはありがたいが、めったなうわさをまいて下さっては困りますよ。切支丹だなんて、そんなことが御公儀の耳に入ってごろうじろ。どのようなおとがめがあるとも知れぬ。それに、陽炎姫様の一件もあるし、これがいま評判の髑髏検校のあてこみだと知れてみれば、きっとそのままでは捨てておかないよ」

「なあに、そんなことがわかりますものか。わかったところで、言い抜ける道はいくらでもある。しかし、あの陽炎姫の一件は少々妙でございますね」

陽炎姫がお亡くなりになってから、はや一月あまりになる。ところが、その時分、

妙なうわさが市中の人々の口にのぼっていた。

陽炎姫のお亡骸《なきがら》が、とつじょ、お浜御殿から消えてしまったというのである。あれだけ大勢の人々がお護《まも》りしているのだから、お亡骸が盗まれるなんて、あり得べきはずはないが、事実は忽然《こつぜん》として煙のように消えてしまったというのだ。

そうでなくても、髑髏検校のうわさにおびえ切っている人々は、それをきくといっせいに顔見合わせてため息ついた。

「さようさ。あまり評判がたかいから、わたしもこんどのだしものは、少し考えものだと思っているのさ。もし、さしさわりでもできるとつまらないからねえ」

「冗談いっちゃいけません。これだけの人気を呼んでいるのに、いまさら、だしものを変えることができますものか。親方もお気の弱い。まあせいぜい勤めておくんなさいよ」

頭取の治右衛門は一大事とばかり、富五郎をなだめにかかったが、ふと思い出したように、

「そうそう、おれとしたことが、肝心の用事をわすれていた。親方、こんや座がはねたら、ぜひ親方の体を貸してもらいたいというお客人がいなさるのだが」

「わたしに？　ええ、そりゃまあ、ごひいきのおっしゃることなら、聞かざあなりますまいが、して、さきさまはどういうお方だえ」

「それがもう、ふるいつきたいほどきれいなお女中ですが、ありゃなんだろうなあ。大奥のお女中とも見えねえが、今度幕があいたらよく御覧なさいまし。二階の正面に陣取っている二人づれ、双生児のように似た上臈《じょうろう》だから、すぐ分りますさあ」

「そうですか、それじゃよく気をつけてみよう」

そこはやっぱり人気稼業、それに相手が美しい女ときくと富五郎もむろんいやな気はしない。高貴な女性のひいきになるのも、役者冥利《みょうり》とおもえば、富五郎もにわかに気がうきうきしてくる。

「もし親方さえよかったら、あとで迎え駕籠をよこすというんですが、なんと返事をしたもんでしょう」

「さあ、わたしはなにぶん初下りで、様子がよくのみこめませんが、治右衛門さん、万事よろしくお願い申します」

鏡にうつった富五郎の頰が、ほんのり染まったから、治右衛門はしめたと思った。

それから間もなくひらいたのは骨寄せの場。

富五郎は舞台からそれとなく二階の正面をみると、食い入るようにこちらをながめているのは、いかさま高貴の上臈とおぼしい二人づれ、富五郎は思わずからだがゾクゾクした。

「治右衛門さん、ありゃ大したものだね。迎えの駕籠はまだ来ませんかえ」

役のあがった富五郎、化粧をおとすとはや身じたくをととのえて、一刻も待ちきれぬというあんばいだ。

「ははは、親方も現金な。それほどお気に入りましたか」

「治右衛門さん、やぼなことをきくものではない。しかしわたしに用のあるのはどちらだろう」

「さあて、どちらがお気に入りましたな」

「どっちでもよいが、いっそ両手に花とくるとなおありがたい。はははは」

二人が陽気に冗談をとばしているところへ、表の茶屋へついた駕籠一挺《ちょう》。

「天王寺屋の親方さんをお迎えに参りました」

という口上に、富五郎がいそいそと出てみると、駕籠わきにはひとりのお侍がひかえている。

「天王寺屋とはそのほうか」

「はいはい、わたくしが富五郎でございます」

「おお、さようか、姫君のお待ちかね、さ、さ、すぐ駕籠にのったがよいぞ」

姫君という口上に、富五郎いよいよ襟元をゾクゾクさせたが、それにしても気味の悪いのはこの侍、まるで狼のような顔をしていて、瞳《ひとみ》のいろもなんとやらただならぬ。

しかし、鹿を追う猟師山を見ずとやら、富五郎はそんなことには気もかけず、いそ

いそと駕籠にのったが、そのとたん、駕籠のそとで、

「や、や、あなたは兄上」

と、呼ばわる声。

「やや、縫之助か。しまった、駕籠屋、早くとばせろ」

侍の声とともに、やがて駕籠は宙をとんで走り出した。うしろのほうに、

「兄上、兄上、お待ち下されい」

という声をのこしながら。――

ああ、中村富五郎を迎えに来たのは、鳥居蘭渓の長男、あの気違い大膳だった。

魍魎《もうりょう》屋敷

一

「兄上、兄上、縫之助でございます。しばらくお待ち下されい」

葺屋町《ふきやちょう》からお茶の水まで、いっさんに駕籠《かご》のあとを追って来た縫之助は、とうとう、ここで大膳の姿を見失ってしまった。

現今とちがって、そのころのことだから、芝居のはねるのもそんなに遅くはないが、

それでもやっぱり、日はとうに暮れている。

お茶の水の、俗にいう座頭ころがし、断ちわったような崖《がけ》のうえに、ぽっかり春のおぼろ月がかすんで、向こうに見えるのが湯島の聖堂、火消屋敷——そのへんまでやって来て、縫之助はフーッと駕籠のゆくえを見失ってしまったのである。

「雁八、雁八」

「へえ、へえ」

供の雁八は息せききって、ようやくあとから追いついた。

「いまのは、たしかに兄上であったな」

「へえ、大膳様でございました」

「兄上が何用あって、芝居茶屋などへ参られたのであろう。駕籠にのっていたは、役者のように見受けたが」

「へえ。あれがいま名高い中村富五郎と申す役者で」

「そのほう知ってるのか」

「それはもう、いま、評判の人気役者、江戸中でだれ一人知らぬ者はございませぬ」

「ふうむ」

と、縫之助は腕こまねいて考える。

父の使者で八丁堀までやって来た縫之助は、その帰途、つい、葺屋町の芝居のまえを通りかかったが、はからずもそこで見かけたのが、ひと月ほど以前、座敷牢《ざしきろう》をやぶって行方をくらました兄大膳のすがた。その大膳が、役者などにつきあいがあろうとは、縫之助にはどうしても解けぬ謎だった。

「雁八」

「へえ」

「念のために、もう一度そのへんを捜してみてくれ。駕籠は見えぬか」

「どうも見えぬようでございます」

「さようか。見えぬとあらばいたしかたがない。したが雁八」

「へえ」

「今宵のことは、父上には内分にいたせ」

雁八は不審そうに、縫之助の顔を見直しながら、

「どうしてでございましょう。大旦那《だんな》様にはあのように、大膳様のことをご心配でいらっしゃいますのに」

「なんでもよい、拙者にいささか考える節がある。必ず父上には沙汰《さた》いたすな」

「へえへえ、それは若旦那様がそうおっしゃるなら、こんりんざいしゃべることじゃありません」

「頼んだぞ」

浮かぬ顔でなお一応、そのへんのくらがりを捜しまわった縫之助は、やがてあきらめたように、雁八をつれて立ち去ったが——と、その直後、火消屋敷の裏口から、影のようにフラフラ出て来たのは、いま見失った兄の気違い大膳だ。縫之助主従のあとを見送って、にやりと笑うと、

「やれやれ、やっとまいてやったわ。駕籠屋、駕籠屋」

「へえへえ、もう出てもよろしゅうございますか」

火消屋敷の構えのなかにかくれていた駕籠屋が、ヌーッと棒鼻つき出した。

「おお、よいよい、富五郎はいるか」

「はい、お侍さま」

駕籠の中から富五郎の声がする。

「おお、よしよし、大儀であったな。なに、少し不都合な者に出会ったゆえ、やりすごしておいた。では、参ろう」

駕籠はそれから外濠《そとぼり》づたいに、水戸様のお屋敷まえまで来ると、そこから右へとって、すたすたと急ぎあしにやって来たのは、伝通院のかたほとり、武者窓のついた構えのなかにズイと担ぎこまれた。

屋敷のなかには貝殻をバラ撒《ま》いたように、桜の花弁がしろく散っている。

「旦那、ここでよろしゅうございますか」

妙にだだっぴろい玄関のまえで、駕籠屋がトンと息杖《いきづえ》をおろすと、

「おお、よいよい、ご苦労であった。これよ、だれかおらぬか。お角はいかがいたした」

「はい、いま参ります」

大膳の声に応じて、奥から手燭をかかげて現われたのは、意外にも蛭川幻庵の後妻のお角だった。

お角もどうやらあれ以来、この大膳と行動をともにしているらしかったが、それにしても、幻庵のうちで酔っぱらって、くだを巻いていた時分から見ると、よほど若くも見えるし、きれいにもなっている。

「おお、大膳様、お待ち申しておりました。富五郎さん、奥でお待ちかねでござんす。さあ、こうおいでなされませ」

美しい役者の、匂やかなすがたに、お角のもの欲しそうな顔が、露骨にみだらないろを見せていた。

「はい、ありがとうございます」

富五郎はていねいに、三つ指ついて挨拶《あいさつ》したが、やがてうす暗い手燭にみちびかれ、長い廊下をわたっていくとき、富五郎はいままでの美しい夢はどこへやら、なんとなしに、ゾッとするような寒さを身内に感じて、おもわずゾクリと首をちぢめた。

「おや、どうかなされましたかえ」

「いえ、どうもいたしません。春とはいえ、まだ寒いことでござりまするな」

「ほんに、このお屋敷は、いっそう薄ら寒いのでございますよ」

渡り廊下から外を見ると、ホロホロと白い花がしきりにこぼれている。薄雲におおわれたおぼろの月が、人魂のようにぼんやりと――。

富五郎はそこでまた身ぶるいをした。

二

「大膳さん、大膳さん」

富五郎を奥座敷へ案内していったお角は、それから間もなく、表の供部屋へかえって来たが、部屋へ入るなり、

「チェッ」

と、舌打ちして青い眉根《まゆね》をひそめた。

「大膳さん、また、そろそろ病気が出てきたとみえますね」

「おお、お角か、はははは、いや、これが拙者には何よりの楽しみでな」

大膳はうす暗い灯のかげで、二、三匹の蜘蛛《くも》をあいてに戯れながら、狼のような顔をほころばせて、しきりに悦に入っているのだ。

相変わらず大膳の病気はなおらぬらしい。

飼いあつめた蜘蛛が、すすけた供部屋にいっぱい巣をはって、むくむくと気味悪くうごめいているさまは、あの座敷牢のなかにいたころと少しも変わらない。なんともいいようのないあさましい姿だった。

「ほんにばからしい、いい年をしておよしなさいよ。それよりお酒でもひとつお飲みなさいよ」

気味悪そうに蜘蛛の巣をはらいのけながら、それでもひとりでは淋《さび》しいのであろう、ぺったりと寄り添うように、大膳のそばに横坐《よこずわ》りになったお角は、貧乏徳利と欠け茶《ちゃ》碗《わん》を両手に持っている。

「大膳さん、富五郎というのはとんだいい男じゃないか。ちぇっ！　うまくやってるよ。奥ではああいう楽しみがあるんだもの、酒でものまなきゃやり切れない。ちょいと大膳さん。そういやらしい蜘蛛ばかり相手にせずと、たまには、わたしの酒の相手ぐらいしてくれたらどうなのさ」

「酒か」

大膳はギロリとお角の顔を見て、

「拙者、酒は大のきらいだ」

「おや、御挨拶だこと。そして好きなのは蜘蛛ばかりというわけかい、ばかにしている」

お角はじれったそうに簪《かんざし》で頭をかきながら、手酌でいっぱい、ぐっと冷たいのをあおると、

「ねえ、大膳さん、あたしゃ、こうしてひょんな縁から、このお屋敷へ住むことになったけど、考えてみると不思議でならないよ。大膳さん、いったい、うちの殿様というのは、どういうお方さ。あたしゃ近ごろ、気味が悪くてたまらないよ」

「ふふふふ」

お角の言葉が耳に入らぬのか、大膳は数匹の蜘蛛を掌のうえでかみ合わせ、しきりににやにや悦に入っている。

お角はつまらなそうにふくれ面して、ぐいぐいと自棄《やけ》に酒をあおりながら、

「チェッ、しようがないねえ。少しはこちらの話を、身にしみてきいてくれてもよかりそうなものじゃないか。ちょいと、大膳さん」

「なんだ」

「おまえさん、この間、どこからか、大きな棺のようなものを持って来たが、あれはいったい何んだえ。まさか、ここでお葬式《とむらい》があるんじゃあるまいねえ」

「さあてね、拙者にきいたところで分らぬ」

大膳はろくに相手にもならぬ。相変わらず蜘蛛いじりに余念がないのである。

「ああ、ああ、つまらない。わたしゃもうここにいるのもいや気がさしてきたよ。ねえ大膳さん、おまえさんの口から殿様に願っておくれでないか。わたしゃ一度家に帰りたいのだと」

「帰りたければ帰るがよかろう」

「だってさ、あの真っ白な狼が、屋敷のまわりをうろうろしているんだもの、うっかり外へも出られやしない。ほんとにうちの殿様は不思議だよ。狼はお使いになる、それに、見るたびにお若くおなりだ。わたしゃなんだか、薄気味が悪くてならないよ」

「ははははは」

　大膳は急に高笑いすると、

「それは道理だ。うちの殿様はな、餌食《えじき》にありつくたびに、だんだん若返りをなされるのだ」

「餌食だって？　餌食だなんて、おまえ、なんのことだえ」

「餌食というのは餌食のことなのさ、蜘蛛は蝶《ちょう》を餌食にする。うちの旦那《だんな》は……」

「あれ、気味が悪い」

　お角はあわてて大膳のそばから離れると、

「おまえ、それは冗談だろう。そんな気味の悪いこと、いいっこなし。おかげで酒の酔いもすっかりさめちまったよ。いまいましい」

ドクドクドク、音をさせて欠け茶碗に酒をつぐと、お角はそれを吸いかけたが、ふいに、

「あれえ!」

と、ひくい叫び声なのだ。

「どうした、どうした、仰山な、おまえもよっぽどいけ騒々しい女だな」

「だって、大膳さん、茶碗のふちで指をきっちまったのだよ。あら、どうしよう、血が止まらないよ、大膳さん、おまえ、何か血止めの薬をお持ちでないかえ」

「なに、血がとまらない?」

なるほど、白い小指のさきから、ムッチリと珊瑚《さんご》の珠ほどの紅い血がもりあがっている。酒をのんでいるから、血はなかなかとまらない。やがて小指をつたって、絹糸のような赤い滴《したたり》が、ポツリと膝《ひざ》のうえに落ちた。

「どれどれ」

大膳は急にお角のそばにすり寄った。

眼がにわかにいきいきと輝いて、吐く息さえも尋常ではない。まじまじ舌なめずりをするように、お角の指先を見つめている。

「ふふふふ」

「あれ、大膳さん、どうしたのよう」

お角は気味悪そうに体をふるわせたが、さっきから聞こえていた奥座敷の琴の音が、その時、急に高くなった。

三

「松虫、鈴虫、もうよい、ご苦労であった」

　こちらは渡り廊下の向こうの奥座敷。

　しろがね色の紙燭《しそく》のかげに、ゆったりと脇息《きょうそく》にもたれているのは、まぎれもなく、筑紫《つくし》のはての不知火島《しらぬいじま》から出て来た検校だった。しかしお角も不審をもったとおり、島にいたころから見ると、検校はよほど若く見える。

　肩に垂らした髪も、漆のように艶々《つやつや》と黒く、肌のいろも、ほんのりと朱をはいた牡《ぼ》丹《たん》いろを底に秘めて、見ちがえるばかりの血色のよさ。うちみたところ、二十五か六か、そんな年ごろにしか見えぬ、輝くばかりの美しさだ。

　検校の言葉に、松虫と鈴虫は琴爪をとると、二面の琴を片付けた。

「つたないわざ、まことにお恥ずかしゅうございます」

「おお、客人にもさぞかし退屈されたことであろう。それ、酌をして進ぜよ」

「いえ、もう、わたくしならたくさんでございます。さきほどより、ずいぶん頂戴《ちょうだい》いたしました」

「あれまあ。そんなことおっしゃらずと、もう少しおあがりなさい！」

「さあ、お酌をいたしましょう」

左右からピタリとふたりの女に寄りそわれた富五郎は、思わずブルブル胴ぶるいした。

うれしいからではなかった。ましてや楽しいどころではない。富五郎はさきほどから、なんともいえぬ薄気味悪さに、尻の下がムズムズするような感じだった。

どこが不都合というのか分らないけれど、このほの暗い座敷のなかには、何やらただならぬ気配がかんじられる。

主の殿様というのからして、あまり美しすぎて、富五郎は圧倒されるような気持ちだった。

「富五郎とやら、なんじとわしとはどこか似ているのう」

検校はそういって笑う。その笑い声からして、富五郎には気味がよくない。

それに、さっきから富五郎が不思議でならないのは、座敷の正面に飾ってある、大きな長持のようなものだった。いや、長持というよりはどこか、寝棺を思わせる代物だ。おまけにその寝棺のうえにかけてある、雪白の緞子《どんす》に、金で葵《あおい》の紋所がうってあるのが富五郎にはどうも腑《ふ》に落ちなかった。

この紋所からみると、この総髪の殿様というのは、将軍家の御連枝《ごれんし》にでもあたるのだろうか。――どちらにしても尻こそばゆい感じだ。

「ああ、ついうかうかと、ずいぶん頂戴いたしました。ええ、それでは殿様、そろそろおいとまをいたしとうございますが」

富五郎が腰をうかしかけると、

「あれ、あんなことをいって」

と、松虫がわらった。

「ほんに、富五郎さまのお気の早い、姫君様にお目にかかりませいで」

と、鈴虫が口に手をあててほほほと笑う。

「姫君様と仰せられますと」

「いまにお見えになりまする。まあ、下にいて、落着いていらっしゃいまし」

そういわれると、富五郎もたってとはいいかねた。それに、姫君様とはどのような女だろうと思うと、いったん、消えかかっていた好奇心もちょっと動いてくる。

「いや、姫がお出ましになるには、まだ大分あいだがある。時に、富五郎、今度の骨寄せの狂言は大当たりじゃそうだの」

「はい、おかげさまをもちまして、どうやら、お江戸の衆の人気にもかなったらしゅうございます」

「それはまことに結構じゃが、しかし、富五郎、なんじはほんとの骨寄せの秘法というのを知っておるか」

「秘法と申しますと」

富五郎は怪訝《けげん》そうな顔をした。芝居の骨寄せに秘法などがあろうはずがない。万事は黒幕と、操り糸の細工なのである。

「知らずば、わしがひとつ伝授いたしたい。どうじゃ、習う気はないか」

「はい、はい、それは。……」

富五郎がなんと返事をしてよいか迷っていると、ふいに検校が座をすべって、富五郎の手をとらえた。

「見よ、これこそ、まことの骨寄せであるぞ。富五郎、しっかと覚えておけよ」

検校がさっと水晶の数珠《じゅず》をふったとみるや、いままで、坐《すわ》っていた二人の上臈《じょうろう》のからだが、みるみるうちに、がらがらと、気味悪い音を立てて崩れていった。そして、そこに朦朧《もうろう》とうきあがったのは、松虫、鈴虫、二体の骸骨《がいこつ》。

「あっ！」

富五郎はあわてて立ちあがろうとした。

だが、——

その腕をとらえた検校の指は、まるではがねのように弾力をもっている。

「それ、姫君、出ませい」

検校の声とともにさっきから富五郎の気にしていた金葵の緞子が、ムクムクと動いたかとみるや、棺の中から、蹌踉《そうろう》とうきあがって来たのは、まぎれもなく、お浜御殿から、姿を消した陽炎姫だった。

姫は透きとおるような頰に、

「ほほほほほ!」

と、刺すような微笑を刻むと、突如、針のように唇をすぼめて、よろよろと富五郎のそばにちかづいて来た。

長い、豊かな髪の毛が、からす蛇のように逆立って、瞳《ひとみ》が妖虫のようにキラキラ光っている。顔は蠟《ろう》よりももっと白く、もっと透きとおっていた。

富五郎はこれが亡くなった陽炎姫とは知らなかったけれど、あまりの恐ろしさに、

「うわっ!」

と、その場につっ伏した。

その頰にサラサラと、冷たい髪の毛がふれる。

外には、白い花弁が貝殻のように散って、月は暈《かさ》をかぶっている。

春宵幽霊芝居

一

その翌日、葺屋町の市村座の楽屋口へ、

「中村富五郎という役者がいるか、いたらちょっとお目にかかりたい」

と、訪ねて来た、まだ前髪の若侍がある。

「へえ、へえ、親方はおいででございますが、して、あなた様はどなたでございましょう」

「拙者は麻布《あざぶ》狸穴《まみあな》の、鳥居蘭渓の次男、縫之助と申すものだが」

「へえ、それで親方にどのようなご用でございましょう」

「いや、それは、お目にかかって話したい、いたらちょっと会わせてくれぬか」

「さようで、それでは少々お待ち下さいまし」

楽屋番が奥へひっこむと、間もなく頭取の治右衛門が出て来た。

「蘭渓先生の御次男さまとおっしゃるのはあなた様でございますか」

「おお、いかにも拙者だ」

「どうぞ、こちらへお入り下さいまし。どういうご用か知りませんが、富五郎はいま、舞台のほうを勤めておりますので」

「さようか、しからば少々待たせてもらおうか」

縫之助が今日やって来たのは、いうまでもなく、富五郎に会って、兄、大膳のいどころを聞くつもりだ。昨夜、富五郎がどこへ連れていかれたか、それを聞けば、おのずから、大膳のいどころも分るはずだと考えていた。

しかし、芝居の楽屋というものは、とかくこと面倒なものと聞いていたから、訪ねていってもすぐに会えるかどうか、内々、はなはだ心許《こころもと》ない思いだったが、来てみると案に相違して、治右衛門は下へもおかぬもてなしぶり、楽屋にある頭取部屋《とうどりべや》へ通すと、

「さあ。どうぞ、お敷きなすって。むさいところでございますが、まあ、お茶なりといれさせましょう」

手を鳴らして茶をいれさせると、あとは治右衛門のほうから人払いをして、二人きりの差し向かい、あまり気のつくもてなしに、縫之助のほうではかえって気味が悪いくらいだ。

なるほど、舞台があいているとみえて、下座の独吟が、しいんと小屋の中にひびき渡る。おりおり、威勢のいい声が、表からつつ抜けにきこえてくる。

「蘭渓様の御次男様、たしか縫之助様とおっしゃいましたね」

「おお、縫之助はいかにも拙者だ」

「いったい、富五郎にどのようなご用でございましょう」

「いや、それはさっき表でも申したとおり、富五郎どのにあって、じかに話したい」

兄大膳のことを、あまり多くの人間に話したくはなかった。縫之助がそういうと、

「なるほど」

と、治右衛門はしきりにきせるをいじっていたが、

「実は縫之助様、あなたを蘭渓先生の御次男と見込んでお話がございます。ここに少し妙なことがございますんで」

「ほほう、拙者に話があるとは？」

「それが富五郎のことでございますが」

「富五郎がどうかいたしたか」

「少し、おかしいのでございます」

と、頭取はごくりと苦い顔をして唾《つば》をのみこむと、

「富五郎に影がないのでございます」

「影がないとは？」

頭取の話があまりだしぬけなので、縫之助にも腑《ふ》に落ちかねた。妙なことをいうと

思って、相手の顔を見直すと、

「さようでございます。灯のまえに立っても影がうつらないので」

「なに」

縫之助にはやっと相手の言葉がのみこめた。と、同時に、ピンと頭にきたのは、あの鬼頭朱之助の手記だった。朱之助の手記にも、影のない上臈のことがしたためてあったではないか。

「頭取、それはほんとうのことか」

「ほんとのことでございます」

「してして、おてまえはいつそのようなことに気がつかれた」

「今日でございます。縫之助様、まあ聞いて下さいまし」

頭取は声をひくめると、さも恐ろしそうに肩をすくめて、

「昨夜、富五郎はひいきの客に招かれて、駕籠《かご》で参りましたが、それきり、昨夜は宿のほうへも帰らず、さきほど、どこからともなく楽屋入りをいたしました。いえもう、こういう稼業のことですから、そういうことはありがちのこと、それを、とやかく申すではございませぬが、不思議なことには富五郎には影がございませぬ。何しろ、楽屋は暗うございますから、昼でもこうして灯がつけてありますが、富五郎に限って、その灯の下を歩いても、影がうつりませぬ。それに気がついた時の気味悪さ。なにせ

人気稼業のことですから、大きな声でもいえず、さっきからしきりに心を痛めておりましたが、ちょうど幸い、蘭渓先生の御次男様と承って、御相談申し上げるのでございます」

江戸では鳥居蘭渓の名は、神様のように思われている。その倅《せがれ》ときいて、治右衛門も胸にあまる疑いを、打ちあけてみる気になったのだろう。

「してして、その男はたしかに富五郎にちがいないか」

「さあ、楽屋入りをしました時は、何しろ頭巾《ずきん》で面を包んでいましたし……、おお、そういえば不思議なは、いつもなら扮装《こしらえ》にかかるのに、弟子の手を借りますのに、今日はどうしたことか、自分ひとりでするると申して、みな部屋から退けてしまいました」

「頭取、頭取」

縫之助はにわかに不安がこみあげてきたように、すっくと立ちあがって、

「どこか、隙間はないか。拙者、舞台をのぞいてみたい。富五郎の姿というを見たい。いささか心当たりがないでもない」

「よろしゅうございます。どうぞ、こうおいで下さいまし」

頭取部屋を出たふたりは、楽屋草履をひっかけて、舞台の裏手へ回りかけたが、その時、さっきの楽屋番が、血相かえてとびこんで来た。

「頭取さん」

「これ、静かにせんかい、だしぬけにびっくりするじゃないか」

「でも、これが静かにできますものか。楽屋口へいま駕籠がついて」

と、おろおろ声にふるえている。

「駕籠がついて、どうしたのじゃ」

「開けてみると、これが天王寺屋の親方さん」

「げっ」

「しかも、氷のように冷たくなって。――」

縫之助と治右衛門は、もう終わりまで聞いてはいなかった。鞠《まり》のように楽屋口へ出てみると、なるほど、駕籠の中に、眉毛《まゆげ》のない、いい男が、ぐったり青白んだ顔をうなだれて死んでいる。

「頭取、中村富五郎にちがいないか」

「ち、ち、ちがいございませぬ。それじゃ、それじゃ――あの舞台にいるのは――」

縫之助は、冷たくなった富五郎の顎《あご》に手をかけてみた。すると、彼の眼を強くひいたのは、いつぞや、陽炎姫の首筋にあったのと、そっくり同じ咬《か》み傷が、南京玉のように、ポッツリと口をひらいている。

縫之助は、そこまで見届けると、

「頭取、その駕籠屋を取り逃がすな」

と叫ぶとそのまま、舞台のほうへとってかえしたが、その時、わっと客席から、すさまじい叫び声だった。

二

舞台はその時、奥庭骨寄せの場。

岩藤が骸骨《がいこつ》よりよみがえってわが子藤波由縁之丞と親子の名乗りをあげるという場面だ。

正面、いっぱいに黒幕が張ってあって、藪畳《やぶだたみ》の影には焼酎火《しょうちゅうび》がもえている。

やがて、下座の大ドロとともに、藪畳の影から、骸骨が踊り出して、それがひき抜いて岩藤にかわると、由縁之丞を呼びよせて親子の対面をするという場面だ。

ところが、その時、舞台のうえの簀《す》の子《こ》にいた、操り師の孫之丞が、ふいに、

「おい、源之介、源之介」

と、ふるえをおびた声で胴使いの源之介の名を呼んだ。骨寄せの骸骨は、天井の簀の子から、二人の操り師が使うのである。

「なんです。師匠」

「おまえ、もう胴を使っているのか」

そういう孫之丞は、ガチガチ歯もあわぬくらいふるえていた。

「いいえ、つかっちゃいませんよ。だって、まだキッカケがありませんもの」

「だって、見ねえ。舞台にゃ、もう骸骨が踊っているぜ」

源之介は不思議そうに、簀の子から舞台を見下ろしたが、ぎょっとしたように、

「へへへ、師匠、おどかしちゃいけません。おまえさんが使っていなさるんでしょう」

「ばかをいえ、おれの操りは、ほら、向こうの藪畳の中に寝ていらあ」

「あれ、ほんとだ」

二人は顔を見合わせたが、舞台ではそんなことにはおかまいなしに、バラバラになった手や脚が、ひょこり、ひょこりと、気味悪い骸骨踊りを踊っている。

「おかしいな。あんなにうまく操りが使えるのは師匠よりほかにはねえはずだが」

二人が、眼を皿のようにして下を見下ろしているとき、バラバラになった骸骨が、やがて一つになったと思うと、やがて朦朧《もうろう》とそこに立ったのは、岩藤ならぬ、まるで見たこともない上﨟《じょうろう》だ。

それを見ると、孫之丞と源之介の二人。

「わっ、化け物だ！」

叫ぶとともに、天井の簀の子からころがり落ちたからたまらない。客席はいちじに

わっと、総立ちになった。

　縫之助がきいたのは、その叫び声である。

　楽屋口から、おっとり刀で舞台へとび出すと、薄暗い大ドロの舞台には、由縁之丞が上﨟の手をとって、いましも、上手をひっこむところだ。

「怪物、待て！」

　縫之助の声に、由縁之丞がきっと振りかえった。

　若衆髷《まげ》がよく似合って、それこそ、水も垂れんばかりの男振り、――だがその顔には、縫之助、たしかに見覚えがあった。

　いつぞや、隣家の娘、小夜を抱いて立っていた、あの奇怪な検校なのだ。

「ふふふ、若僧、来たな」

　由縁之丞ならぬ不知火検校、せせら笑うようにこちらを見ている。

「おお、鬼頭朱之助の書面によって相知った。不知火島から来た、不知火検校とはそのほうだな。江戸を騒がす不届至極の妖怪《ようかい》、おのれ、この刀をくらえ」

　縫之助は鞘《さや》をはらった大刀を振りかぶって、真っ向から斬りつけたが見物はそれでもまだ気がつかない。

「おやおや、この芝居、少し妙だぜ」

　ぐらいに、面白そうに見物しているが、楽屋のほうでは大騒ぎだ。座頭の富五郎は死んでいる。

そして、いま、舞台に出ているのは、何者とも知れぬ怪しの曲者だ。そういうわさがパッとひろがったから、黒四天の扮装の下回りたち、

「よし、その曲者、ひっとらえてしまえ」

と、ばかり、めいめい、棒を片手に舞台のうえに躍り出したから、さあ、いよいよ、見物には芝居だかなんだか分らなくなった。

江戸地獄変

一

あわただしい花の季節も去って、世はむせかえるような青葉の一色。——空にはたはたと、五月の吹き流しが勇ましくひるがえるころあいになって、江戸には前代未聞の騒ぎがあった。

「こう、熊、てめえこのあいだの葺屋町の騒ぎというのをきいたか」

「葺屋町の騒ぎだって？　兄哥《あにい》、そりゃなんのことだえ」

と、いましも水道橋をわたって、水戸様のお屋敷まえへさしかかった、職人ふうの

ふたりづれが、あたりをはばかるような低声《こごえ》で話しながらいきすぎる。

月が大きな暈《かさ》をかぶって、なまぬるい風が、雨のまえぶれをおもわせる。このごろのならいとして、江戸の町々は、夜にはいるとともに、ほとんど人通りは絶えてしまっていた。

「おや、てめえ、あれを知らねえのか。ほら、市村座のあの大騒動のことよ」

「おお、あの髑髏検校のことか」

思わずおおきな声を出して、熊はおびえたように呼吸をつめた。

「知ってるとも、知ってるとも。なんでも大した騒ぎだったそうだな。髑髏検校とやらいう化け物が、中村富五郎を殺して、その身替りになって舞台をつとめたというじゃないか。あの騒ぎを知らずにどうするものか」

「そうよ、しかし、その富五郎の死体というのが、市村座の楽屋口に駕籠《かご》ではこびこまれたことは、おめえ知るめえ」

「ええ、それじゃ富五郎の死体というのが見つかったのか」

「そうよ、御公儀でも、ひた隠しに隠していなさるが、八丁堀のお役人にきいたところによると、富五郎の死体というのは、すっかり血の気をうしなって、白蠟《はくろう》みたいに、まッしろになっていたというぜ」

と、年嵩《としかさ》の職人が、さも恐ろしそうに肩をすぼめた。

「ふうむ」

と、熊もごくりと唾《つば》をのみこんで、

「いったい、その髑髏検校というのは何者だえ」

「さあ、そいつがよく分らねえ。なんでも、人のうわさによると、鬼とも幽霊ともつかぬ化け物だということだ。世も末になるといろんなものがとび出してくる。なんでも御公儀でも根岸備前守様と、鳥居蘭渓先生がやっきと探索していなさるということだ、どちらにしても、こんな化け物は一刻も早く退治してもらわなきゃ、こちとら、枕を高くして眠れやしねえ」

「おお、そういえば市村座のときも、蘭渓先生の御次男、縫之助様とやらが、もう少しのところで、取り逃がしたということだな。いや、どちらにしてもおッかねえことだ」

息をつめてふたりは、あとは無言で、どちらともなく足を早めていく。

髑髏検校の騒ぎは、御公儀でも人心の動揺をおそれて、なるべく一般に知れないように苦心していたが、こういううわさは隠せば隠すほど現われるもので、近ごろでは江戸中、世にも奇怪なる怪物のうわさが、どこへいっても口の端にのぼらぬことはない。昨夜もどこそこで娘がやられたそうな、いや、その前日もうまれたばかりの赤ん坊が、不思議なあやかしによって死んでしまったのと、江戸中、この前代未聞の怪物の出現に戦々兢々《きょうきょう》たるありさまだ。

しばらく無言のままで、足を早めていたのが、やがてまた、おびえたようにソーッとあたりを見回すと、

「そういえば兄哥、おめえ、このごろの伝通院近辺の騒ぎを知っているか」

「なんだえ、熊、あのへんでなにかまた変わったことでもあったのか」

と、今度は年嵩のほうが知らなかったらしい。おびえた中にも、怪訝《けげん》そうな表情《いろ》をうかべて相手を見返した。

「あったとも、あったとも、あの辺じゃちかごろ、煮えくり返るような騒ぎだ。もっとも、こいつも御公儀のお役人から、固く口止めされているので、大きな声じゃいえねえが、あの辺の子供がちかごろ、たびたびやられるのさ」

「やられるというと?」

「分ってるじゃねえか。ほら、例の通りよ。それも五つ六つの、ほんに幼い子供ばかりだということだ。おれの妹があの辺に住んでいるので、そいつの口から聞いたのだが、なんでも、日暮れごろにふっと子供の姿が見えなくなる。はじめは神隠しだろうなんて騒いでいたが、ものの二刻あまりもすると、ひょっこりどこからか帰って来るんだ、ところで、帰って来た子供を見ると、首筋のところにポッツリ赤い斑点《しみ》が二ツできているという訳さ。はじめのうちは、むささびのしわざだろうなんていってたも

んだが、髑髏検校のうわさが高くなるにつれて、ひょっとするとその眷属《けんぞく》じゃねえかと、あのへんの親たちは大騒ぎだというぜ」

「ふふん、それで、なにかえ、子供の口からなにかきき出せねえのか」

「それがなにしろ、相手はまだがんぜない子供のことだから、よくは分らねえが、相手というのはどうやら男でなく女らしい。それも、照り輝くばかり美しいお姫様だということだぜ」

「そうすると、髑髏検校の眷属が、あのへんにも隠れているのか。鶴亀鶴亀、いやもうちかごろは物騒なうわさばかりだ」

年嵩のが、首をすくめてため息をついた時である。どこからともなく、

「町人、町人、しばらく待て」

と、降って湧いたような声。

「ええ」

と、ばかりに立ちどまった二人は、ぎょっとした面持ちであたりを見回したが、墨をぬったような濠端《ほりばた》には人の影も見えない。おどろにしげった柳の枝が、雨を呼ぶ風にざわざわと気味悪く鳴っているばかり。

「あ、兄哥！」

熊はふいにガチガチと歯を鳴らした。

「い、いま、だれか呼んだようだが……」

「おお、たしかに人の声がしたようだったな」

と、これまたガタガタ胴ぶるいをしながら、ふと傍らおの濠のなかをのぞきこんだが、そのとたん、

「わっ、出た!」

と、悲鳴をあげると、二人とも、転げるように闇のなかをすっとんだ。

「これ、待て、待てと申すに」

二

お濠の岸にもやってあった一艘《そう》の小舟のなかから、むっくり頭をもたげたひとりの男、——なるほど、その様子を見れば、町人が化け物とばかり、肝を潰《つぶ》したのも無理はない。

髪も髯《ひげ》も蓬々《ほうほう》と伸び放題に伸び、衣服はまるで海草のように裂けしおたれている。なにしろ、墨をなすったような、この暗闇のなかだ。そこからこんな異形な人物が、だしぬけに声をかけたのだから、二人が宙をとんで逃げてしまったのも無理はなかった。

「はははは、拙者を化け物と勘違いいたしたと見える」

小舟の中から、ひらりと岸にとびあがった異形の男は、苦笑するようにつぶやいたが、

「それにしても今の町人、なんとやら申しおったな。おお、そうそう、伝通院のあたりに、ちかごろ夜な夜な、怪しい者があらわれて、幼児をなやませるとやら申しておったが、はてな」

小首をかしげて、きっと闇のなかにすえた瞳《ひとみ》が、服装《なり》には似合わず英知にかがやいているのである。様子はまるで化け物だが、言葉つきといい、態度といい、さてはまた、腰にたばさんだ大小といい、これでもどうやら武士らしい。怪しい武士はしばらく打ち案じている様子だったが、やがて何やら心にうなずくと、くるりと身をひるがえして、闇のなかをいっさんにかけ出したが、ちょうどそのころ。

ここは伝通院のかたほとり、さきごろ中村富五郎がかつぎこまれた、あの魍魎《もうりょう》屋敷のおもてへさしかかった三人づれの侍がある。

「縫之助、縫之助」

三人づれの中でも年嵩のが、ふとうしろを振り返る。いうまでもなく、これは麻布狸穴の鳥居蘭渓。中村富五郎をかつぎ込んだ、駕籠屋の詮議《せんぎ》からようやくこの屋敷をつきとめたのだ。

「はい、父上様」

「駕籠屋の申したは確かにこの屋敷にちがいないな。表に武者窓がついていて、囲のなかに桜の大木があるとか申しておったが」

「いかさま、これに相違ございませぬ。伝通院の裏通り、武者窓のついた空き家と申すはこれよりほかに見当りませぬ」

意気込むようにいったのは、いうまでもなく蘭渓の次男縫之助。蘭渓はさらにもうひとりのほうを振りかえった。

「どうじゃな、秋月殿、屋敷のなかをあらためて見たいが、貴殿、その勇気がおありか」

「先生、こうなったら、いかなることでもいたしまする。それでは先生、姫君の御遺《い》骸《がい》は、この古屋敷のなかにあるのでございましょうか」

愁然《しゅうぜん》としていったのは、はるばると房州から来た、鯨奉行勤番の秋月数馬だ。折から降り出した雨が、ポツリポツリと三人のかぶった頭巾《ずきん》を濡《ぬ》らす。

「よし、それでは縫之助」

「は」

と、答えて、縫之助がいちばんに、耳門《くぐり》のなかへ潜りこんだ。屋敷の中はいつぞやの夜と同様、しんとして音もなく、どの部屋からも灯の色は見えない。暗澹《あんたん》たる黒一色だ。

縫之助は携えてきた龕燈提灯《がんどうちょうちん》であたりを照らしながら、

「父上、父上」

「なんだ」

「ここに人の出入りをした足跡がついておりまする。おお！」

と、にわかに驚きの声をあげ、

「大きな、犬の足跡のようなものが……」

「ふむ、ともかく、中へ入ってみよう」

式台から上へあがって、長い廊下をつたっていけば、そこでかつての夜、中村富五郎が世にも恐ろしい妖怪《ようかい》を見たあの部屋だ。

「あっ！」

三人はその部屋へ入るなり、思わずぎょっとして佇立《ちょりつ》する。座敷のかたすみに三つ葉葵《あおい》の紋所うった白木の寝棺が、寒々とした薄くらがりの中に浮きあがっているのだ。

「おお、それではこれが姫の柩《ひつぎ》か」

懐かしげに走りよった秋月数馬は、緞子《どんす》の覆いを取る手ももどかしく、さっと柩の蓋《ふた》をひらいたが——しかし、そのとたん、三人は呆然《ぼうぜん》として顔見合わせた。柩のなかはからっぽなのだ。ただひとすじ、長い抜毛が、蛇のように底にからみついている。

「先生、これはどうしたのでございましょう。だれが姫の御遺骸を持ち去ったのでございます」

「秋月殿、わしにもわからぬ。しかし、ここにこの柩があるからには姫の遺骸はたしかにここにあったものにちがいない。ああ、いまわしいことじゃ。恐ろしいことじゃ。姫は悪鬼の餌食《えじき》となってお果てなされたが、まだ、真実に死にきってはいられぬとみえる」

「え？　父上、それはどういう意味でござりますか」

「今にわかる。縫之助、秋月殿、悪鬼は悪鬼をうむ。いまにこの世は、吸血の悪鬼で満たされるのじゃ。おお、あの声は――」

なにか尋ねようとする二人を、ふいに蘭渓がさっと制した。どこやらで、けたたましい幼児の泣き声が聞こえたからだ。

「父上、あの声は――？」

「しっ、静かにいたせ。ちかごろ夜な夜な、このあたりの幼児が、妖怪になやまされるとか聞き及ぶ。いまのはまさしく――」

いいかけてふいに、蘭渓はぎょっとしたように息をのむ。幼児の泣き声がひたとやんだあとには、しとしとと降りしきる雨の音ばかり、その雨の中から、だれやらこちらに近づいてくる気配なのだ。蘭渓はそれと察すると、やにわに何やら懐中から取り出して、柩のまわりにバラまいた。とたんにプーンと強い匂いが三人の鼻をつく。花《はな》葫《にんにく》なのである。吸血鬼が何よりもきらうという、あの耐えがたい匂いを放つ、葫の白い花が、柩のまわりに一面にバラ撒《ま》かれた。

——と、その時、スーッと吹きこんできた一陣の風とともに、まぼろしのようにこの座敷のなかへ入って来たのは、練絹の白い屍衣《しい》をまとうた陽炎姫。

三

龕燈の光を包んで三人は、暗闇のなかで、思わずあっと息をのんだ。それもそのはず、姫の全身は透きとおるように怪しい微光で包まれているのだ。しかも、その顔の白さ、髪の毛の長さ、美しさは生前と少しも変わらぬながら、身の毛もよだつような凄然《せいぜん》たる鬼気が、姫の全身からゆらゆらと立ちのぼっている。姫は三人のいるのに気づかぬのか、宙をふむような足取で、フラフラと柩のそばへよったが、ふいにあっとかすかな叫びをあげて、長い袂《たもと》で顔を覆うた。耐えがたい葫の匂いが、ツーンと鼻へぬけたからだろう。

「だれじゃ、だれがこのようなものをここへ撒いていったのじゃ」

しわがれた、ゾッとするような低い声。ふいにすっくとこちらを振りかえった姫の形相は、物凄《ものすご》い憤怒にブルブルと痙攣《けいれん》している。

数馬は思わず、つと暗闇のなかから前へ出た。

「姫！」

「え？」

はっと数馬のほうへ振りかえった姫の顔には、見るみるさっとはにかみのいろがうかんだが、しかし、すぐそのあとから刺すような邪悪な微笑が湧きあがってくる。

「おお、そなたは数馬様、どうしてこのようなところへお見えになったのじゃ」

「どうしてとはお情けない。姫、あなたはなんというあさましい身におなりでございます。お亡くなりなされてはや二月あまり、あなたはまだ仏のそばへ参られませぬのか。将軍家の御息女とうまれ給いながら、あまりといえばあさましい。数馬は腸《はらわた》を断ちきられるようでございますぞ」

「ほほほほほ。数馬様、そのような世迷い言は聞きとうございませぬ。それよりお願いでござります。あのいまわしい花を取り除けて下されませ」

「いいや、拙者の申すことをお聞き入れ下さるまでは、あの花を取り除けるわけには参りませぬ。姫、そのお顔はどうしたのでございます」

「あっ」

姫はひらりと袂をひるがえして、唇を覆うた。

「ああ、あさましい、恐ろしい。世の中にこれほど恐ろしいことがござりましょうか。ちかごろ夜な夜な、幼児を苦しめる怪物とは、姫、あなた様でござりましたか」

「数馬様、数馬様」

姫はふいに絶え入りそうな声でつぶやいた。

「あなたはなぜそのように、このわたしをお責めなさるのでございます。わたしはあわれな、頼りのない女の身、数馬様」

姫は怨《えん》じるような深い瞳《ひとみ》をあげると、

「あなたはいつぞやの誓いをお忘れでございますか。たとい身分はへだたっていようとも、終生変わらじと誓ったふたりの仲、数馬様、なぜそのような情けないお顔をなされます。さあ、ここへ来て、わたしを抱いて。いつぞやのように、わたしをしっかりとその腕で抱いて」

雨に濡れそぼれた姫の顔の美しさ、数馬の白い首筋のあたりを、好もしそうにながめる姫のまなざしは、あの邪悪の望みをうちに包んで、星のようにきらきらと輝いている。

「姫——陽炎姫」

数馬はふいに上ずった声をたてた。

「数馬様、さあ、ここへ来て。わたしは寒い、わたしの体は冷えきっている。わたしの体を、あなたのそのたくましい血であたためて下されʼ」

「姫」

数馬は憑《つ》かれたような眼をして、フラフラと二、三歩まえへ出る。両手をひろげた陽炎姫の眼は、その時、勝ちほこったようにきらきら輝いた。ちかごろ、にわかに鋭く、長くなった歯がニーッと唇のはしからのぞいた。

「姫!」

「数馬様!」

ふたりの手と手が触れあった。このままにさしておけば須臾《しゆゆ》にして、数馬も姫の邪悪な望みの犠牲になることだろう。蘭渓も、縫之助も、凝血したように立ちすくんだまま、なす術《すべ》さえ知らなかったが、その時である。

「おのれ、怪物!」

声とともに、この座敷の中へ躍りこんで来たのは、さっき水道橋のかたほとりで、町人を呼びとめた、あの奇怪な武士なのだ。いきなりさっと、数馬の体をつきのけると、刀を抜いて真っ向から姫のからだに斬りつけたが、もとより姫の体は刀の通る生身ではない。

振りおろした刃は、空しく虚空を斬り裂いたばかりで、姫のからだは、霞《かすみ》のように柩《ひつぎ》のむこうへとびのいていた。

だが、この武士の出現が、はっとばかり、蘭渓と縫之助の意識を呼び戻した。

「待たれい、しばらく待たれい」

蘭渓は武士を押しとどめると、急いで花葫を、柩の周囲から取り捨てたが、そのとたん、姫のからだは、崩れるように、柩の中へ吸いこまれていったのである。

数馬ははっと夢からさめたようにあたりを見回して、ブルブルと冷たい身ぶるいをする。

「数馬どの、気がつかれたか、危ないところであったの。すんでのことで、貴殿も髑髏検校の眷属《けんぞく》になるところであったわい」

「先生、それでは姫は拙者の――」

「さようじゃ。情けないが姫はすでに生前の姫ではない。吸血の鬼に血を吸われて果てた者は、同じく吸血の鬼となる。姫もいまでは検校の眷属になってしまったのじゃ。数馬どの、貴殿はそこにおられる御仁に礼をいわねば相成るまい」

蘭渓が振りかえって、くだんの武士になにか言おうとした時である。ふいに武士は蘭渓のそばへすりよって、

「先生、蘭渓先生ではござりませぬか」

「いかにもわしは蘭渓じゃが、してして、貴殿は」

「お忘れでございますか。先生、私でございます。鬼頭朱之助でございます」

ふいに、あっという叫びが、いっせいに三人の唇から洩《も》れた。

「朱之助どの――？」

縫之助があわただしくさしむけた龕燈提灯《がんどうちょうちん》の中に浮きあがったのは、ああ、髪こそ伸びたれ、髯《ひげ》こそむさ苦しけれ、まさしく鬼頭朱之助——筑紫の果ての離れ島から、苦労に苦労を重ねて、やっと今日ただ今、この江戸へ舞い戻って来た、朱之助の変わり果てた姿であった。

蝶《ちょう》と蟻

一

「お嬢様、麻布狸穴の鳥居蘭渓先生からだと申して、お使いでございます」

「え、蘭渓先生から？　まあこのような夜更けに、いったいなんのご用であろう」

紙燭《しそく》の影から、涙にうるんだ瞳をあげたのは、陽炎姫のお相手を勤めていた、鬼頭朱之助の許婚者《いいなずけ》琴絵である。姫が非業の死を遂げられてからというもの、ご用もないので、今では番町の父の屋敷へ帰っている。父は芹沢朴斎《せりざわぼくさい》といって、御殿医を勤める身分、その屋敷へかえって来た琴絵は、姫を想い、朱之助を想い、一室に閉じこもったまま涙の乾くひまとてはなかった。

「さあ、どのようなご用かは存じませぬが、表に駕籠《かご》が待っております。ほいしまった。これが使いの書状で」

　玄関番の良斎が、懐中から取り出した書状に、眼を通した琴絵は、すぐ巻紙を巻くと、

「すぐ来いとの御書面だが、はて、いったいなんのご用であろう。して、良斎どの駕籠は表にいるのかえ」

「はい、待っております」

「蘭渓様からお使いとあれば、参らねばなりませぬが、父上様にはお留守だし。――小夜はまだ帰って見えませぬか」

「へえ、お小夜さんはまだ帰りません」

「仕方がない。それではひとりで参りましょう。父上でも、小夜でも帰って来たら、このことをよく話しておいておくれ」

「へえへえ、承知しました」

　身仕度をして、玄関へ出てみると、なるほど表に一挺《ちょう》の駕籠が待っている。その駕籠わきにひかえているのは、黒い頭巾《ずきん》をかぶった背の高い武士。

「お使いご苦労に存じまする」

「いや、なに」

　武士は面をそむけるようにして、低声《こごえ》でいったが、琴絵は別に怪しみもせず、その

まま迎えの駕籠に乗る。

「駕籠屋、それでは急いでやってくれ」

「おっと、合点でございます」

とんと、息杖《いきづえ》をあげると、駕籠はすぐに走り出したが、やがて朴斎の屋敷から、ものの、一町あまり来たところ、駕籠とすれ違っていきすぎたひとりの娘が、

「おや」

と、ぎょっとしたように立ちどまった。

「いまのは確かに大膳様のようであったけれど、あの人はいったい、どこにいられるのであろう」

宙をとぶように走りすぎる、駕籠のあとを見送りながら、かわいい眉《まゆ》をひそめたのは、蛭川幻庵の娘お小夜だ。お角が家をとび出してから間もなく、幻庵は酒毒のために亡くなって、いまではひとりぽっちになったお小夜は、父の旧師にあたる芹沢朴斎、すなわち琴絵の父の屋敷へ引きとられているのだ。

久しぶりに大膳の姿を見かけたお小夜は、なんとやら、にわかに胸の騒ぐのを感じた。

足を早めて帰って来ると、玄関には良斎が立ったまま駕籠のあとを見送っている。

「ただ今、良斎さん、何を見ておいでござんす。お嬢さんはおうちかえ」

「おお、お小夜さん、それではおまえ、行きあいはせなんだかえ。お嬢さんはいま、蘭渓先生からのお迎えだというので駕籠でお出かけになったところだ」

「え!」

と、お小夜は早くも顔色を失って、

「良斎さん、その駕籠というのは、もしや側に、頭巾をかぶった背の高いお武家様がついてはいなんだかえ」

「ああ、それじゃやっぱり行きあったのだな。いかにもその通りだよ」

「良斎さん」

お小夜はふいに真っ青になった。

「それじゃあの駕籠はにせ迎えだわ。まあ、どうしよう。どうしよう。お嬢さんの身に間違いがあったら、旦那《だんな》様に申し訳ございません。良斎さん、おまえいって、あの駕籠を呼び戻して来ておくれ」

「お小夜さん、なにをいうのだ。それでもあのお武家は、たしかに蘭渓先生からの手紙を持って来たぜ」

「その手紙が第一にせものなんですわ。なるほどあの方は蘭渓先生のご長男だけれど、気が狂って家出をなされたお方、――ああ、こういううちにも心がせく。もうあなたには頼みませぬ。わたしがひとっ走りいって参りましょう」

あっけにとられた良斎をあとに残して、お小夜はいっさんに屋敷からとび出したが、と、出会い頭にバッタリ突き当たったのはひとりの女。

「おや、お小夜じゃないか。よいところで出会ったな」

という声に、振りかえったお小夜は、思わずはっとして、

「あれ、母さん」

「ほほほほほ、よく覚えていておくれだったね。おまえの母のお角だよ。お小夜、ちょっとそなたに話がある」

「母さん、どのような話かは存じませぬが、いまはちょっと心がせきます。話はあとで聞きますほどにそこを離して」

「お小夜、なにもわたしの顔を見たとて逃げずともよいではないか。まあ、ちょっとわたしの話をお聞きよ」

「いいえ、逃げるのではございませぬ。逃げるのではございませぬが、急ぎのご用がありますほどに……」

「あれさ、それが逃げるというものだよ。まあ心を落ち着けてわたしの話をお聞きったら。さるお方が、ぜひともおまえを世話しようと、たってのご所望なのさ。それはそれは、気高い、尊いお方だよ、それにふるいつきたいほどいい男でさ。そのお方がどこで見染めたのか、おまえにゾッコン打ち込んでいなさるのだよ。お小夜、こんな

果報な話はないではないか」

「あれ、そのようないやらしい話は、無用にして下さいませ。それにわたしは心もせく。そこを離して」

袖《そで》ひきとめる継母の手を振りはらって、夢中で駆け出すお小夜の体を、お角はむんずとうしろから抱きとめると、

「チェッ、相変わらず剛情な阿魔だよ。おっ母さんがこれほど心配してやるのが分らないのかえ。こうなったら仕方がない。腕ずくでも、ひっ立てる。ちょっとちょっと駕籠屋さん」

「へえ」

と、暗い路傍から、一挺の駕籠が棒鼻をつき出した。

「かまうことはないから、その駕籠の中へ押しこんで連れてっておくれ」

「あれ、母さん」

身もだえするお小夜にすばやく細ひもをかけたお角は、手早く猿ぐつわまでかませて、むりやりに駕籠のなかへ押しこむと、

「さあ、邪魔が入らぬうちに大急ぎでやっておくれ」

と、みずから先に立っていきかけたが、折から向こうから来かかった人影を見ると、

「チェッ、だれやら来たが、なにかまうものか」

と、顔をそむけて行きすぎる。すれちがったのは、蘭渓のもとで、髭《ひげ》を剃《そ》り、髪を梳《くしけず》り、衣服さえ改めて、昔の姿に立ちかえった鬼頭朱之助。——いうまでもなく、恋しい琴絵に姿を見せにいく途中だったが、さて、その琴絵は——?

二

「駕籠屋《かご》さん。ここでいいよ」

駕籠の外でお角の声がして、とんと駕籠がおろされると、

「お小夜や、さぞ窮屈であったろうな。かんべんしておくれよ。これもみんなおまえの身のためを思えばこそ、さあさあ、駕籠から出ておくれ」

と、気味悪いほどの猫なで声なのだ。お角は眼にいっぱい涙をためているお小夜の猿ぐつわ、いましめを手早く解いてやると、

「大膳さん、大膳さん」

と、奥へむかって声をかける。

お小夜はその声にはっと息をつめ、

「母さん、大膳さんというのはだれのことだえ」

「おや、おまえ大膳さんを知らないのかえ。ほら、もと、お隣に住んでいた、あの蜘《く》蛛《も》気違いの大膳さんさ」

お小夜はいよいよ驚いて、

「それじゃ、大膳さんもこのお屋敷に。——」

「そうだよ。わたしと一緒に、殿様にお仕えしていなさるのさ。ほら、さっきもいったあの殿様にさ。ほほほほほ、なにもそのように恥ずかしがることはない。大膳さんはなにもかもご承知さ。大膳さん、大膳さん、ちょっと、どこへいったのかしら」

逃がさぬ用心であろう。しっかとお小夜の手をとらえたまま、うすぐらい式台のうえへあがったお角の眼のまえへ、その時、あわただしく奥のほうから大膳が現われた。

「おお、お角か。どこへいっていた」

「どこへじゃありませんよ。いつぞや殿様からお話のあった、娘のお小夜をやっとのことで連れて来たんですよ。殿様がおいでなら、ちょっと取りついでおくんなさいよ」

「ああ、だれかと思えばお小夜どのか」

大膳はジロリと冷たい一瞥《いちべつ》をお小夜にくれると、ニヤリと気味悪い微笑をうかべて、

「はははは、殿にも気の多い。両手に花とはこのことだな。お角、せっかくだが今夜は取りつぐわけには参らぬ」

「あれ、変なことをおいいだね。殿様のご所望ゆえ、わざと娘を連れて来たのに、おまえ邪魔立てするのかえ」

お角はまだ殿様なる人物の正体を知らない。燈台下暗しのたとえ通り、富五郎変死のうわさもきき髑髏検校の怪談も耳にしながら、まさか、あの美貌《びぼう》の殿が、その恐ろしい検校であろうとは、無知なお角には考え及ばぬところであった。殿が所望をするままに、娘のお小夜をとりもって、たんまり金にありつこうと思っているのに、大膳が邪魔立てするものだから、お角はたちまち目に角立てた。

「いいよ、おまえさんが取りついでくれないのなら、わたしがじかに申しあげるよ。さあ、お小夜こちらへおいで」

「これ、お角、待て、待てと申さば待たぬか。いま、奥へ参っては悪い。悪いと申すに」

「ええ、なにをくどくど言っているのさ」

と、ひっ立てるようにお小夜の手をとったお角は、長い廊下をやって来たのは奥のひと間、襖《ふすま》のまえで手をつかえ、

「もし、殿様、お角でございます。ちょっとお目通り願わしゅう存じます」

襖のなかで、さらさらと衣ずれの音がしたが返事はない。

「殿様、ここを開けても差しつかえございませぬか」

お角が襖に手をかけたところへ、あとからかけつけた大膳があわてて、その手を押しとどめて、

「これお角、ここを開けてはならぬ。あれほど拙者が申すのにそのほうは聞き入れぬか」

止めれば止めるほどお角はいきり立った。

「ええ、まだ邪魔をしようとするのかえ、かまうものか。もし殿様、お角でございます。いつぞやお話の、娘の小夜を連れて参りました。もし、殿様——」

がらりと襖を押しひらいて、とたんにお角はあっと叫んでのけぞった。お角ばかりではない、お小夜も一瞬、ゾーッと血の凍るような想いにうたれて、

「あれえ！」

とばかりつっ伏してしまったのだ。

「はははは、だから言わぬことじゃない、いま、ここを開いてはならぬと、あれほど申しきかせたではないか」

ピッシャリと大膳は襖をしめてしまったが、お角もお小夜もすでに見てしまったのである。

座敷の中には、琴絵が気を失って、ぐったりとしたように倒れていた。そしてその琴絵の首のあたりに、蝶《ちょう》にたかる蟻のように、検校と松虫、鈴虫の三人がむらがっていた。

黒猫と蝙蝠《こうもり》

一

「タ、大変でございます。あの、もし、タ、大変でございます」

番町にある琴絵の父、芹沢朴斎の館へ、息もたえだえにお角がかけ込んで来たのは、それからおよそ小半刻ほどの後のこと。

ちょうどそのころ朴斎の屋敷でも大騒ぎの最中だった。

御殿からさがって来た朴斎は、思いがけなくそこに、未来の婿殿、死んだとばかり思っていた鬼頭朱之助の姿を発見して、夢のように喜んだが、その挨拶《あいさつ》もすまぬうちに、今度は娘の行方がわからぬという。

玄関番の良斎を呼びよせてきいてみると、鳥居蘭渓先生からのお使いでお出かけになったというが、そんなはずのないことは、現にたったいま、蘭渓先生のもとよりやって来た朱之助がだれよりもよく知っている。

(もしや——?)

不吉な想いがさっとふたりの面をかすめた。

朴斎はすぐに召し使いの者どもを呼び集め、狸穴の蘭渓先生のもとはもちろんのこと、その他、心当たりのところへそれぞれ走らせたが、お角が恐怖に面をひきつらせ、いまにも息が絶え入りそうな格好でかけつけて来たのは、ちょうどその騒ぎの最中だ。

「大変でございます。大変でございます。お嬢さまが――、お嬢さまが――」

叫ぶとともに、お角はがっくり、式台のまえにくずおれたが、そのうわずった声は、奉公人の出払った屋敷の中へ、無気味な反響となってとどろき渡った。

「いかがいたした。これ、お女中、気をたしかにお持ちなされ、これ、お女中と申すに」

おっとり刀で、奥から駆け出して来た朱之助と良斎、お角をみると、あわてて側へかけよって、

「おお、気を失っている。おじ上、なにかよい薬はございませぬか」

「待て、待て、わしにまかせておきなさい」

印籠《いんろう》から取り出した丸薬を、くいしばったお角の口にふくませると、

「お女中、気をたしかにお持ちなされよ！」

どんと、背中をたたかれて、お角は、はっとおびえたように眼を見開いた。

「ああ、あなた様が……」

「いかにも、この家の主、朴斎じゃが、してして、大変と申す仔細《しさい》は」

「お助け下さいまし。お助け下さいまし、ああ、恐ろしい、わたしは知らなんだ。あんな恐ろしいやつとは知らなんだ」

気も狂わんばかりのお角の様子、しどろもどろの言葉のはしはしに、朱之助はいよいよ気をいらだて、

「これ、お女中、どうしたものじゃ。見ればそなたは、さきほどこのお屋敷のまえでいき会うた女中のようだが、もちっと気を静めたがよい。大変とはいったい、何事がおこったと申すのじゃ」

「おお、これがどうして気を静められましょう。娘が殺されます。お嬢さまも殺されます」

「なに、琴絵が」

「おお、そうそう、その琴絵様が、大変なのでございますよ、ああ、――わたしは知らなんだ、知らなんだのでございます。あいつがいま、評判の髑髏検校などとは――」

「げっ」

朴斎がふいにどうんと音を立てて、式台のうえに腰を落とした。

「あの、それでは娘が髑髏検校に――あの、髑髏検校に」

「はい！」

お角がわっと泣き出すのと、朱之助が式台のうえからパッと飛びおりたのと、ほとんど同時だった。

「お女中、それはいずこじゃ。ええい、泣いていては分らぬ。これお女中、琴絵どのはいずくにいるのじゃ」

「はい、あの、それは――」

「なにをうじうじ申している。早く案内いたさぬか。琴絵どののいるところへ、早く案内いたさぬか。おじ上、おじ上」

朱之助は恐怖のために、踏む足さえ定まらぬ様子だった。それもそのはず、髑髏検校の恐ろしさは、知りすぎるほどよく知っている朱之助のことだ。あの物凄《ものすご》いつむじ風の日、墓穴の中から忽然《こつぜん》とよみがえった髑髏検校、狼を真っ二つに引き裂いて、二人の侍女とともに島を立ち去ったあの妖怪《ようかい》、そいつがいま、琴絵の体にとりついているると聞いては、一刻もゆるがせにはできないのだ。

「朱之助どの、朱之助どの、おお、娘は死んだ、娘はとても助からぬ」

「なんとおっしゃる。おじ上のお気の弱い。これからすぐに参れば、まだ十分間に合いまするぞ」

「と申して、あの怪物に見入られては、とても助からぬ。おお、琴絵――琴絵！」

「だから、早く参らねばならぬ。これ、女中、どうしたものじゃ。早く案内いたさぬか。ええいなにをぐずぐずいたしておる」

気抜けしたような朴斎をはげまし、恐怖のために気もそぞろがちなお角を叱咤《しった》し、沸き立つように朱之助がひとりで気をもんでいるところへ、折もよし表へついたのは駕籠《かご》が三挺《ちょう》、中なる人は言わずと知れている、蘭渓父子に秋月数馬。

良斎からの話によって、早くも変事をかぎつけた三人は、取るものも取りあえず、この屋敷へかけつけて来たのである。

二

「お角、この屋敷か」

駕籠からおりて、鳥居蘭渓がふりかえったのは、さきほどお小夜がかつぎ込まれた、あの古屋敷の玄関まえだった。

護国寺わきの、つい先ごろ、陽炎姫の怪異にあった屋敷と同じような、妙にさむざむとした荒れ屋敷。検校はこういう、人眼につかぬ隠れ家をいくつか持っていると見える。

「は、はい、ここでござります。――あれ」

さっきから、ガチガチと歯を鳴らしつづけていたお角が、ふいに袖《そで》で顔を覆うと、いきなり縫之助の胸にすがりつく。

「ど、どうしたのじゃ。何事が起こったと申すのじゃ」

「な、何やら黒いものがいま、そ、そのあじさいの影へ」

「なに、あじさいの影？」

朱之助が持って来た龕燈提灯《がんどうちょうちん》の光を向けると、あじさいの影に、まっくろなからす猫が無気味な眼を光らせながら、みゃあお、みゃあと、おびやかすように啼《な》いている。

「なんだ、猫ではないか」

「ね、猫でございますか」

「さよう、猫じゃ。よく見るがよい」

「まあ、ほんとに猫でございました。でも気味の悪い。黒猫は魔物じゃと申します。あっちへ追って下さいまし、しっしっ、ええまあ、縁起でもない」

黒猫はジロジロ、恐れ気なくこちらを見ていたが、やがて真っ赤な口をひらいて傍若無人のあくびをすると、のっそのっそとあじさいの花の影から、いずこともなく立ち去った。

「さあ、猫は立ち去ったほどに、早く案内するがよい。思わぬことでひまどったて」

「はい、あの――でも、わたしなんだか気味が悪うてなりませぬ。どなたか先へいって、そしてだれか、わたしの側から離れぬようにお願い申します」

「よし」

さっきから、じりじりしていた朱之助は、問答無益と思ったか、われから先に立ってタッタッと玄関の奥へ走りこむ。そのあとから若い縫之助と秋月数馬がつづいた。いちばん最後に鳥居蘭渓と芹沢朴斎、その二人にはさまれたお角は、足がもう畳につかぬくらいおびえ切っていた。

屋敷の中はまっくらである。おまけに肌をさすような冷気と、静けさがひしひしと身に迫ってくる。

朱之助と縫之助は、足音もあらあらしく、片っ端から襖《ふすま》、障子をあけてみたが、どこにも人影は見えなかった。

「琴絵どの、琴絵どの」

呼んでみたが返事はない。

「お小夜どの、お小夜どの」

叫んでみたが同じく物音ひとつ聞こえない。聞こえるのは、嘲《あざ》けるような黒猫の啼き声ばかりだ。

朱之助と縫之助は、思わず不安らしい眼を見交わす。

「お角、貴様がさっきあやかしを見たという座敷は、いったい、どこじゃ」

「は、はい、そこの廊下を曲がって、その突き当たりのお座敷のように覚えております」

「よし」

若い二人はそれを聞くと、すぐに廊下をつき抜けて、がらりと破れ襖をひらいた。しかし、そこももちろんもぬけの殻。

「お角、なにも見えぬではないか」

言いながらも、朱之助はほっと気抜けしたように、龕燈提灯で座敷の中を照らしてみる。こう暇どっては、とても琴絵のいのちは助からぬと思いながらも、死骸《しがい》を眼のまえにつきつけられるよりも、まだ、いくらか望みが持てるのだ。

縫之助とて同じこと。なるべくなら、不吉な発見を、一寸でも、二寸でも、先へのばしたい気持ちなのだ。

「おや、ほんとに見えませぬか」

お角はいくらか色を取り戻して、

「畜生、いったい、どこへ逃げてしまったのだろう。さっきわたしがのぞいた時は、たしかにそこに、琴絵様が、ボッと気をお失いになって、その側に、あの検校と二人の女中が、蟻のようにむらがっておりましたのに」

お角は龕燈の光のなかで、不思議そうにあたりを見回していたが、ふいに、

「あれえ！」

と、叫んで、いきなり蘭渓の胸にむしゃぶりついた。

「これ、どうした。なにを見たのじゃ」

「は、はい」

「はいでは分らぬ。なにを見たと申すのじゃ」

「そ、そこの袋戸棚に――」

「なに、袋戸棚に、これ、鬼頭、その灯をこちらへ貸してみよ」

朱之助の手から龕燈をひったくるように奪いとった蘭渓先生、さっと床わきの袋戸棚に光を浴びせたが、とたんに、一同わっとうしろへとびのいた。二、三寸、しめ残した小襖のかげから、ひと握りの女の髪が、からす蛇のようにのたくりのぞいている。

……

三

「縫之助、ひらいてみよ」

「は」

縫之助はタタタと側へよると、がらりと引き手に手をかけて小襖をひらいたが、見るとその中に、女の体が無残な格好で押しこまれているのだ。

一同は思わず息をのんだが、すぐ朱之助がそばへよって、女の顔をのぞきこんだ。

「あ、琴絵どの」

「琴絵――？」

一同をかきわけて進み出たのは、いままでうしろにひかえていた父の朴斎。

「おお、琴絵じゃ、琴絵じゃ」

朴斎は気も狂わんばかりに、

「琴絵、しっかりしてくれ。だれがこのような無残なことをした。琴絵、父じゃぞ。父の朴斎じゃぞよ。もう一度眼を見開いてくれ、この父に言葉をかけてくれ」

わめきつ、叫びつ、夢中になってすがりつこうとするのを、静かに制した朱之助は、

「おじ上、おじ上、まあ、待って下され。このような窮屈なところにおいておくわけには参りませぬ。ひとまず、この袋戸棚の中から出さねば、縫之助どの、お手伝いをお願い申す」

「承知いたしました」

小襖を外して、琴絵の体を引き出すと、

「琴絵どの、しっかりして下され。朱之助じゃ、鬼頭朱之助でござるぞ。おお、なんというあさましい姿になり果てられたぞ」

朱之助はひしとばかりに琴絵を抱きしめたが、ふいに、おやと小首をかしげると、

「おじ上、おじ上！」

と、あわただしく朴斎を呼んだ。

「おお」

「琴絵どのは果たして死んでいるのでございましょうか。拙者、ちと、合点が参りませぬ。何やら、まだ息が通うているように思われてなりませぬ」

「なに、生きている？　どれどれ、わしに抱かせてみせなされ」

朴斎はあわただしく琴絵の体をひきよせ、手をとり、胸を調べていたが、

「おお、いかにも生きている。間違いなく生きているぞや。琴絵、これ、琴絵、しっかりしてたも、父じゃ、朴斎じゃ。そなたのあれほどこがれていた朱之助どのも、ここに来てござるに、これ、琴絵やあい」

朴斎の声が通じたのか白蠟《はくろう》のような琴絵の面に、その時一脈の紅みが、かすかにさしてきた。くいしばった唇がわずかにほぐれて、閉ざされた瞼《まぶた》のおくで、ヒクヒクと眼球の動くのが見える。

「おお、やっぱり生きていた。これ、朱之助どの、そなたも名を呼んでやって下され。そなたの声が何よりの薬じゃ。朱之助どの、名を呼んで下され」

朴斎の言葉を待つまでもなかった。

朱之助が必死となって呼んでいるうちに、琴絵はふいにポッカリと美しい眼をひらいた。

「おお、気がつかれたか、琴絵どの、拙者じゃ、朱之助でございますぞ」

琴絵の瞳《ひとみ》は、しばらく宙をさまようように、うつろにそのへんを見ていたが、やがて、ぼんやりと、父の顔から朱之助のほうへと視線をうつした。

「父《とう》さま――朱之助様――」

まだ正気にかえり切らぬ、夢のような声音だった。琴絵はしばらく朱之助の顔を、夢のつづきでも見るようにながめていたが、その時突如、〽かすかな微笑が、唇のはしにうかんできた。

「朱之助様――」

「おお、琴絵どの、拙者じゃ、気がつかれたか」

「わたし、寒い、わたしの体は氷のようだ。抱いて、抱きしめて。そして、わたしの血をあなたの血で温めて。――」

「おお、かようか、琴絵どの、かようか」

朱之助がひしと琴絵を抱きしめたとたん、すらりと琴絵の手がのびて、朱之助の首をしっかと抱いた。それでもまだ、だれも気づかなんだが、つぎの瞬間、ちらと世にも邪悪な微笑、が――いつか陽炎姫の面に見たと同じ微笑が、障子にうつる鳥影のように、琴絵の唇のはしを通りすぎた。と、思うと、ニューッとつぼめた唇の間から、白い歯がのぞいて、その歯がさっと朱之助ののどにむかって跳りかかろうとしたとたん、

「危ない！」

蘭渓先生の声とともに、何やらさっと、白いものが、二人のあいだに落ちて来た。花葫《はなにんにく》なのだ。吸血鬼が最もいみきらうあの白い葫の花！

「あっ！」

琴絵はさっと顔をそむけたが、つぎの瞬間、きりりと柳眉《りゅうび》を逆立てて、はったと蘭渓をにらんだその形相の物凄《ものすご》さ。髪の毛が蛇のように、にゅっと逆立って、瞳が鬼火のように燃えあがった。

「おのれ、怪物！」

若い縫之助はそれと見るより、やにわに腰のものを抜きはなったが、

「待て！」

と、それを制した蘭渓先生。

「鬼頭、そのほうはしばらくあれに控えていよ」

「はい」

呆然《ぼうぜん》と夢からさめたように、額の汗をぬぐいながら、朱之助があとに退ると、蘭渓先生は静かに琴絵のそばにひざまずいて、彼女の周囲にいっぱい葫の花をまきちらした。

琴絵はそのとたん、物凄い形相をして、しばらくもだえ苦しんでいたが、やがて、

ムーンとばかり気を失って倒れてしまう。蘭渓先生はじっとその手をとってみた。

「これでよし」

と、朴斎のほうへ振りかえると、

「早々御息女をともなってお帰りなされたがよろしかろう」

「はあ、あの、娘は生きておりますか」

「幸いなことには、まだわずかながら血が残っている様子、くれぐれもご介抱が大切、なお、座敷の周囲に葫の花をたやされるな」

蘭渓先生は物思わしげな様子で立ち上がったが、――と、その時だ。どこやらで、

「あっ――」

と、尾をひくような細い声。

「や、あの声は？」

と、一同はぎょっとして振り返ってみたが、その時はじめて気がついた。お角の姿が見えないのである。いや、お角ばかりではない。秋月数馬の姿も見えぬ。

「秋月どのは」

「はて、いずこへ参ったのであろう。してまた、さっきのあの声は？」

一同がおびえたような顔を見わ合せたとき、

「おのれ、化け物！」

と、廊下の外に数馬。つづいて、何やら、ドタリと物の倒れるような音がした。その物音に、朱之助と縫之助の二人が、さっと廊下へ躍り出た瞬間、何やら、黄いろいものが、蹴破《けやぶ》られた雨戸のすきから、ひらひらと木の葉のように舞いあがるのが見えた。

蝙蝠《こうもり》なのだ。巨大な一匹の蝙蝠が、月も星もない夜の闇のなかへ、吸いこまれるように消えていった。

「おお、お二人か」

縁側から半身乗り出した秋月数馬は、ぶるぶると身ぶるいすると、抜き放った白刃のさきで廊下に倒れているお角の姿を、無言のまま指さした。

お角は虚空をつかんだまま、仰向けに倒れていた。その顔色には、もはや、一滴の血の痕《あと》もなく、すでにこときれていることがひと眼で分る。

そのお角の死骸《しがい》のそばから、さっきの黒猫が、にゃおと、一つひくい声で啼《な》きながらのっそりと離れた。……

悪鬼火葬

一

お小夜は、長い、恐ろしい夢からふと眼をさました。いったい、どれくらい気を失っていたのか、どれだけ、あの魂も消えるばかりの、恐ろしい夢にさいなまれていたのか、お小夜には少しも見当がつかない。

気がついてみると、古寺の庫裡《くり》の片すみに寝かされて、その側に、大膳が居ぎたなく、よだれをたらして眠っているのだ。

お小夜ははっとばかりに一時に眼がさめた。すると、稲妻のようによみがえってきたのは、さっき見た、あの恐ろしい光景だ。

(お嬢様は――お嬢様はどうなされたであろう)

お小夜は大膳の眠りをさまさぬように、そっと立ちあがると、庫裡の外へ出た。そしてはじめて、今自分のいるところがさっきのお座敷でなかったことに気がついた。

夜もすでに明けはなれて、鈍い日射しが寺の庭いっぱいにあたっている。人影はどこにも見えない。傾いた軒、生いしげった雑草、ひと眼でこれが無住の寺と知れる。

(逃げるなら今だ!)

お小夜は、いったん庭へとびおりたが、すぐ思い直した。お嬢様は、どうあそばされたであろう。ひょっとすると、この寺の中に押しこめられているのではなかろうか。

……

気丈なお小夜は、そこでまた、つと廊下へあがる。自分一人だけ逃げて、あとで琴絵様の身にもしものことがあったら、どの顔さげて旦那《だんな》様に会われようか。

お小夜はそこでソロソロと本堂のほうへいってみる。閉めきった本堂の中は、外の明るさにひきかえて、まだ夜の闇の中に沈んでいる。お小夜はその本堂へ一歩足を踏み入れたとたん、ゾッとするような悪寒をおぼえた。何かしら、得体の知れぬ匂いがこの本堂のなかに漂うているのだ。

お小夜は恐ろしさに、ゾクゾクしながらもこの匂いの正体をつきとめずには帰れない。何かしら、この世のものではない、古朽《く》ちた、吐気を催すようなこの匂い。

お小夜は犬のように鼻をうごめかしながら、匂いを頼りに本堂の背後へ回った。と、そのとたん、彼女の眼が針のように尖《とが》ったのである。

ほの暗い本堂の中に、三つの柩《ひつぎ》が並んでいる。この古寺に、無住と覚しいこの古寺の中に、どうしてこのような柩があるのだろう。まだ真新しい柩が、しかも三つも。

―

前にもいった通りお小夜は気丈な娘だった。それにさきごろよりの怪異のために、いくらか神経が磨滅していたとみえるのだ。ふだんなら、胆《きも》をつぶして逃げ出すはずのこの柩のそばへ、その時彼女はおずおずと近寄っていった。

柩の一つに手をかけたが、蓋《ふた》は案外、たやすく開いた。のぞいてみると、中はバラバラの白骨が一つ。

「あれえ！」

と、叫んでお小夜はいったん側をとびのいたが、やがてまた気を取り直して、もう一つの柩をひらいた。それもやっぱり同じような白骨なのだ。お小夜はさらに勇気をふるって、第三の柩の蓋をとったが、とたんに、彼女はなんともいえぬ恐ろしさに、声を立てることもできなかった。

その柩の中には、昨夜見た、あの恐ろしい検校が、蠟《ろう》人形のように仰向けに眠っている。白い艶々《つやつや》とした頬、真っ黒な房々とした髪、それから白絹の小袖《こそで》と緋色《ひいろ》の袴《はかま》、まぎれもなく二度三度、お小夜がおびやかされた髑髏検校。

検校の唇は、夢を見て笑っているように、にっこりとほころびかけているその美しさ。しかし、その唇こそ、世にも恐ろしい悪魔の唇なのだ！　お小夜は、ゾーッと氷のような手で背筋をなでられる思い、お小夜はバッタリと蓋を取り落とすと、あわてて本堂から外へとび出した。

そのとたん、彼女のまえに立ちはだかったのは気違い大膳。

「お小夜、どこへいく」

「ええ、そこどいて」

「いや、どくことはならぬわえ。うぬは本堂のあれを見たの。わが殿のお休みのところを、貴様見おったな」

「あい、見ました。髑髏検校の眠っているところを確かに見ました。それじゃによって、このこと、蘭渓先生へお知らせいたさねばなりませぬ。ええ、そこを離して」

「うぬ。それ、見られたら、もう、このまま生かしておくことは出来ぬぞよ」

ギラリと抜いた気違い刀。

「あれえ」

お小夜はその刀の下をくぐって、本堂の縁側から、ひらりと庭にとび下りた。

「おのれ、待て。待ちおらぬか。この阿魔！」

うしろからとびつきざま、大膳はお小夜の帯の結び目に手をかけた。

「あれえ、だれか来てえ」

身もだえするはずみに、スルスルと帯がとける、お小夜はこけつ、まろびつ、雑草の中を逃げまどう。その上から、大膳の刀がさっと振りおろされようとしたが、どうしたことか、

「うわっ！」

と、叫んで、大膳がうしろにのけぞった。見れば大膳の肘《ひじ》に、ぐさっと小柄《こづか》が一本つきささっている。

「だれだ、何やつだ。何やつが邪魔立てするのだ」

「だれでもない、大膳、わしじゃ」

声を聞いて、くるりと振り返った大膳は、わっと叫んで二、三歩うしろにとびのいた。

「あ、あなたは父上」

驚いたのも無理はない。雑草の中にたたずんでいるのは蘭渓をはじめとして、朱之助、縫之助、それから秋月数馬の四人だった。

「大膳、護国寺の空き屋敷より、そのほうの足跡を慕うてここまで参った。ふびんながらそのほうの命は父がもらったぞ」

「ち、父上！……」

「逃げるか」
二、三歩追いすがった蘭渓の刀が、さっと虚空を縦に切り裂くよと見れば、
「わっ！」

真っ赤な血潮が雑草を染めて、大膳は枯れ木のようにその場へ倒れた。あわれ、吸血鬼に見込まれてその手先をつとめていた大膳の、これが最期の声だった。

「縫之助様」

「おお、お小夜か」

「検校が本堂に、本堂に——」

お小夜はそれだけいうと、張りつめた気がゆるんだのか、そのまま、縫之助の腕に抱かれて気を失ってしまった。

二

「見られよ、秋月数馬どの、朱之助も縫之助もよっく見よ。これこそ髑髏検校の正体であるぞ」

薄暗い本堂の裏側で、柩の中をのぞきこんだ蘭渓は、さすがに日ごろの落ち着きを失って、声もかすかにふるえていた。

数馬も朱之助も縫之助も、息をつめて一様に、美しい吸血鬼の面に眼を注いでいる。

「父上」

縫之助が上ずった声でいった。

「検校はなにゆえ、逃げようとはせぬのでございます。あのような神通力を持っていながら、なにゆえかくもやすやすとわれわれの手に落ちたのでござりましょう」

「縫之助、検校は眠っているのじゃ」

「え？　眠っている？」

「いかにも、幽鬼は日のもとをさまよい歩くわけには参らぬ。日中はこうして、人目のないところで眠っておらねばならぬ。これが検校のただ一つの弱点じゃった。さればこそ、眠っている間のおのれの番をさせようとして、気の狂った大膳を手下につけたのじゃ」

「先生、しかし、この鬼めをいかに処分いたしたらよろしゅうござりましょう、刀も通らず、槍《やり》もうけつけぬ、この妖怪《ようかい》をいかにいたしたら、仕止めることができましょうや」

「焼き捨てるばかりじゃ。陽炎姫を火葬に付し参らせたように、この検校も灰にいたさねばならぬ。灰になれば、この世にはなんの妄執も残らぬ。通力も失うてしまうのじゃ」

　蘭渓は検校のふところを探っていたが、何やら巻物のようなものを取り出すと、ちらとそれを披見したきり、すぐ懐中におさめてしまった。

「父上、なにが書いてございました」

「いやなんでもない」

　蘭渓は深く心を動かした様子だったが、しいてさり気なく、

「ふびんなやつよの」

　と、つぶやくように、

「この死骸《しがい》には、恐ろしい、深い妄執が残っていたのじゃ。その妄執が、徳川の天下

をくつがえそうと企《たく》らんだ。しかし、その妄執も今日限り、亡びてしまおうぞ。それ、縫之助」

「はっ」

縫之助は言下に、花葫《はなにんにく》をいっぱい、柩《ひつぎ》の中につめこんだ。

「急がねばならぬ。吸血鬼の目覚める時刻となっては、ふたたびわれわれの手には及びかねることになろうぞ。朱之助、秋月どのも手を貸されい」

四人は急いで、花葫のいっぱい詰まった柩を、寺の裏庭に持ち出した。

「幸いここには薪《まき》もある。早々に焼き捨てい」

薪を重ねて、その上に三つの柩を重ねた。

蘭渓がそれに火を放った。やがて、煙がもうもうと燃えあがった。三つの柩がパチパチとはじける音がした。

と、その時である。

四人の耳には世にも恐ろしい唸《うな》り声《ごえ》が聞こえてきた。

「おお、苦しや、たえがたや、何人がわが柩に火を放ったぞ。松虫、鈴虫、大膳はおらぬか。おお、苦しや、熱や。たえがたや」

「検校どの、妄執をお晴らしなされい。あとはねんごろに葬《とむろ》うて進ぜよう。修羅の妄執、お晴らしなされい」

「おお、そういう声は鳥居蘭渓よな。おおうらめしいぞ、口惜しいぞ。大膳——大膳——」

だが、そういう声はしだいに細くなっていった。そして三つの柩ががらがらと焼け崩れるとともに、何かしら、眼を射るような光が、煙の中からさっとあたりを照らしたが、それも一瞬、やがて、あたりは霞《かすみ》のような煙の渦に巻きこまれていったのであった。……

＊

後日、筑紫の果てのあの不知火島に渡った鳥居蘭渓は、人知れず一基の碑を立てて、何人かの菩提《ぼだい》をあつく葬ったが、その人は、天草《あまくさ》四郎。——あの切支丹一揆《キリシタンいっき》にやぶれて死んだ天童だったという。

神変稲妻車

蓬莱閣《ほうらいかく》乱刃の巻

美人心中刃を磨《と》ぐ

諫鼓《かんこ》苔《こけ》深《ふこうして》　鳥不驚《とりおどろかず》――刀は鞘《さや》に、弓はふくろに、泰平の御代おさまりて徳川の治世もここに二百年。きょう、天明《てんめい》三年の春もめでたく明けて正月、元旦《がんたん》の申《さる》の刻（午後四時ころ）。

「殿のお帰り」

年賀の登城もとどこおりなく終えて、先触れの声も勢いよく、いましも神田橋《かんだばし》外のお屋敷へかえって来たのは当時、飛ぶ鳥もおとすといわれた権勢家、若年寄の田沼山《たぬまやま》城守《しろのかみ》意知《おきとも》である。あらためて臣下の年賀をうけると、やがてきげんよく奥の御殿へしりぞいた。

山城守意知、明けて三十六歳の男盛り、いろの白い顔に、うすあばたのある大男で、老中田沼主殿守《とのものかみ》の嫡男、みずからも若年寄の要職にあるやりてなのだ。

権勢を笠《かさ》にきて、父子もっぱら苛斂誅求《かれんちゅうきゅう》と賄賂《わいろ》をとることを事としていたから、当時、うちつづく饑饉《ききん》、大火、大地震に民は塗炭のくるしみをなめていたが、ここ田沼邸のみは、げにやわが世の春や春。意知みずから蓬萊閣と名づけたこの奥の新御殿なども、いずれは民の膏血《こうけつ》と収賄のかたまりでできあがったものであろうが、その華麗絢爛《けんらん》なること、実に眼をうばうばかりである。

「お帰りあそばせ。さぞお疲れでございましょう」

「いや、なに」

窮屈な裃《かみしも》をとり、くつろいだ着流し姿で、今しもきげんよく、この蓬萊閣のひと間へはいった意知をにこやかに迎えたのは、当時、山城守の寵《ちょう》を一身にあつめているという、珊瑚《さんご》という傾国の美女。美人おもてに微笑をうかべて心中刃を磨ぐ、というのは、おおかたこういう女をいうのであろう。

改めて白魚のような指をつかえると、

「殿、おめでとうございます」

「うむ、そちもあい変わらず美しくてめでたいな」

「今年もあいかわりませず、なにとぞご威勢の伸びますように」

「ふふふふ」と、山城守とろけるような笑いをもらしながら、

「珊瑚、もうそのくらいにいたしてくれよ、いままで肩のはる御殿づとめをして来たのじゃ。ここだけでは、せめて人並みに扱ってもらいたいな」

に、

「ほほほほ、でもこれも御祝儀でございますもの。では、これからさばけて、御酒《しゅ》肴《こう》の用意などいたしましょう」と、腰元どもに眼配せをしたが、ふと思い出したように、

「ああ、そうそう、殿、さきほどより雁阿弥《がんあみ》が参っておりましたっけ」

「なに雁阿弥が参っているとの。よしよし、さっそくここへと申せ、久しぶりにあいつの琵琶《びわ》でもきいてやろう」

やがて運ばれたのは善美をつくした酒肴、美しい腰元どもに取りかこまれた意知が、陶然として眼の縁をあかくしたころ、一挺《ちょう》の琵琶をかかえて、うやうやしくそこへ現われたのは、これぞさきほどの珊瑚が取りついだ盲目の琵琶法師、その名を雁阿弥という老人だ。

「おお、雁阿弥か、久しいの。近う参れ」

「は、殿には相変わりませず……」

「もうよいよい。酒宴の席でそのような堅苦しい挨拶《あいさつ》ききとうもない。それより早く一曲所望じゃ」

「ほほほほほ、雁阿弥さん、殿はさっきから肩が凝ってならぬと言ってでございます。ちっとも早う慰めてあげて下さいませ」

「はあ、はあ、いや相変わらず御闊達《かったつ》なことで」

苦笑いをしながら錦の袋を解いた雁阿弥が、ひと撥《ばち》くれると、朗々と語り出したのは、清盛宮島参詣《さんけい》のひと節、げにや田沼父子の威勢はいにしえの清盛のそれにも比すべく、意知おもわず眼を細めてきき入っていたが、その時つと腰元がつぎの間に手をつかえたかと思うと、

「申し上げます。新宮伊勢守《しんぐういせのかみ》様より、お笛献上のお使者として、白鷺弦之丞《しらさぎげんのじょう》様お越しにございます」

スワ風を呼ぶ蓬萊閣

「なに、伊勢守より使者が参ったと?」

山城守はかっと眼をひらくと、かたわらに控えている珊瑚のほうを意味ありげに見て、

「ふふふ、珊瑚、どうじゃな、さすが剛情っぱりの伊勢守もとうとう冑《かぶと》をぬいだそうな」

「ほほほほほ、伊勢守にもよい家来があるとみえます。殿のご威光に楯《たて》つくは身の破滅と気がついたのでございましょう」

「はははは、この間から遠回しに、だいぶつついてやったからな、珊瑚、そちも本望であろう」

「はいうれしゅうございます」

「伊勢守の使者、すぐさまこれへと申せ。雁阿弥、そのほうはしばしひかえていよ」

「は」と、撥をおいた雁阿弥の盲《めし》いた醜い顔に、その時、狐のような狡猾《こうかつ》な表情《いろ》がちらっと浮かんだのを、だれひとり気づく者はなかったのである。

信州高遠《たかとお》の城主、新宮伊勢守は禄高《ろくだか》七万石、その新宮家の宝物にみすずの笛と名づくるは、天下かくれもない名笛だ。歌舞音曲に堪能な珊瑚は、かねてよりこの名笛の名を聞き及び、なんとかしてこれを手に入れたいと、例の手管で山城守にねだっていたのだが、相手は名うての荒大名、なかなかその手に乗りそうもなく、さすがの山城守もさんざんてこずっていたのだが、思いがけなくきょうの元旦に、向こうからこの名笛を携えて、使者がやって来たというのだから、相好を崩して山城守が喜んだのも無理はない。

やがて待ちかねたその場へ、しずしずと現われたのは、これぞ本篇一方の主人公は新宮伊勢守が家老白鷺主水之正《もんどのしょう》の嫡男、白鷺弦之丞、——その姿をひとめ見たとき、さすがの山城守もあっとばかりに驚いた。

高遠七万石の使者とあるからは、いずれ練達の士《さむらい》と思いきや、いま、錦の包みを片手に捧《ささ》げ、悠々とその場に現われたのは、としは十七、十八か、大前髪の美少年。

「新宮伊勢守が使者、白鷺弦之丞にございます」

と、鷹揚《おうよう》に手をつかえたところは、色あくまで白く、鼻筋とおり、眼もと涼しく、口もとさわやか、曙《あけぼの》染の大振袖《ふりそで》に、紫繻子《じゆす》の裃、袴《はかま》も、匂いさながらこぼれるばかり、さすが驕慢《きようまん》な珊瑚の方も、思わず妖婦《ようふ》の本性あらわして、うっとり見とれてしまった。

「おお、使者の儀大儀、してみすずの名笛を持参いたしたか」

「は、これに」

「苦しゅうない、これへ持て」

「は」

じきじきに包みを受け取った山城守意知、貪欲《どんよく》な微笑をうかべつつ取る手おそしと箱押しひらいたが、そのとたん、さっと顔色紫いろとなる、とムラムラと浮き出して来たは疳癪《かんえいきん》筋、

「伊勢守が使者、みすずの笛とはこれがことか」

「は」

「これがみすずの名笛と申しおるか、無礼者」

箱の中よりわしづかみ、むんずとつかみ出すやいなや、弦之丞が面をめがけてはっしとばかり、たたきつけたのはなんと驚いたか馬の骨。

「あ」

とばかり、弦之丞、額をおさえてうっ伏したが、これは山城守が怒るのもあたりまえだ。田沼家はもと四石二人扶持《ににんぶち》の微禄の家柄、いわば家系も定かならぬ成りあがり者だから、馬の骨はあまりといえばあまりの皮肉。

「無念！」

と、額をおさえた弦之丞、指の間からタラタラと滴り落ちる血潮を見ると、勃然《ぼつぜん》として怒りがこみあげてきたから、さあたまらない。思慮分別にとんでいるようでも、そは若年、さっとまなじりを決すると、

「おのれ、奸物《かんぶつ》！」

紫繻子の肩衣《かたぎぬ》、パッとうしろにはねのけると見るや脇差しの鯉口切って、タタタタタ、山城守めがけて突き進む。

歓楽に酔い痴《し》れた蓬萊閣は、たちまち変じて修羅の巷《ちまた》と化してしまった。

奇怪・雁阿弥の折鶴呪縛《しばり》

こういうと白鷺弦之丞、あまりに無分別と思われるかもしれないが、しかし、考えてみると無理からぬ点もある。

仮りに七万石の使者ともあろう者を、酒池肉林の狼藉《ろうぜき》の席へ招じるさえあるに、理非をたださず、いきなり男の面部を割られては、主君への手前、このままのめのめと

引き退《さが》れようか。ましてやかねてより聞き及ぶ田沼父子の上を上とも思わぬ横暴三昧《ざんまい》、かてて加えてこのたびみすずの名笛を横奪せんがために、主君伊勢守へ加えた無理難題の数々。されば弦之丞の義憤こって、ここに一時に爆発したのだ。

「おのれ推参者、血迷うたか、退れ」

山城守さすがに青くなって、パッとうしろに飛び退ると、大喝一声極《き》めつけたが、
さような言葉も耳に入らばこそ。

「山城守、覚悟！」

振りおろした太刀先に、あわや山城守真っ二つになったかと思いきや、その時早く、
珊瑚の方がとっさの機転。

「無礼者、退りゃ」

と叫ぶより早く、ひらひらと舞い落ちた錦繡《きんしゅう》の裲襠《うちかけ》、こいつがくるくると白刃を包
んでしまったから、あっとばかりに弦之丞がひるむすきに、

「狼藉者、出会え、出会え！」

口々に叫びつつ、山城守と珊瑚の方、こけつまろびつ逃げ去ってしまった。と見る
や、声を聞きつけて駆けつけて来たは、山城守家中の面々、

「おのれ、無礼者、そこ動くな」

ズラリ、今や弦之丞白刃の林に取りかこまれてしまった。こうなっては弦之丞、い

かに鬼神の勇ありとも、もはやなんとも致し方がない。

「無念!」

バリバリと奥歯をかみ鳴らしたその形相の物凄《ものすご》さ。髻《もとどり》切れてさんばら髪、蒼白《そうはく》の面は朱に染み、美少年だけにいっそう鬼気肌を刺すおもむき。

「やあ、かくなればせん方なし、斬り死には覚悟のうえ、不義の栄華に誇るこの蓬萊閣は、死人の山、血潮の河を築いてくれるぞ」

「なにをこしゃくな」

相手をたかがやせ小姓とあなどったのが、間違いのもと、まっ先に進んだ若侍、あっと叫ぶともんどり打って引っくり返った。いや、その鮮かなこと、眼にも止まらぬ早業とはこのことであろう。

「おのれ、小童《こわっぱ》のしゃらくさい腕立て!」

左右から一時に斬り込む白刃の下を、ひらりと曙染の振袖がひるがえるよと見れば、ザアーッと、血吹雪が霧のようにしぶいて、

「わあッ!」

のけぞったのは斬りつけた両人だ。弦之丞は血刀さげて凄然《せいぜん》と笑っている。

意外な相手の手練《てのうち》に、家中の面々おもわずひるむ。戦いは多勢も無勢もない。ひるんだほうが負けなのだ。この呼吸を外す弦之丞ではない。しすましたりとばかり、自

ら白刃の林に斬りこむと、バタバタバタバタ、二、三人左右に斬り伏せておいて、タタタタタ、廊下を蹴《け》って庭へ駆け出した。

「それ庭へ出たぞ。取り逃がすな」

相手が逃げるとやっと勇気を取り戻すのが、こういう連中の常だ。ひしめき合いつつ追って来る。弦之丞、さらに水もたまらぬ早業で二、三人斬り伏せたが、相手はますますふえるばかり、弦之丞、しばしあたりの地勢をはかっていたが、何思いけん、

「ええい、面倒な」

血刀口に、パッと飛びついたのは松の大木、スルスルとそいつを登ると、更に松の梢《こずえ》からあたかも、飛猿の如き早業だ。

ひらりと飛び移ったのは見あげるばかりの蓬萊閣の甍《いらか》のうえ。

「さあ命のいらぬやつはやって参れ、どいつこいつの容赦はない、力の限り、刃の限り斬って斬って斬りまくるぞ」

颯爽《さっそう》として見得を切ったから驚いたのは家中の面々だ。やって参れといったって弦之丞じゃあるまいし、そんな身軽なまねはできることじゃない。たとい、梯子《はしご》をかけて登ったとて、えっちら、おっちら、ようやく上へたどりついたところを斬り伏せられるのは分っている。だれだって命は惜しい。

「どうです。せっかくああいってくれるのだから、お手前ひとつ招待に応じては」

「いやまあ、拙者は御辞退いたそう。御貴殿こそ御遠慮なく」

わあわあと互いに謙譲の美徳を発揮しているのを、ふがいなしやと思いけん。いったん、奥へ逃げこんだ山城守、バラバラと庭へとびおりたが、見ると手に一挺《ちょう》の鉄砲を引っ提げているから驚いた。

江戸時代には俗に出女入鉄砲《でおんないりでっぽう》といって、関所からこちらへ鉄砲を持ち込むのを厳禁してあった。ましてや御府内で発砲するのはきつい御法度《ごはっと》だが、そこは上を上とも思わぬ山城守だ、きっと鉄砲をかまえると、弦之丞にむかってあわや一発——ぶっ放したらいかに弦之丞といえども命はなかったのだが、

「殿、しばらく、しばらくお待ち下されませ」

押しとどめた者がある。何者かと見れば、これぞ盲目の琵琶《びわ》法師、雁阿弥。

「おお、雁阿弥か、なにゆえあって制《とど》むるぞ」

「たかが知れた小童ひとり、殿みずから御成敗とは、あまりといえばおとなげのうございます。ここは一つやつがれめにお任せいただきとうございます」

「なに、そのほうにまかせとか、してして、そのほう、きゃつめを捕える手段でもあってのことか」

「されば、そのてだてなくしてなんでこの雁阿弥が出しゃばりましょうや」

「ふむ、面白い、そのほうひとつやってみよ」

自信ありげな雁阿弥の言葉に、山城守はふと気が変わって鉄砲をかたえにおいた。

「は、しからば御免」

雁阿弥め、なにをするかと見ていると、懐中より取り出したは一枚の白紙、こいつで鶴を折りだしたから、一同妙な顔をしている。盲目とはいえ、慣れているとみえて、やがて折りあげられたは、白紙の折鶴一羽。

「南無《なむ》、弓矢八幡も御照覧あれ」

ハッと息を吹きかけて放つと見れば、あれあれ、白紙の折鶴が、さながら生あるもののごとく、ひらひら、――虚空に舞いあがるよと見れば、風を切って蓬萊閣の屋上高く、弦之丞めがけてまっしぐらに躍りかかっていった。

これぞ雁阿弥得意の折鶴呪縛《しばり》。

一同あれよあれよと見ているうちに、ふたたびパッと空中高く舞いあがった折鶴が、矢のごとく弦之丞の眼をめがけてとび下りるよと見れば、とたんに足踏みすべらした弦之丞、蓬萊閣の屋上から、庭の泉水へ真っ逆さま。

あわれ弦之丞はどうなったか。

奇骨怪囚人の巻

意外ここに弦之丞あり

「主水之正、余は無念じゃ」

膝《ひざ》のうえにおいた拳《こぶし》をぶるぶるとふるわせて、バリバリと歯がみをしたのは、信州高遠七万石は荒大名と異名をとった新宮伊勢守景元《かげもと》。

白鷺弦之丞が田沼邸において狼藉《ろうぜき》を働き、無念とり押えられたといううわさは、早くも新宮家へも聞こえて、家中は上を下への大騒ぎ。

「たとえ、文筥《ふばこ》のなかより馬の骨が出たとあっても、これ弦之丞のあずかり知らぬところ、それをなんぞや、武士たる者の面に傷をつけるとはあまりといえばあまりのしわざ、余は弦之丞がふびんじゃぞ」

臣下をおもう主君の言葉に弦之丞の父、主水之正は思わずハラハラと落涙したが、しかし今は息子弦之丞の安否を心にかけている時ではない。今を時めく田沼山城守の家中で狼藉を働いたとあっては、新宮家にいかなるたたりがあろうも知れぬのだ。

「殿、かかる騒ぎの持ち上がったも、もとをただせば何やつか、文筥をすりかえたやつがあったればこそ。拙者にはその心当たりもおおかたついておりますれど、なんといってもそこへ気づかず、のめのめと田沼邸へ持参した倅《せがれ》が不調法、何とぞお許し下されませ」

「よいよい、いったん山城づれにくれてやろうと思いたったみすずの笛じゃ、紛失するも心残りはないぞ」

「は、ありがたきおん仰せ。されど倅のいのちはともかく、田沼山城守、よもこのままではすましますまい。必ず難題を吹きかけてくるのは必定」

「なにをあの成り上がり者めが、もしなんとか申して参れば、余にも覚悟があるぞ。天下のため、国家のため、あの奸物《かんぶつ》を真っ二つに」

「あ、もし、それは御短慮、まずまず、殿、はばかりながらお耳拝借」

主水之正が膝すり寄せて、何事かをささやけば、伊勢守驚いた模様で、

「主水之正、さような事ができるかな」

「は、何事も拙者の胸に」

と、白鷺主水之正にっこと笑ったが、いったいいかなる画策が成ったのか。

果たせるかな、それより数刻の後、新宮家へ乗りこんで参ったは、田沼山城守の家臣兵頭玄蕃《ひょうどうげんば》、弦之丞の狼藉についてきびしい掛け合いに参ったのだ。

この使者の応対に出た主水之正、相手の言葉を無言のうちに聞いていたが、やがて

怪訝《けげん》にたえぬ渋面をあげると、

「これは迷惑な、兵頭殿とやら、当家使者として白鷺弦之丞と名乗る者、田沼家へ推参いたしたるおもむきなれど、当家においては全くかかわり知らざること」

「なんと申さる」

玄蕃はあきれ果てた面持ちで、

「しからばみすずの名笛献上の使者として……」

「あいや、玄蕃どの、お言葉中なれどみすずの名笛と申さば当家累代の家宝でござれば、なにしにそれを他家へ贈りましょうや。それが第一大間違い」

「なになに、しからば白鷺弦之丞と申す者、当家中にはなしと申さるるか」

「あ、いや、そうは申しませぬ。なれど先日、田沼邸を荒した、弦之丞なる者、いまいかがいたしおりまするや」

「さようなことはいうまでもないこと、厳しく入牢《じゆろう》申しつけておいてござる」

主水之正、にやりとわらうと、

「ははははは、これは異なこと、これよ、弦之丞、お使者の方にお茶を持て」

「は」

と答えて次の間より、しずしずと現われた少年の姿を見て、玄蕃はあっと驚いた。姿から形から、曙《あけぼの》染の大振袖《ふりそで》、紫繻子《じゆす》の袴《はかま》にいたるまで、先日田沼邸を荒らした曲者と、寸分違《たが》わぬ瓜《うり》二つ。

「お使者様、お茶あがりませい」

さわやかなこの声音まで同じなのだ。

「や、や、これは」

「玄蕃どの、白鷺主水之正が一粒種、弦之丞と申すふつつか者、お見知りおき下されい」

と、高らかに言ったが急にきっと容《かたち》を改め、

「おもうに先日、田沼邸へ推参いたしたる痴者《しれもの》は、この弦之丞と顔かたち似たるを幸い、名を騙《かた》ったるにせ者、それをよくもただささでおいて、かような掛け合いを持ちこまるるとは、山城守様になにか当家に遺恨でもあってのことか」

「や」

「お使者のおもむき大儀なれど、かように証立ったからは、もはや言い分もござるまい。これ弦之丞、兵頭玄蕃どのお帰りなるぞ」

こうなっては兵頭玄蕃、完全に敗北だ。いまだ不審がはれぬおもむきだが、現に眼前に白鷺弦之丞がいるのだから、どうにも致し方がない。はてなと頬っぺたをつねりながら、匆々《そうそう》に立ちかえったが、その後ろ姿を見送った主水之正、かたえの弦之丞を振り返ると、

「小百合、うまくいったな」

「あい、父上様」

にっこりわらったその声は、意外、鈴を振るような女の声だった。

折しもそこへ囚人船《めしゆうどぶね》

そもそも小百合と呼ばるるこの贋《にせ》弦之丞は何者かというに、白鷺主水之正にはもと双生児の子供があった、一人が弦之丞、そしてあとの一人がこの小百合なのだ。

江戸時代にはいったいに双生児を蛇蝎《だかつ》のごとく忌みきらう風習があったが、ましてやこれは、人のもっとも凶兆と恐るる男女の双生児、さればこの双生児の出生があった時、主水之正は固く家中の者に口どめし、ひそかに女児のほうを殺してしまおうと計ったが、それをきいてふびんに思われたのは主君伊勢守様だ。罪もない嬰児《みどりご》を迷信の犠牲とすることを心いぶせく思われた伊勢守は、主水之正に命じてこの女児のほうを、ひそかに筧暁心斎《かけいぎようしんさい》という者に預けられた。

この筧暁心斎というのは、郷里高遠の伏金山《ふせがねやま》という山中にかくれ棲《す》む老陰士。伊勢守様はこの暁心斎の濁世にそまぬ孤高なる人格に敬慕して、かねてより捨て扶持をあたえてあったが、この暁心斎が親代わりとなって、主水之正のかくし児を養育することとなり殿みずから名づけてこれを小百合という。

されば家中においても、この事実を知っているのは、伊勢守様、白鷺親子をのぞいては暁心斎あるのみ。谷間に育った小百合は年ごとに美しくなったが、あくまでお情けぶかい伊勢守様は、御入府の節には、時おりひそかに郷里よりこの小百合を招いて、父子兄妹の対面をさせるのだ。

きょうもきょうとて、この小百合が郷里より出て、ひそかに伊勢守様の手元にあったを幸いに、主水之正が機転の替え玉、双生児だから弦之丞に生き写し、まんまと兵頭玄蕃が欺かれたのも無理ではなかった。

「これ、小百合」

改まった父の声に、小百合はハッと手をつかえた。

「きょうのところは無事にすんだが、あの腹黒い田沼山城、よもやこのままではすもうとは思われぬ。ついてはそちが当屋敷にあっては体調《からだあらた》めなどされると事面倒、そのほうこれよりただちに伏金山へ立ちかえれ」

「はい」

「ここに暁心斎どのへあてた父の手紙がある。まった、わが君へは父よりよしなに申し上げておくほどに後刻《のち》といわず、直ちにこの家を立ち退くよう」

「はい」

といったが、さすがに心弱い女の身の、小百合は思わずひとしずく、ポトリ涙を膝《ひざ》に落とした。

「これ、なにを泣くぞ。武士たる者の娘が、かようなことに涙を落とすよう、暁心斎どのはお育てなさらんはず、服装《みなり》を改めて、それ、人眼にかからぬうちに、少しも早く——」

と、せき立てられた娘の小百合は、何とやら後ろ髪ひかれるおもいであったが、

「それでは、父上様」

「おお、そちも達者でくらせ」

「さらばでございます」

あとに残る未練をかき捨て、裏口からこっそり忍び出たは、巡礼姿の小百合である。力なき足を引きずってやって来たのは大川端、と、見ればたそがれた大川端に、わらわらと群がり集まった人々は、口々に何やらささやいているのを、不審におもった小百合が、

「もし、何事でございますえ」

と、傍らの人に聞くと、

「おお、見れば可愛い巡礼さんだね。なにさ、いまここを、田沼様の囚人船が通るというので、それでみんな騒いでいるのさ」

「あの、田沼様の?」

と、聞くよりもはや、胸は高鳴るのだ。

「そうさ。なんでも田沼様にとっては大事の囚人《めしゅうど》、伊豆《いず》へ送ってひそかに土牢の中へ閉じ込めるというもっぱらの噂だ」

「してして、その囚人の名はなんと申すのでございますかえ」

「さあ、そこまではこちとらの知ったことじゃねえが、おおかた、この間田沼邸を荒らした曲者があるというからそいつのことでもあろうかい」

ああ、この間田沼邸を荒らした曲者とは兄弦之丞に違いない。小百合は思わず顔色をうしなったが、

「まあ、さようでございますか、ずいぶん恐ろしいことでございますねえ」

と、そのまま群衆の中にまぎれ込んでしまった。

あれよあれよ折鶴乱舞

七つ星、田沼家の定紋打った提灯《ちょうちん》を高くかかげた囚人船、舟の中には恐ろしや、獣を入れる檻《おり》のような箱牢が乗っているが、牢格子には中を覗《のぞ》かれぬよう黒い幔幕《まんまく》を張りめぐらしてある。やがてその囚人船が、数艘《そう》の小舟に取りかこまれ、下って来たのは佃島《つくだじま》あたり。

と、その時かたえの葭《よし》のなかから、矢のごとく漕《こ》ぎ出して来た一艘の小舟がある。

「お願いでございます、お願いでございます」

「何者じゃ」

箱牢につきそった役人が、思わずきっとたそがれの闇をすかしてみると、小舟の中に乗っているのは巡礼姿の美少女、いうまでもなく小百合だ。

「囚人にゆかりのある者、ひと目で、よろしゅうございます。お目にかからせて下さいませ」

「ならぬ、ならぬぞ」

「お願いでございます。お願いでございます。ひと目あえばどのような重いおしおきを蒙《こうむ》ってもいといませぬ。はい、命もいりませぬ。どうぞ、どうぞ、かなえて下さいまし」

必死となって頼み入る、その小百合の面のけなげさ、美しさ。いつの時代でも美しい女の涙には金鉄を溶かす力がある。役人たちは何やら低声《こごえ》で相談していたが、

「なるほど、あまり神妙なる頼みゆえ、ききとどけとらす。しかし、大切なる御囚人ゆえ、必ずそこつがあってはならぬぞ」

御囚人？　囚人におんの字をつけるとは、この箱牢《はころう》の中なる人物は、彼らにとってはよほど敬意を払わねばならぬ人間とみゆるが、気の転倒している小百合にはそこまでは気づかない。いちずに弦之丞と思いこんだ彼女は、

「ありがうございます。ありがうございます」

ひらり、向こうの箱牢にとびのるとみるや、

「兄上様、小百合でございます。小百合でございます、小百合がお救いに参りましたぞ」

背に負うた笈蔓《おいづる》のなかに忍ばせた刀を抜くとも見せず、ばらりずんと牢格子を斬って落としたから、驚いたのは役人だ。

「それ、おのおの、曲者でござるぞ」

バラバラと小百合の周囲を取り巻いたとき、

「やかましい、蛆虫《うじむし》めら」

大喝一番、黒の幔幕おしのけて、ぬっとばかりに牢格子より半身外に踏み出した男、その顔を見たとたん、小百合はハッと、全身の血も凍る思いだ。

兄、弦之丞と思いきや、そこに現われたのは全身枯木のごとくやせさらばえた浪人風、蓬々《ほうほう》と月代《さかやき》が伸びて双眼はさながら蛇のように陰々と輝いている。削《そ》ぎ落としたような頬、蒼白《そうはく》の面、そして唇ばかりが血を吸ったように赤いのだ。

「ふふふふ、何人かは知らぬがかわいい娘じゃ、ふふふ、恩に着るぞよ」

よろよろとよろめきつつ、麻幹《おがら》のような片腕に抱きすくめられた時、小百合は全身に、氷のような妖気《ようき》がしみ透るのを感じた。怪囚人は素早く小百合の手から、刀をも

ぎとると、ぴたり、青眼にかまえると見るや、居ならぶ役人どもを睨《ね》めまわし、

「蛆虫めら、ひとつ参ろう。久々じゃ。思う存分血を吸うてみようか」

陰々たるその声音も終わらぬに、ザーッと、紅の霧しぶき、うわッと叫んで、役人のひとりがもんどり打って河の中へ。

「ふふふふふ、こいつなかなか斬れるのう」

血ぶるいをしつつ、酔い痴《し》れたようにつぶやいた時だ。あれ見よ。河辺の葭のかなたから、一つ、二つ、三つ、四つ、五つ、翩翻《へんぽん》として舞いあがったのは、無数の折鶴、陰惨なる雀いろの時の空こめて、ひらりひらりと舞っていたが、やがて翼をそろえて、まっしぐらに囚人めがけて、小百合めがけて、役人めがけて躍りかかって来た。

名笛共鳴きの巻

主水之正笛詮議

隅田川尻において、あの不可思議なる折鶴異変に遭《あ》った小百合はその後どうなったか。

さてはまた、田沼家のお船牢より躍り出た怪囚人はそも何人か、それらのことはし

ばらくお預かりしておいて、こちらは小百合、弦之丞の父親なる白鷺主水之正。

思えば思うほど、これはお家の一大事。

田沼家の使者、兵頭玄蕃をあざむいて、ひとまずその場の申し開きは立てたものの、もとより腹黒い田沼山城守意知、懇望の名笛が手に入らぬとあらば、この後、どのような難題を吹っかけて参ろうもはかられぬ。

元来、主君伊勢守を説き伏せて、家宝の名笛を田沼家へ贈るまでに漕ぎつけたのも、もとはといえばこの主水之正の思慮分別。

あえて権勢におもねるのではない。

ことわざにもいうとおり、泣く子と地頭には勝てぬ道理。いま、飛ぶ鳥も落とす勢いにある田沼父子に楯《たて》ついては、お家の行く末も案じられると思えばこそ、涙をのんで主君伊勢守を説き伏せたのだが、それがこういちがってきては、いまさらおのれの責任を感ぜずにはいられない。

それにしても奇怪なのはお笛紛失のいきさつなのだ。御前において、みすずの名笛をとくと改め弦之丞に渡したのは、たしかにこの主水之正。いったい何者が途中ですりかえたのか。

「はてな」と、ばかり、しばし腕こまねいて沈思黙考していた主水之正。にわかにはたと膝《ひざ》をたたくと、

「ウーム、さてはあの時」

突如、かっと眼を見開くと、

「だれかある、外出の用意いたせ」

と、小姓を呼んで外出のしたくをととのえさせた主水之正が、それから間もなく、供もつれずにただひとり、やって来たのは同じ屋敷うちにある相家老、斑鳩典膳《いかるがてんぜん》の玄関さき。

「頼もう、斑鳩どのには御在宿か」

と、取り次ぎに出た若侍に向かって、

「御在宿ならばこの主水之正、ちと御意得たいとお伝え下されい」

「は、どなたかと思えば御家老さま、しばらくお控え下されませ」

ただならぬ主水之正の気色に、若侍はそそくさと奥へ引っこんだが、すぐまた表へ現われると、

「何とぞ、こちらへ」とうやうやしく案内したのは、手入れのよく行き届いた庭を見晴らす奥座敷。

小姓がすすめる桐の手あぶりに眼もくれず、主水之正は苦り切った面持ちで、

「斑鳩どのにはいかがなされた、早々これへとお伝え下され」

「は、ただ今すぐに、お目にかかると申しておられまする」

いつにない御家老の権幕に、ちりちりしながら小姓が引き退《さが》ったあとへ、三尺の反り身の大刀ひっ提げて、のっしのっしと入って来たのは、これぞ新宮家の次席家老斑鳩典膳といって、年齢はすでに六十すぎ、銀髪はさながら針金を植えたよう、容貌魁偉《ようぼうかいい》な狸爺《たぬきじじい》だ。

「これはこれは白鷺どのには、なんぞ火急なご用でもござりましたかな、お使いを下されば、このおやじのほうから推参いたしましたものを。わっははははは」と、人もなげなる高笑い。

日ごろからなにかにつけて反りあわぬこの二人なのだ。ことに、主水之正父子が、主君伊勢守の寵《ちょう》を一身に集めているのを、快からず思っている斑鳩典膳、

「時に、聞き及べばご子息には、この度田沼どののお屋敷にてとんだしくじり、いや、親御としてはさぞかしご心痛のことであろう、わっははははは」

これではお悔みをいっているのか、嘲弄《ちょうろう》しているのかさっぱり分らない。

「あいや、その儀について、御子息にちと御意得たい儀がございまして」

「なに、倅《せがれ》、喬太郎がいかがいたしたと申さるるな」

「されば、喬太郎どのにみすずの名笛、いさぎよくこれへ差し出すよう、御貴殿の口からおさとし下されい」

主水之正、ズバリというと、きっとかたちを改めた。

凶悪無残の斑鳩父子

「な、なんと申さる、これは異なこと」

典膳は満面に朱をそそぐと、きっと傍らの刀を引き寄せたが、すぐ、わっははははと傍若無人の高笑い。

「主水之正どのには乱心でもなされたか、いや、おおかたそうもあろう。御主君の鼻毛のちりをはらうへつらい武士、倅のしくじりに逆上したとは、はてさて御愁傷なことでござるて」

「あいや、その雑言はあとのこと、それよりも大切なのはお笛の詮議《せんぎ》。倅弦之丞が衣服を改めるあいだ、しばしお笛のそばに付き添うていたは、こなたの御子息、喬太郎どのよりほかにはないはず」

「フーム、するとその時、倅めが、お笛を奪いとったと申さるるか」

「いや、そうは申さぬ。人にはとかく思いちがいということもござれば、喬太郎どのにもなにか勘違いでもなされたのであろう。いさぎよくこれへお笛を出して下されば、このこと、御前へは穏便にしてとらせよう」

「いうな主水之正」

典膳ははったとばかりに主水之正をにらみすえると、

「言わせておけば勝手放題、倅が盗みでも働くように申されては、親としてこの典膳、その分にはさしおきませぬぞ。よしよし、それでは倅めをここへ呼びよせて、とっくと詮議をせねばならぬ。これよ、だれかある、倅を呼べ、喬太郎を呼べ」

声に応じて、あいの襖《ふすま》をがらりと押しひらき、無作法にもずかずかそこへ入って来たのは、斑鳩典膳が一子喬太郎。弦之丞より二つ三つ年うえと見ゆるのに、いまだに前髪立ちの大髻《もとどり》、顔は金太郎のように赤く、六尺豊かな大男だ。

それでいながら、柄にもなく大振袖《ふりそで》に赤いものをちらつかせているのは、今日でいう不良少年のたぐい。いや、この醜怪さは眼も覆いたいくらいである。

そいつがぬっと突っ立ったまま、

「父上、なにかご用でもござりますか」

と、言葉つきも荒々しく、これでは同じ家老の倅でも弦之丞とはさながら雪と炭のちがいである。

「おお、喬太郎、それにおったか。そのほうにちとききたいことがある。ここにおられる白鷺どのの言によれば、そのほうがみすずの名笛盗みとったように申さるる。そのほう、覚えがあるか」

「これは異なこと」

喬太郎め、金太郎のような顔をいよいよ赤くして、きっとばかりに主水之正のほう

に向き直ると、

「なにを証拠にそのようなことを申さるるやら。証拠もなしにそのようなことを言い触らされては、御家老とはいえ、その分には差しおきませぬぞ」

「そうそう、白鷺どの、倅もあのように申しておるが、何か証拠でもござってのことか」

「さあて、証拠というて別に……」

「証拠もなしにそのような言いがかり、あまりといえばあまり御無法でござろう。ああ、分った、父上、白鷺どのには、みすずの名笛を田沼どのへ差し上げ、首尾よくごきげんとり結んだ暁には、このお家まで乗っ取ろう魂胆《こんたん》、その目算ががらりと外れたものだから、われわれに罪をなすりつけようというご所存であろう。はてさて笑止のことじゃ」

と、親子そろって傍若無人の高笑い。主水之正じっと歯を食いしばってうつ向いていたが、この時、きっと顔をあげると、

「あいや、なるほど証拠はない。証拠はないがみすずの名笛、いまどこに隠れているやら掌《たなごころ》を指すがごとく、拙者《せっしゃ》この場でつきとめて御覧に入れよう」

いいながら懐から取り出した紫いろの袱紗《ふくさ》包み、これを見ると、典膳親子、なんとなく気味悪そうに顔見合わせた。

意外懐中より笛の音

「いさぎよくお笛を出して下されば、御前内密に取り計ってくれようと思ったに、人の親切を知らぬ小人ばら、こうなる上は致し方がない。あくまで、お笛の詮議をせねばならぬぞ」

きっと形を改めた主水之正が、しずかに袱紗包みを押しひらくと、中から現われたは、これも一管の笛だった。

「ご承知でもあろう、これぞいすずの笛と申して、みすず、もくずの名笛と三幅対《さんぷくつい》をなす名笛。もくずの笛は昔より、いずれかへ紛失したが、この一管を吹くときはほかの二管が共鳴きをすると伝えられる。いざや、この笛吹いて、みすずの名笛のありかを知ろうぞ」

喬太郎、はっと顔色うごかしたがすでにおそかった。

朽葉《くちば》いろに古びたる名笛、唇にあててゆるやかに吹けば、さすがは名笛、嫋々《じょうじょう》たる律呂《りつりょ》の、あるいは、落葉を追う木枯のごとく、あるいは、月を宿せる谷川のせせらぎのごとく、あるいは高く、あるいは低く、すすりなくがごとく、歓喜するがごとく、はろばろと座敷より庭のかなたまで響きわたっていったが、その時である。

奇っ怪——

その時、喬太郎の懐中より、同じ音色の笛のすさびが、歓喜するがごとく、抱擁《ほうよう》するがごとく、響いてきたではないか。

「さてこそ、みすずの名笛」

笛をおいた主水之正が、むんずとばかりに猿臂《えんぴ》をのばしたそのとたん、ひらりとうしろにとびのいた喬太郎、

「ええい、こうなっては！」

と、ばかりにずらりと抜いたのは、無反り朱鞘《しゅざや》の大刀だ。

典膳も同じく、銀の鬢髪《びんぱつ》逆立てて、

「倅ぬかるな」

ズラリ、刀の鞘をはらった。

「ええい、さては親子共謀《ぐる》のたくらみだな」

「知れたことだ。かねて貴様の不首尾をいのっていた典膳が、倅に命じて盗ませたのだ」

「まった、貴様の隠している双生児の子供、その小百合をいちど垣間見てより、ひそかに想いをこがしたこの喬太郎が、内々当たってみたが、いつもつれない返事ばかり、その意趣晴らしにやった仕事だ」

左右からどっとばかりに斬り込んで来るのを、ひらりと外した主水之正、

「おのれ、奸物《かんぶつ》！」

抜く手も見せず横に払ったひとなぎが、ぐさり脾腹《ひばら》に喰《く》いこんだからたまらない。

「うわっ！」と、ばかりに典膳が、血煙立ててのけぞったとたん、

「チェッ！　しゃらくさい」

うしろから斬りこんできた喬太郎の太刀先に、ひとなぐり、ざアーッと肩を斬り下げられ、

「無念！」

思わず広縁の先によろめいたところを、得たりとばかり斬り立てられ、あわれ、忠義に凝った主水之正、五十二歳を一期として、ここに血だるまとなって死んでしまった。

「ヘン、年寄りの冷水とはこのことだ。父上、父上」

抱き起こしてみたが、これまた老いの身の深傷《ふかで》に、もはや助からぬ虫の息。

「ええい、こうなってはもう致し方がない。主水之正を殺してしまったからには、どうせ、この屋敷にはいられぬ身だ」

主水之正の手にしたいすずの笛に、きっと目をつけた喬太郎、

「おお、そうだ、幸い手に入るいすず、みすずの二管の名笛、こいつを種に山城守に取り入って、栄耀《えいよう》栄華の途《みち》をひらこうか」

根が悪党の喬太郎、親の最期に眼もくれず主水之正の手にした笛に手をかけたが、一念凝った忠義の魂、どうしてその笛を離さばこそ。

「ええい、面倒だ」

刀を抜いてズバリ、無残にも手首より斬って落とすと、滴る血潮をぬぐいもせず、そのまま屋敷を抜け出して、いずくともなく姿をかくしてしまった。

隅田川尻にて、小百合があの危禍に遭遇したのと、ちょうど同じころ、たそがれの雀いろ時のことである。

蝎蠋星《けつちよくせい》兇変の巻

月下にすすりなく笛の音

凍《い》てついた大気は、まるで一枚の板ようにピーンと反りかえって、夜空にそびえている甲斐駒ヶ岳《かいこまがたけ》の嶺《みね》が骨ばったようにとげとげしい。

ざーッと枯枝を鳴らして吹きおろす風は、針を含むかと思われ、筧《かけい》の水もそのまま玉簾《たますだれ》を懸けたように凍りつき、夜目にも白く寒いのである。

ここ信州高遠のかたほとり、伏金山の奥ふかく、浮世をはなれたわび住まい、それこそ小百合が養い親覚暁心斎が草の庵《いおり》だ。孤燭《こしょく》寒々として壁に影くらく、いろりにくべた榾木《ほだぎ》が、蛍火のようにパチパチとはぜている。

暁心斎、齢《よわい》すでに七十有余、七十は古来稀《ま》れなり、その古稀《こき》の齢を踏み超ゆることはや数年、さすがに肩にたらした総髪は、雪のごとく真っ白であったが、これが山霊を友として世を送る人の徳か、その顔はさながら幼児のごとき若々しさ、いわゆる童顔である。

暁心斎、今しも竹縁のそば近く、円座をよせて、しきりに甲斐駒ヶ岳の嶺のあたりをながめていたが、なにを思ったのか、

「フーム」

と眉《まゆ》をひそめると、あわただしく手をたたいて、

「伊那丸《いなまる》、これよ、伊那丸はおらぬか」

と、呼んだ。

「はい、お師匠様、なんぞご用でございますか」

声に応じて竹縁の下に手をつかえたのは、年はまだ十五、六、蓬髪《ほうはつ》の山童、暁心斎の寵童《ちょうどう》でその名を伊那丸という。

「あれ見よ、伊那丸、駒ヶ岳の嶺のうえに蝎蠋星《けっちょくせい》の妖《あや》しく瞬くは、新宮のお家に、なにか一大事出来《しゅったい》の前兆と覚ゆるぞ」

「はい」

伊那丸がくるり振りかえって見れば、なるほど、峨々《がが》たる山嶺《さんれい》の肩にかかった弦月のかたほとり、黄に紫にあやしき光芒《こうぼう》をはなつ一つの妖星《ようせい》、その隠滅する瞬きはさながら月をも食《は》まんとする勢いに見える。

「昜にも蝎蝎星弦月を蝕《しょく》せんとするは、国大いに乱るの兆とある。按《あん》ずるに田沼父子の専横、民心を擾《みだ》すの意か、はてな」

筧暁心斎腕こまねいて、しばし黙考していたが、突如かっと眼をひらくと、

「伊那丸、あの笛の音は」

と、竦然《しょうぜん》とした様子でつぶやいた。

折から寒風をついて、飄々《ひょうひょう》として聞こえてくるは、むせび泣くがごとき笛の音。

伊那丸はきっとそのほうへ振りかえると、

「はて、この寒空に笛を吹くとは、いったい何やつでございましょう。大方また烏谷《からすだに》に住むという、烏羽《うば》姫のいたずらででもございましょうか」

「いやいや、あれは烏羽姫のいたずらではあるまい。いや烏羽姫のみならず、何人が吹く笛の音でもない。あれこそ、新宮家の御先祖、景盛様が埋めたもうと伝えきく、もくずが名笛の共鳴きの音。はて、あの笛がひとり鳴るからには、何人か、いすず、みすずの笛を奏する者があると覚ゆる」

暁心斎、はっとしたように眼をすぼめると、

「伊那丸、いよいよこれはただ事ではないぞ、蝎蠋星の変といい、もくずの共鳴きといい、新宮のお家に何か一大事出来と覚ゆる。気にかかるのは白鷺どのの身のうえ、また小百合がこと、伊那丸、そのほうこれよりただちに、江戸表へ赴いてお家の安否を見とどけて来てはくれまいか」

「あの、これからすぐに」

「大儀ながら、そのほうの健脚にて、ひと走りいってみてくれ」

「はい、承知いたしました」

山童の気軽さはまるで江戸を隣としか心得ておらぬらしい。はや、尻《しり》はしょって駆け出そうとするのを、うしろからよび止めた暁心斎、

「これこれ、蜘蛛《くも》のやつを連れて参るのを忘れるな」

「おっと、合点でございます」

蜘蛛とは何者、また、烏谷に棲《す》む烏羽姫とはいかなる人物か、それらは後のお楽しみとしておいて、それからおよそ小半刻の後のこと、凍てついた伏金山の大地を蹴《け》って疾風《はやて》のごとく駆けてゆく伊那丸の姿が見えたが、いや、その早いこと、早いこと。

春なお寒き辻斬り話

「なんとまあ、世の中はだんだん物騒になっていくことじゃございませんか」

「さようさ。去年の春は三陸の大地震、秋には上方の大饑饉《ききん》、その騒ぎが、やっとおさまったと思うと、今度はまたお江戸のまん中で辻《つじ》斬り騒ぎ、いや、たまったものじゃございませんな」

「それもこれも、あまり大きな声じゃいえませんが、田沼様の御政道ゆえ」

「そうそう、なんでもあの辻斬りは、田沼様の御専横を憎んで、お屋敷へ出入りする賄賂《わいろ》の使いを片っぱしから斬りすてるということでございますぜ」

「そうすると、さしずめこちとら町人は安穏無事ということになりますが、しかし、お大名衆も意気地のない話じゃありませんか。田沼様がいかにご威勢かしれんが、深夜ひそかに賄賂を贈って、お家の無事を願うとは、あまりといえばしっ腰のねえ話さね」

「だからさ、そういう使いをするやつは片っぱしから斬られて死ぬがいいのさ」

「これ、あまり大きな声を出しなさんな、町回りの耳にでも入ってごらん、笠《かさ》の台がとんでしまうぜ」

と、言葉も終わらぬうちに、暗い路傍の柳の陰《かげ》から、

「小父《おじ》さん、ちょっと小父さん」と、呼ばれて、

「それ出た！」

とばかりに、二人連れの町人は、雲を霞《かすみ》と寒い夜道を逃げ出した。

あっけに取られたようにその後を見送ってたたずんでいるのは、しかし町回りでも辻斬りでもない。いわずと知れたこの間、信州高遠から出て来たばかりの伊那丸であった。

どこでどうして工面したのか、角兵衛獅子《かくべえじし》の扮装でその肩にちょこんと坐《すわ》っているのは、これぞ先ごろ、暁心斎が蜘蛛と呼んだ一匹の蜘蛛猿である。

「蜘蛛よ、困ったなあ。うわさにきけば白鷺主水之正様は斑鳩《いかるが》喬太郎の手にかかってお果てなされたというし、御子息弦之丞様は田沼家の捕われ人、小百合様は行方知れず、せめて弦之丞様の安否だけでも見届けたいと、今日でもう三日、この神田橋の界隈《かいわい》をうろついているが、ねっからもう音沙汰《おとさた》も分らねえ。いったい、こりゃどうしたらいいのだえ」

はしこいようでもそこはまだ子供のこと、途方に暮れた面持ちで、暗い夜道にたたずんでいたが、その時、向こうより声高に、なにか話しながら来る人影に、伊那丸、ひらりと身をかわすと飛鳥の早業、かたわらの土塀のうえにとびうつった。

「斑鳩氏、すると貴公その二管の名笛を、ぜひとわが君に献上したいと言われるのだ

の」

「さようさ。その代わり兵頭氏、なにとぞ御貴殿の取りなしで、田沼家に仕官の儀よろしく頼む。なにしろ白鷺のおやじを手にかけてこの方、すっかり世間をせばめているこの喬太郎だ。田沼家のご威勢にでもすがらねば、この後ともにおぼつかない話だからな」

「そりゃ二管の名笛が本物なら新宮家からいかようの掛け合いがあろうとも貴公を渡すことじゃない。それに白鷺のおやじには、この兵頭玄蕃も遺恨がある。まあいいわ、御前へよしなに披露するから、大船にでも乗った気でいさっしゃい」

話しながら来るのは、この間白鷺主水之正にまんまと担がれた田沼家の家臣、兵頭玄蕃と今ひとりは斑鳩喬太郎、同気相求むとはこのことであろう。喬太郎は玄蕃の推薦で、田沼家へ仕官しようとたくらんでいるのだ。

塀のうえから、この会話を、小耳にはさんだ伊那丸は、思わず、ハッと胸をとどろかせたが、その時である。

突如、銀蛇一閃《いっせん》、闇中にひらめくよと見れば、うわーっとひと声、肩先斬られた兵頭玄蕃、

「な、何やつだ!」

呼ばわりつつ、塀の下にはいつくばった。

月にかざす血塗《ちまみ》れ手首

「だれでもない、おれだ、ふふふふふ、玄蕃、珊瑚のやつは達者かい」

薄気味悪い忍び笑い、陰々たる声音、玄蕃ははっとして闇の中をすかしたが、

「あ、あなたは？」

「さようさ。稲妻丹左《いなずまたんざ》だ。珊瑚の兄の無頼漢《ならずもの》、稲妻丹左よ」

土塀にもたれて、今しも血を吸ったばかりの刀を、煙管《キセル》のようにもてあそんでいるのは、過ぐる日、小百合の手によって、お船牢から抜け出した、あの奇怪なお囚人ではないか。

「その丹左様がなにゆえあって、拙者を――拙者をお斬りなされた」

「気に入らぬから斬ったのさ。田沼山城守の鼻毛のちりをはらうやつはみんな気に入らぬ、ふふふふふ、いずれそのうち、妹のやつも斬らねばならぬ」

「それでは――それではこの間から、諸公のお使者を片っぱしから斬りすてるのは、みんな貴公のしわざだな」

「そうさ。しかしなあ、玄蕃、貴様のいのちまで奪《と》ろうとはいわぬ。いまちらりと小耳にはさんだ二管の名笛、それをこっちへ渡してもらいたい」

聞いて喬太郎、ぎくりと懐をおさえる。

「ふふふふふ、そこなお若衆、見ればおまえはまだ前髪の小童《こわっぱ》だが、相当な悪党だなあ。さあ、いさぎよく二管の名笛をこっちへ渡してしまいねえ」

「いやだ」

「いや？」

「いやだ。貴公この笛をどうしようというのだ」

「どうもしやしねえ。おれはただ山城めが憎いのだ。山城めのごきげんをとる珊瑚めが面憎い。だからあいつらの欲しがるものは、みんな邪魔立てしなけりゃおさまらねえのだ」

「やらぬ、やらぬぞ」

「ふふふふふ、強情な若僧だ」

突如、孤狼《ころう》のごとき丹左の瞳《ひとみ》が、烈々と燃えあがったかと思うと、蒼白《そうはく》の面にさっと気味悪い血がのぼってきた。

いままで煙管のごとくもてあそんでいた抜き身の柄を持ち直すと、

「玄蕃、この小僧はおれの手練を知らぬとみゆるな」

ふふふふふ——と、気味悪い笑い声が露地に流れたかと思うと、突如、ざーッと枯木を揺るような音、ぎゃっという悲鳴、伊那丸がはっとして土塀のうえから、瞳をすえた時には、玄蕃と喬太郎、二つの体が犬ころのようにもつれあって、暗い露地を小半丁、転げつまろびつ走っていた。

丹左は骨ばった片頰に、皮肉な微笑をうかべながら、いつの間に、どうして手に入れたのか、紫色の袱紗《ふくさ》包み、手早くひらいて寒月にすかして見たが、さすがこの男も、その時ぞっとしたように眼をすぼめた。

出てきたのはいすずの名笛ただ一管、しかもその名笛には、いまだに血に染んだ主水之正の手首が、執念ぶかくブラ下がっているのである。

皎々《こうこう》たる月光を全身に浴びて、この切り落とされた手首をながめている稲妻丹左のその姿は、幽鬼のごとく青白く物凄《ものすご》い。空には今宵《こよい》も、蝎蠋星《けっちょくせい》がまたたいている。

伊那丸は土塀の上から、じっと呼吸《いき》をこらして様子をみつめていた。

烏羽玉《うばたま》女人軍の巻

伊那丸八方つぶての奮戦

「小父《おじ》さん、小父さん」

ゾーッと身にしむ寒風のなかから、突如、かわいい声が降ってきた。さっきから一部始終をながめていた伊那丸が、ついに思いきって声をかけたのだ。

「だれだ、はてな、いま声をかけたのは何《ど》やつだ」

さすがの丹左もぎょっとして、暗い夜道をきょろきょろ見まわすのを、

「小父さん、ここだよ、ほら塀のうえだよ」

丹左ははじめて伊那丸の姿に眼をとめると、

「なんだ小僧、そんなところにいたのか、貴様さっきからの様子を見ていたか」

「ああ見ていたよ。小父さんは強いな。凄い腕だよ。あの前髪の若侍に峰打ちをくわしたところなんざア、見ているほうがゾーッとしたぜ。時に小父さん、おらア小父さんに頼みがあるんだが、ひとつきいておくれでないか」

「なんだ。頼みと申すのは？」

暗い夜道の塀のうえ下、奇怪な少年の出現に、丹左はいくらか興味を覚えたらしいのだ。

「ほかでもない、小父さん、おらアその笛が欲しいのだ」

「なに？　この笛が欲しい」

丹左の面にピカリと凄い影が走った。

「やあ、おこった。小父さんはおこりっぽいね、そしておこるととても凄味があるぜ」

「ふふふふふ」

丹左は思わず苦笑いをしながら、

「よしもうおこらぬ。また仔細《しさい》によってはこの笛をやらぬでもない。小僧、貴様どうしてこの笛がそんなに欲しいのだ」

「ああ、わけを話せば笛をくれるね。それじゃ話そう。その笛というのはおいらの御主人様の大事な品、おれはその御主人白鷺主水之正を尋ねて、はるばる高遠から出て来たのだが主水之正様は人手にかかり、また御子息弦之丞様は、この田沼屋敷の囚人、だから小父さん、それをこっちへ返しておくれ」

「なるほど、すると貴様は白鷺弦之丞の身内の者か、しかし小僧、拙者がこの笛返さぬといったら貴様どうする」

「いやだ」

「それでも小父さん、わけを話せば返してくれるといったじゃないか」

「いや？　やいこの嘘つき、さっきの約束忘れたか、よし、くれなきゃいい、くれなきゃおれが勝手にとってみせるぞ」

言いも終わらず伊那丸の拳が、さっとあがると見るや、虚空を切ってピューッと飛んだのは隠し持った石つぶて。

「おのれ」

危うく体をひねった稲妻丹左が、さっとつぶてをやり過ごしたとたん、ひらりと塀のうえから飛びおりた伊那丸が、いきなり笛に武者振りついたから、烈火のごとくおこったのは稲妻丹左だ。

「推参なり、小童《こわつぱ》め！」

とっさに足をすくったからたまらない。仰向けにひっくり返った伊那丸のうえから、ザーッと太刀風物凄く、振り下ろそうとしたとたん。

「あ、ち、畜生ッ！」

何やら小さい生き物がやにわに丹左の面にとびついたのだ。猿だ。伊那丸の蜘蛛猿《くもざる》だ。

「ざまア見やがれ」

仰向けにひっくり返った伊那丸の拳からは、二つ三つ、霰《あられ》のごとくつぶてがとぶ。これぞ信州の山奥で、幼いころから習いおぼえた八方霰の石つぶて。さすがの丹左もしばしたじたじの体だったが、やがて蜘蛛猿を払いのけると、

「ええい」

裂帛《れつぱく》の気合もろとも、さっと太刀振り下ろしたら伊那丸いかに手練の早業あるとも、血煙立てて倒れていたことだろうが、なにを思ったのか稲妻丹左、ピタリ途中で太刀をとめると、

「小僧、今日のところは許してつかわす」

パチリと鍔《つば》を鳴らして刀は鞘《さや》に。

「小僧、よく聞け。いまこの笛をそちにやるわけには参らぬが、その代わり、よいことを聞かせてやろう。汝《そち》の尋ぬる弦之丞はな、田沼邸の庭の隅、石牢《いしろう》のなかに捕えられているはずだ。早く行って助けてやれ。それじゃあいつかまた会おうぜ」

くるり、きびすを返すとみるや、かげろうのごとくふらりふらり暗い夜道をすべっていく。

と、その時である。

突如、小暗い道のあちらこちらより、バラバラと現われた怪しの人影がある。どれもこれも黒頭巾《ずきん》に黒装束、手甲脚絆《てっこうきゃはん》もかいがいしく、二つ三つ四つ、五つ十、二十とみるみるうちにその数をましていったかと思うと、互いに何やらうなずきあいつつ、猫のように足音も軽く、稲妻丹左を遠巻きに、ひたひたとその後をつけていくのだ。

いましも路上よりムックリと起きあがった伊那丸は、この奇怪な人影に眼をとめると、

「あ、烏羽玉組だ」

思わずさっと顔色をかえたが、次の瞬間、ひらりと塀にとびあがると見るや、

「蜘蛛よ、蜘蛛よ」

と、低声《こごえ》に呼ばわりつつ、猿《ましら》のごとく田沼邸内に姿を消してしまったのである。

無惨なり妖婦の本性

同じころおい、田沼邸内蓬莱閣では、いましも田沼山城守の寵姫《ちょうき》珊瑚の方が陶然として杯をふくんでいるところであった。今宵はあたかも、山城守はお城勤め、まさか鬼のいぬ間の心の洗濯というわけでもあるまいが、珊瑚は今しも秘密の快楽に酔い痴《し》れているところだった。

珊瑚の秘密の快楽とはなにか、それは多く語るまでもあるまい。その場の情景をひと目見ればうなずけること。

見よ、開けはなった広縁のかなた、寒月皐々《こうこう》たる庭の松の木に、ほとんど裸体にちかい格好で宙にブラ下げられているのは、あわれ美少年白鷺弦之丞ではないか。

「どうじゃな。まだみすずの笛のありかを白状いたしませぬか」

ほんのりと酔いをはいた珊瑚の頬はまたとなく美しい。玉虫色の唇の、妖《あや》しいまでの艶やかさ、珊瑚は杯をおくと、ふと庭のほうに向ってそういった。

「はい、もうどうにもしぶといやつでございますわい。これだけ折檻《せっかん》しても、なかなか白状しようとはいたしませぬ」

困《こう》じ果てたように、カラリ割り竹をそこへ投げ出して手をつかえたのは、意外にもあの幻術使い、盲目の雁阿弥法師だ。

「ほほほほほ、さすが雁阿弥さんの得意の術でもこればかりはどうにもならぬとみえますの。よいよい、それでは妾《わたし》がじきじきに詮議《せんぎ》してとらせよう」

金糸銀糸の裲襠《うちかけ》をすらりと脱ぐや、よろよろと縁側から下りたったから、驚いたのは腰元どもだ。

「あれ、お部屋様、足もとがお危のうございます」

「なんの、これしきの酔い、腹ごなしにひと責め責めてやりましょう」

ほほほほほとばかり、艶然《えんぜん》とわらうと、白魚のような手に取りあげたのは、節くれ立った青竹である。腹ごなしにやるほうはそれでよいかも知れぬがやられるほうではとんだ災難だ。荒縄の結び目に、ぐいと青竹ねじこんで、こいつをぐびりぐびりとこね回したからたまらない。

「ウーム！」

苦痛のうめき声がくいしばった歯の間より洩《も》れる。

「苦しいかえ、これ弦之丞、苦しかろうの。しかし、これはまだまだほんの小手調べ、わたしゃ雁阿弥のように手加減はせぬゆえ、そう思うておくれ」

いったん、縄目へさし込んだ青竹を、ぐいと抜くとピシャリ、割り竹が物凄《ものすご》く鳴って、そのとたん、弦之丞の背から腰へかけて、ツーッと痛々しい紫色のみみずばれが走るのだ。

「無念！」

松の枝から虚空にブラ下げられた弦之丞、まなじりも決せんばかり、唇きっとかみしめて首をふれば、髻《もとどり》ブッツリ切れてさんばら髪、その物凄いばかり美しい痛々しさに、珊瑚の血はいよいよ逆上してきたのだ。

「ほほほほほ、無念かえ、苦しいかえ。おおおお、無念であろう、苦しいであろう。しかしそちが苦しがれば苦しがるほど、妾の胸はスーッとする。もっと苦しんでおくれ、もっと悔しがっておくれ」

無惨、肌をつんざく寒風の中に、青竹が間断なく鳴って、弦之丞の肌はたちまち縦横無尽のみみずばれで彩られていく。

ああ、珊瑚が笛の詮議というのは口実にすぎないのだ。この美しい若侍の、地獄の笞《しもと》に呻吟《しんぎん》するのを見て妖婦の体内に流れている悪血は、世にも快くうずき、沸《たぎ》り立つのだ。

「ええい、これでもか、これでもまだ口を割らぬかえ」

青竹を握った珊瑚はさながら狂気のよう、やがて弦之丞の肌が破れ、タラタラと血が、白い背を、胸を、腹を染める。これを見ると、妖婦の血潮はいよいよ残忍な歓喜にふるい立ったが、さすがにやがて疲れたのであろう。

カラリと青竹を投げ捨てると、

「ええい、しぶといやつ、もう顔を見るのもいやじゃ、皆の者ここはこのままにしておいて、奥へいって飲み直そう」

と、そのままズイと蓬萊閣ふかく、姿を消してしまったが、と、その時ふいにかなたの廂《ひさし》から、弦之丞のそばへひらりと飛びおりた者がある。

ツツツーとすり足軽く側へ寄り、

「弦之丞様、お助けに参上いたしました」

と、ささやく声もどかしく、やにわに縄の結び目に手をかけたのは、いうまでもない、信州の山童、あの伊那丸なのだ。

奇怪なる烏《う》羽《ば》玉《たま》組

さて、またもや場面は一転して、こちらは稲妻丹左だ。

田沼邸の塀外から、すべるような歩調で、今しも神田橋際までやって来た稲妻丹左、なに思ったかふいにきっと立ちどまると、八方に眼を配りながら、刀の目釘《めくぎ》に唾《つば》をくれ、にんまりわらったその顔の物凄さ。

「ふふふ、来たな」

さっきからひたひたと、遠巻きに迫ってくる怪しの気配。姿は見えぬが異常に緊迫した空気が、ピンと丹左の胸に迫ってくるのだ。

「ふふふ、面白い。久しぶりに、この刃に思う存分血を吸わせてくれようか。しかし、待てよ、この丹左をねらうはいったい何やつ、田沼邸の侍どもか、それとも町回りの木っ葉役人か。——はてな、あの呼吸《いき》づかいは？」

なにゆえか、丹左が思わずぎくりと眼をすぼめた時である。タタタタタと大地を蹴《け》って近づいてきた黒装束の両三名、物もいわずに左右から、いきなりやっと丹左の腰にしがみついたが、そのとたん、丹左ははっと驚いた。

意外、相手はみんな女なのだ。

顔をあらためてみるまでもない。やんわりとした肌触り、プーンと鼻をつく脂粉の香り、奇怪とも奇怪、黒装束の一隊はこれすべて女人軍。

「何やつだ。女だてらに無用の手立て、この稲妻丹左になんの用があるのだ」

叫んだが相手は無言だ。さらに数名の女人軍が、闇の中よりバラバラと丹左のまわりを取り巻いた。

わけの分らぬ相手と闘うほどやっかいなことはない。ましてや相手はかよわい女、まさか得意の大刀ひらめかすわけにもいかない。

「ええい、しゃらくさい腕立て」

左右からしがみついてきたやつの、利《き》き腕《うで》逆に、ええいと気合いもろとも投げ出せば、黒装束の怪女人、大地にたたき伏せられたと思いきや、不思議不思議くるりと虚空でもんどり打って、すっくと地上におり立つと、またもや無言、丹左の腰にしがみついてくる。

これには丹左も驚いた。いや驚いたというより当惑した。いくら投げてもいくら投げても、相手は小猫のように柔らかい身のこなし、そういううちにも、人影はしだいにふえてくる。

「ええい、面倒な」

脅しのために抜いた刀、ぎらりとひらめかせば、相手はさっと潮のように退いたが、それでも逃げ出そうとはしない。黙々として丹左のすきをうかがっている。何にしても気味悪い相手なのである。

気をいらだった稲妻丹左、ええいこれまでとばかり大刀をふりあげ、遮二無二女人軍に斬り込もうとした時だ。突如どこかで口笛の音が聞こえたと思うと、さーッと潮の引くごとく、烏羽玉の女人軍、足音もなく闇のなかに姿を消す。いや、その引き際の鮮やかなこと！

呆然《ぼうぜん》とした稲妻丹左が向こうを見れば、五つ六つ七つ闇のなかをとんで来るのは、田沼家の定紋を打った提灯《ちょうちん》だ。

それと見るより稲妻丹左、大刀口にくわえたまま、神田橋の橋桁《はしげた》越えて、ひらり水中にとびこんだかというと、そうではない。橋桁の裏側へピッタリと吸いついたのである。

と、同時にどやどやと入り乱れた足音。

「はて、たしかにこの辺で人の気配がしたようだが」

「ひょっとすると、水中へとびこんだのでござるまいか」

「ぶるぶる、この寒空にそんなことをすれば凍え死んでしまうでござろう。ことに相手はお部屋様の折檻《せっかん》で、だいぶ参っているという話だ」

「なにはともあれ、遠くはいくまい。もうひと走り、その辺を探してみよう」

入り乱れた足音が遠のくと同時に、稲妻丹左はむっくりと橋桁から顔をもたげたが、折もあれ、橋下の水門がギイと開くと見るや、中から半身あらわしたは、さんばら髪の白鷺弦之丞、後につづいたは言わずと知れた伊那丸だ。

皎々《こうこう》たる月光にくっきり浮きあがった橋の上下三人の眼がぴたと合って、どこやらで夜《よ》回りの拍子木がチョンチョン。

落花胡蝶陣の巻

女奇術師春風胡蝶

「おい、吉や、お前いま両国《りょうごく》で大評判の、春風胡蝶という奇術師を見たかえ」

「おお兄哥《あにい》そのことを。なんならおれのほうから、誘おうかと思っていたところさ。何せ芸がよくて別嬪《べっぴん》で、凄い愛嬌者《あいきょうもの》という評判、いちどは面を拝んでおかなきゃ、江戸っ子の名折れになるというくらいの代物だ。どうだ、仕事がなきゃ、ひとつ出かけようじゃねえか」

「なあに、仕事なんてあったってかまわねえ。早速出かけなきゃ子孫に対して申し訳がねえよ」

　そのころ、東両国は垢離場《こりば》に、どこから現われたか女奇術師春風胡蝶、一座三十五名これことごとく女ばかり、しかもそろいもそろった美人ぞろいのうえに、まるで人間とは思えないほど身軽な早業師ばかり。わけても座頭の春風胡蝶というのは、年齢は二十二か三か、化粧で化けているとしても、まだ五とはいくまいという、これがすこぶるつきの美人だ。おまけに胡蝶演ずる奇術というのが幻妙不可思議、ことごとく人の意表に出るところから、ひょっとすれば切支丹《キリシタン》の術を使うのではあるまいかと、町回りの役人が検分に出かけたくらい。さあ、この評判がパッと江戸中にひろがったからたまらない。

物好きなのは江戸っ子の常、われもわれもと押しかけるから、胡蝶の小屋はくる日もくる日も大入り満員、ちかごろの国技館そこのけの景気なのである。

その胡蝶の楽屋へ、今しもブラリとやって来たのは、これぞ余人ではない。われらが稲妻丹左だ。

「おや、旦那《だんな》お帰りなさい。昨夜はどこをうろついていたんですね」

鏡台に向かって双肌ぬぎ、今しも舞台化粧に余念のなかった春風胡蝶が、怨《えん》じるようにいうところを見れば、二人はよほど深い馴染《なじみ》らしい。

「ふふふ、帰ると早々けんつくか、どうせこちらは風来坊よ、どこをうろつくか、知れたものじゃない」

無反朱鞘《しゅざや》の大刀を、ごろりとそこに投げ出すと、丹左はそれを枕にあああと生あくび。

「あれ、憎らしい生あくびなんぞして、ほんとうに人の気も知らないで憎らしいよ」

今からちょうど二年ほどまえ、ふとした危難をこの丹左に救われてより、春風胡蝶は大事な恩人とばかり、何くれとなく丹左の面倒を見ているのだ。

「聞けばちかごろお江戸じゃ、むやみに辻斬《つじぎ》りがはやるというじゃないの。ほんとうに少しは気をつけて下さいよ」

「辻斬りか、ふふふ、たまには辻斬りにぶつかってみたいものじゃ」

「あれ、あんなのんきなことを。だからあたしゃ気がもめるんですよ。それに田沼のほうだって」

「しッ！」と制してむっくりと起き上がった丹左。

「そいつは禁句だ。時にお蝶」

「何ですよ。改まって」

「昨夜拙者は不思議な化け物に出会ったぜ」

「化け物？」

胡蝶が美しい眉《まゆ》をひそめるのを、意味ありげにじっとのぞきこんだ稲妻丹左。

「化け物よ。それもかわいい女の化け物だ。ズラリと取り巻かれた時にゃ、さすがの拙者もゾッとしたぜ」

「ほほほほほ、あまりうれしくて。だから旦那にゃ眼が離せぬといいますのさ」

「なにをいやがる。冗談じゃないからまあ聞け、それがみんな黒装束で黒頭巾《ずきん》、おまけにこいつが素敵滅法もなく身軽ときてやがる。まるで春風一座の太夫《たゆう》衆のようによ」

胡蝶はそれを聞くと、さっとおしろいを刷《は》いた眉根をくもらせたが、すぐほほほほほと微笑にまぎらし、

「それは妙ですね。どこかほかにもこの一座と同じようなものがあるとみえます。そ

してその烏羽玉《うばたま》——いえさ、黒装束の女たちが、旦那にいったいどのようなことをしましたえ」

「それが妙なのよ。てんで口をきかねえから、なにがなんだかさっぱり分らねえ。しかし、今つらつらと考えてみるのに、相手のねらっているのは、どうやら、この笛らしいのさ」

無造作に言い放ちつつ、懐中から取り出したいすずの一管、胡蝶はそれを見るより思わずあっと叫んで手を出した。

「おっと、どっこい」

素速くその手を押さえた稲妻丹左。

「はて、面妖《めんよう》な、お主もこの笛が所望か」

「あれ、いえなに、あまり見事な笛だから」

「はははは、さようか、それでつい手が出たというのかえ。しかしお蝶、いかにかわいいお主の頼みでも、この笛ばかりはやるわけにゃ参らぬ。拙者がしっかと預かっておこう」

言いながら、懐中へしまいこむ笛のあとを、胡蝶はいかにもうらめしそうな表情《かおいろ》でながめていたが、

「ほほほほほ、何やら曰《いわ》くありそうな笛、たんと大切にしまっておきなさい」

といったがふと思い出したように、

「ああ、そうそう、時に思い出したが、旦那、旦那に折り入って頼みがありますのさ」

「はて、拙者に頼みとは」

「ほら、いつぞやよりお預かりしているお娘御、あれを今日の奇術にちょっと使ってみたいんですよ」

いいながら胡蝶は、きっと相手の顔色を読むように瞳《ひとみ》を据えた。

ああ、胡蝶が丹左より預かっている娘とは、いったい何人のことであろう。ひょっとしたら、あの小百合ではあるまいか。

雁阿弥胡蝶術くらべ

春風胡蝶が十八《おは》番中《こちゆう》の十八番《おはこ》としている奇術の中に「火中美人」という一芸がある。

今しもこの大呼物「火中美人」の幕が開こうとした時だ。

「ごめんよ、ごめんよ、小父《おじ》さんどいておくれ、どいてくれなきゃ、足を踏まれても知らないよ。猿にひっかかれてもしらないよ」

いいながら、客席へ割りこんできたすばしっこい少年がある。

「なんだ小僧、あ、こん畜生ッ、いやという程足を踏みやがった」

ありりゃ」

込んでしまった。

「ごめんよ、小父さん。だから最初から断わってある。ごめんよ、ごめんよ、ありゃありゃ」

小僧め、とうとう、押しあいへし合う人混みをかきわけて、首尾よく最前列へ割り込んでしまった。

いわずとしれたこの小僧とは、信州の山童伊那丸である。

「旦那、さあ場所がとれました。どうぞ、こちらへお出なさい」

伊那丸の声にうしろを振り返ってみれば、深編笠《ふかあみがさ》に面体を包んだ、大振袖《ふりそで》の若衆が、しずしずと後よりつづいてはいって来る。顔はもとより判然としないが、ちらりと見ゆる顎《あご》の色の白さ、また態度の優美さ、いずれ由緒ある武家の子息と思われる。

それにしてもこの二人、なんのために今ごろ女奇術師など見に来たのであろう。賢いようでもそこは子供だ。胡蝶の評判の高さに好奇心を起こしたのであろうか。いやいや、昨夜、あの奇怪な女人軍を目撃して、伊那丸が「烏羽玉組だ」と叫んだところをみれば、彼はなにかあの女人軍の機密を知っているのかもしれぬ。

そしてその烏羽玉組と、春風一座となんらかのつながりがあるらしいことは、すでに稲妻丹左も疑いを抱いているくらいだ。

それはさておき、伊那丸と大振袖の若衆が客席へ割りこんでより間もなく、スルスルと正面の緞帳《どんちょう》がひらくと見るや、舞台に現われたのは春風胡蝶、なるほど評判にたがわぬ美しさだ。紫の肩衣に、銀簪をひらめかしたところはまるで十六か十七の小娘としか見えぬ。

どっとばかり見物のはやし立てるのを、静かに受けた春風胡蝶が、鈴を振るような声で切り出した口上というのはだいたい次の通り。

「東西東西イ、いよいよこれより十八番の火中美人、あれなる輿《こし》に美人を入れ、火を放ちますれば、輿はたちまち焼け落ちる。あわれ美人は焦熱地獄、そのまま灰と化しまするると思いきや、あら不思議。ふたたび艶然《えんぜん》としてお目通りいたしましょうという、前代未聞の大奇術、ただし、このままではお慰みが薄うござりまする。よってどなた様にてもお立ち合い、不審のかどがござりましたら、喜んで術くらべいたすでござりましょう」

最後の一句は極《きま》り文句、どうせ術くらべしようなどという物好きな人間はありっこないから、いつもなら、口上が終わると同時に、奇術にとりかかるのだが、その日に限って、

「よし、それじゃわしが相手になろう」

客席よりよろばいながら、舞台にとびあがった老人がある。ああなんと、あの盲目の琵琶《びわ》法師雁阿弥ではないか。

「なんとおっしゃいます。それではあなた様が術くらべ、お相手をしようとおっしゃ

りますか」

「おお、相手をしようとも。そなたが輿に火を放つ。中なる美人は焼け死なぬと申すが、わしが見事焼き殺してみせるな」

「ほほほほほ、これは異なこと。たとえ、切利支丹《キリシタン》の術でも、破れることのないこの胡蝶の秘術、それを御老体の、しかも見れば眼が御不自由な身をもって、見事破って御覧になりますか」

「くどい、破ると申せば破ってみせる。その代わり、どのような娘か知らぬが、輿の中なる美人が灰になっても、わしは知らぬぞ」

「これは面白い。いずれ様もお聞きの通り、これなる御老体が、胡蝶の術を破ると仰せられまする。これも時にとって一興、破られるか破られぬか、いずれ様も、お眼とめて御覧くださされませ」

さあ喜んだのは見物だ。

とんだ飛び入りがあったために、評判の奇術がいよいよ面白くなってきた。ワイワイ騒いでいるうちに、雁阿弥の姿を見るや、ぎょっとして固唾《かたず》をのんだのは、深編笠の若衆である。なんとなく不安らしい様子に見えた。が、折しもあれ、舞台にあっては春風胡蝶、さっとかたえの輿の簾《すだれ》を切って落とした。

「あ、小百合！」

「お嬢さんだ！」

伊那丸と深編笠の若衆は、ほとんど同時に叫んだが、なるほど、輿の中に端然として静坐《せいざ》しているのは、まぎれもない白鷺弦之丞が双生児の妹小百合なのである。

その時、早くも炬火《たいまつ》を捧げた四人の少女が、しずしずと舞台の中央へ進んで来た。

いよいよ輿に火を放つのだ。その傍らには盲目の琵琶法師雁阿弥が、何やらしきりに呪文を唱えている。さすがの胡蝶も色青ざめ、きっと相手の様子に眼を注ぐ。見物も夢中になって手に汗握り、様子いかにと控えている。

いよいよ炬火の火が輿に移された。ぱっと金粉を舞台の空にまいて、めらめらめら、輿のまわりには紅蓮《ぐれん》の焔《ほのお》。

ああ雁阿弥胡蝶の術くらべ、この結果はどうなるか。

阿修羅卍《まんじ》の巻

胡蝶と折鶴卍のごとく入乱れ

あっという間もない、火は見る見るうちに輿のまわりを押しつつんだ。

ゴーッと渦巻く紅蓮の焔。

パッと舞台の空を刷《は》く金粉の虹《にじ》。

輿の廂《ひさし》にとりつけた紫色の房が、ひと揺れさっと風にあおられるとみるや、めりめりとばかりに、朱縁の簾が焼け落ちるのだ。

ああ、無残、輿のなかなる娘小百合は、この焔のために、ひとたまりもなく灰になったか――というに、そうではない。生き不動のごとく、全身焔に包まれながらも、にっことばかりに微笑したから、見物が思わずあっと手に汗を握ったのも無理ではない。

これぞ春風胡蝶が秘中の秘、得意中の得意ともいうべき、火中生美人の幻術なのだ。

「ウワーッ、親玉!」

「すばらしいぞ」

見物はどよめきを打って囃し立てるが、胡蝶の幻術はいよいよこれからだ。

見物の拍手喝采《かっさい》に、にっことわらった春風胡蝶が、何やら口に呪文を唱えるとみれば、こはいかに、今まで炎々と燃え上がっていた焔の舌が、今度は逆に、ツツーと輿の中へ吸いこまれていったから、見物はいよいよ肝をつぶしてしまった。ちょうどフィルムを逆に回転させるように、煙と焔がひとかたまりになって、輿の中へ逆行するのだ。

「ふふーむ」

さきほどより、小首をかしげて、この場の様子をうかがっていた盲目法師の雁阿弥は、この時、にたりと気味悪い微笑を片頬にうかべると、

「お主の幻術はそれだけかえ。さらば、わが手のうちを見せてくれようか」

盲《めし》いた眼をくわっと見開くと、

「南無《なむ》！」

と、ばかり、虚空に十字を切った。

と、見よ、たちまちさっとすさまじい羽音を立てて、バタバタと天井より舞いおりたのは、これこそ雁阿弥得意の折鶴だ。一羽、二羽、三羽、四羽、五羽。――見れば無数の折鶴は、てんでに枯松葉をくわえている。

雁阿弥が芋殻《いもがら》のごとくやせほそった腕をあげて、この折鶴をさしまねくとみれば、くだんの折鶴、しばらくひらりひらりと輿のうえに輪を画いていたが、やがて、一つ、また二つ、てんでに口にくわえた枯松葉を、火中に落としてとび去っていく。

と、大変なことが起こった。

今しも、ツツーと輿の中へ吸いこまれていた焔が、松葉へ移って、たちまちパッと燃えあがってきたからたまらない。

「あっ、熱っ、熱っ、あれ、助けてえ！」

輿の中でにわかに小百合が、七転八倒、髪振り乱して、悲鳴をあげる。

「あっ」

胡蝶はさっと顔色かえたが、きりりと柳眉《りゅうび》を逆立てると、ちょこざいなりとばかり、懐中から取り出したのは一枚の白紙である。

これをズタズタに裂いて、パッと息吹きともろともに、虚空にまけば、紛々たる白紙、しばらくは雪かとばかり虚空に舞うていたが、たちまち変じて無数の胡蝶《こちょう》と化した。

胡蝶の群れは翅《はね》をそろえてハタハタハタハタ、燃えあがった焰を消しとめようとする。と、いったん、どこかへ姿を消した折鶴が、またもや翩翻《へんぽん》と舞い下がってきたかと思うと、口にくわえた松葉を落とそうとするのだ。

そうはさせまじと争う胡蝶。

バサバサバサと翅の音もすさまじく、ここにはしなくも、胡蝶と折鶴、卍巴《まんじともえ》と入り乱れての、世にも奇怪な争闘の幕が切って落とされたから、見物はただもう夢中になって、あれよあれよと、手に汗を握るばかりだ。

あわれ小百合は生き不動

「ウーム」

「ウーム」

雁阿弥も胡蝶も一心不乱だ。歯をくいしばり、呪文を唱える。そのこめかみからは、油のような汗が滝とながれる。

術と術、法力と法力、しばらくはわれ劣らじと争っていたが、やがて雁阿弥の力が勝ったのか、

「あら、無念やな」

叫ぶとともに胡蝶がバッタリ、舞台のうえに悶絶《もんぜつ》したから、

「あれあれ、お師匠様が」

と立ち騒ぐ座方の者をしり目にかけ、

「ウハッハッハッハッ、口ほどにもない女子《おなご》よの」

さも憎々しげに雁阿弥が哄笑《こうしょう》した時だ、突如、ドドドドドと、床を踏み抜くような足音とともに、

「御用、御用だ」

すさまじい音が舞台裏から聞こえてきた。

何事が起こったのかと見物が、ワーッと総立ちになった時、すでに二、三人、人を斬ったのであろう、血に染まった大刀片手に、さんばら髪、寄らば必殺の形相も物凄く、タタタタタと舞台正面に躍り出したのは稲妻丹左だ。

そうでなくとも、さっきから浮き足だった見物はこれと見るより、ワーッとばかり

なだれを打ってにげまどう。

辻斬《つじぎ》りの下手人、稲妻丹左がこの小屋にひそむと聞いて、かねて手配中だった捕り方の面々が、この時どっと楽屋口から躍りこんで来たのである。

「稲妻丹左、御用だ。神妙にしろ」

ズラリと丹左の周囲を取りまいた捕り方の面々、口々にわめきながらひしめきあっている。

「なにをしゃらくさい、さてはうぬら、田沼の狗《いぬ》どもよな。こうなれば致し方がない。余興にひとつ、斬って斬って斬りまくるぞ」

言葉も終わらぬうちに、ザーッと血しぶきあげて捕り方のひとりがのけぞった。

「おのれ、抵抗《てむかい》いたすか」

こうなってはなにもかもおしまいだ。舞台の正面では、まだあの輿《こし》が火に包まれて燃えあがっている。その輿の中には、あわれ小百合が、今や焔《ほのお》に包まれて七転八倒の苦しみだ。

危ない、危ない。

今一刻おくれたら、小百合はそれこそ焔にのまれて、ほんものの黒焦げとなってしまうだろう。しかも、折からのこの捕り物騒ぎにまぎれて、だれ一人彼女を救い出そうとする者はない。

雁阿弥もいつの間にやら姿を消してしまった。

と、その時である。

「ごめん」

とばかり平土間より、いきなり舞台へ駆けあがった、深編笠《ふかあみがさ》の若侍がある。さっき、伊那丸とともに、この見物席にまぎれ込んだ、あの大振袖《ふりそで》の若衆なのだ。

群がる捕り手のなかをかきわけて、燃えあがる輿のほうへ駆け寄ろうとするのを、丹左一味と勘違いしたのであろう。

「おのれ推参者、お上の御用を妨げいたすか」

「いいえ、そうではございませぬ。向こうに見えるあの輿の中の女子を救けてやるのでございます。あれあれ、このまま放っておいたら、かわいそうに焼け死んでしまいますぞ」

「なにをいらざる差し出口、それに控えていよ」

「いいえ、控えているわけには参りませぬ。あれあれ見られよ、ふびんやな。そこをはなして下さりませ。ええい、そこを放してと申すに」

落ち着いて話せば、お互いにすぐ分ることだった。

しかし、そうしてはいられぬこの場の仕儀に、若侍が気をいらって、どんと捕り手の胸をついたのを、抵抗すると勘違いしたのであろう。

「それ、推参者、方々、御油断めさるな」

丹左に向かった捕り方の半分が、バラバラと今度、若侍の周囲を取り巻いたから、いよいよ気をいらだったくだんの若衆。

「ええい、理不尽な。こうなればもう致し方がない」

いきなりズラリ、腰の大刀を鞘走《さやばし》らせると、一人二人おどかしの峰打ちくれ、わっと叫んで後退りするそのすきに、タタタタタと焔に包まれた輿のそばへかけより、足をあげてパッと蹴《け》ったから、輿は崩れて四方に散乱する。その火が傍の緞帳《どんちょう》にとび移ったからさあことだ。

もとより乾き切った葭簀《よしず》小屋、焔はたちまちめらめらと小屋の天井まではいのぼった。

「わっ、火事だ、火事だ」

と、見物はいよいよ、上を下への大騒動。その中を御用の声と、剣戟《けんげき》のひしめきが、煙と焔の間を縫うて、春風胡蝶の小屋は時ならぬ阿修羅地獄。

だが、ここに不思議なのは、若侍の足に蹴散らされた輿の中から、いつの間にやら小百合の姿は消えていたのである。

話変わって舞台下

これより少し前のことである。

立ち騒ぐ見物の雑踏《ざっとう》にまぎれて、いつの間にか姿を消していた伊那丸は、こっそりと舞台裏のほうに回っていた。

どうせ奇術のネタというのは分っている。あの輿の下には抜け穴があって、いざとなったらそこから抜け出せるような仕掛けになっているのだ。

早くそこへ眼をつけたのは伊那丸だ。舞台裏から、こっそり舞台の下へ回ったが、意外にも彼より早く、そこへ立ち回ったひとりの男がある。

「危ない、危ない、これ小百合どの。どこもけがはなかったかえ。ええもう、とんだ災難だ。拙者の気づくのが、もう少しおそかったら、お主は黒焦げになるところだったぞ」

舞台の切り落としから、小百合の体を引きずり下ろした男は、そういいながら、髪の毛や振袖の先に燃え移っている火の粉を、あわてても み消していた。

小百合はあまりの驚きに、ぐったりしてもう口を利く元気もない。自分を救ってくれたのが何人であるか、それを識別する気力すらないのだ。

「それにしてもよいところへ来合わせたものだ。これも神の引き合わせであろうかい。はははは、さっき稲妻丹左のやつが、この小屋へ入るのを見とどけ、早速訴人と出かけたが、捕り方の面々と一緒にここへ引き返してみれば、なんと、すんでのことで、お主が焼き殺されようとするところではないか。ふふふふふ。とんだ災難だったの」

小百合がぐったり、気を失っているのをよいことにして、薄暗い舞台下の奈落《ならく》で、頬ずりせんばかりに抱きしめているのは、これぞ余人ではない、小百合にとっては現在父の敵の、斑鳩《いかるが》喬太郎ではないか。

分った、分った！

喬太郎のやつ、昨夜、稲妻丹左にいすずの笛を奪われてより、しつこくその後をつけ回していたのであろう。そして、自分ひとりの力ではかなわぬとみて、かく大勢の捕り手を引きつれて来たにちがいない。

舞台のうえでは、今や恐ろしい乱闘がくりひろげられている。

「御用だ。神妙にしろ」

「なにをしゃらくさい」

やわな床板を踏み抜きそうな足音、火はいよいよ小屋一面に回ったらしく、きな臭い煙が、濛々《もうもう》とこの床下まではいおりてくる。

パチパチと木の燃え崩れる音。逃げまどう見物のどよめき。御用の声、剣戟の響き。いやもう大変な騒ぎだが、喬太郎にとっては、この騒ぎこそもっけの幸い、も少しで小百合を横抱きにしたまま、床下をはい出そうとしたその前へ、

「どっこい、やらぬぞ」

大手をひろげて立ちはだかったのは伊那丸だ。

「おい、前髪の兄さん、そのお嬢さんをどこへつれて行くんだえ」

「なんだ、貴様は？」喬太郎はちょっと驚いたが、見れば相手はまだ子供である。弱者と見ればすぐいばりたがるのが喬太郎のような男の本性。

「おいおい小僧、邪魔立てせずにそこをどけ。どかぬとけがをしても知らぬぞ」

「なにを言やがる。お前こそそのお嬢さんを置いて行かざア、けがをしても知らぬぞよ」

「同じようなことを言やがる。ええい、面倒な」

小百合を小脇にひっかかえたまま、やにわに足をあげて蹴ろうとする。どっこい、喬太郎ごときに足蹴《あしげ》にされるような伊那丸じゃない。ひらりと体をかわすと、いきなり相手の腰にむしゃぶりついて、

「こん畜生！」

だが、その時だ。ドドドドドド！　と物凄《ものすご》い音とともに火の粉がパッとあたりの闇を照らして、がらがらがら、さしも全盛をほこった春風一座の奇術小屋も、一瞬にして焼け落ちたのである。

キーッ。

火焔《かえん》の中より聞こゆるは、あの蜘蛛猿《くもざる》の叫びであろう。

動く吉祥天女の巻

今宵奸臣妖女《かんしんようじょ》と語ろう

「なに、それではこれが、あの名高いみすずの名笛とな」

美しい眼をすぼめて、うっとりと笛を手にとったのは田沼山城守の寵妾《ちょうしょう》珊瑚である。

田沼邸の蓬萊閣。珊瑚は今宵も酔っている。

昨夜、不覚にも白鷺弦之丞を取り逃してからというもの、焦《じ》れに焦れての自棄酒《やけざけ》が嵩《こう》じて、さきほどから、さんざん腰元たちにあたり散らしていたのが、折もよし、そこへ目通り願うたのは、主人山城守の寵臣、兵頭玄蕃。玄蕃のあとには、あの斑鳩喬太郎がさも神妙らしく控えていた。

「してして、この笛のほかに、もう二管、同じような笛があるとの。おおただ一管でもこのように見事な笛、これが三管そろうたら、まあ、どのように見事なことであろう」

隴《ろう》を得て蜀《しょく》を望むは小人の常、珊瑚はこの名笛の由来をきくと、はや、他の二管の笛の欲しさにそぞろに心を動かすのだ。

「は、それもお方様のお望みしだい」

「なに、妾《わらわ》の望みしだいとな」

「は、さようでございます」

膝《ひざ》を進めたのは喬太郎である。いやらしく口紅でいろどった唇を、貪欲《どんよく》そうに舌なめずりしながら、

「お望みとあらば、拙者身に替えても、二管の笛を手に入れて献上いたしますでございます。されど、それについてはひとつのお願い」

「おお、笛さえ手に入ることであらば、どのようなことでも聞きとどけてやろうぞ。してその願いというのは」

「されば、私め主家を逐電して、目下寄るべなき浪々の身、今飛ぶ鳥も落とすといわれる、山城守様に仕官いたしたき、所存にござりますれば、そこを何とぞよろしきよう、御とりなし願わしゅう存じます」

「おお、なにかと思えばそのようなことか、いと易しい儀じゃ。妾から殿様へお願いしてみよう」

「は、ありがたき幸せ。それからもう一つお願いがござります」

「なんじゃ、申してみよ」

「されば私め、白鷺主水之正が娘小百合と申す者を、次に召し連れおりますが、その者をお方様のおそばにお預かり願わしゅう存じます」

喬太郎め、どんなことを考えおった。

なるほど珊瑚のもとへ小百合を預けておいたら、こんな安心なことはない。万一、新宮家から取り返しの交渉があったとしても、田沼山城守なら歯が立たないに決まっている。

珊瑚はしかし、それを聞くと、思わず眉《まゆ》をふるわせて、

「なに、白鷺主水之正に娘の子があったといやるか」

「は、隠し子にござります。弦之丞とは双生児《ふたご》でござります」

「なに、双生児とな。しからばさぞや弦之丞に似ているであろうな」

「いや、似ている段ではござりませぬ」

膝すり進めたのは兵頭玄蕃。

「似たりも似たり花あやめ。男の粧《よそお》いをこらせば、とんと弦之丞に生き写し。さすがの拙者もまんまと一杯くわされたくらいにござります」

「見たい」

突然、珊瑚がきっと眼をすぼめて叫んだ。

「所望じゃ、弦之丞に生き写しという、その小百合とやらを見たい、次にいるなら、

「すぐこれへ連れて参れ」

そういう珊瑚の声はなぜか上ずって、身も世もあらぬ想いがこもっているように見受けられるのだった。

生きている欄間の天女

「は、それではただ今すぐにお目通り、お許し下されますか」

「おお、許すとも、弦之丞に生き写し、——いやさ、あの憎い憎い弦之丞に生き写しと聞けば一刻も早く、その小百合とやらの顔が見たい。早々、これへ連れて参るがよい」

「は」

なんとなくただならぬ珊瑚の顔色に、喬太郎はちょっと腑《ふ》に落ちぬ気がしたが、もとより、拒むべき筋合ではない。

早々、立って次の間より、いやがる小百合の手をとって、むりやりにこの場へ引き立てて来たが、ひと目その顔を見るより、珊瑚は思わず、ポロリと杯を取り落とした。

「おお、弦之丞。——いやさ、これが小百合と申すのかえ」

「さようにござります。拙者の許婚《いいなずけ》者にござりますれば、何とぞよろしくお願い申し上げまする」

喬太郎め、勝手なことをほざきながら、にやにやとやにさがっている。珊瑚はしかし、そのような言葉に耳もかさず、

「小百合とやら、頭をあげい」

小百合は黙然と、畳に手をつかえたままである。あえて相手の威に圧倒されたわけではない。お家の大事、一家の破滅も、みんなこの女ゆえと思えば、その女のまえに手をつかえねばならぬ今の悔しさに、腹は煮えくりかえるのだ。

「これ、面をあげと申すに、ええい、弦之丞に似て剛情なやつよの。だれかある。小百合の面をあげさせい」

「は」と、答えて喬太郎と玄蕃の二人が、左右から顎《あご》に手をかけ、ぐいとその顔をあげさせる。小百合はあまりの悔しさに思わずハラハラと涙をこぼすのだ。

「おお、なるほど、似たも似たり瓜《うり》二つじゃ。小百合とやら、杯をとらす」

「これ、お方様があのように仰せられる。ありがたくお受けせい」

小百合はそれを聞くと、あまりの悔しさに、思わずわっとその場に泣き伏した。喬太郎め、これにはすっかりてこずって、

「いやなに、なにを申すも子供のことでござりますれば、無礼の段、なにとぞお許し下されませ」

日ごろの珊瑚なら、もうこれだけでも、癇癪玉《かんしゃくだま》を破裂させるところだが、今夜は意

外にも殊勝らしく、

「いや、無理もないの」

と、まずそうに杯の酒を干したが、なに思ったのか、にんまりと片頬に微笑を刻むと、

「おおそうじゃ、よいことがある。そのように女の服装《なり》をしているゆえ、一向、気が乗らぬのじゃ、だれかある。小百合を次の間に引きつれて、男の服装《みなり》をさせい、弦之丞と同じように、男の服装させい」

さあ、いよいよ妙なことになってきた。

腰元どもは、またもやお部屋様の物好きがはじまったといわんばかりに、顔見合わせたが、ぐずぐずしていると、またどのような雷が落ちようも知れぬ。早々に小百合を引っ立て、次の間に下がったあとには、喬太郎がいかにも不安らしく、

「もし、お方様、小百合に男の服装《なり》をさせていったい、どうなさるおつもりでございます」

「いじめてくれるのじゃ。おお、あの憎い弦之丞の身替りに、いじめて、いじめて、いじめ抜いてくれるのじゃ。ほほほほほ、なにもそのように妙な顔をせずともよい。そなたにとって大事な娘なら、妾にとっては憎い弦之丞の片割れ、思う存分、いじめてくれるのじゃ」

だが、その時、珊瑚の頭上の欄間に彫った眼もあえかなる吉祥天女、等身大の天女の寝像が、かすかに身動きしたのに、だれ一人気づく者はなかったのである。

二人弦之丞の活躍

「珊瑚の方は小百合に男装させて、いったいどうあそばそうというのであろうな」

「ふふふ、まあよいわ。なにも心配なさるほどのことはあるまいて。別に取って食おうとおっしゃるまい。これも尊公の出世の手蔓《てづる》と思わっしゃい」

珊瑚の方が小百合を引きつれ、別の一間へ退いたあと。

喬太郎はなんとなく不安らしく、しきりに杯の数を重ねている。それを慰め顔なのは兵頭玄蕃、腰元衆もみんな退いて、広間のなかは妙にうすら寒い。

「まあまあ、そう気にされず、杯をあけたがよろしかろう。おお、なんだか急に襟元《えりもと》が寒うなった」

銚子《ちょうし》を手にした玄蕃は、ふとそういって首をすくめたが、どうしたのか、ふいにコトリと銚子を取り落としてしまう。

「玄蕃どの、玄蕃どの」

おどろいた喬太郎が、のぞき込んでみると兵頭玄蕃はいつの間にやらすやすやと眠り込んでいる。

「はて、これはどうしたのでござる。玄蕃どの、眼をおさましなされ」ゆすぶっているうちに、奇怪や、喬太郎の瞼《まぶた》もしだいに重くなってくる。

「はてな」喬太郎は必死になって膝《ひざ》においた拳を握りしめたが、どっとばかりに襲いかかってきた睡魔には、どうしても勝てないのだ。いつの間にやら、これまた、コクリコクリと船を漕《こ》ぎはじめた。

——と、この時だ。どこから迷いこんで来たのか一羽の折鶴、ひらりひらりと行燈《あんどん》のうえを舞っていたが、と、にわかに灯がスーッと細くなって、やがて、朦朧《もうろう》とそこに立ったのは盲目法師の雁阿弥だ。

ねむっている二人の姿へ小首をかしげた雁阿弥が、にやりとほくそみつつ、ツツーとすり足に忍び寄ったのは床脇のまえ、手さぐりに、みすずの笛を探りあてると、思わずにたりと笑ったが、そのとたんだ。

「雁阿弥、お待ちゃれ」

涼しい、裂帛《れっぱく》の気合いが降ってきたのである。

はっと驚いた雁阿弥が思わず小首をかしげてあたりの様子をうかがったが、そこは森沈たる大広間、居眠りをしている二人のほかには人の気配はさらにない。

（はてな、気の迷いかな）

再び手をのばしかけた時だ。

「雁阿弥、待て」またもや、同じ声が降ってくる。

「ダ、だれだえ、おれの名を呼ぶのはどなたかな」

「はははは、おまえは眼が見えぬのだな。拙者は、白鷺弦之丞」

「げッ、弦之丞。ししてその弦之丞はどこにいるのだえ」

「ふふふ、なんじのような幻術使いでも、眼の見えぬというのは不自由なものよの、ほら、ここだ、ここだ」

ポンポンと拍手を打つ音に、ぎょっと見上げる雁阿弥法師、なにを思ったのかとつぜん、

「大変だ、大変だ、方々曲者でござりまする。白鷺弦之丞が忍び込んでござりまするぞ」

その声に、居眠りをしていた玄蕃と喬太郎が思わずはっと眼をさます。見ればこはいかなこと、欄間に彫った天女像のその側に、ぴったりと吸いついているのはまぎれもない白鷺弦之丞。その美しい顔容《かんばせ》は、さながら彫物の天女と見まごうばかり。

「やあ、わりゃ弦之丞だな」

「おお、斑鳩喬太郎、みすずの笛と妹小百合をもらいに来た。いさぎよくこれへ出してもらいたい」

「なにを。方々、弦之丞でござるぞ、お立ち合いなされ」

「ええい、面倒な」

ひらりとばかり欄間よりとび降りた弦之丞、いきなりみすずの笛ひっつかむと、タタタタと襖《ふすま》を蹴破《けやぶ》り、

「小百合、小百合はいずこにある。兄弦之丞が救いに参ったぞ」

その声に、奥のほうより飛び出して来た一人の若衆、

「おお、兄上様か」

「小百合か、安堵《あんど》せい、兄が救いに参ったぞ」ぴたりと寄り添った二人の周囲を、ぐるりと取り巻いた田沼家の宿直《とのい》の面々、「弦之丞、覚悟!」と詰めよった。

狐狼変貌の巻

白魚の指に懐中鉄砲

「弦之丞、覚悟」

と、刀を抜いて詰め寄ったものの、一同思わずあっと顔見合わせた。

ぴたりと背中を合わせた二人の若衆の、いずれが菖蒲《あやめ》か、かきつばた、眉目《みめ》かたちなら衣裳《いしょう》なら、寸分たがわぬ二人の様子に、

「や、や、こりゃどうじゃ」

と、うっかり手がつけられないのである。

口では憎い、憎いといいながらも、珊瑚の方はどうやら弦之丞に御執心の様子、うっかりこれに手傷でも負わせたら、あとでどのようないやがらせをされるか知れたものではない。

それに元旦《がんたん》のあの騒動から、弦之丞の手練を知りすぎているほど知っている一同は、なるべくなら、このほうは御免蒙《こうむ》って、女の小百合のほうへ立ち向かいたいと思うのが、何しろこう姿が似ていては、どちらが弦之丞やら小百合やら、さっぱり見当がつかない。

「どうぞ、御貴殿からお先に」

「いやなに、日ごろから鬼をも取りひしぐ強力を御自慢の貴殿のことゆえ、いっそ、二人ともひっ捕えたらいかがでござる。さ、さ、御遠慮なく」

「いや、ところが今宵《こよい》は、ちと腹痛の気味。山田氏、貴殿はいかがでござる」

「いや、拙者も実は腹痛で」

「拙者もさよう」

「拙者も御同様で」

ずらりと、勇ましく白刃の褥《しとね》をきずいたところまではよかったが、われがちにと腹痛を競っているところは、あんまり頼もしいとは言えない図だ。

遅ればせながら、寝所から出て来た珊瑚は、これと見るより、きりりと柳眉《りゅうび》を逆立てて、懐《ふところ》から取出したのは、一挺《ちょう》の懐中鉄砲。

「ええい、言いがいのない者ども、そこのけ、そこ退きや、妾《わらわ》がみずから成敗してくれよう」

﨟《ろう》たけた白練絹の小袖《こそで》の肩から、すらりと緋色《ひいろ》の裲襠《うちかけ》がすべって、蛍火のように輝く瞳《ひとみ》の物凄《ものすご》さ、胸元にぴたりと構えた、白銀いろの兇器を見るより、あっとばかりに驚いたのは、小百合弦之丞より、むしろ傍らで成り行きを眺めていた斑鳩喬太郎だ。

「ま、ま、お待ち下されませ。御成敗はよろしゅうございますが、万一、小百合の身にまちがいがございましては」

「ほほほほほほ、喬太郎とやら、それこそ妾の望むところじゃ」

「えッ、なんとおっしゃります」

「小百合にはもう用はない。弦之丞が現われたのに、娘の小百合になんの用事があろう。喬太郎とやら、そなたには気の毒じゃが、小百合の命は妾がもらいましたぞ」

冗談ではない。烈々と燃えあがる瞳の焔《ほのお》が、真実、彼女の意志のすさまじさを物語っているのだ。

「えッ」喬太郎は思わず珊瑚の手に取りすがると、

「そ、それではあんまり。……」

「ええい、くどい、無礼者！」

はっし！　懐中鉄砲の台尻《だいじり》で、額を打たれた喬太郎が「あっ！」と、両手でおさえてたじたじと、二、三歩あとへよろめくのを眼にもかけずに、珊瑚はきっと二人のほうへ向き直った。

「弦之丞、ふびんながら汝の妹の命はもらったぞよ」

懐中鉄砲の引き金に、白魚の指がかかる。

「おのれ妖婦《ようふ》！」

「お兄様」

背中合わせの兄妹が、思わず歯ぎしりをするのを見ると珊瑚はさも快げに笑いながら、

「ほほほほ、とうとう妾の計略にかかりやったの。いずれが小百合、弦之丞やら、妾にもよく分らなんだが、今の言葉ではっきり分った。小百合、覚悟しや」

ズドン！　白い煙がパッと立った、そのとたん。

「きゃーあッ」と、絹を裂くような女の悲鳴。

闇を飛ぶ女人軍

「おお、小百合」

弦之丞は思わず小百合のほうを振りかえったが、これはいったいどうしたというのだ。小百合は依然として、彼の背後にぴったりと背中をすり寄せているのである。

しかし、今の悲鳴は？

と瞳をこらして向こうを見れば、もやもやと立ちのぼる煙硝くさい煙の中に、うつ伏しに倒れているのは、今、引き金を引いた当の本人、珊瑚の方ではないか。

「無礼者、何やら小さな獣が、妾《わらわ》の顔にとびついて、——あッ、痛ッ、痛ッ、皆の者、それを捕えよ。怪しい化け物を捕えよ」

ひしと顔を押えたまま、珊瑚の方は躍起となって叫ぶのだ。

何しろ一瞬の出来事である。何事が起こったのかだれにも分らない。分らないが珊瑚の方が手傷を負うたことだけはうなずける。

「お部屋様、いかがなされました」

こうなると弦之丞どころの騒ぎではない。一同がバラバラと珊瑚の周囲に集まった時、何やら小さな生き物が、ひょい、ひょいと一同の頭のうえを跳びながら、さーっと小百合の肩へとび移って来た。

「あれ、蜘蛛じゃないかえ」

いかさま、伊那丸の飼い馴《な》らした蜘蛛猿なのである。さては今、珊瑚の方にとびついて、危うい自分の命を救ってくれたのは、この蜘蛛猿だったにちがいない。そして、蜘蛛猿がここへ来ている以上、伊那丸も、どこかその辺に隠れているにちがいない。

「おお、ちょうど幸い、小百合、この間に少しも早く」

手に手を取って二人が逃げ出そうとする背後から、

「おのれ、憎いやつ、皆の者、二人を取り逃がすな。妾のことはどうでもよい。弦之丞と小百合を捕えよ」

満面に朱を注ぎながら、すっくと立ちあがったその顔を見たとき、玄蕃と喬太郎のふたりはあっと息をのみこんだ。蜘蛛猿の鋭い爪に引き裂かれたのであろう。羽二重のような顔が無残なみみずばれにはれあがって、生々しい血潮さえにじんでいる。

「おお、お部屋様」

「ええい、何をぐずぐずしておる。妾《わらわ》のことなど、どうなろうともかまいはせぬ。憎い二人のあとを追って捕えて参りゃ。こうなればもう、八つ裂きにしても腹が癒《い》えぬわえ」

バリバリと歯がみをしながら、地団駄を踏む形相の恐ろしさ。このかりそめの手傷が、これから後珊瑚の身の上にどのような恐ろしい変化をもたらすか、もとよりその時、だれも知ろうはずはなかったのである。

それはさておき、こちらは弦之丞と小百合である。手に手を取って庭まで逃げのびたが、さすがに、今とぶ鳥を落とす勢いのあろうという田沼の家中だ、そう臆病者《おくびょうもの》ばかりいるわけではない。

「それ、狼藉者《ろうぜきもの》を取り逃がすな」

と、ばかりにひしひしとあとから詰め寄って来る。しかもその数はしだいにふえてくるのだ。

「小百合、こうなればもう致し方はない。そのほうは蜘蛛猿とともに、ひと足さきに逃げのびよ、拙者は腕のつづく限り斬りまくって、後より参ろう」

「はい、それでは兄上様」

なまなか躊躇《ちゅうちょ》していては、手足まといと考えた小百合は蜘蛛猿をひしと抱いたまま、広い庭をやみくもに走り出す。幾度か暗闇の中でつまずいた。転んで膝《ひざ》をすりむいた。それでもやっと、塀の根際までたどりついたときである。

「お嬢様」

暗い植え込みの中から呼びかけた者がある。うれしや伊那丸の声なのだ。

「おお、伊那丸かえ」

「お待ちしておりました。さ、さ、早くこの塀を乗り越えて、お逃げなさいまし」

かいがいしく小百合の体を塀の上へ押しあげた。伊那丸は自分もつづいて、ひらりと塀の上へとび上がると、

「さあ、帯をたらしますから、これを伝ってお逃げなさいまし。おれはもう一度弦之丞様の安否を見て参ります」

「おお、伊那丸、頼んだぞえ」

帯の端につかまった小百合の体は、蜘蛛猿をその肩に乗せたまま、次第に塀の外側へおりて行く。外は漆黒の闇なのだ。

「お嬢様、大丈夫でございますか」

「ありがとう、大丈夫だよ。——」

闇の底から、小百合の気丈な声が湧きあがってきたがつぎの瞬間、

「あれ、——あなたはどなた——」

と、それきりで、言葉はフーッと切れてしまった。

「お嬢様、お嬢様、どうかしましたか」

塀の上から伊那丸が叫んでみたが返事がなかった。漆に塗り潰《つぶ》された闇の中から、ほんのちょっぴりもがくような物音がしたかと思うと、そのあとは、ひたひたと、猫の歩くような忍び足が一つ、二つ、三つ、四つ、五つ、宙をとぶように塀外に離れていく。

その時もし、闇を見透す眼力を伊那丸が持っていたら宙を飛ぶ一挺《ちよう》の駕籠《かご》の中に、猿ぐつわをはめられて、ぐったりと気を失っている小百合の姿と、その駕籠を取りま

いて、粛々と駆けている、黒装束、怪しの女人軍の姿を見ることができたであろう。

古寺の笛の音

「おまえさん、ちょっと起きなさいよ、まあ、よく寝る人ねえ」

荒れくちた古寺の一室である。

手枕のうたたねの夢を、ぐいぐいと膝でつっき起こされて、

「うむ」

と、ばかりに大儀そうな眼をあげたのは、狼のような稲妻丹左である。しかし、もし田沼家の家臣たちが、今目《ま》のあたり丹左の姿を見たとしても、恐らく、これが稲妻丹左とは気がつかなんだであろう。

ああ、なんという恐ろしさ。

その左半面は、熟れ朽ちた柘榴《ざくろ》のように、無残にも焼けただれて、こめかみから唇の端へかけて、恐ろしいひきつれ、さもなくとも狼のような形相が、いよいよすさまじさを加えて、真正面にこれを凝視するとき、だれしも、ゾーッとするような無気味さを感じずにはいられない。

過ぎる日の、あの春風一座の大捕り物を、胡蝶とともに身をもってのがれたが、その時焼け落ちた梁《うつばり》に焼かれて丹左の顔は見るかげもなく変わってしまったのである。

「お蝶か、どこへ参っておった」

「どこへでもいいじゃありませんか、それよりおまえさんのように、そう日がな一日、寝ている人ってありゃしない。少しは気晴らしに出かけたらどう」

櫛巻《くしま》きにくるくると髪を結んだお蝶は、無精らしく懐手をしたまま、男の枕下に身をこごめて、恐ろしい相手の半面を見つめている。

「ふふふ、出掛けようにもこの顔じゃ、女子供が虫を起こすといけないから、まあ、こうして寝ているほうが楽さ」

「そういえばそんなものだけど——それにしてもずいぶん、恐ろしい顔になったものね」

「どうだ、愛想がつきたであろう」

丹左はにやりと底気味悪くわらってみせる。本人はわらったつもりであろうが、まくれ上がった唇のあいだから、にやりとのぞく犬歯の物凄《ものすご》さ。嚙《か》みつきそうな笑顔である。

「ふふん」お蝶はそれに答えようともせずに、

「時におまえさん、あたしゃちょっと旅へ出ようと思うんだけど」

「よかろう。旅にゃおあつらえ向きの時候だな」

「あれさ、そんなのんきな沙汰《さた》じゃないよ。ああして両国の小屋は焼けてしまうし、うかうか江戸にはいられやしない。一座を引きつれ、しばらく旅でほとぼりをさましてこようかと思うのさ」

「ふむ、それも一興だな」

「だけどさ、心配になるのはおまえさんのことだよ。あたしたちがいなくなりゃ、おまえさん、いったいどうする気かえ」

「なに、わけはねえ。拙者も一緒に参ろう」

「ええ」と、お蝶は煮え切らぬ面持ちで、

「だけど、お江戸にゃまだ用のあるおまえさんじゃないか。田沼に奪られた系図の一巻も取り返さねばならぬおまえさんじゃないかえ」

「なに、そんなことはなんでもないさ。考えてみたら系図なんぞは要らないもの。それほど山城守が欲しけりゃくれてやってもよいわ。それよりお蝶、少しおまえに訊《き》きたいことがある」

丹左がふいに言葉をかえたから、お蝶はなぜかぎょっとした面持ちで、

「なんのこと、改まって？」

「ほかでもない、この笛だがな」

と、取り出したのは、いすずの一管。

「不思議なことがあるじゃないか。この間からこの笛を抱いて寝ているのに毎夜のご

とく、これを奪いとろうと忍び寄る者がある。お蝶、そのほうに心当たりはないか」

「まあ、何かと思えばまた笛のことかえ。大方それはおまえさんがあまり大切にしているゆえ、夢にまで見るのでござんしょう」

「ふう、それならよいがの。拙者はまた、どこかその辺に、強くこの笛に執心の者があるのじゃないかと思うていた」

丹左は嘲《あざけ》るように笑いながら、

「まあよいわ。そういやな顔をするな。それより、もう一つおまえに尋ねたいことがある」

「なんのことだえ。笛のことなら、わたしゃなにも知りませんよ」

「笛じゃねえ。奥の本堂にゃ、いったい、だれを隠してあるのだえ」

「えッ」

お蝶の顔に、さっと紫色の稲妻が走った。

「ふふふふ、驚いたかえ。あれは確か十日ほど前だったな。夜中に黒装束の女どもが、一挺の駕籠をこの古寺に担ぎ込んだと思ったが、それから毎日、本堂のほうで女の泣き声」

「いやだよ、おまえさん、そりゃ大方おまえさんの夢だろう」

「また夢か。ふふふふ、お蝶、おまえもよっぽど妙な女だ。いったいてまえは女だてらに、なにを企《たくら》んでいるのだい」

「あたしが天下をねらう滝夜叉《たきやしゃ》にでも見えますかね、おういやなこと。はばかりながらあたしゃただの女さ、そうそう、忙しいんだから、いつまでもおまえさんの相手になっちゃいられないよ」

不安な面持ちでお蝶がそそくさと立ち去ったあと、丹左はじっと考え込んでいたが、なにを思ったのか立ち上がって、よろよろと本堂のほうにやって来た。

蜘蛛《くも》の巣だらけの無住の廃《やぶ》れ寺、森沈たるその本堂の正面には、金箔《きんぱく》のはげた阿弥《あみ》陀《だ》像。

丹左はしばらく小首をかしげていたが、と、その時、突如、懐中のいゝすずの笛が、ピイとひと声、空鳴きをしたから、丹左ははっと驚いた。

「はてな」

きっと眼すえ、瞳《ひとみ》を凝らしたとき、ああなんというぶかしさ、またもやひと声、二声。

ピイ、ピイ、ピイ、ヒョロロ、ロロ――

吹く人もないのに、あの一管が、丹左の懐中で自然と音を発したのだ。と、同時にむくむくと阿弥陀像の台座が動くと見るや、転ぶがごとく、そこに走り出たのは若衆姿の小百合だった。

「おお、その笛の音は」

と、やにわに丹左の懐中へ腕をねじ込むのを、

「や、や、そちゃ小百合ではないか」

刀のこじりでしっかと小百合の裾《すそ》をおさえた丹左の瞳が、急に烈々と妖《あや》しくてり出したのである。

ちょうどその時、本堂のすぐ下には、行き暮れたのかひとりの物乞いが余念なく一管の笛を吹きすさんでいる。

ピイ、ピイ、ピイ、ヒョロロ、ロロ――

ああ、もしこの物乞いが、ひと目本堂の中をのぞいてみたら。――しかし、物乞いはなんの気もつかない。丹左も知らぬ。小百合も知らぬ。

鏡の城修理の巻

山城守の奸計《かんけい》

「新宮伊勢守にお役申し付ける」

「はっ」

江戸城本丸葵《あおい》の間。

ここは諸侯に大任を申しつける時に限って使用されることになっているのだ。

今、この葵の間の青畳に、ぴたりと手をつかえたのはほかならぬ、弦之丞の主君、信州高遠の城主新宮伊勢守様。

その上座に、意地悪くほくそえみをうかべているのは、若年寄田沼山城守意知。相役米倉丹後守《たんごのかみ》昌晴の読みあげる上意のお墨付きを、いかにも狡《ずる》そうに聞いている。

伊勢守の額には、じりじりと脂汗が浮かんできた。本日大任申し付けるによって、急ぎ出頭せよとの口上に、何事ならんと葵の間へ出仕してみると、そこには山城守が薄痘痕《うすあばた》のある顔に、にやにやとうすら笑いをうかべているのである。伊勢守はそれを見ただけでも、早くもはっと肚胸《とむね》をつかれる思い、田沼山城守には新年早々の遺恨がある。よもや、奸物山城守が、指をくわえてそのまま引っ込んでいるはずがないと、かねて覚悟を決めていたところへ、突如、今日のお呼び出しだ。

いったい、いかなる難題を吹っかけられることかと、固唾《かたず》をのんで控えている時、

「伊勢守、よく承れ」

なにも知らぬ丹後守は一段、凜然《りんぜん》と声を張りあげた。

「信州茨木《いばらき》郡伏金山の麓《ふもと》なる、鏡の城の修理をそのほうに申し付ける。ありがたくお受けいたせ」

伊勢守は、それを聞いてあっとばかりに驚いた。
「あの、鏡の城の修理を私めに、――あの鏡の城の修理を――」
「さよう、伊勢守どのさぞ御満足でござろう」
山城守の言葉に、伊勢守はハッとふたたびひれ伏したが、心の中は煮えくり返りそう。

それもそのはず、伊勢守の領地にある伏金山の向こう側は天領になっている。天領というのは幕府に直属する領地のことだ。その伏金山の麓、河鹿《かじか》川に沿うて、昔から古びた一郭の城が建っている。だれいうとなく鏡の城、この荒れ朽ちた古城を修理せよというのだ。

しかもその鏡の城というのが一通りや二通りの城ではない。城とは名ばかり、今では土台ばかりだから、これを修理するには初めから建築するより、もっともっと、金がかかるとみなければならぬ。

しかも高遠藩は名題の貧乏大名、とても一城を築くほどの資力のないことははじめから分っているのである。さりとて、できませぬと断わってしまえば、お役に立たぬとあって、領地を削られるかお国替え、悪くいけば断絶だ。つまり表面《うわべ》は至極名誉だが、その実、これは一種の懲戒処分なのである。

伊勢守の顔色がさっと紫色になったのも無理はない。

「山城守どのにちとお尋ねいたしたい儀がござります」

「何事でござるの」

「身にあまるこの大役、しかとお受けいたしましたが、このお役、果たして上様じきじきのお申し出でござりましょうや、それともだれかの――」

「ウワハッハッ、何かと思えばさような儀か、それほどお気にかかるなら、正直に申し聞けよう。新年のお礼に拙者から上様へ、たってお願い申したのでござる。ありがたく心得さっしゃい」

「おのれ」

伊勢守は思わず拳《こぶし》を握ったが、その時早くも山城守、さっと袴《はかま》の裾を払って、廊下の外へ出ると、

「うわっうわっは！」

と、ふたたび嘲弄《ちょうろう》するような高笑い、伊勢守は思わずがくりと畳に膝《ひざ》をついた。

辻堂《つじどう》の中の乞食婆

「伊那丸、伊那丸はあらぬか」

本丸から御帰還になった伊勢守は、紋服を脱ぐと、そうあわただしく手をたたいて呼んだ。

あった。

と、答えて、次の間から走り出たのは、信州の山童伊那丸だ。彼はこの間田沼邸から、小百合を救い出したものの、そのまままた何人かにそれを奪われ、弦之丞とははなればなれになってしまって、よんどころなく今では新宮の家中に身を寄せているのであった。

「殿様、なにかご用でござりますか」

「ふむ、一大事じゃ。そのほうただちにこれより伏金山に立ちかえり、暁心斎へこの書状をとどけてくりゃれ」

「へえ、それではこれよりすぐに帰りますので」

「そうじゃ。子供ながらそのほうの足は、日に二十里は駆けるという。お家の大事ゆえ、間違いなくこの書状とどけねばならぬぞ」

「はい、でも殿様、わたくしにはまだこの江戸に用事がございます。弦之丞様や小百合様の行方をしっかと見とどけて帰らねば、お師匠様にどのようなお叱りをこうむるやも知れませせぬ」

「よいよい、そのことなら、書面にちゃんとしたためておいた。暁心斎もとがめはいたすまい」

「さようでございますか。それならよろしゅうございます。一走りいって参ります」

江戸から信州まで帰るのを、伊那丸はまるで隣へ行くぐらいにしか心得ていない。伊勢守より渡された文筥《ふばこ》を、くるくると紫色の風呂敷《ふろしき》に包みこむと、こいつを腰に結びつけ、はや一目散にお屋敷の外へ飛び出していた。

江戸を飛び出したのが暮の七つ刻、そして七つ半を少し過ぎたころには、紫色の風呂敷包みを腰に結びつけた小僧が宙を飛ぶように青梅《おうめ》の宿を走り抜けていた。

ちょうどそのころ、伊那丸と相前後して、青梅街道を進んでいる奇妙な一行がある。総勢合わせて二十四、五人、たった一人、深編笠《ふかあみがさ》をかぶった浪人風の侍のほかは、ことごとく若い娘ばかり、あるいは馬に乗るもあり、あるいは徒歩でゆくのもある中に、ただひとつ一挺《ちょう》の駕籠が混じっている。

街道の人々は、この奇妙な一行に、何事が起こったのかと表へ出てみると、春風胡蝶一座。――と染め抜いた幟《のぼり》が、ひらひらとまだうすら寒い風にひらめいている。

「なんだえ、こりゃ女芝居かえ」

「なあに、奇術師だとさ。してみると、あの馬に乗っていたのが、奇術師の胡蝶だな。綺麗《きれい》な女子《おなご》じゃないか」

わいわいと言いながら見送っていると、それから間もなく、二人の旅侍が急ぎ足に後から追っかけて来た。

「卒爾《そつじ》ながらお尋ね申す。春風胡蝶という幟を持った一行が、ここを通りはせなんだか」

「へえへえ、それならたった今、通りすぎましたが、大方今夜は青梅泊まりでございましょう」

「さようか、かたじけない」

顔見合わせた旅侍、そのまま宿へ入ると、いたち屋と書いた旅籠《はたご》の前に、青い幟がひらひらと翻っている。

「玄蕃どの、たしかにここに」

「しっ！」と、眼で叱った年かさのが、若いほうの手をひいて、そのままズイといたち屋のまえを行きすぎると、やって来たのは宿はずれの辻堂のまえ。

「喬太郎どの、たしかに胡蝶の一座は捕えたが、あの駕籠に乗っているのは小百合にちがいあるまいの」

「神かけて、拙者がしかと突き止めて参ったのだから万《ばん》間違いはないはず」

「ふむ、しからば今宵《こよい》、なんとかして忍び込み小百合を奪って連れ帰らねばならぬ。でない時は珊瑚の方のお怒りから、どのような災難が振りかかって参ろうも知れぬ。喬太郎どの、貴殿もとんだ禍《わざわい》の種を、お屋敷へ背負い込まれたものじゃて」

「いや、面目次第もござりませぬ」

いうまでもなくこの二人とは、兵頭玄蕃に斑鳩《いかるが》喬太郎、察するに彼らは、小百合、弦之丞を連れて参れという厳しい珊瑚の下知に、はるばるここまで後を追うて来たのにちがいない。二人はなおもひそひそと立ち話をしていたが、やがて何かうなずきあいつつ、今来た道をとって返す。

——と、その時である。

ギイとうしろの辻堂の扉がひらいて、つと顔を出したのは、年は六十か七十か、白髪は蓬《よもぎ》のごとく乱れ、ぼろぼろの襤褸《らんる》のあいだからは、肋骨《ろっこつ》が一本一本数えられようという、乞食のような老婆なのだ。

老婆はとんと長い杖《つえ》をつくと、弓のように曲がった腰をうんと伸ばして、ぎろり、鋭い眼を光らせたが、そのとたん、道をへだてた向こうの草叢《くさむら》に、腹ばいになってこちらを見ている伊那丸と、ぴったりと眼と眼が出合った。

「あ、伊那丸じゃの」

老婆はどきりとした様子、あわててぴっしゃり、辻堂の狐格子をうちから閉めたが、果たしてこの老婆は何者。そしてその夜、青梅の宿に、どのような騒動が持ちあがったか。

奇怪な女巡礼の巻

稲妻系図

山峡《やまあい》は春の訪れるのが遅い。

江戸ではちらほら、桜の便りも聞こうというのに、青梅あたりではまだ梅の蕾《つぼみ》がようやくほころびはじめたところ、とはいえ、季節の推移はいなむべくもない。河瀬のせせらぎも日増しに軽やかになったかと思うと、夜更けの空の色も冬とはちがった和やかさ。

その青梅の宿の夜更け。

夜回りの拍子木の音も、シーンと冴《さ》えかえるころになると、ひとしきりごったがえしていたたいたち屋も、どうやら一段落ついた形、何せ丹左をのぞくのほかはことごとく女ばかりの三十人、宵のうちは随分騒々しいことであったが、こうして寝鎮まってしまうと、まるで瘧《おこり》が落ちたよう。森閑たる静けさがいっそうひしひしと身に迫るのである。

その静寂のなかにギリギリと歯ぎしりをかむ音、ドタリと寝返りを打つやつ、女だてらに寝言をいうやつ。——その中にあって、綿々とつづくすすりなきのあわれさは、どうやら小百合の忍び泣きらしい。

計らざる運命の変転から、春風胡蝶一座に加えられて思わぬ旅に出た小百合は、兄を想い父を想い、さてはまた、おのが身のなりゆきを観ずれば、気強いようでもさすがは女、ましてやまだ若年の身の、思わず夜着の袖《そで》をぬらすのも無理ではなかった。

「ええい、うるさい!」

あの両国の怪火で大やけどをして以来、稲妻丹左はとかく神経がたかぶって寝られない。寝られねばこそかんしゃくも起こる。かたわらにすやすやと眠っている胡蝶の顔を見るといっそう腹立たしく、憤ろしく、彼はプイと寝床から飛び起きた。庭へ出て、熱した頭を冷やそうと思ったのである。

いらいらした時には音楽に限る。それも騒々しい三味や太鼓はいけない。笛に限る。あの嫋々《じょうじょう》たる笛の音こそは、心魂を鎮めるのにもっとも適当な手段でなければならぬ。丹左はいま一管の笛を持っている。それも古今の名笛だ。丹左はその名笛を携えて庭へ出た。

幸い月もよし気も澄んでいる。

丹左は歌口をしめすと、やがてうろ覚えの一曲を嫋々として奏しはじめた。

演者は遺憾《いかん》はあっても、そこは古今の名笛、笛の音は野越え、山越え、はるか、月宮殿にまでもとどかんと思われる。丹左はかつ奏し、かつ聞き惚《ほ》れている。久し振りに彼の気は澄んだ。気が澄むとともに、ほうふつと脳裡《のうり》にうかぶは過ぎ来しかた——。

元来稲妻丹左は清和源氏の流れをくむ、上州佐野《さの》の郷士である。そして今を時めく田沼山城守はその家来筋に当たっている。その家来筋に当たる山城守が時を得顔に栄えている。それだけでも大いに癇に触るところへ、田沼は彼に一つの奸策《かんさく》をほどこした。

元来、氏素姓のいやしい田沼家には、確かな先祖の系図というものがない。出世をすると、人間だれしも家系が気になり出すものだが、田沼にはそれがない。そこで眼をつけたのが、今は落魄《らくはく》している旧の主人稲妻丹左の系図だ。

昔の主筋とあって客分扱い、礼を厚くして丹左を迎えたのはよいが、体よくその系図を捲《ま》き上げてしまって、それをおのが家系にしてしまった。武士として系図を横領されるくらい恥辱はない。がそれさえあるのに、山城守は珊瑚さえも彼の手から奪ってしまったのだ。珊瑚は表面、丹左の妹ということになっているが、事実は彼の許婚《いいなず》者《け》である。系図を奪われ、許婚者を横奪された稲妻丹左がさてこそ、深讐《しんしゅう》綿々たる恨みを山城守に抱いたのも無理ではなかろう。

丹左は今、嫋々たる笛の音をかつ奏し、かつ聞き惚れながら、思わずこれらのことを思いうかべ、ひとしずくの涙を落とした。

しかし、この陶酔も長くはつづかない。丹左は卒然として夢から覚めると、

「だれだ！」

笛を斜めにかまえてきっと後ろを振り返った。

二人の鼠賊《そぞく》

「へえへえ、お邪魔いたしまして申し訳ございません。いえなに、あまり笛の音がお見事でございますゆえ、ついふらふらと浮かれ出したものでございます。真平《まつぴら》御免下さいまし」

月影の、海棠《かいどう》のしげみの陰《かげ》からもみ手をしながら現われたのは、三十五、六の目付きの鋭い町人だ。丹左は油断なく笛をうしろに隠しつつ、

「いったい、そのほうは何者だ」

「へえ、かすがいの雁八《がんぱち》と申す旅人で、御同宿の者でございます。いや、お邪魔申上げました。それではお寝《やす》みなさいまし」

雁八は恐ろしい丹左の容貌《ようぼう》に、ゾクリと首筋を縮めると、そのままスタスタと消えてしまう。せっかくの興を妨げられた丹左も、しかたなしにおのが臥床《ふしど》へかえったが、今夜はどうやら眠れそう。

その丹左の臥床から廊下伝いに三つ四つ離れた居間では、いま雁八と名乗った男が、

それも同じく目付きの鋭い、四十五、六の男とひそひそ話をしている。

「雁八、どうだったえ」

「いや、黄門の兄哥《あにい》、とんだお目当て違えよ。笛の音の優しさから、いずれ春風一座の別嬪《べっぴん》か、生若え若衆かと思ったのに、見ると聞くとは大違え、顔中に大やけどのある凄《すげ》え侍よ」

「ふふむ、すると相手、手ごわいな」

「そりゃいくらか骨はあろうが、骨があるたっていまさらうしろへは引かれねえ。あれだけ音の出る笛だあな、いずれ何の何とか名のある名笛に違えねえ。笛気違いの権堂の旦那《だんな》のところへでも持っていってみねえ。たんまりした金になるぜ」

「それじゃ雁八、手前どうでもやる気かえ」

「やらなくってよ、まああっしの腕を見ていておくんなさいよ」

「ふん、危ねえもんだ。笠《かさ》の台のとばねえように用心しろよ」

ひそひそ話のこの二人を何者というのに、年かさなのは黄門様の源兵衛、若いほうをかすがいの雁八といって、道中稼ぎのごまの蠅、どうやら丹左の所持する名笛を物にして、権堂の旦那とやらに売りとばすつもりらしい。

そういう鼠賊がうちにひそんでいると、知るや知らずや、丹左、ようやく深い眠りに落ちこんだ。小百合のすすりなきもはたと途絶えて夜の闇はいよいよ深い。

——と、その時。

この闇の壁をゆるがせて、ひそかに廊下を踏む怪しい二人づれ、覆面の二人侍。

「喬太郎どの、喬太郎どの、大丈夫か」

「しっ、細工は流々、たしかに眼をつけておいたのはこの部屋」

敷居に油でも流しておいたのか、軋音《きしみおと》もせずに障子がすべった。

戸のすき間より洩《も》れる月光にすかして見れば、部屋のなかにはいぎたなく眠っている五、六人の女、その中央につつましく寝息を立てているのはたしかに小百合。

覆面の二人侍はツツーと忍び足でその枕元によると一人が取り出したのは、一本の手ぬぐいだ。

「あれえー、あっ」

人の気配にはっと眼をさました小百合が、跳ね起きようとする時だ。濡《ぬ》れ手ぬぐいでぴたりと鼻孔をふさいで、早速の猿ぐつわ、ひとりが馬乗りになって手早く縄をかける。

「よし」

「急げ」

脚と頭を持った二人侍、小百合の体を担ぎあげようとした時だ。一人が、そばに寝ていた女の枕を蹴《け》ったからたまらない。

「あれ、なにをするんだよ」

と、寝ぼけ眼《まなこ》をこすりながら枕元を見上げて、

「あれえ、あ、泥棒、泥棒！」

金切り声をあげたから、さあ大変、いたち屋のなかは上を下への大騒動。

春宵梅ヶ枝合戦

生温かい人の気配に、ふと眼を覚ました丹左。

「おのれ、曲者！」

枕元の刀を引き寄せるとみるや、抜く手も見せず横にはらったひと太刀がざくりと手ごたえ——。

「うわっ！」

悲鳴をあげてどたどたと、障子の外へ転び出たやつがある。その物音に胡蝶も目覚めた。

「おまえさん、どうおしだえ」

「何やつか知らぬが、拙者の笛に手をかけたやつがある」

「あれ、また笛かえ。笛々とほんとにくさくさしてしまう。大方夢でもお見だろう」

「夢かうつつか、いずれ明日詮議《せんぎ》すれば分ること、今の手ごたえでは、よほどの深傷《ふかで》

を負うたにちがいあるまい、ふびんやの」

「詮議でも、なんでもおまえさんの好きなようにするがいいのさ」

胡蝶がふたたび枕に頭をつけようとした時だ。

「あれ、泥棒、泥棒、人泥棒、小百合さんを――小百合さんを」

間の抜けた大声がきこえたから、今度は胡蝶のほうがはっきり目覚めた。

「あれ、だれかが小百合さんを」

丹左もがばと臥床からはね起きる。気になる名笛、すかさずこれを懐中に、おっとり刀でたたたたと廊下を駆けて行く折しもあれ、向こうより来た一人の男、暗闇の中でどんと丹左に突き当たると、

「同宿の者でございます。ごめん下されませ、あの騒ぎはいったい何事でございましょう」

「ええい、邪魔だ、そこのけ」

突きはなしておいてとびこんだのは小百合の寝所、見るといやもう大変な狼藉《ろうぜき》だ。

逃げおくれた一人の侍を、やらじとばかりに武者振りついたのは数名の娘子軍《じょうしぐん》、恥も外聞もない、寝間着姿もしどけなく、

「ええい、このサンピンめ、人の枕を足蹴《あしげ》にして、憎たらしいたらありゃしない。お千代さん、いいから簀《す》巻《ま》きにしておしまい」

「あいよ、分ったよ、こんな侍の一人や二人、あたしにまかせておきなさい。だれだと思う、春風一座の大力女宿禰《すくね》様の申し子お千代さんだよ。さあ、みんなで引っ掻《か》いてやりましょう」

その娘子軍に取りかこまれて、眼を白黒させているのはまごうかたなき兵頭玄蕃だ。

「ふふふふ、そちゃ玄蕃じゃの。そのざまはいったいなんのざまだえ」

「あ、あなたは稲妻の旦那様、いえね、こいつともう一人の侍が小百合さんを引っさらって逃げようとしたものでございますよ。ここは引きうけましたから、少しも早う小百合さんを」

「よしよし、いずれ遠くは行くまい、すぐ取り返して進ぜよう。だが、こいつは取逃がさぬようにしっかり取り押えておきなさい」

「よろしゅうございますとも。一つ素っ裸にしてなぶり物にしてやりましょうよ」

と、寄ってたかって、顔を引っ掻くやら髪の毛をむしるやら、

「わっ、タ、助けてくれ」

兵頭玄蕃、日ごろの高慢面もどこへやら、思わざる娘子軍の襲撃にあって四苦八苦のていたらく。

こちらは辛《かろ》うじて逃れ出た斑鳩喬太郎だ。追いすがる娘子軍を蹴散らし、振り払い、小百合を小脇にようやく宿外れの辻堂《つじどう》まで逃げて来たが、ここまで来ると、小百合を

ポンと狐格子のなかに放り込んで、

「おのれちょこざいな女めら、おしろいくさい分際で、じゃまだてすると許さぬぞ」

ギラリ刀を抜いて見せたが、そんなことで驚くような娘たちではない。白刃渡り、火縄抜け、危ない橋は渡りつけている一騎当千の女武者だ。

「ほほほほほ、なんだえ、まだ前髪のくせにいうことだけは大きいよ。さあ、皆さん、かまうことはないからひっ捕えておしまいよ」

「ようござんすとも。どれ、ひとつあたしが手玉にとってやりましょう」

どこで折りとったのかまだ咲きそろわぬ梅が枝を手に手に、打ってかかるのを、右に左にやり過ごし、それだけでもあしらいかねているところへ、おっとり刀で駆けつけて来たのは餓狼《がろう》のごとき稲妻丹左だ。それと見るより喬太郎、こはかなわぬと思ったのか、刀をかついで一目散、いやその逃げ足の早いこと。

蝙蝠《こうもり》乱舞

「うふふふ、言いがいのない若僧だ。してして小百合どのは」

「はい、その小百合様はお堂の中に」

「よしよし」

丹左は狐格子をひらいたが、中はもぬけの殻、小百合の姿は見えないのである。

「おやまあ、いつの間に消えてしまったのやら、あら、あら、あんなところへ逃げていく、なんだか猿のような小僧がついているよ」

小手をかざしてながむれば、なるほど小百合と小僧の二人、折からの月光を踏みしだいて逃げていくのだ。

「よし、あいつは拙者がひきうけた。お前方は宿へ帰って待っていろ」

命じた丹左、尻《しり》はしょって一目散、ようやく二人連れに追いついたのは、渓谷《たに》を見下ろす高い断崖《だんがい》のうえだった。

「待て、待て待て、やあ、貴様はいつぞやの山猿だな。うふ、今日は妙に昔なじみに縁のある晩だ。なにもいわぬからその娘をこちらへ渡してしまえ」

「やあ、おまえはあの晩の化け物侍、おやおや、顔をやけどして、いよいよ、本物の化け物になったわえ。お気の毒さまとはこのことだ」

「ええ、口の減らねえ山猿だ。娘をこっちへ渡すのか渡さぬのか」

「まあ、お断わりしようよ。これは大事なお嬢さんだ。化け物に渡してたまるものか」

「ええい、しゃらくさい」

ガーッと鳴る短慮の白刃、その太刀風にくるりうしろにひっくりかえったのは、おなじみの伊那丸だ。斬られたのか、いや、そうじゃない、例によって寝ながら手練の

八方つぶて。さすがの丹左もたじたじと、あしらいかねているところへ、卒然として
しわがれた声が降ってきた。
「ふふふ、伊那丸、でかした。しっかりおしよ。烏谷《からすだに》の烏婆あがついているぞよ」
その声にはっとして振りかえってみれば、道端の地蔵尊、その地蔵尊の台座の上に、
やせさらばえた乞食《こじき》婆あが小百合を小脇に抱え、にたりにたりと笑っている。
「あっ、烏婆あ」伊那丸がむっくりと起き直ろうとするところへ、ザーッ、丹左の太
刀が降ってきたからたまらない。体をひらいたらそのはずみにツルリ、足踏み滑べら
せた伊那丸は、千仭《せんじん》の谷へ真っ逆さま。
「あ、小僧」
もとより伊那丸を殺《あや》める気のなかった丹左は、思わず息をのみこんだが、落ちてし
まっては仕方がない。
「婆あ、その娘は拙者が貰《もら》っていくぜ」
「ふふふ、化け物、そうはさせぬ。この娘には鳥羽姫さまのご用がある。うっかりだ
れにも渡せぬぞよ」
「なにをしゃらくさい、気違い婆あめ、この白刃が眼に入らぬのか」
「なにをそれしき、どれ、小百合どの、そろそろ参りましょうかの」
人もなげなる振る舞いに、丹左はカッと怒った。

「婆あ、覚悟！」

「ばかめ！」

振りかえった奇怪な老婆が、ふと口から息を吐くと見れば、一道の白気の凝って、空中高く虹《にじ》をえがけば、その虹の中よりへいぽんとして舞い下りたのは、無数の蝙蝠。

――ひらひらひら、はたはたはた――。

まがまがしい妖獣《ようじゆう》の、ごまを散らしたごとく空いっぱい躍り狂うその恐ろしさ。

「うむ！」丹左はふたたび白刃を振りかぶったが、やがてムーッと悶絶《もんぜつ》してしまった。

「うふふ、口ほどにもないやつ、それ参ろう」

ああ、奇怪な鳥婆あとは何者、また鳥羽姫とはいかなる人物。それはさておき、鳥婆あが小百合を小脇に、いずくともなく姿を消してからややしばし。

「どうだえ、雁八、歩けるかえ」

「畜生、ひでえ目に遭わせやがった。も少しで股《また》の付根から斬り落とされるところよ」

「だからいわねえことじゃねえ。あまりやばいまねはするんじゃねえといったのさ」

「面目次第もねえ。足の一本や二本どうでもいいが、あの笛を盗みそこなったのが業腹でたまらねえ」

「うふふ、雁八、てまえこれに見覚えがあるか」

「や、兄哥《あにい》、そ、そりゃさっきの笛じゃねえか」

「そうよ。廊下でどんと突き当たりの、そのはずみに、ちょっといたずらしてみたのさ」

「ふうん、さすがは黄門様の兄哥だ。おらあ、あっさりかぶとをぬぎやす」

話しながら、やって来たのは言わずと知れた、源兵衛、雁八の道中師、話の様子では源兵衛がいつかいすずの名笛を手に入れたらしい。

「あれ、兄哥、ちょっと見ねえ、ありゃなんだえ。あっ気味の悪い、あの蝙蝠を見ねえ」

「ばかをいいねえ、この陽気に蝙蝠が出るものか——あ、まったくだ。畜生、なにを戸惑いしやがったのだろう。しっ、しっ！」

おびただしい蝙蝠を袖《そで》で払いながら、崖《がけ》のうえまでやって来た黄門様の源兵衛。

「おい、雁八、見ろやい。さっきの侍がこんなところでひっくり返っているぜ」

「なんだえ、あ、ほんとだ。畜生、いまいましいこのサンピンめ、さっきの敵だ。こうしてくれよう！」

丹左の襟髪つかむとみるや、ズルズルズル崖のはなまで引きずっていく。

「末期の水でもくらやあがれ」

がらがらがら崖の崩れる音とともに、ドボーン、丹左の体は真っ逆さまに落ちていく。

「ああ、これで少しはせいせいした。だが兄哥、その笛を権堂の旦那《だんな》に売り払ったら、少しゃ分け前にあずかりたいね」

「ああ、いいとも、膏薬《こうやく》代ぐらいはくれてやらあ」

二人の鼠賊《そぞく》は甲府をさして急いでいく。

伏金百万両

話はそれから五日後。

高遠の筧暁心斎のもとへ使いにやった伊那丸から、なんの音沙汰《おとさた》もないのに、日夜、胸を痛めていられるのは新宮伊勢守様だ。

伊那丸の足をもってすれば、三日もあれば、暁心斎の便りが聞けるはず、それが今になっても音沙汰のないのは、伊那丸にもしや間違いでもあったのではあるまいか。

今、目前に迫っているお家の大事、白鷺主水之正でも生きていたら相談相手になろうものを、非業の最期を遂げたいまとなっては、暁心斎が唯一の頼り、その暁心斎からの吉報を、首を長くして待ちうけている伊勢守様だ。

「ああ、弦之丞でも手元にあらば、——伊那丸では心もとないと思うたが、弦之丞は果たしていずくにあるやら」

物思いに沈んだ伊勢守様が、思わず洩《も》らす独り言。——と、その言葉も終わらぬに、

「殿、その弦之丞はこれに控えおりまする」

思いがけないその声に愕然《がくぜん》として振り返った伊勢守様、見ればほの暗い燭台のかなたに、凛然《りんぜん》として手をついているのは、まごうかたなき美童の弦之丞だ。

「お、そちゃ弦之丞」

「殿、お久しゅうございます」

手をつかえた弦之丞は思わずハラハラと落涙した。それもそのはず、しばらく相見ぬ間に、おのが身にも、お家の上にも重ね重ねの凶事頻発、父は殺され、妹は行方不明、なおその上にお家に振りかかってきたこの度の大難、それを思えば、思わず胸も迫るのだ。

「弦之丞、会いたかったぞ。ふびんなそちの父、主水之正は人手にかかってあえない最期じゃ」

「は、そのことは先日はじめて聞き及びましてござります」

「敵は斑鳩喬太郎」

「それもその折聞きました。されど、殿、それより大事なのは、この度の鏡の城修理の一条」

「おお、それを気遣って来てくれたか。憎いやつは田沼山城守、この度の御用しくじ

らせて、新宮の家を取り潰す所存と見ゆる」

「それもこれも、この弦之丞のふつつかから起こったこと、殿お許し下されませ」

「いや、そのほうに罪はない。されどほとほと困却いたすは鏡の城はあのような廃城《あれしろ》、修理いたすにも莫大《ばくだい》な金子《きんす》が入用じゃが、高遠藩はそちも知っての通り貧乏藩」

「殿、それについてはこの弦之丞にちとおもわくがござります。言い伝えによりますと、御先祖景元様が万一の用意にと伏金百万両、城下の山中に埋めたまいて、そこに伏金山と名付けられしとやら、今こそ、その伏金を御用に立てる時ではございませぬか」

「ふむ、そちもそのようなことを信用いたしおるか」

「は、何よりの証拠はあの伏金山という山が現に城下にあることでござります」

「余も今まではそのようなこと、信用いたしはせなんだが溺《おぼ》れる者はわらをもつかむ、そのようなこともあれかしと心中ひそかに祈っているが、なにをいうにも古い昔の話ゆえ、いずくにあるやらそれすら分らず、ほとほと困却いたしおる」

「殿」

弦之丞は膝《ひざ》を進めて、

「その儀ならば、暁心斎先生にお尋ねなさるが、もっともちかみちかと存じます」

「それじゃ、弦之丞」

伊勢守様も思わず膝を進めて、先日、伊那丸を使いとして差し出した趣きを語って聞かせ、まだその便りのないのに、心を痛めていることを打ち明ける。

弦之丞は眉《まゆ》をひそめて、

「はて、伊那丸に限って間違いがあろうとは思えませぬが、なにを申すも子供のこと、殿、それではこの弦之丞がじきじき暁心斎先生のもとへお使者に立ってはいかがでござりましょう」

「おお、そちが行ってくれるか。そちがいってくれれば、この上ない。していつ出立いたす」

「思い立ったが吉日とやら、明日とはいわず今日ただ今より」

「おお、さようか、しからばそのほうに頼んだぞ」

「殿、御安堵《あんど》あれ、必ず吉報を持って立ち帰ります」

二の使者は弦之丞、新宮一家の運命を背負って、再び信州高遠へ立つこととなったが、それにしても、奇怪な伝説に残る伏金百万両、果たしていまだにありやなしや、たといあるとしても、行く手にはまだ山もあれば河もある。

鏡の城修理なって、新宮のお家安泰となるは果たしていつのことだろう。

それはさておき、目立たぬ服装に身をやつした弦之丞が、新宮家の裏門よりこっそり立ち出《い》で、新宿は追分のあたりまで差しかかった時である。後になり、先になり、ひそかに弦之丞のあとをつけて来た怪しの影があった。

見れば巡礼姿をした一人の女、わらじばきのつま先もいたいたしく、それでも、気は勝っているとみえて、必死となって弦之丞のあとを追っていくのだ。

追分を出外れた。と、その時向こうからやって来たのはくらい酔った一人の馬士《まご》、夜目に巡礼の優姿をみると、舌なめずりをしながら、

「姐《ねえ》や、姐や、おまえこの夜更けにいったいどこへ行くのだえ」

と、いやらしく側へ寄って来る。巡礼が道を譲って避けようとすると、

「おっととと、なにも逃げなくてもいいじゃねえか。取って食おうたあいやあしねえ。いいからおれと一緒に来ねえ、いいところへ連れていってやらあ」

「なにをおしだえ」

ピシリ、巡礼の手がいやというほど、馬士の利き腕を打った。

「畜生、優しくいやあつけあがりやがって、おのれ！」

つかみかかって、菅笠《すげがさ》の下をのぞきこんだせつな、

「うわッ！」

思わずその場に立ちすくむと、やがて、くるりときびすを返して、雲を霞《かすみ》と逃げ出した。

それもそのはず、巡礼の顔というのが、なんとも異様な気味悪さなのだ。色はさな

がら蠟《ろう》のよう、眼鼻、口、何一つ欠点のない人形のような美しさなのだが、整いすぎたのがいっそう気味が悪い。しかも、そこには生気というものがさらになく、仮面をかぶったように陰々として冷たく鬼気をおび、馬士が幽霊と間違えたのも無理ではない。

「ほほほほほ、口ほどにもないやつ」

女巡礼は顔に手をやると、身にしみるような淋《さび》しさで笑ったが、やがてまた、見失わじとばかり弦之丞のあとをつけていく。

ああ、そもこの奇怪な女巡礼は何者？

歔欷《きょき》幽鬼の巻

小仏峠《こぼとけとうげ》の一狂言

青梅街道は青梅の宿、その宿はずれの崖《がけ》のうえから千仞《せんじん》の谷底へつき落とされた稲妻丹左や、さてはまた伊那丸はその後どうなったか。小百合を拉《らっ》し去った妖術《ようじゅつ》使いの鳥婆あとはそも何者。さらにまた、新宮家の御先祖景元様が、ひそかに埋めたまいしと伝うる伏金百万両、果たしていまに至るまで、伏金山にありやなしや。

物語はかくしてますます紛糾。が、もつれにもつれた千筋の糸も、集まるところはただ一点、その一点とは取りも直さず、信州高遠のほとり、筧暁心斎が庵《いおり》をむすぶ伏金山だ。

さても、新宮伊勢守様の命を奉じた白鷺弦之丞が、伏金山さして江戸を発足したその翌日の夕まぐれ。

ここは甲州街道筋随一の難所といわれる小仏峠、折から蒼茫《そうぼう》と暮れていくその峠の中腹で、今しもたき火をかこんでひそひそ話、しきりに密議をこらしている一団がある。いずれを見てもひと癖もふた癖もある面魂、いわゆる道中の裸虫、腕一本脛《すね》一本が飯の種になろうという、これが雲助なのである。

昔の道中にはいつも三つの御難を覚悟していなければならなかった。関所、雲助、ごまの蠅といって、その中でも雲助というやつは数が多いだけに諸人が難儀したもの、弱いと見るとすぐ多数を頼んでつけこむから始末が悪い、むろん、雲助のすべてが悪いやつとは限らぬが、こうして人気のない山中で、何やらひそひそと密議をこらしているところをみると、いずれよくない相談と思わなければならぬ。

ところが、不思議なことにこの荒くれた裸虫のなかに紅一点、ひとりの女がまじっている。しかも、その女というのが奇怪な女巡礼。昨夜ひそかに白鷺弦之丞のあとをしたって、江戸をはなれたあの無気味な女巡礼が、雲助どもの密談に加わっていたのだから、話はますますもって穏やかでない。

「それじゃ姐や、おまえさんのいうとおりに、ここでひと狂言書きさえすりゃ、たんまり酒代《さかて》をはずんで下さるというんですね」

「さようじゃ、なにも難しいことはありませぬ。相手が刀の柄《つか》に手をかければ、それを合図に逃げてくれればよいのじゃ」

「へえ、へえ。そんなことならもうお安いご用でござんすが、しかしどうも怪訝《けぶ》だなあ。おい熊公」

「なんにも怪訝《けぶ》なことはありゃしねえ。こちらは大方、そのお侍に近づきになりてえんだが、ほかに手段がねえもんだから、こうしておれたちの力を借りようとおっしゃるんだ。話の筋はよく通ってらあな。ねえ、もし御新造さんえ、そうでござんしょうねえ」

「ほほほほほ、その通りじゃ。そなたは分りがよいのう」

と笑った声の気味悪さ。しかも菅笠の下からのぞいている顔というのが、例によって蠟製のお面をかぶっているように、冷たく無表情なのだから、さすが気の荒い雲助どもも思わずゾクリと首をちぢめる。

「へえへえ、そういうことならひと働きしてみとうございますが、しかし、御新造さんえ、その酒代《さかて》てえのをひとつ、へっへっ、前払いにお願えしてえもんで」

「おお、なにかと思えばそのことかえ。これはわたしが気づかなんだ。それではここに」

と、懐中から取り出した金子《きんす》を与えれば、

「やあ、こいつは多分に、いやどうもありがとうございます。やい、みんなこれだけもらえば言い分はあるめえ」

「へえ、どうもありがとうございます」

「御新造さんえ、ありがとうございます」

てんでに礼を言っているちょうどその時、峠のほうから急ぎあしにこちらへ下って来た侍がある。それと見るより女巡礼。

「あれ来たよ、あの侍がそうなのだよ」

「あっ、あれですかえ、ようがすとも。おい、みんな、いま聞いたとおりやるんだぜ」

「合点！」

叫ぶやいなや裸虫、もとよりこんなことには馴《な》れたもの。いきなり女巡礼の体をひっ担ぐと、わざとこれ見よがしにワッショイ、ワッショイと走っていく。

「あれえ！　助けてえ！」

女巡礼の悲鳴なのである。

仮面落とした女巡礼

こちらは白鷺弦之丞、今しも峠を越したとこへ、ふいに聞こえてきた女の悲鳴。ふと見れば向こうのほうを、数人の雲助どもが女を担いで逃げていく様子。

もとよりこれが狂言だと知る由もない弦之丞、おのれ不埒《ふらち》な裸虫めらとばかり、バラバラとうしろより追いつくと、

「不所存者め！」

いきなり手近の一人に平手打ちをくれると、利き腕とってずでんどう。いや、たたきつけられた雲助め、眼から火が出るほどの痛さ。まさか今になって狂言ともいえないから、腰をなでなで、

「こん畜生！」

と、二、三合渡りあっていたが、やがてここらが潮時とばかり、

「おっとこいつはかなわねえ。野郎、逃げろ！」

と、これが合図で、一同雲を霞《かすみ》と一目散。

後見送って弦之丞は、つかつかとくだんの女巡礼に近寄った。「お女中、けがはありませぬか」

「は、はい、危ういところをありがとうございました。どうなることやらと思いまし

たに――」

女というやつはうまれながらの役者にできている。ガタガタと歯を鳴らせてふるえているところはどう見ても狂言とは思えない。

「けがなくて重畳《ちようじよう》、見ればお一人のようじゃが、お連れの衆は」

「はい、連れなどはござりませぬ。この菅笠《すげがさ》にもしたためてあるとおり、お大師さまと同行二人、頼りない巡礼にござります」

「おお、それはそれは。しかしこのような淋《さび》しい山中を女の一人旅とはけんのん至極、いったいいずれへ参らるる」

「はい、甲府の親戚《みより》へ」

「ああ、さようか、それは幸い、拙者もそのほうへ参るもの、せめて与瀬《よせ》までなりとも送って進ぜよう」

「ありがとうございます。そう願えますならば」

しめたと思ったかどうか、例の仮面のような無表情さゆえ、そこまでしかと分らない。

それはさておき、こんなこととはつゆ知らぬ弦之丞、この奇怪な女巡礼を伴って、やがて入って来たのは与瀬の宿。巡礼のたっての頼みに断わりかね、その晩は同じ旅《はた》籠《ご》に泊まったが、さてその真夜中のこと。

「もしえ、お侍様え、お目覚めなされませぬかえ」

屏風《びょうぶ》で仕切った一つ部屋。その屏風の向こうから、そっとかま首をもたげたのは、あの奇怪な女巡礼。

「あの、お寝《やす》みでござんすかえもし、お侍様」

言いながら、寝床を抜けたところを見れば、いつの間にやら手甲脚半《てっこうきゃはん》までちゃんとつけているのだ。巡礼はそろそろ弦之丞の枕もとへはい寄ると、手をかけたのは振り分け包み、手早くその包みを解くと、捜し出したのはみすずの一管。分った、分った、この女巡礼はみすずの名笛が欲しいばかりに昨夜から弦之丞のあとをつけていたのだ。巡礼はこの笛を手にすると、長居は無用とばかりに立ち上がりかけたが、その時早く、がばと寝床のうえに起き上がった弦之丞。

「おのれ、曲者」

いきなり女をねじ伏せると、

「どうも様子が変だと思って、さっきから寝たふりをしていたが、さては貴様、ごまの蠅だな」

「あれ、旦那《だんな》様、おゆるし下されませ。出来心でござります。出来心でござります」

「出来心とは、はてほどのよいことを申しておる。偽りを申しても分っているぞ、大方さっきの峠の一件も狂言であろう。女、顔を見せろ」

見せろ」

「なにがあれだえ、宵から妙に顔をそむけているのがおかしいと思ったが、女、顔を
「あれ旦那様」

うつむいた女の顎《あご》に手をかけて、ぐいとばかりむりやりに顔をあげさせたその拍子に、なにを思ったのか弦之丞、あっとばかりに思わずうしろへたじろいた。

「ええい、悔しい。よくもわたしの顔をお見だねえ、悔しい、悔しい、うらめしい」

悪鬼のごとく猛り立った女が、いきなりさっと突き出した懐剣を、危うくかわしたそのすきに、女はひらり、身をひるがえすとみるや、雨戸を蹴破《けやぶ》り、夜の闇をまっしぐらに。——

猿橋《さるはし》月下の怪異

弦之丞はいったいなにに驚いたのか。

実は世にもへんてこな、薄気味悪いことが起こったのだ。

女の顔をぐいとあげた拍子に、ツルリ、顔の皮がむけてしまったのだ。ことわざによく面の皮をひんむくというが、これは実際に顔の皮がむけてしまったのだから、弦之丞たらずとも驚くのがあたりまえだ。

しかも皮をむかれたあとの女の形相の恐ろしさ、気味悪さ。顔一面あかくただれて

眉毛《まゆげ》もなければ、鼻もない。唇さえも解けて流れて、ニューッと露出した歯ぐきのいやらしさ。ギリギリと歯ぎしりをしたくなるような物凄《ものすご》さ。

骸骨《がいこつ》なのだ。いや、生ける幽鬼なのだ。

弦之丞はちらと一瞬、眼底を横切ったその幻の物凄さに、しばし呆然《ぼうぜん》として立ちすくんでいたが、やがてふと、手に握りしめていたものに眼をやった。

何やら柔らかくふにゃふにゃしたもの、ひろげてみれば、眼、鼻、口、さっきの女の顔がそこにある。弦之丞はゾーッとしたように歯を食いしばったが、よくよく見るとなんのことだ。こいつ、薄い羽二重ようのもので作った仮面ではないか。

（そうか、それではあの女、仮面をかぶっていたのか。それにしても、なんという恐ろしい顔だろう！）

再び身ぶるいをした弦之丞、ふと枕元に眼をやったが、そのとたんにさっと顔色をかえた。

ない！　みすずの名笛が紛失しているのだ。

（しまった！）

と、叫んだ弦之丞、刀をとると女のあとを一目散に――追ってみたが女の姿はすでにその辺にはなかった。

それから数刻のちのことである。

ようやく月も西の端へ、かたむきかけたここは甲州街道名代の猿橋。

その猿橋へ、今しも大月のほうからさしかかった二人連れの男がある。

「おや、兄哥《あにい》、ちょっと待ちねえ」

「どうしたえ、雁八、脚でもいたむのか」

「いや、そうじゃねえ、ほら聞きねえ、あの笛の音よ」

「なに、笛の音？」

と、きっと足をとめたこの二人連れとは、言わずと知れた黄門様の源兵衛にかすがいの雁八という先刻おなじみの道中師だ。

「なあるほど、笛の音だの」

「それもただの笛じゃねえぜ。昨夜、権堂の旦那に売りとばした笛と、そっくり同じ音じゃねえか。いったい、どこで吹いてやがるんだろう」

と、行く手の闇をすかしてみて、

「あ、兄哥、見ねえ。猿橋のうえにだれやら立っているぜ、しかも女だ」

「ふむ、女が笛を吹いているのか、なるほどこいつは風流なこったといいたいが、雁八こりゃちと怪訝《けぶ》だぜえ」

「兄哥、怪訝とは？」

「だって考えてみねえ。この真夜中に女がひとり笛を吹いているなんざ、草双紙にしかねえ図だ。こいつひょっとすると化かされたかな」

「うっぷ、兄哥らしくもねえ。年がら年中旅をしているこちとらだ、化け物のほうから逃げ出さあね。まあいいからひとつ当たってみやしょう。また商売になるかもしれねえぜ」

つかつかと猿橋のなかほどに差しかかったかすがいの雁八、

「もしえ、お女中、御風流なこってござんすねえ」

声をかけたが女は返事もせぬ。向こう向きにたたずんで無心に笛を吹いている。

「ああ、実にいい音だ。なんだかこう身内がゾクゾクするようだ。もしえ、お女中、まあこちらを向きなせえよ」

肩に手をかけた拍子に、

「あい、なんでござんすかえ」

女はこちらを振り返ったが、そのとたん、

「うわッ！　化け物だ！」

叫ぶとともに一目散。いや、走ったも、走ったも、猿橋から鳥沢まで、命からがら源兵衛と雁八、宙をとんで逃げてしまった。

「ダ、だからいったこっちゃねえ。てっきりあいつは化け物だ」

「いや、もう面目ねえ。うしろ姿を見たときにゃ、どんな別嬪《べっぴん》かと思ったが、いや、もうとんと胆《きも》を潰《つぶ》させやがった。したが兄哥、いってえありゃなんだろう」

「化け物よ」

「化け物にもいろいろあるが、あれはなんの化け物だえ」

「そうよなあ、おおかた骸骨の化け物でもあろうかい？」

「これこれ、町人」

「わッ、また出た！」

二人がそのままへたばった前に、すっくと立ったのは白鷺弦之丞。旅ごしらえも厳重に、大方女のあとを追って夜立ちをしたのだろう。

「今そのほうたちの話していた骸骨の化け物とやらはどこにいるのだ」

「へえへえ、女の骸骨なんで。それが猿橋のうえに立って笛を吹いているんで」

「よし」

と、叫んだ弦之丞、そのまま後をも見ずに駆け出したが後見送った源兵衛、雁八。

「雁八、ありゃなんだえ」

「そうよなあ、大方化け物の親類でもあろうかえ。いやどうも、妙な晩だで」

肩をすくめてひそひそ話をしているが、こちらは白鷺弦之丞、まっしぐらに猿橋まで駆けつけて来たが、見るとなるほど、橋のうえにだれやら人が立っている。

「おのれ、化け物！」

弦之丞、むんずと人影にふしゃぶりついたが、

「無礼者！」

どなりつけたのは意外にも男の声。おまけにくるりと振り返ったその人は、弦之丞の顔を見るなり、

「おお、そちゃ弦之丞ではないか」

そういう声には聞きおぼえがあった。弦之丞はっと相手の顔をすかして見て、

「あ、あなたは覚暁心斎様！」

意外とも意外、猿橋のうえに立ってるこの人影とは、実に弦之丞がこれから訪ねていこうとする伏金山の暁心斎その人だったが、はからずもここで邂逅《かいこう》した二人のあいだにどのような物語があったか、それはしばらくお預かりとしておいて。——

お大尽笛所望

話はそれから数日のちに移る。

ここ甲府城下はこの数日来、蜂の巣をつついたような大騒動。この騒動には二つの原因がある。

その一つというのは。——

毎年春の三月二十五日には、甲府近在の村々で凧《たこ》合戦というのが行なわれる。この

爪合戦については、いずれ後に大騒ぎが持ちあがってから、その時詳しく述べるとして、とにかく近在十か村が集まって、爪合戦をやるのだ。

去年は権堂《ごんどう》村のお大尽、権堂治右衛門の持ち爪が一等賞を獲得したが、それを悔しがったのが、石和《いさわ》の大尽庄左衛門。その治右衛門と庄左衛門は、事ごとに張りあっているのだが、去年あえなくも権堂治右衛門に敗れた庄左衛門悔しくてたまらないところから、今年はすばらしい爪を作っているといううわさ。しかもこの爪合戦というのがただの爪合戦ではない、後で述べるがひと一人、生命を的の喧嘩《けんか》だから、いずれ今年は血の雨を見ずには終わるまいと、今から甲府の町はうわさとりどり。

これが騒ぎの一つだが、さてもう一つというのは。

甲府の町には近ごろ夜な夜な化け物が出るというのだ。しかもその化け物たるやただの化け物ではない。眉《まゆ》も鼻も唇も、溶けて流れた、それこそゾッとするほど恐ろしい女の化け物。しかもそいつが笛を吹いて暗い町角、藪《やぶ》のほとり、さては墓場のあたりを夜ごと徘徊《はいかい》するといううわさ。

おれも見た、わたしも見た、越後《えちご》屋のおかみさんはそのものを見た晩から気が狂ったそうな、いや、信濃《しなの》屋の娘はそれどころではない、笛の音をきいただけでひどい熱病、枕もあがらぬという話だ。等々と、いやもうやかましいこと。

「御浪人、お加減はいかがでござるな」

石和のお大尽、庄左衛門宅の奥座敷、今しもズイと入って来たのは主《あるじ》の庄左衛門。さすがお大尽といわれるだけあって物腰風采《ふうさい》、まんざらの百姓とは見えぬ。でっぷりと太った人品のいい男だが、玉に瑕《きず》なのはいかにも癇癪《かんしゃく》が強そうである。

「おお、これは御主人。いやもう退屈まぎれの刀いじり、お笑い下されい」

ニタリと無気味な微笑をもらして、今しも行燈《あんどん》のかげで調べていた抜き身を、ピタリと鞘《さや》におさめたは、これぞ余人ならず稲妻丹左。

「傷の痛みは近ごろいかがじゃ」

「いやもうすっかり快《よ》くなってござる」

「それは重畳」

三月といえば甲府あたりはまだ寒い。庄左衛門は手あぶりに両手をかざしながら、

「おお、忘れていたが小僧はいかがいたした」

「おお、山猿でござるか。あいつめ、体の具合がよくなったので、どこかへ遊びにいったものとみえる。おっつけ戻って参ろう」

山猿とはいうまでもなく伊那丸のこと。ああ、青梅の谷へ投げ落とされた丹左と伊那丸の二人は、庄左衛門の手に救われて、こうして石和で傷療養、二人ともいまではすっかり回復したとみえるのだ。

庄左衛門、なにか屈託《くったく》ありげに、しばし思案をしていたが、

「時に御浪人、そなたはよほどお出来であろうの」

「うふふふ」

「人を斬ったことがおありか」

「うふふふ！」

あるともないともいわぬ。丹左一流の凄《すご》い含み笑い。

「おありだな。いやそうなくてはかなわぬ。ところで御浪人、ちとそなたに頼みたい儀がある」

「お頼みとは？」

「人を斬ってもらいたい」

「なに、人を斬る」

「これ声が高い！」

きっとあたりを見回した庄左衛門、

「こう申せばけしからぬ儀と思われようが、これもまた人助け、御浪人、そなた甲府の化け物騒ぎをお聞きであろうの。その化け物を斬ってもらいたい」

「はてな。御主人、ざっくばらんに言っていただきたいな。化け物を斬って人助けなぞしようというおてまえかどうか、拙者には分っている。目当てはなんだ。化け物の持っている笛かな」

庄左衛門はぎくりとしたように相手の顔を見直したが、

「いや、これは驚いた。なにもかもお見通しだな。それじゃ包まず話すが仔細《しさい》はこうだ」

石和の庄左衛門の競争相手、権堂の治右衛門が近ごろどこからかすばらしい名笛を手に入れて、ことごとにそれをひけらかすのが悔しくてたまらない。なんとかして、こちらもそれに劣らぬ名笛を手に入れたいとあせっていたが、なかなか思うようなものが手に入らぬ。

ところが近ごろうわさにきけば、毎夜甲府に現われる化け物の所持する笛というのが、すばらしい名笛らしい。

「されば、そいつを斬って笛を手に入れてもらいたいのじゃが」

「なるほど、こいつは面白い。一宿一飯の恩義にも男は命を捨てるという。ましてやおてまえは再生の恩人、なに、これしきのこと」

口では立派なことをいうが、実は丹左は、心中別な魂胆を抱いているのだ。

「おお、それじゃ引き受けて下さるか」

「引き受けました。明日とはいわず今宵《こよい》にも」

ニタリと笑った丹左の顔の物凄さ、こっちのほうがよっぽど化け物だ。

すすり泣く二管の名笛

甲斐連山に月落ちて、今宵は空に星もない。どっと吹きおろす風は妙に生暖かく、烏羽玉《うばたま》の闇は地獄の辻《つじ》へつづいているかと思われる。夜毎の怪異に甲府の町は、近ごろ日が暮れるとともにとんと人通りはなかったが、そういう淋《さび》しい闇の夜を、今しもフワリフワリと歩いていく人影、いわずと知れた稲妻丹左だ。

丹左はふいと足をとめると、きっと耳をそばだてた。どこやらできゃっという叫び声、つづいてドタバタという足音が、近づいて来たかと思うと、どんと丹左にぶつかったのは、あのかすがいの雁八だ。

「無礼者！」

「ダ、旦那《だんな》、お、お助け、デ、出たァー」

「出たとはなにが出たのじゃ」

「バ、化け物で——」

と、いいながらひょいと丹左の顔を見た雁八、しまったと思ったが幸い相手は気がつかぬ。

「ム、向こうのほうに。——」

と、指さすと、そのまま後をも見ずに一目散。しばらく行ってからベロリと舌を出した。

そんなこととは気づかぬ丹左。指さされたほうへタタタタタと駆けていくと、聞こえる、聞こえる、嫋々《じょうじょう》たる笛の音、むせび泣くがごとく、すすり泣くがごとく、あるいは怨《えん》じ、あるいは喜び、あるいは大地に伏して憤り泣くあの笛の音。

その音をたよりに駆け寄った稲妻丹左。

「化け物！」

抜く手も見せず真っ二つ、さっと刀の鞘を払ったが、そのとたん、ひらりと二、三間、闇をとんだくだんの影。柳の下の常夜燈の中に立ってすっとこちらを振りかえったが、ああ、その顔の恐ろしさ。さすがの稲妻丹左もゾーッと何億何千の毛孔から一時に冷たい風が吹きこむ心地。女はさんばら髪の間から、ニーッと唇のない歯ぐきを出して笑ったが、いやもう、その気味の悪いこと。

「おのれ化け物、その笛をこちらへ渡しゃがれ」

「ほほほほほ、取るなら腕ずくで取ってごらん。稲妻丹左様」

「げっ！」丹左がのけぞるばかり驚いたのも無理はない。意外とも意外、この化け物は丹左の名前を知っているのだ。

「おのれ、何者だ。拙者の名を知っている貴様は何やつだ」

「ほほほ、分らないのも道理、妾の顔は変わりました」

陰々としてしみ入るような声なのだ。だが、すぐまたきっと歯をくいしばると、

「しかし、変わったのはわたしばかりじゃない。丹左様、おまえもずいぶんお変わりだねえ。お互いに化け物同士、縁があったらまた会いましょう」

いうかと思うとくだんの化け物、つつつと常夜燈のそばを離れると、やがて闇の奥から、
ルルル、リラリラリラルルル――

と、またしてもはらわたをたつがごときあの笛の音。

ああ、この化け物とはいったい何者？　読者諸君のなかにはすでにその正体を見破られた方もあろうが、稲妻丹左には分らない。分らないから斬る気も失《う》せた。斬る気も失せたから呆然《ぼうぜん》とそこに突っ立っている折しも、バタバタバタと向こうのほうより軽い足音。

闇の中から常夜燈の下へ現われたのはまたしてもさっきの化け物か。――いや、そうではない。この度は十八、九の眼もさめるばかりのかわいい娘。黄八丈の黒襟に、頭にさした花簪《はなかんざし》をひらめかしながら、袖《そで》をかき合わせてバタバタバタ。丹左がそこにいることも知らず、急ぎあしに通りかかったが奇怪やな、その時ふいに、
ルルル、リラリラルルル――

袖かき合わせた娘の懐中より、嫋々たる笛の音。

甲府城下凧《たこ》合戦の巻

烏羽玉仕合

烏羽玉の闇ゆるがして、ザーッとばかりに吹きおろす甲斐駒颪《おろし》。

その風のなかに、
ルルル、リラリラリラルルル。

ひときわ高く、またもやあの奇怪な笛の音がひびき渡った。しかも、ああ、なんという奇怪さ、その笛の音はまぎれもなく、袖かきあわせて行きすぎる、娘の懐中より発するではないか。さすがの丹左も、げっとばかりに、三方白《さんぽうじろ》の眼をすえた。

ああ、狐狸か、妖怪《ようかい》か、それとも笛にあこがれるおのれの空耳か。――いや、空耳であろうはずがない。あれ、またもや、聞こえる、聞こえる、娘の懐中よりの笛の音が。

「娘、お待ちゃれ」

丹左は、ズイと闇から出た。

「あれッ」

と、叫んで、その場に釘《くぎ》づけになった娘、振りかえって丹左の面相を見ると、ガタガタと膝頭《ひざがしら》をふるわせながら、

「な、なにか——ご用でございますか」

花簪のビラビラが、妖《あや》しく常夜燈のほの明かりにゆれて、はや、唇の色もなかった。

「おお、用というのはほかでもない。そなたの懐中に所持いたしおるものを、ちょっとわれらに見せてもらいたい」

「あれ、わたくし、なにも持ってはおりませぬ」

「はて、なにも所持いたしておらぬとな」

「は、はい、けっして怪しいものではございませぬ。ど、どうぞお許し下されませ」

わなわなと唇をふるわせつつ、娘はひしとばかりに胸をかき抱いたが、その時またもやひと声たかく、
ルル、リラリラリラルルル。——

と、娘の懐中より笛の音が。——

「あっ！」

と、胸をおさえた娘の顔には、生きた色もなかった。

「はははは、隠すより顕《あら》わるるとはこのことじゃて」

丹左はニヤリとあざわらったが、

「おのれ！　妖怪！」

叫ぶとともに、さっと斜めにはらった丹左の太刀先。むろん、尋常なら娘の体は、バラリンズンと袈裟《けさ》斬《ぎ》りになっていたにちがいないが、しかし、世のなか、なにが幸せになるか分らなかった。さっきから浮き腰になっている娘が、丹左の声にハッとして、

「あれえッ！」

と叫んでとびつく拍子に、柳の根方につまずいて、バッタリ前にのめったところを、さっと一閃《いっせん》、丹左の太刀が虚空をきった。

「うぬ、ちょこざいなり」

まさかつまずいたとは知らぬから、巧みに体をかわされたと勘ちがいした稲妻丹左、いまや怒気満面、さっとばかりに振りおろした二の太刀が、不思議やチャリンと音を立てると、丹左は刀を持ったまま、タタタタと二、三歩うしろへはねかえされた。

だれか闇の中から刃を出して、はっしとばかり丹左の太刀をはねかえしたのだ。

「うぬ、何やつだ、推参者」

「はははは、推参者とはそのほうのことであろう、娘をとらえてなんといたす」

闇の中よりズイと姿を現わしたのは、まだ前髪の美少年、いうまでもなく白鷺弦之丞だった。丹左はその顔を見ると、思わずもハッと表情をかえる。面相が変わってい

るので、相手のほうでは気づかなんだが、丹左のほうでは覚えている。いつぞや両国の春風一座で、お互いに危うく十手の下をのがれた相手だ。

「おお、そちゃ白鷺弦之丞だな」

「ほほう、拙者の名を存じおるそのほうは何者だ」

「ははは、だれでもよいわ。弦之丞とわかってみれば、手合わせをする気も失せた。弦之丞、また会おう」

ピタリ、刀を鞘《さや》におさめると稲妻丹左、そのままくるりと踵《きびす》をかえして、はや、闇の中をフワリフワリと。おおかた、さっきの幽霊女の後を追っていくのであろう。

お大尽爪難題

「お娘御、どこもおけがはなかったか」

振りかえった弦之丞の顔を見ると、娘は思わずボーッと頰をそめて、

「はい、ありがとうございました。おかげさまでどうやら命が助かりました」

「いや、けががなくて何より重畳。しかし、まだ年端もゆかぬ女の身で、男も恐るるこの夜道、ちと大胆すぎはしませぬか」

「はい、ほんにさっきから恐ろしゅうて、恐ろしゅうて。――父の使いでついこの先まで参りましたが、折からの暗がりに連れにははぐれ、ほんとに難渋いたしておりま

した」

「いったい、どちらまで参らるる」

「あい、権堂まで参ります」

「おお、権堂とあらばちょうど幸い、拙者もそちらへ参るもの、途中まで送って進ぜよう」

「ありがとうございます。そう願えますならば、こんなうれしいことはございませぬ」

暗がりの中で、娘はまたもやボーッと頰を染めながら、いかにもうれしそう、弦之丞の体により添うように、カラリコロリと下駄《げた》を鳴らす。

「ところで娘御、さっきこの辺で笛の音がしはせんだかの」

「あの、笛の音でござんすかえ」

娘が思わず胸を押さえたちょうどその時、奇怪、奇怪、またもや娘の懐中でピーとひと声笛が鳴った。

「や、や、あの笛の音は――」

弦之丞はきっと娘の懐中に眼をとめると、「お娘御、そなた懐中になにを持っておらるる」

「あの、これでござんすかえ」

娘はわなわな体をふるわせながら、ほっと深い吐息をつくと、

「わたくしも先程より、気味が悪うてなりませぬ。お侍様、まあ聞いて下さりませ。きょうわたくしがこの町へ参りましたのは、父が先日買い求めました、笛の歌口を直すため、その歌口が直ったので、笛をかかえて帰りかけますと、だしぬけにそれが鳴り出したではございませぬか。わたしはもう恐ろしいやら気味悪いやら、吹きもしない笛がひとりでに鳴るというのは、いったいどうしたわけでございましょう。さっきの男が斬りつけて参りましたのも、おおかたわたくしを化け物とでも思ったのでござりましょう」

娘の話をきいて弦之丞は思わずハッと顔色をかえた。ひとりでに音を発する希代の名笛、それこそまさしくいすずの一管。近ごろ夜な夜な、笛を吹きながら町を徘徊《はいかい》するという幽霊女、弦之丞はその女を尋ねて今宵《こよい》も町をさまようていたのだが、ひょっとすると娘の所持する一管は、幽霊女の吹きすさぶ、みすずの名笛と共鳴きをしているのではあるまいか。ああ、それにちがいない。

「お娘御、卒爾《そつじ》ながら、その笛を拙者にちょっと見せては下さるまいか」

「はい、あの、これでござります」

なんの躊躇もなく、娘が取り出す一管を、闇にすかして改めた弦之丞は、思わずうむとうめき声をあげた。

察しのとおり笛はまさしくいすずの名笛。ああ、この笛ゆえにこそ父上は命をおとされ、かつまたわれわれ兄妹がいかばかり艱難辛苦《かんなんしんく》を重ねてきたことであろうかと思えば、弦之丞がうめき声をあげたのも無理はない。

「お娘御、してそなたの父御《てて ご》というのは、いかなる御仁《お ひと》じゃな」

「はい、父は権堂の治右衛門と申します。わたくしは治右衛門の娘、小夜と申します」

娘は頰を赤らめながら、問われもせぬことまで言っている。

「おお、小夜どのと仰せられるか。拙者ちと仔細《し さい》あって、その笛につき治右衛門どのにお話いたしたいことがあるが、お目にかかるわけには参るまいか」

「まあ、あの、父にあって下さりますか。なんで御遠慮に及びましょう。今宵こうしてあなた様にお助けしていただいたことを話せば、父もどのように喜ぶことでございましょう。これから一緒に、ぜひとも宅まで来て下さりませ」

と、飛び立つようにいう小夜には、胸に一物、ふるいつきたいほどのこの殿御ぶりを父にも見せ、さてその上で治右衛門を口説き落とそうという魂胆、ただし、なにを口説くのか、そこまでは筆者も知らぬ。

渡りに舟と喜んだ弦之丞が、小夜と同道してやって参ったのは治右衛門の住まいだ。

権堂村のお大尽治右衛門は、年格好も石和の庄左衛門と同じくらいだが、これはまたいかにも柔和な人柄。

娘の小夜が危うい命を救われたということを聞くと、ひどく喜んで、下にもおかぬもてなしだったが、さて弦之丞の口より、いすずの一管を譲りうけたいという話をきくと、たちまち面を曇らせた。

「はて、娘にとっては命の親といい、ほかならぬそなた様のお頼みゆえ、きいてあげたいはやまやまだが、これればかりは」

「ならぬと仰せらるるか」

「わしもせっかく手に入れたこの品、それに石和の庄左衛門が、これに劣らぬ名笛を手に入れようと、先日より苦心しているといううわさ。もしあいつが立派な笛を手に入れて、見せびらかしでもしたら、わしも悔しゅうてならぬ。まあ、これればかりは」

「あれ、父《とと》さん、そのようなことといわずと」

小夜はしきりに気をもんでいる。

「あちら様があのように、ことをわけてお頼みなさいますのに、父さん、それではあんまりでござんす」

「それじゃといっておまえ」

「いいえ、いいえ、わたしにとっては命の親、父さん、お願いでござんす。どうぞ、その頼み、きいてあげて下さいませ」

泣かんばかりの娘の頼み、これには治右衛門も勝てなんだ。ほとほと困じはてたように思案にくれていたが、やがてハタと膝《ひざ》をたたくと、

「おお、なるほど、それではそなた様の頼みきかぬでもないが、その代わり、こちらにも一つ頼みがある。頼みというはほかでもない、近く行なわれる凧《たこ》合戦」

そこで切り出した治右衛門の交換条件、というのを聞いて、弦之丞も小夜も思わずあっと驚いた。

おお名笛の秘密

「それで治右衛門の申しますには、三月二十五日に行なわるる凧合戦のみぎり、拙者に凧に乗ってくれ。そして見事勝ちを得たる場合には、この笛進ぜようと申すのでございます」

権堂村の村はずれ、小さい庵《いおり》の紙燭《しそく》の影に、端然と対座しているのは、筧暁心斎と白鷺弦之丞。はからずも猿橋のうえでめぐりあったこの二人は、幽霊女のあとを慕って、この甲府の町へいりこむと、暁心斎がかねて懇意の庵のぬしに頼んで、ひとまずここにわらじをぬいだのであった。

さて、その凧合戦だが。――

これがひと通りの凧合戦ではない。まえにもいった通り、近在十か村より一つずつ、

都合十の凧をあげるのだが、その凧には村々でのより抜きの若者が乗って、空中で相手の凧の糸を斬りあうのだ。むろん、勝てばなんでもないが、糸を切られたほうはたまらない。大凧に乗っていることゆえ、真っ逆さまに墜落することはないが、どこへ飛んでいこうも知れず、たとい命は助かっても、けがをするのは分っている。いわば命がけの合戦なのだ。

去年は首尾よく権堂村の勝利になったが、それを悔しがった石和の庄左衛門、ことしはどこかの浪人者を頼んで、それを凧に乗せるという評判。されば、弦之丞にひとつその浪人者と戦ってくれまいか、と、こういう治右衛門の難題なのだ。

黙然としてその話をきいていた寛暁心斎、やがてかっと眼をひらくと、

「弦之丞」

「はい」

「そちゃ、どうしてもその凧に乗らねばならぬぞ。それともそのほう命が惜しいか」

「これは異なこと」

弦之丞思わず気色ばんで、

「なんで拙者が命を惜しみましょう。君命とあらば鴻毛《こうもう》より軽きこの命、されど拙者にはいま大事な仕事がござります。この間もお話いたしましたとおり、今お家にふりかかる一大事、伏金山に埋蔵さるる百万両のありかを探るまでは、いかなることある

とも、拙者死にとうはございませぬ」

「それじゃ、弦之丞」

暁心斎、ズイと膝をすすめると、

「その埋蔵金のありかを知るためには、ぜひとも入用なは、みすず、いすずの二管の名笛」

「え？　なんとおっしゃります」

「弦之丞、よっく承れ」

暁心斎があたりに心を配りながら、打ち明けたのは、ああ、なんという奇怪事。

みすず、いすずの二管のほかに、もくずと名づくる名笛があって、その一管は昔より行方が知れぬということは、前にも話しておいたが。――

「このもくずこそ、御先祖景元様が、伏金とともに埋めたまいしもの。なにゆえそのようなことをなされたかというに、これすなわち伏金のありかを知らさんがための景元様の御深慮、みすず、いすずの名笛が互いに共鳴きいたすことは、そのほうとても存じおろう。伏金とともに埋めたまいし名笛は、かの二管をともに奏する時、地中にあってはじめて音を発す。埋蔵金のありかを知らんにはこれぞ唯一の手段なるぞ」

聞いて弦之丞はあっと驚いた。

二管の名笛が、長く家宝として新宮家に伝えられたのは、こういう因縁があったからこそなのだ。ああ、なんとしよう、なんとしよう。その二管の名笛は、いまや共に新宮家の手をはなれ、一管は怪しき幽霊女の手に、そして他の一管は治右衛門のもとに。——

弦之丞はきっとかたちを改めた。

「分りました、お師匠様、拙者治右衛門の求むるままに、爪合戦に出場いたしましょう」

「うむ、やるか」

「やりますとも。そして、必ずいすずの名笛を取り戻します」

勇ましく言い放った弦之丞の面には、さっと血の色がさした。

坊主にされた玄蕃

さて、今日はいよいよ三月二十五日爪合戦の当日なのだ。

爪合戦は甲府のはずれ、権堂の馬場で行なわれる。何せ年に一度のこの爪合戦、ましてや十か村の若者が、虚空高く斬りむすぶというのだから、十か村の応援団はもとより、遠くは信州、江戸の方面よりも、毎年見物が押すな押すなで集まって来る。その見物をあてこんで、食物店が出る。豆蔵手妻が出る、居合抜きが出ると、いやもうその前後二、三日は、お祭りのような騒ぎ。

その権堂馬場よりほど近いところに、小屋がけにひらひらとひらめかした幟《のぼり》を見れば、これなん、春風胡蝶大一座だ。

「爪合戦はまだはじまらねえかえ」

「おお、あと一刻はあろう。こう、見ねえ、やけにかわいい阿魔っこがならんでいるが、ありゃいってえなんだ」

「ああ、あれかえ、ありゃ江戸から乗りこんで来た女軽業の一座だってよ」

「ふふん、こいつは面白え、どんなことをやるか、ちょっとのぞいてみようじゃねえか」

と、いうようなわけで、胡蝶の一座はたいそうな繁盛《はんじよう》。このごった返すような騒ぎの小屋へ、裏の葭簀《よしず》を切りひらいて、いましもヌーッと入って来た深編笠《ふかあみがさ》の男子がある。

深編笠の中から男子はきょろきょろ、あたりの様子を見回していたが、幸い表の大入りに気を奪われて、舞台裏にはひとりもいない。

しすましたりとばかり、男がそろそろ忍びよったは、急ごしらえの葭簀の厩《うまや》、中をのぞくと二、三頭の馬のあいだに、素裸にされた一人の男ががんじがらめに縛られて、柱の根元にくくりつけられている。いつぞや青梅の宿で、女人軍のために手捕りにされてしまった、あの兵頭玄蕃なのだ。

だが、その姿のなんという惨めなことよ。身にまとうているといえば、赤い越中褌《ふんどし》一本きり、おまけに頭はくるくる丸坊主にされて、はやもう見られたざまではなかった。

深編笠の男もこれを見ると、思わずプッと吹き出したが、その声にムックリ顔をあげた兵頭玄蕃。

「だれだ、何者だ。なんで拙者を笑いやがるのだ」

と、眼を三角にしていきり立つ。

「そう、怒られるな。拙者でござる」

「拙者？　拙者では分らぬ。だれだ、おお、貴公は斑鳩《いかるが》喬太郎どの」

ヌッと編笠を脱いだのは、いかさま前髪姿の斑鳩喬太郎だった。

「やれ、うれしや、喬太郎どの。それでは拙者を助けに来て下されたか、おお、早く解いてくれ、早くこの綱解いて下されい」

「おお、言わずとも解いて進ぜる。しかし貴殿もとんだ目にあわれたものよの」

「いやもうさんざんじゃ。青梅の宿から裸道中、おまけに頭はこの通りクリクリ坊主、こんな情けないことはござらぬて」

「いや、青々とよい坊主ぶりじゃ。それに日ごと夜ごと、美しい女子どもに取りまかれ、さぞ楽しみなことでござったろう。おうらやましや」

「ええ、なにをいわっしゃる。冗談も休み休みにさっしゃい。ええい、いまいましい」

手早く喬太郎が縛めの綱を切りほどくと、兵頭玄蕃は冷えきった手足をこすっていたが、

「いや、こうしてはいられぬ。早く逃げぬとまたどのような目に遭おうも知れぬぞ。何せ、ここの女子どもときたら鬼神のようなやつばかりじゃ」

玄蕃も女人軍の手練には、よほどこりているらしい。

「逃げようとて、まさか裸の道中はなるまい。待て待て、拙者がなにか捜して来よう」

素早く姿をかくした喬太郎が、やがて片手にかかえてきたのは、派手な女の舞台衣《い》裳《しょう》。

「まあ、これなと着さっしゃい」

「なんじゃ、拙者がこれを着るのか」

「はてぜいたくはいわぬものじゃ。ちょうどほかに手ごろな衣類も見当たらぬゆえ、まあ、それで我慢さっしゃいということさ」

「というてこの頭では」

「だからさ、ここに頭《ず》巾《きん》を持ってきたわさ」

「やれ、情けない。それじゃいよいよ女になるのか、いまいましい」

手早く振袖《ふりそで》を着込んだ玄蕃の姿を見て、喬太郎は腹をかかえて笑い出した。

「ああ、よい女振りじゃぞ。坊主頭に振袖を着たところはたまらぬ。どれ、手に手をとって道行きとしゃれこもう」

「ええい、からかうな」

玄蕃はすっぽりお高祖頭巾《こそずきん》で顔を包むと、われから先に出てゆきかけたが、ふと思い出したように、

「喬太郎どの、おぬし燧石《ひうち》を持っておらぬか」

「うむ、持っているがどうするのだ」

「あまりいまいましいから火をつけてくれよう」

ああ、悪党の考えはやっぱり悪党の考えだ。両国から火事で焼け出された胡蝶の小屋へ、いままた、火をつけようという乱暴さ。

喬太郎の取り出した燧石をカチカチ鳴らして、その火を葭簀にうつしたからたまらない、八ヶ岳颪《おろし》の風にあおられ、たちまち火はパッと小屋中に燃えひろがった。

「あれ、火事だ、火事だ」

「ウワッ！」

と、いう表の騒ぎ、この騒ぎの間に二、三丁すっとんだ兵頭玄蕃。

「ああ、これでやっと溜飲《りゅういん》が下りたわえ」

喬太郎と顔見合わせてにっこりと。

丹左・弦之丞凧《たこ》合戦

折からのからっ風にあおられて、小屋はみるみるうちに焼け落ちたが、幸い隣近所に建物がなかったので、火事は一軒だけでおさまった。

「おお、ひでえ目にあった。もう少しで焼け死ぬところだ。雁八、てまえがつまらねえものを見ようというから、こんな災難にあうのよ」

「兄哥《あにい》、まあ勘弁してくんな。春風一座といや、あの青梅の宿で同宿した一座だが、あの時ちらと見た娘の中に、すてきなやつが一人いたから、ちょっとのぞきたかったのさ」

「チェッ、いやな野郎だ。てめえのお相伴をさせられちゃたまらねえ」

「へへへへ、兄哥、そう愚痴ばかりはこぼさせねえぜ。だいぶお稼ぎの様子だったじゃございませんか」

「はははは、見ていたか。そういうてめえも器用に手先を働かしていたが、たんまり稼ぎやがったな」

「なに、どうせ田舎者の懐中さ。大したことはありますめえ。おっと、あの騒ぎはどうやら凧あげが始まった様子、兄哥、またひと稼ぎしようぜ」

低声《こごえ》にささやき交わしながら、馬場を目指していく二人づれ。いわずと知れた黄門様の源兵衛と、かすがいの雁八、今日の雑踏をあてこんで、荒い稼ぎをしようと入り込んだのだろう。

この二人づれと相前後して、同じく馬場を目指して急いでいくのは、これなん、青梅の谷で、石和の大尽に助けられた伊那丸なのだ。見るとその伊那丸の肩にはチョコナンと蜘蛛猿《くもざる》がのっかっている。

「よかったなあ、蜘蛛よ、おめえそれじゃ、ずっとあの一座と一緒にいたのかい。そうそう、おめえはお嬢様と一緒だったな。お嬢様はあの鳥婆あに奪われたが、それでもおめえが生きていてくれたのはありがたい。いや、あの火事の中から、おまえがとび出して来た時にゃ、おれほんとにおったまげたぜ」

伊那丸はもう頬ずりをせんばかり。蜘蛛猿のほうでも、いかにもうれしげにキャッキャッと喜んでいる。いつぞや田沼邸の塀外で、蜘蛛猿は小百合とともに、烏羽玉《うばたま》女人軍にかどわかされ、そのまま、今まで春風一座に養われていたものとみえる。

この二人――いや一人と一匹が、群集をかきわけて凧揚げ場までたどりついた時、にわかにワッとあがる歓声は、いよいよ凧合戦が始まったしるしなのだ。

ああ、見よ！

澄みわたった甲府盆地の空高く、今しもゆらゆらと舞いあがった十個の大凧、折からの八ヶ岳颪を斜めにうけて、すさまじい唸《うな》りをあげつつ、あるものは低く、舞いつ、狂いつ、踊りつ、凧綱はしだいに長くのびていく。あるものは高く、
しかも、それらの大凧には、一人ずつ屈強の若者が、手にギラギラする大刀ふりかざして乗っているのだ。いや、体を凧に縛りつけているのだ。

やがて十個の凧が、十のうなりをあげて空高く入り乱れるよと見る間に、はや一つ、綱を切られた大凧が、風に乗ってひらひらと、いずことなく舞い落ちる。

「わっ！　落ちたぞ、ありゃどこの村だ」

「鳥の字が書いてあるから、あいつは鳥沢だ。あ、また一つ落ちたぞ」

手に汗握って、あれよと空を見上げる見物衆。黄門様の源兵衛とかすがいの雁八にとっては、こんなうまい稼ぎ場はない。りすのように群集のあいだを縫って、片っぱしから財布を抜いて歩いている。と、その間に、一つ、また一つ、見るみるうちに大凧は、木の葉を落とすようにバタバタ落ちて、あとに残ったのはただ二つ。

「やあ、今年も石和と権堂が残ったぞ。治右衛門さんと庄左衛門さんと、両大尽の喧《けん》嘩《か》だぞ」

「あれ、父さん、弦之丞様は大丈夫でございましょうか。あれあれ、石和の凧に乗っているのは、いつぞや、わたしを殺そうとしたあの浪人、わたしはもう気がもめてな

りませぬ」

治右衛門の娘小夜は、いても立ってもいられぬ心持ち。しかし、こういう騒ぎも、さすがに空中高く舞いあがっている、弦之丞の耳まではとどかなんだ。

次々にと、刃向かう凧を切って落とした弦之丞、太刀取り直してきっとかなたの虚空を見れば、今しも石和の大凧が、キリキリ舞いをしながらこちらに近寄って来る。その大凧の乗り手を見て、弦之丞も驚いたが、相手も劣らず眼をみはった。

「おお、弦之丞、妙なところで出会ったな」

「や、や、そちゃこの間の浪人だな。うぬ、さては石和の大尽宅に寄食いたしおる浪人とは、そのほうのことであったよな」

この大空の凧のうえで、はからずも顔つきあわせたのは、本篇の二人の大立者、白鷺弦之丞と稲妻丹左。

「うぬ、分れば容赦はない。覚悟いたせ」

弦之丞が太刀ふりかぶって斬ってかかるのを、なんと思ったのか稲妻丹左。

「待て、待て、むやみに刀を振りまわすのはよせよせ」

「よせとは、さては気おくれしたか」

「なに、気おくれなどはせぬが、そちらで斬ってかかればこちらでも斬らねばならぬ。ところが弦之丞、拙者、貴公と分ればその凧斬る気は毛頭ない」

「はて、それはどういう仔細《しさい》じゃ」

「されば、拙者は貴公の妹小百合とは、ひとかたならぬ深いなじみでの」

「なに、なに、妹小百合を知っているとの」

「さればじゃ。まあ、その太刀をおさめろ。この大空で凧に乗って語るも一興、まあゆるゆると話すといたそう」

ああ、なんということ、ゆらりゆらりとゆらめく凧のうえで、今しも二人のさもんきそうな話がはじまったが、さて、このおさまりはどうなるか。

ちょうどこの時、権堂村の凧揚げ場、あの弦之丞の乗っている凧の命綱を必死となってつかんでいる若者頭のそばへ、そろりそろりと忍び寄って来たのは、まだ前髪立ちの若侍、いわずと知れた喬太郎、弦之丞にとっては父の敵の斑鳩喬太郎だった。

ああ、喬太郎はなにをもくろんで、弦之丞の凧綱へ忍びよって来たのであろうか。

お小夜珊瑚笛競《くら》べの巻

双凧飛翔《ひしょう》

甲府名物のからっ風に、もつれ合うふたつの大凧が、ブルンブルンとすさまじく鳴って、洗い出したような紺碧《こんぺき》の空には、富士があざやかに晴れている。

見渡せば甲斐連山が、駒ヶ岳を中心に、さざなみの寄せるがごとく起伏して、八ヶ岳も呼べばこたえんばかり。甲府のまちは将棋の駒を並べたよう、白く流れる笛吹《ふえふき》川は晒《さら》されたいっぽんの帯だった。

あるいは高く、あるいはひくく、浮きつ沈みつ、秀麗な富士を斜ににらみながら、闘いの刃をおさめた丹左、弦之丞のふたりが、虚空たかく躍り狂う大空のうえで、ここにはからずも、茶飲み話をはじめたというのだから、世のなかになにがのんきだといって、これほどのんきな話は、またとなかった。

「されば、拙者は不思議な御縁で、貴公の妹御小百合どのとは、ひとかたならぬふかいなじみでござる」

「してして、その妹小百合はいまいずこにある。貴公それ御存じか」

「おお、知っているとも」

「なに、知っているとな」

弦之丞が意気込んだ拍子に、大凧《だこ》がキリキリとこまのように舞ったと見るや、丹左の凧にしっかりもつれついたが、二人ともそんなことには一向気がつかなかった。

「知っているとも、知っているとも、その小百合どのはな」

「おお、その小百合は？」

「怪しき老婆にさらわれた」

「怪しい老婆とは？」

「されば、伊那丸の話によると。……」

「なに、それでは貴公、伊那丸も御存じか」

「ふふふ、知らないでどうしよう。あの小僧とも妙な縁から、近ごろしばらく、一緒にくらしてきた拙者じゃ。ふふふ、あいつ、なかなかはしこい小僧での」

「そのようなことはどうでもよい、してして、伊那丸の話によると？」

「されば、伊那丸の話によると、その老婆というのは烏婆あという者じゃそうな」

「なに、烏婆あ」

「そうよ。なんでも烏谷に住む、烏羽姫とやら申す、奇怪な姫の使わしめじゃということだ。されば、おおかた小百合どのは、いまごろ烏羽姫のお側仕えにでもなっていることでござろうて」

「なに、烏羽姫の？　あの烏羽姫の？」

　弦之丞はなぜか、さっとばかりに顔色を失うと、ほとんど悶絶《もんぜつ》せんばかりに驚いたが、ちょうどその時、――

　弦之丞の大刷がふいにキリキリ、きりもみを始めたと見るや、あおりをくらって、いまや二人の因縁そのままに、しっかり結ばれついた丹左の刷も、ともにキリキリ虚空に舞ったが、と、見れば弦之丞の凧綱が、根もとよりブッツリ切れているのだ。

「や、や、弦之丞どの、貴公の凧は宙にとんでいるぞ」

叫んだが、むろん、そんな言葉も耳に入らばこそ、富士も駒ヶ岳の連峰も、さながら回り燈籠《どうろう》のごとく虚空におどって、弦之丞ははや、ジーンと耳鳴りがする。

「弦之丞、拙者の凧につかまれ、拙者の凧は大丈夫だ。あっ、しまった」

その時、またもや丹左の凧綱も根元からブッツリ切れたからたまらない。からみあった二つの凧は、いっときくるくる胡蝶《こちょう》のように、青空たかく踊っていたが、やがて、折から吹きつのる、甲斐駒颪《おろし》に乗って、フワリフワリといずこともなくとんでいく。

驚いたのは地上の人々だ。

「うわっ、だれだ、だれだ、綱を斬りやがったのは？　あっ、あそこへ逃げていく前髪のわか侍だ」

「おのれ、皆の衆、あの狼藉者《ろうぜきもの》をひっ捕え、簀巻《すま》きにして笛吹川へほうりこんでしまえ」

ワイワイと騒ぎ立てたが、もとより、ひっ捕えられて簀巻きにされるまで、待っているような喬太郎ではない。抜きはなった白刃を、水車のようにふり回しながら、治右衛門を斬って捨てると、折からの雑踏にまぎれて、いずこともなく逃げていく。

同じころ、同じような騒ぎが丹左の凧揚げ場でも起こっていた。こちらの綱を切ったのは、お高祖頭巾《こそずきん》をかぶった奇怪な女。これまた白刃を振りかざしながら、いずこともなく逃げ去ったが、それはさておき、この降ってわいた意外の椿事《ちんじ》に、気も転倒せんばかりに驚いたのは、ほかならぬ権堂大尽の愛娘《まなむすめ》小夜。

「あれ、父《とと》さん、しっかりして……、凧がとんでいく。わたしどうしよう、どうしよう、弦之丞様はきっとあのまま死んでしまいます。それというのも父さん、おまえがあのような難題を出したゆえ。ええい、わたしは弦之丞様に申しわけがない。その凧待って。とはいえ父さんが……」

と、気も狂乱のありさまで、いっさんに走り出そうとしたから、驚いたのは権堂の大尽、治右衛門だ。瀕死《ひんし》の苦悶《くもん》の中から娘をとめ、

「これ、娘、血相かえておまえはどこへいくのじゃ」

「どこへいくとは知れたこと、あの凧追って参ります。はい、たとえ唐天竺《からてんじく》までもあとを慕って、御所望のこの笛、差しあげねばわたしの気がすみませぬわいな。父さん、そこを放して」

一心こめた女の念力はおそろしい。娘の身を気遣って、引きとめようとする治右衛門の手を振りはらった小夜は、虚空はるかにとんでいく凧をしたってはやいっさんに。

——

ちょうどその時、これまた凧のあとをしたって、宙をとんでいく小僧があった。い

うまでもなく、蜘蛛猿《くもざる》を背に負うた、あの山童の伊那丸である。

水色頭巾の女

「ああ、このようなところに、大きな凧が落ちている」

岩陰で女の声がした。うめくような、ひくい、陰気な声なのである。

あれからすでに三刻あまりも後のこと。ここは笛吹川の上流の、人里はなれた河原である。あたりははや、雀色にくれなずんで、河面をふきわたる風は、春とはいえ、まだ肌寒いのである。

その河原のうえに、もつれ合った二つの凧がところどころ破れて落ちていた。むろん、その凧にのった丹左と弦之丞は、二人ともぐったりと死んだように動かない。

「おお、そうじゃ、権堂馬場とやらで、きょう凧合戦のあるということは、かねがね聞き及んでいたが、おおかた切られた凧がここまでとんで来たのであろう」

つぶやきながら、そろそろ岩陰から現われたのは、袋のような水色の頭巾で、すっぽり顔をかくした女である。外からは見えないが、おおかたその頭巾には、どこかに透かしがこさえてあって、そこから外の様子が見えるようにしてあるのだろう。

奇怪な頭巾の女は、じっと凧に眼をつけながら、ためらうように、そろそろと側へ近寄って来たが、ふと弦之丞の白い顔を見ると、あっと叫んで、よろよろと二、三歩うしろによろめいた。

「おお、弦之丞！」

雷にうたれたような声だった。

女は石のように身を固くして、大きく肩で呼吸をしていたが、やがて、きょろきょろとあたりの様子を見回すと、ひらり、燕《つばめ》のように身をひるがえし、ひしとばかりに弦之丞のからだに取りすがった。

「おお、まだ生きている、生きている。死んでいるのではなかった。気をうしなっているだけなのじゃ」

激しい、うめくような声なのである。

女はしばらく全身を木の葉のごとくふるわせながら、じっと弦之丞の面に眼を注いでいたが、やがてにわかにきっとかたちを改めた。

それから、さらにきょろきょろとあたりの様子をうかがうと、ずらり、懐中から抜きはなったのは、あっ、氷のような懐剣だ。柄も砕けよとばかりしっかりと、白魚の指に握りしめた懐剣が、たそがれの河原の風にうそ寒い。

あわや、女はその懐剣のきっさきを弦之丞ののどに擬した。

ああ、危ういかな、弦之丞、風前の燈火とは全くいまの弦之丞のことである。

女の腕がいま三寸下れば、彼のいのちはすでにこの世のものではない。とも知らずに弦之丞、昏々《こんこん》として無明の闇をさまよっているのである。

頭巾の女は片手で弦之丞の首を抱き、片手にさっと懐剣をふりかざした。

ぎらりと冷い刃が河原の風を斬る。

だが。――

振りかざした女の腕は容易におりようとはせぬ。はたと虚空にとどまったまま鳥の胸毛のごとくふるえているのだ。

「ええい、意気地のない。このようなよい折はまたとないものを」

われとわが身をののしるごとく、女は激しく体をゆすぶって、弱る腕をさらにまたさっと振りかざしたが、この度も、刃は虚空にはたととまった。

「ああ、なさけない、わたしにはやっぱりこの人は殺せない。あれほど憎いと呪うていたに、目のまえにこうして顔を見れば、どうしても心がにぶる。刃が当てられぬ。弦之丞様、弦之丞様」

からり、女の指から懐剣が落ちた。女はひしと弦之丞の体にすがりつくと、さながら気が狂ったように、あるいはせきとめた水の一時にどっと奔流するごとく、

「弦之丞様、気がつけばまた憎まれるわが身と知っていながら、どうしてもおまえを殺すことのできぬわたしの因果、たといおまえにどのように憎まれようと、仇敵のようにきらわれようと、わたしはおまえを救わずにはいられぬ。ああ、なんという情け

ない、はかない二人の縁《えにし》であろう」

奇怪な女は、弦之丞の顔に頭巾を寄せ、恨むがごとく、嘆くがごとく、しばしば狂気のていでひとりごちていたが、やがて河原の小石のあいだから、落とした懐剣を拾いあげると、今度はなんのためらいもなく、ズバリと凧《たこ》にしばりつけた綱を斬った。

「弦之丞様、さあ、わたしの住まいへ参りましょう。このような場所にいてはまたどのような恐ろしいことが起ころうも知れぬ。さあ、わたしがこうして」

と、さながら正体あるものにささやくごとく、ひとりつぶやきながら弦之丞の体を凧より抱き起こすと、女の念力はおそろしい、背中に負うてよろよろと、いずこともなく立ち去って行く。

それにしてもこの頭巾の女の正体は、いったい何者であろう。

丹左なぶり斬り

それはさておき、女の姿が夕闇の中に消えて間もなく、この河原へさしかかった二人づれ、一人はまだ前髪立ちの若侍、そしていま一人は派手な振袖《ふりそで》を着た青坊主、いうまでもなくこの二人は弦之丞にとっては親の仇の斑鳩喬太郎と兵頭玄蕃。

「さっきの凧のとび方から察すれば、たしかにこの辺に落ちていねばならぬはずじゃが、のう、喬太郎どの」

「さようさ。拙者もそういう見当でござる。なんとかして他人《ひと》に救われぬ間に、捜し出したいものじゃ」

「そうともそうとも。ひとりはお主を敵とねらう白鷺弦之丞、またいまひとりは、拙者にとっては恨み重なる稲妻丹左じゃ。息の根をとめてしまわぬことには、枕を高くして寝てられぬて、あ」

と、玄蕃は裾《すそ》をからげて立ちどまった。

「喬太郎どの、あすこに凧があるぞ」

二人は河原の小石を蹴《け》って走ったが、すでに人のない大凧を見ると、思わず顔を見合わせた。

「しまった。どうやら先を越されたらしい。それにしてもこれはだれの凧であろう。救われたのは弦之丞か丹左か」

「おお、向こうの岩の陰にも凧が見ゆる」

二人はもひとつの凧のそばに近寄ったが、

「や、や、こいつは化け物丹左だ。さてはさっきのが弦之丞の凧と見えた。遅かったか、チェッ、いまいましい」

「ふふふ、喬太郎どの、貴公にははなはだお気の毒だが、拙者にとってはもっけの幸い、どれ、早速料理にかかろうか」

ああ、玄蕃と喬太郎の二人は、夙綱を切っただけではまだ安心がならぬとみえ、はるばるその生死のほどを確かめに来たのだ。

玄蕃がさっと刀を抜き放ったのを、なにを思ったのか喬太郎、ふと押しとどめると、

「兵頭どの、およしなされ。気を失っている者を斬るは、わら人形を斬るも同じこと。呼び生かして引導でも渡しておやりなさい」

「うん、それももっとも。気がついたところで、どうせこのように夙に縛られているからにはどうにもなるまい。ええい、こうしてくれよう」

いきなり足をあげ、はっしとばかり脾腹《ひばら》を蹴ったから、

「ウーム」

ひと声うなって丹左はかっと眼を開いた。

「ふふふ、気がついたな。こりゃやい丹左、拙者がだれか分っておるか。玄蕃様だ。そのほうにさんざんいじめられた兵頭玄蕃様だ。ふふふ、まあその面わいの。ええい、これでもくらやがれ」

カッと吐いた青痰《あおたん》を、丹左の顔に吹っかけたから、朦朧《もうろう》と瞼《まぶた》をすえた稲妻丹左、にわかにムラムラと青筋を立てる。

「はははは、怒ったな。悔しいか、残念かな。あれあれ、眼をひらいてにらむわ、にらむわ。こりゃやい丹左、そのようににらんだとて、体を夙に縛りつけられていて

はどうにもなるまいがの。こうなりゃ、まないたの上の料理も同然、ゆるゆるとなぶり殺しだ。うふふ、よい気味やの」

もう一度、カッと青痰を吐いた兵頭玄蕃、刀の先で丹左の胸をチクリとえぐる。

「あっ、ううむ」

「痛いか、悔しいか。なあ、丹左まだまだこれは序の口じゃて。これから手を斬り足を斬り、一寸刻み五分試しだ。あはは、これでどうやら腹の虫がおさまりそうだわえ」

またチクリ、一寸ほど肉をえぐる。喬太郎はさすが見るに見かねたのか、

「玄蕃どの、玄蕃どの、たいがいになされ。そのくらいにすればおおかた溜飲《りゅういん》も下がったであろう。早くせぬと邪魔が入るぞ」

「おおそうじゃ。それでは残念ながら、これくらいで幕といたそう。丹左、念仏でも唱えやがれ」

馬乗りになった兵頭玄蕃が、ふりかぶった太刀をさっと振りおろしたとたん、さっと血煙り立てて、

「うわっ！」

あお向けにのけぞったのは意外、丹左でなくて、兵頭玄蕃だ。見れば玄蕃は股《また》ぐらから、逆に腹まで真っ二つに斬り裂かれ、蛙のようにヒクヒクと断末魔の痙攣《けいれん》なのだ。

「あっ」と、叫んでうしろへとびのいた喬太郎、相手のあまりの早業に、藍《あい》のように真っ青になった。真っ正面から返り血を浴びた稲妻丹左、ブルンと一度血ぶるいすると、

「どうだ、小僧、貴様も来るか。ふふふ、たとい体は縛られているとも、刃を持ったこの腕さえ自由なら、千人力の稲妻丹左だ。小僧、ひとつお見舞いいたそうか」

気味が悪いのだ。

それに今の腕前も見ている。

喬太郎は、紙袋をかぶせられた猫のように後ずさりをしていたが、やがてくるりと向こうを向くと、後をも見ずに一目散。

「うふふ、さすが玄蕃の仲間だけあって、意気地のない奴」

丹左は小気味よげに笑いながら、自らズバリズバリと綱を切っていたが、その時、ふいに岩のうえから声がした。

「やあ、すばらしいな、化け物先生、おめえもなかなか味をやるな」

伊那丸なのだ。岩にまたがった伊那丸は、まるで殿様のように両手を振ってあっぱれ、あっぱれ。

「なんだ、小僧か。それでは貴様、いまのをそこで見ていたのか」

「おお、さきほどから見ていたよ。もしものことがあったら、伊那丸様の八方つぶて

で救ってやろうと思ったが、さすがは化け物だ。どれ、おいらも手伝って綱を解いてやろうか」

伊那丸はヒラリと岩からとびおりた。

無残なり髑髏《どくろ》鬼

「弦之丞様、弦之丞様。お気がつきましたか」

優しい女の呼び声に、弦之丞はふと眼を見開いた。

ここは笛吹川よりほど遠からぬ、小高い丘のかたほとり、住みあらした庵室《あんしつ》は、狐も住まぬたたずまい、畳は破れ、軒は傾き、雨戸はこぼたれ、月の夜には光もさそう、雨の日は雨も洩《も》ろう、このいぶせき庵室の破《や》れ畳のうえで、ふと気がついた弦之丞は、不思議そうに眼をしばたたきながら、

「はて、ここはいったいいずこやら、わが身はまた、どうしてこのようなところに来ているのであろう」と、夢のようにつぶやくのである。

「ほほほほほ、御不審はごもっとも。笛吹川のかたほとりに、凧《たこ》とともに落ちていなされたのを、わたしがお救い申し上げたのでございます」

弦之丞はその声にふと頭をあげた。

「おお、お女中」

かすかに叫んだが、そのとたん、はっと顔をしかめると、弦之丞はふたたび、破れ畳にうつ伏した。爪とともに墜落した時、ひどく打ったのであろう。節々が焼けつくように痛むのだ。

「お痛みでございますか、しばらくそうしておいでなされませ。そのうちに傷も治りましょう。なんの遠慮がいりますものか。女ひとりのわが住まい、ゆるりと保養なされませ」

「かたじけない」

弦之丞はかすかに言ったが、なんともいぶかしいのは、女の服装《みなり》である。すっぽりと水色頭巾《ずきん》で面を包んだその様子が、なんとなく気にかかるのである。

「ほほほほほ、この頭巾が目ざわりになりますかえ」

「お女中、そなたはいったいどういうお方でございます」

「あれ、わたしの声をお忘れかえ弦之丞様。わたしはあなたと不思議な縁《えにし》で結ばれた女でござんす」

「え？　なんといわれる」

「弦之丞様、わたしの顔を見て下さいまし」

女はふるえる手つきで頭巾をまくりあげたが、その顔を見たとたん、

「あ、そちゃいつぞやの女巡礼」

弦之丞ははっと気色ばんだ。ああ、頭巾の女は、あの奇怪な髑髏女だった。眉《まゆ》も鼻も唇もない、髑髏のように無気味な顔、鳥肌の立つようなあの恐ろしい幽霊女なのだ。

「あい、その女巡礼でございます。しかし弦之丞様、あなたはそれより以前から、このわたしを御存じのはず」

「な、なんという」

「弦之丞様、思い出しになりませぬか。ああ、それももっとも。このような恐ろしい顔になっては、だれひとりわたしの素姓に気づく者はありませぬ。あの稲妻丹左さえ、わたしとは気づかなんだ。弦之丞様、思い出して下されませ。思い出して下されませ」

洞穴のような眼からは、滂沱《ぼうだ》として熱い涙があふれおち、その涙が弦之丞の頬をハラハラと打った。幽霊女は両手にひしと弦之丞の手をとって、身も世もあらず身もだえしながら、

「思い出して下されませ、思い出して下されませ」と、かき口説く。

弦之丞はさながら、幽鬼にとりつかれたごとく、ゾーッと身ぶるいをしながら、

「はて、そういう声にはどうやら聞きおぼえがあるが、どうしても思い出せぬ。お女中、それにしてもそちゃ、なぜ、拙者の笛を奪いとったのじゃ」

「いいえ、いいえ、その笛もお返しいたします。また、あなたのいうことなら、どの

ようなことでも聞きまする。その代わり弦之丞様、わたしの願いもかなえて下さいまし。弦之丞様、わたしゃ、珊瑚でござんすわいな」

ああっとばかりに弦之丞は、思わず褥《しとね》からとび起きた。

ああなんという奇怪さ。田沼山城守の寵妾《ちょうしょう》珊瑚、あの驕《おご》れる孔雀《くじゃく》のごとく美しかった珊瑚が、この女であろうか。この世にもあわれな世にも醜い女が、いま天下に並ぶものなき山城守を掌中に丸め、この世をばわが代とばかり驕りふけっていたあの珊瑚。世にこれほど意外な、かつまた奇怪な変わりようがあろうか。――弦之丞は呆然《ぼうぜん》と、恐ろしくもすさまじい女の顔を見直した。

「珊瑚が――？　してまた珊瑚がなぜそのように」

「はい、あなたはいつぞや、蓬萊閣でわたしが猿に引っかかれたのを覚えておいでございますかえ。猿の爪には毒があると申します。わたしは七日七晩、激しい顔の痛みにもだえ苦しみましたが、その痛みがおさまった時には、これ、このようなあさましい顔に。――」

と、珊瑚はわっとその場に泣き伏したが、その時、ほとほとと雨戸をたたく者があった。

「もし、ちょっとお尋ねいたします」

洞窟《どうくつ》の妖姫

珊瑚はハッと顔をあげると、あわてて頭巾をかぶりなおしながら、

「あい、なんぞご用でござんすか」

「さればでござんす。もしやこの辺に、凧に乗ってお侍様が落ちて来はしませんかえ」

その声を聞いて弦之丞は思わず、

「おお、そういう声はお小夜どのではないか」

「あ、弦之丞」破れ雨戸を押し倒すように開いたお小夜は、転げるように入って来ると、

「御無事でござんしたか。わたしゃ、わたしゃ」

と、あとは涙で、夢中になって弦之丞の膝《ひざ》に取りすがろうとするのを、はっしとばかり突きのけたのは水色頭巾の珊瑚である。

「ええい、けがらわしい。なにをするぞえ。弦之丞様に指いっぽんでも触れたら、このわたしが承知せぬぞえ」

お小夜は、はっと相手の頭巾を見直したが、これまたなかなか負けてはいない。

「まあ、あなたはどなたでございます。なにゆえそのように邪魔をなされます。わた

しは弦之丞様と懇意なもの、邪魔立てせずとそこをどいて下されませ」

「ほほほ、弦之丞様がおまえのような田舎娘と、なんで懇意であろう」

「いいえ、いいえ、田舎娘とあなどって下さいますな。わたしゃこれでも権堂の娘じゃぞえ」

「権堂かなにか知りませぬが、おまえのような女に用はない。さあ、とっとと帰ったがよい」

「いいえ、帰りませぬ。わたしゃ弦之丞様に用があって参りました。弦之丞様、さあ、お約束の笛を持って参りました。この笛をとって下さいませ」

お小夜の取り出したのはいすずの一管。珊瑚はそれを見るより、

「ほほほほほ、そのような笛で弦之丞様のごきげんを取り結ぼうとは虫がよい。どうせ、性の悪い下司《げす》笛であろう。弦之丞様の入用の笛はここにある。さあ、弦之丞様、この笛とって下さいまし」

珊瑚のとり出したのはみすずの一管。ああ、久しく別れ別れになっていた二管の名笛が、思わぬ女の意地比べから、はからずもここで巡りあったのだ。それと見るより弦之丞は、とび立つ思いであったが、しかし、ここで下手をして、どちらの女を怒らせても、また取り返しのつかぬことが起ころうやも計りがたい。

「さあ、弦之丞様、あたしの笛を」

「いいえ、わたしの笛を取って下さいませ」

「お二人とも、お控えなされ。弦之丞その二管の名笛をどちらも頂戴《ちょうだい》いたしたい」

「え？」

「されば、拙者には一つの大望あって、その大望を果たすには、なくてかなわぬその二管、珊瑚どの、お小夜どの、その笛拙者に下されい」

「おおおお、差しあげますとも」

「お望みとあらば、笛ばかりか命までも」

「下されるか、かたじけない」

弦之丞は二管の名笛を押しいただいたが、やがて二人を振りかえると、

「幸い、月も清し、気もすみたり、お二人、この笛、二人で吹いて下さらぬか」

「あい」

珊瑚と小夜は弦之丞の手から、めいめい一管を受け取ると、静かにその歌口をしめした。

やがて、いぶせき破れ庵室《あんしつ》の中より嫋々《じょうじょう》と洩《も》れてきたったは、たおやめのかき口説くがごとく、すすり泣くがごとき笛の音。その笛の音は、野越え、山越え、常蛾《じょうが》の里までとどくかと思われたが。——

と、ここは信州高遠、伏金山の奥深く、人跡未踏の奇怪な洞窟の中である。その洞

窟のなかで、

「あれ、あれ、もくずの笛が共鳴きをするぞいの」

と、ムッツリと顔をあげたのは、ああ、そもなんという奇怪さ。十二単《ひとえ》の姫君なのだ。しかしその姫君の奇怪さは洞窟にふさわしからぬ十二単のみではない。きらびやかな袿《うちぎ》に緋《ひ》の袴《はかま》をはいたその姫君は、さながら木乃伊《ミイラ》のように、枯れ木のようにやせおとろえて見るもいやらしいしわくちゃの妖婆《ようば》であった。

妖婆鳥羽姫の巻

人か猿か

蜿蜒《えんえん》と中部日本を区切って縦走する、ここは木曾《きそ》山脈の山懐、伏金山の奥ふかく、峨々《がが》たる千仞《せんじん》の絶壁と、岩をかんで奔流する渓谷によって、外界からまったく遮断された天然の人外境。

人呼んで、これを鳥谷という。

人跡未踏のこの鳥谷へ通うは、この辺の名物といわれる、あのいまわしい凶鳥、鴉《からす》の群ればかり。夕暮れになると、ごまを散らしたように、飛びかう鴉の、啞々《ああ》として鳴き交うほかには、声とて音とてない。おりおり、大挙して渓《たに》から渓へとわたって移住する猿の群さえも、この鳥谷ばかりは忌みおそれるとみえて、避けて通るとさえ言われている。

死の山、死の谷とは、まったくこの人外境をさしていう言葉なのだ。

その昔の噴火にやけただれた山肌は、今もなお、ところどころ、灰色の熔岩《ようがん》を露出していて、岩根のあいだをはいまわる灌木《かんぼく》のほかには、めぼしい樹木さえも見られない。冷傲《れいごう》、峻烈《しゅんれつ》、さながらこの山のかたちは、生物の踏み入ることを、頑として拒んでいるかのようにさえみえる。

この死の谷の奥にある、とある奇怪な洞窟《どうくつ》のおくで、

「ああ、あれあれもくずの笛が共鳴きするぞいの」

と、ムックリと顔をあげたのは、ああなんという妖《あや》しさ、気味悪さ。身の丈ようやく三尺ばかり、黝《くろず》んだ、カサカサとした肌はさながら木乃伊《ミイラ》のごとく、見るもいやらしい生き物なのだ。

しわだらけの顔には、眼が洞窟のように落ちくぼんで、巾着《きんちゃく》をすぼめたような口元、おがらのようにやせ細った腕、人か猿か、この奇怪な生き物が、チンマリと背を丸めて坐《すわ》ったところは、さながら、縁日に出る猿芝居の太夫《たゆう》さんのように見える。

それでいて、この太夫さんの扮装《ふんそう》というのが尋常ではない。

金糸銀糸の刺繍《ししゅう》をした袿《うちぎ》をゾロリと長くうしろに引きずり、立て膝をしたひとつかみの腰には、緋の練絹《ねりぎぬ》袴が燃えるよう。あるかなきかの縮れ毛も、後生大事に金元結で結びあげ、しわだらけの顔にはほんのりとおしろいの痕《あと》、唇には口紅のあとさえ見えるいやらしさ。木乃伊の口紅とは全くこのことであろう。

「婆あ、聞きゃいの。あれこれ、いずこともなく聞こえるは、あれはたしかにもくずの笛」

まるでこの世の者とは思えぬほど、陰々たる声音なのだ。落ちくぼんだ猿のような眼が、炬火《かがりび》をともしたように、烈々と燃えあがって、ひとつかみにも足りぬほどの体が、まるで木枯らしにもまれるように打ちふるえる。

「姫君、烏羽姫君、しっかりあそばしませ。たといもくずの笛が共鳴きをいたしましょうとて、なにほどのことがありましょうや。この烏谷へは、何人といえども、一歩たりとも踏み入ることはなりませぬ」

ほの暗い紙燭《しそく》の影より、ふいと顔をあげたのは、これぞ余人ではない。いつぞや、青梅の宿より、小百合を拉《らつ》し去ったあの烏婆あなのだ。それにしてもなんという奇怪さ、この洞窟に住む、猿のような妖婆が、烏羽姫とよばれる姫君であろうとは。

「いいえ、いいえ、婆あはそのように言やるけれど、あの笛が共鳴きをするからは、何人か、埋蔵金を捜しているに違いない。ええい、あの金を渡してなるものか」

はいながら、よろよろと立ちあがった奇怪な妖姫は、袴の裾《すそ》を踏んでバッタリ倒れた。

折から、洞窟の外をドーッと吹きおろしてくる風の音、ユラユラとゆらめく紙燭のなかに、またもやピイピイヒュラヒュラと、いずこともなく笛の音が。——

鳥羽姫伝奇

鳥谷の奥ふかくかくれ住む妖姫、鳥羽姫。その名は伝説口碑として、あまねく付近の住人に知られているが、いまだにだれ一人、その正体を見た者はない。

伝うるところによると、妖姫鳥羽姫というは、その昔、高遠一円を領していた大和《やまと》氏の姫君とやら。

大和氏が新宮家の御先祖、景元様にほろぼされたのは、そのころから数えても、およそ百五十年あまりも昔のこと。

高遠の城が新宮家のために攻め落とされたとき、危うく城を脱出した姫君は、数名の家臣とともにこの鳥谷の奥ふかく身を隠したが、その後おいおい、旧臣の遺族子孫を呼びあつめ、いまだに新宮家の滅亡、大和家復興を策しているというのが流布されているうわさである。

伝うるところによると、大和氏が滅亡した時には、鳥羽姫は二十歳だったという話であるから、どう少なく見つもっても、いまの彼女は、百七十歳より若くないはず。

百五十年の長きにわたって、この洞窟に住む間に、烏羽姫の花のかんばせは、いつしか枯れ木の木乃伊と化した。しかもなお、おがらのごとき命脈を保っているのは、これひとえに精神力のせいなのだ。

新宮家に対する綿々たる恨みと、大和家復興の熱烈なる野望が、辛《かろ》うじて烏羽姫の命脈を支えているのである。

「ああ、お蝶はいったいなにをいたしおる、烏羽玉《うばたま》女人軍はどうしたのじゃ。埋蔵金の所在を知る、みすず、いすずの名笛を、新宮家より盗み参れと申しつけたに、いまだになんの音信《おとずれ》もないのは、はてふがいない者ども。また新宮家を取り潰《つぶ》そうと、田沼家とやらへ住みこませた、あの者はなにをしておるのじゃ。ええい、だれもかれも頼みがたい。妾《わらわ》の生きている間に、新宮家を滅亡させようと思うたに」

百七十歳の妖姫烏羽姫は、呪詛《じゅそ》と瞋恚《しんに》に気も狂わんばかり。ほの暗い洞窟のなかでは、毎夜こうして、姫の呪わしい狂態が演じられるのだった。

それにしても奇怪なは、お蝶と呼び、かつ田沼家とやらへ住みこませた手の者とという言葉。さては春風胡蝶や烏羽玉女人軍、あるいはまた、あの盲法師の雁阿弥たちは、この烏羽姫の一族だったのか。分った。分った。さてこそ胡蝶や雁阿弥が、あの名笛をねらういわれも、あるいはまた、新宮家へ降りかかった大難題のいわれも分った。

田沼山城守が新宮家危急存亡の一大事、古城修理の難題を持ち出したのも、すべて雁阿弥の策略だったのだ。

「姫君様、まあ、そうおあせりなされたとて致し方ございませぬ。だれとてもなおざりにしているのではございませぬけれど、このような一大事が、そうやすやすと遂げられるものではございませねば、もう少し気長にお待ちなされませ」

「いいえ、いいえ、妾《わらわ》はもう待ちくたびれたぞいの。おおおお、いったいいままで、何年のあいだ待ちうけていたことであろう。五十年、百年、百五十年。——おお、百五十年、妾の年はやがて二百になるであろう」

木乃伊の指を折りかぞえながら、鳥羽姫は身をふるわせて泣きむせぶ。奇怪や、姫が泣くたびに、洞窟のなかは屋鳴り震動して、さながら雷《いかずち》のはためくばかり、烏谷全体がゴーッと鳴って、山つなみの襲来するかと思われるばかりの物凄《ものすご》さ。これぞ、伏金山の住民が、鳥羽姫つなみと怖じ恐れる、深夜の怪異なのだ。

「そなたの父、そなたの祖父《じい》、いいや、そなたの曾祖父の生きている時分から、妾はこの洞窟のなかで待っているのじゃ。じっとこうして待っているのじゃ。長い長いあいだ、家来の者どもがしだいに死んで、その子供たちが成長して、またその者たちが死んでいくのを、幾度も幾度もこの眼で見ながら妾だけは死にもせず、ただひとすじ、この願いに生きて来たのじゃ。せっかくこうして今まで待っていたのに、もし、この願いが遂げられなんだら——いいや、たとい遂げられても、そのまえに、妾のこの生命の根が枯れてしまったら、——おお！」

　姫は再び洞窟を震わせて泣きむせぶ。

「姫君様、姫君様、そのように気をおたかぶりなされては、体の毒でございます。また、そのようにおむずかりあそばしては、ふもとの者どもが、どのように怖じ恐れるやも知れませぬ。まあ、お静まりなされませ」

「いいえ、いいえ、放っておいておくれ。だれももう頼みはせぬ。忠義な者はみんな死にたえてしまった。生きのこっているのは、頼みがたい腰抜けばかり。妾は一人じゃ。おお、妾はこの世にたった一人、断ちきれぬ妄念とともに、取り残された執念の幽鬼じゃ」

「ああ、もう、今宵《こよい》はどうしてそうでございましょう。なにかお慰めになるものはないものか——、おおお、そうそう、それでは、いつもの女をここへ呼び寄せ、お慰みに歌なと歌わせましょう。舞なと舞わせましょう」

　烏婆あが手をたたくと、直ちに、腰元姿の小娘が二人、手燭をもって現われた。

「おお、石楠《しゃくなげ》に竜胆《りんどう》かえ。姫君様が舞のご所望じゃ。いつもの娘をこれへ連れておいで」

「あい」

と、答えて石楠に竜胆は、すり足してツツーと退いたが、やがて、この二人に手をささえられてよろよろと、洞窟の広間のなかへ入って来たのは、あな、無残、白鷺弦之丞の妹小百合。

折から、もくずの共鳴きは、いよいよ高らかに伏金山に鳴り渡る。

お小夜分身

こちらは笛吹川のかたほとり、珊瑚が世をしのぶ草庵《そうあん》の中。

二人が吹きすさぶ二管の名笛の音が、野越え、山越え、幾十里へだてた烏谷においで、このような奇怪な情景をまき起こしていようとは、もとより知る由もない珊瑚と小夜は、なおも気を澄まして一心に笛を吹きすさんでいたが、やがて、どちらからともなく、次第にその音が弱ってきたかと思うと、こは不思議、小夜も珊瑚もいつしかこくりこくりと舟を漕《こ》ぎ出したから、驚いたのは、傍らにあって耳をすましていた白鷺弦之丞。

「これ、いかがなされた、珊瑚どの、お小夜どの」

揺り起こしたが二人とも、いっこう目覚むる気色も見えないのだ。

「はて、たった今まで笛を吹いていたに、にわかに眠りをもよおすとは。――はて、ううむ！」

弦之丞はにわかにかっと眼をひらいて、広からぬ草庵の中を見回した。ゾーッと身にしむ夜気とともに自分もトロトロと眠りをもよおしてきたからである。

「ああ、うむ、これはいかぬ。これはいかぬ。どうしたものじゃ、にわかに心気朦朧《もうろう》として、眠りを誘うとは、はて、心得ぬ。ああ、そのほうは何者じゃ」

大喝一声、弦之丞はさっと枕を行燈《あんどん》の陰に投げつけたが、その時怪しの影が、森沈たる夜気の中に動くと見るや、弦之丞はふいに耐えかねる眠りの中におちこんだ。

どこやらで、筧《かけい》の音が静かだ。ジージーと燈芯《とうしん》の油を吸う音がする。

と、部屋の一隅にサラサラと微かな物音がして、文机のうえに重ねた白紙が一枚、風もないのにヒラヒラと舞いあがった。が、奇怪奇怪、さながら眼に見えぬ手が折れるように、白紙はしだいに折られていく。やがてできあがったのは一羽の折鶴。

折鶴は飄然《ひょうぜん》として机の上から舞いあがったが、またもや一枚、白紙がヒラヒラ舞いあがる。

二羽、三羽、四羽。——眼に見えぬ手で折りあげられた折鶴は、しだいにその数を増していったが、やがて飄々として行燈のうえを舞い狂うと見るや、その中より朦朧として浮かびあがった黒い霧。霧はしだいに凝って一つの影となった。いわずと知れたあの盲法師の雁阿弥だ。

雁阿弥は行燈のうえから、じっと三人の寝顔を見つめていたが、やがて、ニタリと気味悪い微笑を洩《も》らして、ツツーと珊瑚と小夜の傍らにすりよった。

——と、この時である。

「お頼み申します。お頼み申します」

と、にわかにドンドンと雨戸をたたく音、雁阿弥がハッと顔色を動かしたとたん、気合い乱れて術が破れたのか、いままで虚空をとんでいた折鶴が、ハタハタと畳のうえに落下する。

「もし、お頼み申します。行き暮れた旅の者でございます。御造作ながら、何とぞ一夜の宿をお願い申したいんで」

雁阿弥はそれを聞くと、どうやら安心したらしい。何やら心にうなずくと、すり足のままツツーと物陰にかくれたが、その時、表のほうでは、何やらヒソヒソ話。

「兄哥《あにい》、返事がねえのは、ひょいとするとここは無住のあばら家じゃねえか」

「ばかをいいねえ。無住の家に灯なんか、ついているもんか。大方、ぐっすり寝こんでいるんだろう。いいから、もう一度訪うてみねえな」

「あいよ」

と、答えて、

「お頼み申します。お頼み申します」

とやけにドンドン戸をたたく音に、ふいにお小夜がムックリ頭をもたげた。

「あい、なんぞご用でござんすか」

寝ぼけたようなお小夜の声なのだ。いやいや、声ばかりではない。その眼つき、顔色も物に憑《つ》かれたように尋常でない。

「ああ、やっぱりだれかいるようだ。お願いでございます。夜道に行き暮れた旅の者でございます。ひと晩、お泊めしていただきたいんで」

「おやまあ、それはお気の毒な。むさくるしいあばら家でござんすけれど、よろしかったら、どうぞお入りなすって下さいまし」

「そいつはありがとうございます。それではお邪魔になりましょう」

ガラリと雨戸を開いて顔を出したのは、いわずと知れた黄門様の源兵衛とかすがいの雁八。行燈のまえに坐《すわ》っている小夜の姿に眼をとめると、

「おや、おまえさんひとりでございますかえ」

というのは、どうやら弦之丞や珊瑚の姿は眼に入らぬらしい。

「あい、わたくし一人でございます」

小夜は相変わらず物に憑かれたような声で答えた。

「へへへへ、それはさぞお淋《さび》しいことでございましょう。おや」

と、源兵衛は小首をかしげて、

「おまえは権堂のお嬢さんではございませんか」

「いいえ、わたしはそのような者ではありません」

「へへへへ、お隠しなすってはいけません。権堂の旦那《だんな》にゃ、常からごひいきにあずかっているこの源兵衛でございます。お嬢様、おまえどうしてこのようなところへ。――ははあ、分った。さてはあの弦之丞とやらいうお侍の後を慕って？――大方そうでございましょう」

「いいえ、いいえ、知りませぬ。弦之丞とやら、お小夜とやら、わたくしはいっこうに存じませぬ」

「うそをおっしゃっちゃいけません。なあ、雁八。こちらはたしかにお小夜さんにちがいないなあ」

「そうとも、そうとも、たしかに権堂のお嬢様、お小夜さんにちがいねえ。おや」

と、ふいに雁八が眼をこすった。と思うと、にわかにガタガタ胴ぶるいをしながら、

「お、兄哥！」

と、いきなり源兵衛の腰にむしゃぶりついたから、驚いたのは源兵衛だ。

「雁八、ど、どうしたのだ」

「どうもこうもありゃしねえ。お嬢さんの体が二つに割れた」

「げっ！」

と、お小夜の姿を見た源兵衛、ふいにわっと叫んで、これもクタクタとその場にへ

たばってしまう。

無理もない。行燈の影にしょんぼり坐ったお小夜の体が、いつの間にか、二つになった。二人のお小夜が、ニッコリわらって、

「源兵衛さん、どうおしだえ」

と、いったかと思うと、その二人がさらに二人ずつ、都合四つのお小夜に割れたから、

「うわッ！　出たッ！」

と、叫ぶとともに、言いがいもなく源兵衛、雁八、後をも見ずに一目散、雲を霞《かすみ》と逃げて行く。

暁心斎の術破り

「うふふふ、たあいもないやつ」

物陰より現われた雁阿弥が、後見送ってピタリと雨戸をしめると、奇怪奇怪、いままで四つに割れていたお小夜が、見る見る一つの体に重なりあったと見るや、やがてムーッと叫んで、そのまま気を失ってしまった。

ニタリとほくそえんだ雁阿弥が、ツツーとその側へすり寄った時である。

「頼もう。お頼み申す」

と、またもや雨戸をたたく音。雁阿弥はチェッと舌を鳴らしたが、またもやすり足で物陰にかくれる。

「お頼み申す。ちとお尋ねいたしたいことがござる。お寝《やす》みかな」

ドンドンとたたく音に、ムックリと面をあげたのは、今度は小夜ではない、珊瑚のほうだ。

「あい、なにかご用でござんすか」

と、これまた物に憑かれたような声。

「されば、今日の凧《たこ》合戦に、糸を切られた凧がこの方面へ飛んで参ったはず、御存じならばお教え下されい」

「ああ、そうおっしゃるあなた様は、いったいどなたでございます」

「されば、筧暁心斎と申す者、凧とともに行方知れずになった者と、いささか身寄りの者でございます」

「おお、それなれば弦之丞様の」

「なに、弦之丞を御存じか、してして、その弦之丞はいずこにおりまする」

「はい、あのここに。——どうぞ、その戸をお開け下されませ」

「おお、ここにいるとか」

ガラリと暁心斎が雨戸をひらいたとたん、

「あい、ここに」

と、いったと見るやスルスルスル、行燈《あんどん》の影に坐った珊瑚の首が、にわかに六尺あまりも伸びたと見るや、

「ほほほほほ、ようおいでなされました」

と、鼻先で笑ったから、たいていの者なら、きゃっと眼を回してしまうところだが、きっと瞳《ひとみ》を定めて、しばし、珊瑚の顔をにらんでいた暁心斎。

「曲者！」

さけぶとともに、手にした扇子を、ハッタとばかりに向こうの物陰に投げつけたが、そのとたん、

「しまった！」

声とともに雁阿弥の術が破れたのであろう。珊瑚の首がスルスルと、元通り縮まっていったかと思うと、ムーッとその場に気を失ってしまった。

暁心斎はきっとその様子をながめていたが、やがてつかつかと土足のまま上にあがって来る。と、この時、ヒラヒラと畳の上よりいっせいに舞いあがったのは、さっきの折鶴だ。

一羽、二羽、三羽、四羽、折鶴の数はしだいに増えていく。やがて幾十羽とも知れぬ無数の折鶴が羽うち交わし、ヒラヒラと舞い狂うよと見る間に、さっと翼を揃えて

一様に、暁心斎の双眸《そうぼう》めざしてつっかかって来る。

「ふふむ。折鶴の妖術《ようじゅつ》を使うからは、曲者はてっきり雁阿弥と覚えた。よしよし、いまにわが手練を見せてくれようぞ」

口に呪文を唱えながら、フーッと息を吐くよと見れば、針のごとき小さな銀箭《ぎんせん》の、雨霰《あめあられ》のように口中からとび出して、舞い狂う折鶴を、またたく間に射止《いと》めてしまう。銀箭に翼を折られた折鶴は、こはかなわぬと思ったのか、一羽、二羽、三羽としだいに消えていったが、最後に残ったただ一羽。

しばし、ヒラヒラと行燈のうえを舞っていたが、やがて真っ逆さまに火の中へ落ちるとともに、パッと燃えあがった一道の火焔《かえん》、天井まで届くと見るや、見る見るうちに燃えひろがって、あたり一面火の海なのだ。

「なにをちょこざいな」

生き不動のごとく焔《ほのお》に包まれながらも、にっこりと笑った暁心斎が、なおも一心不乱に呪文を唱えると、今まで燃えひろがっていた火焔がツツーと縮まっていくと、そのまま元の行燈の中に吸いこまれていく。

と、この時、行燈のうちに立ち残った煙が凝って、そのまま巨《おお》きな人間の顔となった。雁阿弥の顔なのだ。およそ四斗樽《しとだる》ほどもあろうと思われる雁阿弥の首が、盲いた眼をかっとみはって、いまにも暁心斎めがけて食いかかろうとした時、

「ばかめ！」

大喝一声。小柄《こづか》を抜いて呪文とともに、はっしとばかりに投げつければ、ねらいはあやまらず、小柄はぐさっと、煙の眉間《みけん》に突ったったが、そのとたん、がらがらとすさまじい物音、今にも根太《ねだ》が崩れるかと思われる轟音《ごうおん》とともに、煙はフーと消えて、どこやらで、ザッザッザーと土を蹴《け》る音。

怪異はそれでピタリと止まった。

猿ヶ峡谷《もっこ》渡し

「おお、あなたはお師匠様」

怪異が止まると同時に、ハッと眼をさましたのは弦之丞。それにつづいて、お小夜も珊瑚も眼を見開いた。

「お師匠様、あなたはどうしてここへ」

「これ、弦之丞、しっかりいたせ。曲者がいまここへ忍び込んだぞ」

「なに？　曲者？」

「されば、姿は見せなんだが、相手はたしかに烏谷の軍師雁阿弥」

「なに、雁阿弥がこれへ参ったとな」

ハッとした弦之丞が、お小夜、珊瑚のほうを振りかえってみると、ないのだ。確かに二人の持っていた、いすず、みすずの二管の名笛が、あとかたもなく消えているのである。

「珊瑚どの、お小夜どの。笛をいかがなされた」

「あれ」

と、顔見合わせたお小夜と珊瑚。

「まあ、どういたしましょう。にわかに眠りに誘われて、ついうとうとしている間に、だれかが笛を持ち去りました」

笛を持ち去られたばかりではない。お小夜の体が四つに割れたり、珊瑚の首が伸びたことなど、もとより眠っていた二人はてんから御存じないのであった。

「なに、笛とは、笛がいかがいたしたのじゃ。いったい、どのような笛じゃ」

「お師匠様、盗まれました。みすず、いすずの二管の笛を盗まれました。盗んだのはたしかに雁阿弥にちがいございませぬ」

「なに、それでは二管の名笛が、この家にあったか。チェッ、知らぬこととはいえ、雁阿弥めをおめおめ見逃してつかわしたが、弦之丞」

「はッ」

「そのほう、これよりただちに雁阿弥のあとを追うて参れ」

「後を追うと申しても、どちらへ参ったか行く先の知れませぬものを」

「行く先は相分っておる。弦之丞、この血を見よ」

暁心斎に指さされた畳のうえを見れば、点々として滴る血潮が、雨戸を抜けて外までつづいているのである。

「お師匠様、それではこれが」

「雁阿弥の血だ。行くところまで行ってみよ」

はっと答えた弦之丞、雨戸を蹴破るといっさんに、月下の道へとび出したが、見ると、路上には点々として血のあとが垂れている。

追っ取り刀《がたな》で弦之丞は、その血を伝って月下の岩角、あるいは河原を越えて、やって来たのは猿ヶ峡。俗に猿の難所とまで言われる嶮《けわ》しい絶壁だ。そこまで来ると血のあとは、ピタリと途絶えて跡形もない。

「はてな」

小首をかしげた弦之丞は、ふと小手をかざして向こうを見たが、そのとたん、思わずハッとした。

見よ、猿ヶ峡畚《もっこ》渡し。その畚に打ちのった雁阿弥が、今しも一本の綱を頼りに、スルスルと向こう側へ渡っていくのが、折からの月光に、さながら映し絵のように見えるではないか。

山窩《さんか》月の輪三椒太夫《さんしょうだゆう》の巻

羽ばたく荒鷲《あらわし》

巨人の斧《おの》によって、ぐさっと真っ二つに断ち裂かれたような猿ヶ峡。俗に猿の難所とまでいわれる二つの絶壁は、さながら二枚の鏡を向かい合わせて立てたごとく、神の摂理の不可思議さ、自然の猛威のすさまじさに、見るひとことごとく畏怖《いふ》せぬ者はない。

いまや月光冴《さ》ゆるこの猿ヶ峡のなかぞら高く、一蓋《がい》の畚《もっこ》に身を託した幻術使いの雁阿弥は、さながら礫《つぶて》のごとくスルスルと対岸目指して渡っていくのだ。

それやってはと弦之丞、心はあせれどこの絶壁だ、翼なければ飛ぶこともならぬ。

ええい、なにかよい思案はないかと弦之丞が、きょろきょろあたりを見回すうちに、ふと眼についたのは傍らの岩角に、ひっかかっている一枚の筵《むしろ》だ。

見ると、四隅に太い綱がついているのは、おおかた炭焼く杣《そま》が、おき忘れた背負い筵であろう。これ究竟《くっきょう》と弦之丞が、とっさの機転に、四本の綱を結びあわせると、できあがったのは即製の畚だ。

土足で踏まえて試してみたが、何しろ杣が何貫何十貫という切り株を、なかに包んで背負う筵だ。ビクともすることではない。これならば大丈夫とばかりに弦之丞、こいつを張り渡された綱にかけるや、身を躍らせてのったと見るや、ひと蹴り岩根を蹴ったと思うと、ピーンと綱が張りきって、スルスルスルスル。

「雁阿弥、お待ちゃれ」

とばかりに弦之丞のからだは箭《や》のごとく、月光を剪《き》ってとんでいく。

驚いたのは雁阿弥だ。

この畚に乗ればもうしめたもの、まさかここまで追っては来まいと思ったのに、弦之丞の声がしだいに近づいて来るばかりか、二つの畚の重味で綱が中だるみして、畚がピタリ虚空にとまってしまったから、雁阿弥は尻《しり》に火がついたようなあわてよう。

そこへスルスル近づいてきた弦之丞、

「やあ、雁阿弥、さきほどそのほうが奪い去った二管の名笛、素直にこちらへ渡せばよし、さもない時はその分にはさしおかぬぞよ」

「なにをしゃらくさい」

こうなるともう度胸を据えるよりほかにみちはない。雁阿弥は盲いた顔にふてぶてしいあざ笑いをうかべ、

「ぬかしたな、小僧。その分にさしおかぬとはいったいどうするのだえ」

「おお、知れたこと、そのほうが乗った畚の綱を斬り落としてくれるわ。聞け雁阿弥、下は千仞《せんじん》の絶壁の岩根をかんで滔々《とうとう》と流れる奔流、綱を斬ればそのほうの命はないぞ」

「ふふん小僧、舌長くも申したな、斬りたくば斬るがよい。したが弦之丞、この名笛はどうするえ」

「げっ」

「どうだ、斬れるか、さあ斬れ。どうせ命がないならば、この名笛も道連れだ。下は千仞の絶壁、岩根をかんで滔々と流れる奔流だ。わしが落ちれば笛も落ちる。笛は木っ端微塵《みじん》となって吹っとぶであろう。おおおおかわいや、そうなれば埋蔵金の所在もわからず、鏡の城修理のほどもおぼつかなし、新宮のお家は丸潰《まるつぶ》れ。ふふふ、よい気味のう」

「ええい、言わせておけば不吉の一言、どうしてくれよう」

満面に朱を注いだ弦之丞、烈火のごとく憤ったが、相手の言葉に道理があるから、うっかり手出しのできぬ悔しさ。

「どうだ、これでも畚《もっこ》が斬れるかえ。おおおお、どうせそのほうの手にかかって死ぬくらいなら、いっそ笛もろとも身を投げようか」

と、畚のふちより乗り出す雁阿弥、どうせおどしと知れていても、

「ああ、そればかりは」

と、とめねばならぬ身の悲しさ。

「おお、とめるかえ。とめるところをみるとこの笛に未練があるのじゃな。どうだえ、弦之丞、今宵《こよい》はこのままおとなしく、帰ったほうがお主の身のため、いつかまた会うこともあろう。それまではこの二管の名笛、わしがあずかっておこうわえ」

「じゃというて、みすみすこのまま」

「ええい、なにをうじうじいうているのじゃ。おや、いつの間にやら東が白んできたようだ。どれ弦之丞、別れの一曲、名笛の音を聞かしてとらせよう」

懐中より取り出したは、二管のうちのいすずの一管である。

わざと見せびらかすようにうやうやしく押しいただいて雁阿弥が、歌口しめせばピイピイヒュラヒュラ、笛の音はたからかに猿ヶ峡の絶壁にひびきわたったが、折しもあれや頭上より、にわかに起こるつむじ風。

何事ならんと瞳《ひとみ》をあげた弦之丞、あっとばかりに驚いた。

鷲だ。丈余の猛鷲なのだ。

荒鷲は眼をいからせ、大凧《だこ》ほどもあろうと思われる双翼を羽ばたきながら、今にも二人におどりかからんずる身構え。弦之丞はすわとばかりに刀を抜いて身構えたが、雁阿弥は盲目の悲しさ、それとも知らずに笛を奏するに余念がない。

と、見ればくだんの猛鷲、ざあーッと翼を鳴らして舞いおりたと見るや、雁阿弥の体を爪にかけ、再び虚空にまいあがったから、

「おのれ、それやっては！」

と、弦之丞、刀を夢中に振り回すうち、畚の命綱にきっさきが触れたからたまらない。

雁阿弥は空へ、弦之丞は反対に、千仞の魔の淵《ふち》めがけて真っ逆さまに。――

折しも烏《う》羽《ば》玉《たま》女人軍

落つればいかな弦之丞とて、命のないことはわかっている。

ところがここに不思議なことが起こった。ちょうどそのころ、擂鉢《すりばち》の底のような猿ヶ峡の麓《ふもと》を、岩をかんで流れる渓谷にそって、粛々と進んでくる、不思議な女人の一団があった。

いわずと知れた、春風胡蝶をはじめ、一座の烏羽玉女人軍である。

一行はお蝶を先頭に、口も利かず、歌も歌わず、黙々として岩根伝いにあるいていたが、ふいに胡蝶が立ちどまって空を仰ぐと、

「あれあれ、みなさん見やしゃんせ。猿ヶ峡の畚渡しで、だれやら、あれ、あのように争っておりますぞえ」

声に一同ハッとうえを見れば、はるか頭上の畚のなかで、弦之丞と雁阿弥がそのとき、押問答の最中だった。

「まあところもあろうに、あのような危ない畚のうちで喧嘩《けんか》をせずともよさそうなもの、ほんに酔狂なお人じゃ」

のんきらしく笑ったは、大力女のお千代さん。大女だけあっていたって血の巡りが悪いと見える。弦之丞と雁阿弥が必死の争いも、お千代の眼にはゆきずりの喧嘩、棒ちぎりの類《たぐい》としかうつらないのだ。

「まあ、お千代さん、相変わらずのんきなこと。それよりあんなところで喧嘩をはじめて、間違いがなければよいが、あれえ」

と、お蝶が息をのんだのももっとも、そのとき荒鷲《あらわし》が舞いおりると見るや、雁阿弥の体をひっつかんでとび去ったのだ。

「おやおや、これはとんだ曲芸だ、この真似ばかりは春風一座でもかなわない」

お千代がそんなのんきなことをいっているとき、弦之丞の畚が切れたから、

「それ、お千代さん、おまえのその大力で、あの人を受けとめておあげ」

お蝶が叫んだのと、お千代が走りよって、大手をひろげたのとほとんど同時、そのもちのようなお千代の胸に、弦之丞の体は礫《つぶて》のように落下してきた。その勢いにお千代はどしんとしりもちつきながらも、

「はい、首尾よく受けとめましたればお手拍子御喝采《かっさい》」

「なにをのんきなことをいっているのだよ。もう少しで刀のきっさきでけがをするところだったじゃないか。おや、きれいなお侍だこと。気を失っているよ。お静さん、お亀さん、なにをぼんやりしているのだえ。早く手ぬぐいをしぼっておいでな」

一同かいがいしく介抱したが、弦之丞は歯を喰いしばったまま、眼をひらこうとはしない。お蝶はほとほともてあまして、

「皆さん、どうしようかえ。せっかくお助け申したのに、このまま放っとけば、また狼の餌食《えじき》にされてしまうよ」

「姐《ねえ》さん、いいから一緒につれていこうよ。ひとりでも味方の欲しいところだもの、連れていけば鳥羽姫さまがお喜びだよ」

なにを喜ぶものか、現在敵とねらう新宮家の家臣、かつは鳥羽姫が虎の子のように大事にしている、埋蔵金を捜している弦之丞だ。

それとは知らぬお蝶は、

「ほんにそうだ、それじゃ一緒につれていきましょう」

と、一同で弦之丞の体を担ぎあげたが、それから行くこと三丁あまり、この辺まで来ると、猿ヶ峡もしだいに幅がひろくなってきた。

と、この時である。

両岸にそびゆる絶壁の、さながら鏡のごとき斜面の、藤の根、岩角をたよりに、黙々とうごめく十幾つの黒い影。人か猿か、まだ明けやらぬかわたれの闇にひそんで、何事かを待ちうけている様子がただごとではない。

猿ヶ峡大乱闘

「兄哥《あにい》、来ましたぜ」

「おお、来たか、相手は何人だ」

と、岩陰よりすっくと立ちあがったのは、ああ、これが果たして人間であろうか。身の丈およそ六尺有余、蓬《よもぎ》のごとき乱髪は肩まで垂れ、髯《ひげ》は八つかみほどもあろう。身につけているものとしては着物とは名ばかりのボロボロで、胸から腹、股《また》から脛《すね》と、まるで熊のような毛むくじゃら。

おまけにこの怪物、左の眼が貝のむき身のようにつぶれて、見るからに兇悪《きょうあく》な人相だ。腰に巻いた荒縄に、ぶっこんだのは一本の山刀。

「へえ、およそ十四、五人のようでございます」

「そうか、それじゃお揃いだな。おい、みんな集まれ」

怪物はギロリと片眼を光らせた。と、バラバラと、けわしい絶壁を物ともせず、猿のごとく怪物のそばに集まったのは、いずれも同じような風体の荒くれ男。

これぞ甲州一円を縄張りとする山窩《さんか》の一族なのだ。甲州の山窩は、武田の残党の流れを汲《く》むといわれいったいに義にあつく、人情にもとんでいるといわれたが、数多いなかには、手に負えぬあばれ者もある。

「おい、皆の者聞け」

怪物は傲然《ごうぜん》と一同をにらみまわすと、

「いま、眼の下にやって来た女どもは、信州伏金山に巣くう鳥羽姫の一族だ。あいつら、女のくせに山の中に巣くいやがって、とかくこちとらの縄張りを荒らしやがる。しゃくにさわってたまらねえから、いちどよい折があったら目にもの見せてやろうと思っていたとこだ。ここで、会うたが百年目、ちょっぴりいたずらをしてやろうと思うが、皆のものどうだ」

「おお、いいとも」

「合点だ」

がやがやと十数名の声が反響する。

「おい、もっとよく聞け、いたずらをするといっても相手はたかが女だ。非道な真似はするな。ただこらしめてやればいいのだから、あまりひどい目にあわすじゃねえぞ」

「おお、いいとも」

「分ったか、分ったら、それいけ」

怪物の下知一番、山猿のごとき荒くれ男が、面白半分、めいめい右手に棒切れかざして、わっとばかりに駆けおりたから驚いたのは女人軍の一行。

「あれえ」

と、悲鳴をあげたが、これがまた普通の女ではない。烏羽玉女人軍といわれるほど、よく訓練のゆきとどいた女たちだ。気を失った弦之丞を中央に、ずらりと輪を描くと、

「おまえさんたち、いったい、何者だえ」

と、きっと腕にはさんだ匕首《あいくち》に手をかけたのは、頭のお蝶、

「てんごうすると許しませぬぞ」

「なにをぬかしやがる。何者だか面を見たら分ろう、甲州の山々を縄張りとする大親分、月の輪三椒太夫の身内の者だ」

「ほほほほほ、それじゃ甲斐の山猿かえ。その山猿がわたしらになんのご用」

「チェッ、その高慢面が憎いのだ。女だてらに山住まい、こちとらに、挨拶《あいさつ》のねえのが気に入らねえ」

「まあ、なんかと思えばそんなこと。するとこの山はおまえさんたちがこしらえたものかえ」

「なによッ」

「そうではなかろう。そうでなかったら、なにもいうことはあるまいに」

「チェッ、ああいえばこうと。ええい、面倒くせえ、みなの者、やっちまえ」

わっと、ときの声を作って躍りかかる荒くれ男。

「それ、力持ちのお千代さん、頼みましたぞ」

「あいよ、なにこれしきのヘラヘラ野郎、束になっておいで」

さあ大変、猿と女、いずれも山育ちの恥も外聞もない連中が、組んずほぐれつの大乱闘。

「あっちちち、この阿魔、鼻をかみやがった」

「ほほほほ、かまれるほど高い鼻かえ、このひょっとこ野郎」

と、あっち、こっちでも大騒ぎ。中にも目覚しかりけるは、宿禰《すくね》様の申し子、力持ちのお千代さんだ。

「さあ、おいで、一人二人じゃいやだよ。ああいい子だ。そら、こつんこをしな」

と、両手に男の首根っ子をおさえ、額と額をゴツン、ゴツン。

「あ、畜生ッ、痛え、助けてくれえ」

と、ダラシがない。

これと見るより烈火のごとく憤ったのは、先刻の怪物だ。

「おのれ、こちらが手心加えてやれば図に乗りやがって、ええい、こうなりゃ破れかぶれ」

と、ズラリと刀を引き抜いたから、それと見るよりこちらはお蝶、

「皆さん、化け物が刀を抜いたよ。危ないから、さあ、今のうちにお逃げ」

掛け声一番、お千代もお静もお亀もお熊も、わっと蜘蛛《くも》の子散らすがごとく四方に散ったが、いや、その逃げ足の早いこと。

後見送ったくだんの怪物、

「おい、長追いはよしねえ、ええい、みんなダラシのねえ野郎だ。なんだその面あ」

「いや、もうさんざんひっかかれました」

「チェッ、しようのねえ野郎だ」

言いながら、お蝶の一行がおき忘れた、弦之丞のそばへずかずかと近寄ったくだんの怪物。

「なんだえ、こりゃ、いやに色の白え侍だが、気を失っているのかい」

「おお、なるほどいい男でござんす。兄哥とは雪と炭だぜ、こりゃ」

「なによ」

「ほい、しまった」

こんな怪物にも嫉妬《しっと》はある。いま兄哥とは雪と炭だぜといわれた言葉が、ぐっと胸にきたからたまらない。むらむらと額に青筋立てたくだんの男、あたりを見回し、ぐ

いと両手に取りあげたのは、大きな石塊だ。こいつを目よりも高く差しあげたから、驚いたのはほかの者、

「兄哥、どうするんで」

「ええい、さっきの腹癒《はらい》せにたたき殺してくれるのだ」

と、あわや、弦之丞の頭をめがけてその大石を、投げおろそうとした時である。

「赤丸、お待ち」

と、鋭いひと声。一同はっと振り返ったその面前にすっくと立ったは、満面に朱を注いだ一人の娘。これぞ怪物赤丸の親分、月の輪三椒太夫の愛娘《まなむすめ》、年は十七、名はお藤。

源兵衛名笛を拾う

「兄哥《あにい》、昨夜はひどい目にあったなあ、おらあ思い出してもぞっとするぜ」

「ほんによ、おりゃてっきり、権堂のひとり娘お小夜さんだと思ったが、四つにわれた時にゃ、さすがのおれも歯の根があわなかったぜ」

「ありゃ、いってえ、なんだえ。狐かえ、狸かえ」

「さあ、なんとも分らねえが、近ごろのようにちょくちょく驚かされちゃ、道中もいやになるな。ほら、いつぞや猿橋のうえで見たあの一件よ」

「ぶるぶるッ、兄哥、こんなところで、変なことを言い出しっこなしにしようぜ。さあ、日の暮れねえうち、この峠を越えちまおう」

と、スタスタと足にまかせて歩いていくのは、つかず離れずこの物語の所々方々に顔を出す、黄門様の源兵衛にかすがいの雁八。

ここは身延《みのぶ》の山ふところ、峠を越せばその向こうに、姨《うば》の湯という温泉がある。その姨の湯へいく途中らしい。雁阿弥の幻術に肝を冷やした、その翌日の夕刻のことだ。

「さあ、ここまでくれば大丈夫、あとは下りだから楽だ。雁八、ひと息にのしちまおうぜ」

「おっと合点」

二人は歩調《あし》もゆるめずに、スタスタと峠をおりかけたが、ふいに雁八が、

「おや、兄哥、ちょいと見ねえ、向こうの崖《がけ》の途中で、猿公《えてこう》が何やら、きゃっきゃっと騒いでいるぜ」

雁八に袖《そで》をひかれて、黄門様の源兵衛もふと足をとどめたが、なるほど、右手に見える急坂の途中に、猿がひとかたまりになって、しきりにきゃっきゃっと騒いでいる。

「おお、雁八、ここいらの猿公ときたら油断がならねえ。多勢をたのんで人間様にもいたずらをするということだ。ひとつ炬火《たいまつ》を作っていこう」

「おっと合点だ」

雁八は脇差し抜いて、あたりの雑木をきり倒すと、即座につくりあげた一本の炬火。こいつに火をつけ、

「ほう、ほう」

と、振りかざしたが、猿の群れはこちらのほうへは見向きもしない。

「兄哥、妙だぜ、猿公のやつ、しきりに向こうの松の梢《こずえ》へ、何やら投げつけているようだ」

「松のうえになにかいるのかな」

崖の途中から、斜めに枝をさしのべた、松のうえへ瞳《ひとみ》を定めた源兵衛と雁八は、あっとばかりに舌を巻いた。

「兄哥、鷲《わし》だぜ」

「ふうむ、何やらひっつかんでいるな。ああ、分った、猿の子を引っさらったのだ。それであああして、猿公めが騒いでいるんだぜ」

「いいや、違う、兄哥、よく見ねえ。ありゃ猿公じゃねえ、人間だぜ」

「なあるほど、人間だ。こいつは大変だ。畜生ッ、しッ、しッ」

「兄哥、よしねえ、こっちへ降りて来たらどうする」

「ばか、炬火さえ消さなけりゃ大丈夫だ。どれ、一つ、あの人を助けてやろう」

あり合う礫《つぶて》を三つ四つ、拾いあげた源兵衛が、ねらいを定めて投げつければ、鷲は

二、三度ハタハタと羽ばたきしたが、そのうち、パッと飛び立ったから、驚いたのは雁八だ。
「わっ、兄哥、だからよしねえといったのに」

と、頭をかかえて、傍の樹陰へと逃げこんだが、鷲はこちらへおりて来るのでもなく、二、三度樹上に輪をえがくと見るや、さっとふたたび舞いおりて、雁阿弥の体をつかんだまま、南へ向かってまっしぐら。

「あっ、しまった」

源兵衛が思わず叫んだとき、その面前へ何やらポタリと落ちてきたものがある。

姨《うば》の湯騒動

「あれ、なんだえ、変なものを落としていきやがったぜ」

源兵衛は炬火をかざして拾いあげたが、見れば一本の笛だった。

「お、見ねえ、雁八、鷲のやつがへんなものを落としていきやがったぜ」

「兄哥、鷲はどうした」

「鷲ならどこかへ飛んじまった」

「して人間は？」

「残念ながら持っていかれたよ。ふびんだがこちとらの手に負えねえのだから、まあ我慢してもらおう、南無頓生菩薩《なむとんしょうぼさつ》」

鷲にひっさらわれたのが、昨夜おのれをおどかした怪法師だと知ったら、源兵衛とても念仏は唱えなかったろう。

「鷲は逃げたか、やれやれ」

と、樹陰よりやっと這《は》い出した雁八は、源兵衛の手にあるものをふとながめ、

「兄哥、その笛はどうした」

「だからさ、いま鷲が落としていきやがったのだ。雁八、こりゃ妙だぜ。この笛にゃ見覚えがあるぜ」

「どれどれ」

と、手に取ってみて雁八おどろいた。

「兄哥、こりゃいつぞや権堂の旦那《だんな》に売りつけたあの笛だぜ」

「どうも、そうらしいな」

「兄哥、するとさっきの人間というのは、もしやお小夜さんでは？」

「違う、違う、ありゃ確かに男だった。だが雁八、こりゃいいものが手に入ったぜ。これでゆっくり姨の湯に浸《つか》れるというものだ」

「兄哥、分け前はあろうな」

「くどくはいうまい、のみ込んでいらあな」

ああ、みすずの一管は荒鷲とともにいずこともなく持ち去られ、いすずの一管は計らずも、ふたたび鼠賊《そぞく》の手に入る奇《くす》しさ。

源兵衛も雁八も、この笛がいかなる宿命を持つとは知らぬから、そのまま懐中にねじ込んで、スタスタと峠を下りると入って来たのは姨の湯村の入口だ。

そこまで来るとふいに、樹陰から、向こうはち巻の若者が、手に手に棍棒《こんぼう》、鋤《すき》、鍬《くわ》などを携えて、バラバラと行く手をさえぎったから、脛《すね》に傷持つ二人の者は、思わずどきりとした。

「待った、待った、おまえさんたち、いったいどこからやって来た」

その言葉つきからして尋常ではない。

「へえ、こちとらですかい。向こうの峠からで」

「峠は分っている。生国はどこだというのだ」

「生国ですかい、手前生国は武蔵《むさし》の国、花のお江戸で。なあ、雁八」

「兄哥のいうとおり、わっしの聞くとおり」

「ふざけなさんな。これからどこへいくつもりだ」

「ちょっと姨の湯に骨休めに」

「フフン」

と、一同はジロジロと二人の風体を見ていたが、別に怪しいやつでもないとにらん

だのか、

「そうか、それに違いなくばお通りなされ」

通れといわれて、素直に通る雁八ではない。

「へえ、ちょっとお尋ね申しますが、近ごろここいらにお関所ができましたかえ」

「何をいいなさる、関所などできやしませぬ」

「それではなんで人別調べをなさるんで」

「おお、その御不審はごもっともだが、今夜、この村に大騒動がある」

「へえ、騒動というのは」

「さればさ、村の元湯の猪股勘兵衛様のところへ、昨夜、甲州山窩《さんか》の大親分、月の輪三椒太夫のところから、矢文が飛んできたのだ」

「へえ、矢文とは？」

「蔵に積んだ百万両、そっくり素直に渡せばよし」

「渡さぬ時は、押し寄せて村を焼き払うという手紙」

「それでこちとらが用意をしてるのさ」

「旅の衆、けがせぬうちに帰ったがよいぞや」

ヒエーッと肝をつぶしたかすがいの雁八。

「あ、兄哥《あにい》、どうしよう」

「べらぼうめ、どうもこうもあるものか。こっちも江戸っ子だ。みすみす聞いた村の難儀、これが見捨てて行かれるものか。たかが知れた山猿、ようございます、おれもひとつ、お手伝いいたしましょう」

手癖は悪いがさすがは江戸っ子、源兵衛これでなかなか俠気《きょうき》のある男だ。村の若い衆も感服して、

「おお、助けて下さるか。それならこれからすぐに猪股の旦那のところへおいで下さいまし。なあにおまえさんの手を借りずとも、立派に防いで見せますから、まあ、ゆっくりお湯にでも浸っていらっしゃいまし」

「それではごめん」

と、怖がる雁八をひっ立ててやって来たのは猪股の元湯。わけを話すと下へもおかず、さあさあ、悪者が押し寄せるまでにはまだひまがありますから、なにはおいてもまず風呂《ふろ》へと、宿の者に案内された二人が、もやもやと湯気の立ちこめる湯へとび込んだそのせつな、

「ウフフフ、妙なところでごまの蠅、絶えて久しい対面じゃのう」

いわれて二人はあっとばかりに驚いた。

湯気の中からヌーと首をつき出したのは、顔一面赤焼けの稲妻丹左。側には伊那丸もにこにこ笑っている。

一宿一飯も時の縁、丹左と伊那丸も姨の湯村に加勢して月の輪一味と闘うつもりだが、さて、月の輪の娘お藤に救われた白鷺弦之丞は、その後どうしたであろう。

奇薬血晶草の巻

狼火《のろし》一閃《いっせん》鯨波《とき》の声

姨の湯村というのは、身延山の山ふところ、峨々《がが》たる甲斐連山に四方を取りかこまれた、それこそ猫の額ほどのやせ地だが、この姨の湯村の本陣ともいうべき猪股勘兵衛、代々苗字《みょうじ》帯刀を許された家柄で、数戸前の蔵のなかには、金銀財宝がうなっているという評判。

この財宝に目をつけたのが、甲州山窩の総元締、月の輪三椒太夫の子分赤丸なのだ。矢文に物をいわせて、蔵の財宝そっくりこちらへもらいたいと、脅迫してきたから、さてこそ姨の湯村は、上を下への大騒ぎなのである。

要所要所に篝火《かがりび》たいて、警戒おささおさ怠らぬなかに、ひときわ物々しいはいわずと知れた猪股の湯の大玄関、昼をもあざむく篝火のなかに、向こうはち巻、竹槍《たけやり》すがたの若い衆が右往左往して、その上段にひかえたはこれぞ主の勘兵衛だ。

「皆の衆、山猿どももまだうせぬか」

「へえ、旦那様、もうかれこれ丑満時《うしみつどき》というに、ねっから音沙汰《おとさた》のねえのは、こちらの威勢に怖じ気づいたのではございますまいか」

「いやいや、その油断は禁物、待ちくたびれたころあいを計らって、押し寄せようとの所存であろう。峠の固めはよいか」

「はい、大丈夫でございます」

「天狗《てんぐ》の鼻、鷲《わし》の巣の固めも怠るまいぞ」

と、物に動ぜぬ猪股勘兵衛、年は六十を越ゆると見えるに、襷《たすき》、はち巻もかいがいしく、長柄の槍をかい抱いたありさまは、いかさま、あっぱれ郷士の面魂。そのかたわらには稲妻丹左が、これまた大あぐらの茶碗《ちゃわん》酒、例の赤茶けた片頬が、いよいよ赤く色づいているのは、かなり酔いが回っているらしい。

「もし、先生」

袖《そで》をひかれて、

「なんだ、ごまの蝿」

「あれ、いちいちごまの蝿はひどいな」

と、むっと面ふくらましたのはかすがいの雁八だ。騎虎の勢い、ひくにひかれぬ今宵《こよい》の仕儀から、向こうはち巻に縄襷。尻《しり》はしょって一本ぶっこんだところは勇ましかりける姿だが、さっきから、ガタガタ胴ぶるいしてるんだからいささか心もとない。

「ふふふ、ごまの蝿ゆえごまの蝿と申したが気にさわったか。尋常ならばその分にはさしおかぬところだが、今宵の殊勝な心掛けに免じて赦《ゆる》してつかわしたのじゃ。ごまの蝿、貴様も江戸っ子なら卑怯《ひきょう》な振舞いをいたすなよ」

「なによ、先生。どうせ畳の上では死ねぬ体でさ。思うさま、甲斐の山猿、斬って斬りまくって死にゃ本望でさあね」

相変わらずいうことだけは達者なものだ。

「したが先生、先生はそんなに酔っ払って、大丈夫でござんすかえ。今にもあいつらが押し寄せて来たらどうなさるんで」

「はははは、心配いたすな。どうせたかの知れた山猿相手、酒は飲んでも性根は酔わせぬ。拙者の血刀踊りを楽しみにいたしておれよ」

「へえ。それゃ先生のことゆえ大丈夫とは思いますが、それ、そう足元が危のうては」

「はて、気遣いいたすな、それよりなんじの相棒源兵衛とやらはいかがいたした」

「兄哥はおまえさんの連れの、伊那丸という小僧と一緒に峠の固めに参りました」

「ふうん、さすがは江戸っ子、勇ましいの」

と、この時、主の勘兵衛が若い衆を振り返って、

「おお、それそれ、江戸といえばもう一人、江戸の客人が滞在のはずじゃが、あの御仁はいかがなされたな」

「はい、旦那様《だんなさま》、あのお方は気分がすぐれぬとやらで、奥にふせってでござります」

「お、するとなんですかい、もう一人、江戸者が泊まっているんですかい。で、そいつは男ですかい女ですかい？」

「はい、まだ若いお侍でございます」

「べらぼうめ笑わしやがら、どうで臆病風《おくびょうかぜ》に吹かれてガタガタふるえているにちがいねえ。この難儀を見捨てて——ええい、侍の風上にもおけぬやつ、どれおれがひとつ、面の皮をひんむいてやろうか」

　こんなことになるとにわかに元気づく雁八だ。勢いこんで立ち上がったその折しもあれや、天狗の鼻と呼ばれる断崖《だんがい》の中腹より、闇を破ってドカーンとあがった狼火一閃、さーっと虚空に銀蛇の走ると見るより、にわかにわっと天地をふるわすときの声。

「そら、来た！」

　雁八め、耳をふさいでいっさんに、奥のほうへと逃げこんだ。

　　雨霰《あめあられ》と降る火箭《ひや》
　天狗の鼻、鷲の巣の固めも怠るまいぞと、かねて勘兵衛からいい含められながら、まさか鹿も通わぬ断崖から、よも押し寄せて来はすまいと、もっぱら主力を峠のほうに注いでいたのが手抜かりだった。

相手は名に負う山猿だ。崖《がけ》も絶壁もなんのその、合図の狼火もろともに、どっとばかり三方より駆けおりて来たから、ふいを打たれて固めの者ども、いいがいもなく、はやわっと浮き足だった。

こうなっては先手を打ったほうが勝ちである。めいめい山刀を振りかぶった屈強の荒くれ男、あたるを幸い、なぎ倒し、踏み倒し、先陣ははやばらばらと本陣さして駆け寄った。

「ふふふ、うせたな山猿、この丹左が酒の肴《さかな》に、血刀踊りを踊ってくれよう」

「なにを、この化け物め！」

うめきつつ、三尺あまりの山刀を、がーっと振りかぶってやって来たのを、ひらりとかわした稲妻丹左が、パチリと刀を鳴らすと見るや、

「わあーッ」

時ならぬ紅の霞《かすみ》が、ざあーッと玄関いっぱいに散って相手は真っ二つになっていた。

「おのれ、兄弟の敵」

わめき叫んで左右から、二、三人、バラバラと駆け寄るのを、

「おお、お見事、お見事、どれそれでは、この勘兵衛もひとつ槍踊りをお目にかけよ

う」

言葉とともに槍の穂が、蜻蛉の翅《はね》とひらめくや、先頭に立った二人が、見事にぐさっと芋刺しになったから、

「やあ、こいつは手ごわい、油断するな」

と、あとにつづいた山猿たち、ひるんだかと思うとなかなかそうではない。血を見るといいよ猛り狂うのが狼の本性だ。

「それ、たたんじまえ」

と、左右から斬りつけて来るのを、

「ええい、一人二人は面倒だ、束になってかかって参れ。そら、血刀踊りの始まり始まり」

われから、山犬の群れに躍りこんだ丹左が、

「一イ、二ウ、三イ、四丁あがり」

声もろとも、バタリ、バタリと右に左に血煙立てて倒れるやつを、踏み越え、踏み越え、突き進んでいくのを見た猪股勘兵衛、これまた遅れじとばかり、りゅうりゅうと槍をしごいて突き伏せ、突き倒しつつ、山窩《さんか》のなかへ躍りこんだから、いったん浮き足だった若い衆たちも、わっとばかりに勢いを盛り返した。

と、この時だ。天狗の鼻の中腹より、ふたたびドカーンと狼火《のろし》があがったと見るや、

まっくらな、三方の崖のうえより、雨霰と降って来たのは、炎々と燃えあがる火箭《ひや》だった。さながら炬火《たいまつ》を投げおろすがごとく、頭上より降って来る火箭が、火の粉をあげて散乱したから、ふいを打たれた若い衆たち、

「ああ、熱っ、ち、ち、ち」

鬢《びん》を焼かれ、頬をけがして、ふたたびはっと立ちすくむ。このありさまに山窩のほうでは、わっと勢いを盛りかえしたが、さてこちらは、かすがいの雁八だ。

先ほどの勢いはどこへやら、厠《かわや》のそばにはいつくばって、南無阿弥陀仏《なむあみだぶつ》、南無阿弥陀仏と、耳をおさえてふるえているとき、ふいにスルスルと離れ座敷の障子がひらいた。

おやと雁八、頭をもたげて向こうを見ると、中から出て来たのは前髪姿の若侍、身ごしらえも厳重に、あたりの様子をうかがいながら、ひらりと庭へとびおりると、ツッーと歩みよったのは土蔵のまえ、錠ねじ切ってツーーッと中へ消えたから、雁八思わず息をのむ。

「分った、分った。さっき主の話にきいた、江戸の客人とはこいつにちがいない。それにしても土蔵のなかへ忍びこむとは怪しいやつ、山窩の仲間か、それとも別の盗賊か。いずれにしてもこのままには捨てておけぬ」

雁八、勇をふるって土蔵の側へ忍び寄った。

見るとくだんの若侍。今しもひとつの長持にその手をかけたところだから、いよいよもって、このままには捨てておけない。

「おのれ！　曲者」

叫ぶとともに雁八が、蔵の中へおどり込んだのはよかったが、この時、足元の備えを怠っていたのが一期の不覚、物につまずいてバッタリ倒れた。そのうえへ若侍が抜き打ちにがしっと斬りおろしたからたまらない。あわれ、雁八、虚空をつかんで悶絶《もんぜつ》した。

「ウフフ、雉《きじ》も鳴かずば討たれまいに、ふびんなやつめ」

片頬に不敵な微笑を浮かべたこの若侍を何者というに、ああ、これこそ、白鷺弦之丞が親の敵とつけねらう、斑鳩《いかるが》喬太郎ではないか。

喬太郎め、相棒の兵頭玄蕃を殺されて以来、ただひとり当てのない流浪をつづけているうちに、計らずも泊まりこんだのがこの猪股の湯、さきほどちらりと稲妻丹左の姿を見たものだから、怖毛をふるって隠れていたのだが、表の騒ぎを幸いに、こっそり脱け出すその途中で、行きがけの駄賃とばかりに土蔵のなかへ忍びこんだのである。

喬太郎がふたたび長持の蓋《ふた》に手をかけた時、どやどやと近づいて来る跫音《あしおと》。脛《すね》に傷持つ喬太郎はにわかにはっと狼狽《ろうばい》したが、とっさの際とて、逃げ場もない。ええい、ままよとばかり長持の蓋をあけ、すっぽりとその中に忍びこんだ。

知らず、跫音の主を何人とかする！

雁八最後

こちらは猪股の湯の表のほうだ。

払えども、払えども、あとからあとからと金粉を撒《ま》いて落下する火箭《ひや》、人を人とも思わぬ丹左も、これには弱った。

山窩の百人、五十人、斬り伏せるには造作はないが、闇の礫《つぶて》は防ぎきれぬ道理。ましてやこれは礫どころか、火のついた白羽箭、鬢を払えば袖《そで》につく、袖を消せば眉《まゆ》に火がつく。

「ええい、卑怯《ひきよう》未練な山猿めら」

全身に返り血浴びた丹左の姿は、さながら生き不動だ。山窩どもは面白がって、ただわっわっと遠巻きに、はやし立てるばかり、村の衆はみんなどこかへ逃げてしまったらしい。

そのうちに火箭のひとつが百姓小舎《ごや》に落ちたからたまらない。乾ききった藁屋根《わらやね》がたちまちめらめらと燃えあがって、あたりはさながら昼の明るさ。

「猪股どの、猪股どのはいかがなされた、勘兵衛どの」

「おお、お客人、勘兵衛はここにおりますぞ」

見れば主勘兵衛も半身炎に包まれて、いまや火の踊りの最中、どこかけがでもしたのであろう。白髪が真紅に血を浴びている。

「おお、御老人。気をたしかに持たれよ、なにをこれしき」

と、あわてて勘兵衛の火をもみ消すと、

「こうなりゃこちらが死ぬか、向こうを皆殺しにするか二つに一つ、勘兵衛どのも覚悟なされ」

「おお、いさぎよいそのお言葉、わしは老年ゆえ未練はないが、お客人には御迷惑でござろう」

「はははは、今になってなにをいわるる。さっきのごまの蝿の言葉ではないが、どうせ畳の上では死なれぬ拙者だ」

ぴたりと背と背をくっつけた二人の頭上へ、またしても三方より火箭がバラバラととんで来る。

「あ、あっち、おのれ卑怯者！」

丹左と勘兵衛、夢中になって火の粉を払っている時だ。天の助けかにわかにざーっと雨が降ってきた。いや、いくらなんでもこんなにうまく雨の降る道理がない。機転の利いたのが竜吐水《りゅうどすい》を持ち出したのだ。

それにしても、はてだれが？

と、あたりを見回す丹左の頭上から威勢のいい声が降ってきた。

「おお、化け物先生、伊那丸がここにひかえているぜ、しっかりおやりよ」

声にはっと上を見れば、猪股の湯の大屋根に、はいつくばったのは、まさしく伊那丸と黄門様の源兵衛である。

「おお、伊那丸にごまの蠅か、かたじけない」

火箭の難をのがれたとあれば百人力、おのれと丹左と勘兵衛が、どっとおめいて山窩の群れにおどりこんだ時だ。みたび、ドカーンと天狗の鼻よりあがった狼火《のろし》、これが合図であったのか、今までひしめきあっていた山窩どもが、潮のごとくバラバラと三方の崖《がけ》をかけのぼって、——いや、その逃げ足の早いこと！

白浪のひくあと凄《すご》し冬の月
あとには新月がシーンと冴《さ》えている。

「勘兵衛どの、大したけがもなくて重畳」

「お客人にも」

丹左と勘兵衛は思わず血ぶるいをしたが、そこへ源兵衛と伊那丸が降りて来る。村の衆もおいおい集まって来た。幸い二、三の手負いはあったが味方にひとりの死人もなかった。

「もし、先生、雁八の野郎を知りませんかえ」

「おお、源兵衛か。雁八のやつア江戸っ子らしくもなく、奥へ逃げこんでしもうたわい」

「あん畜生！　江戸っ子の面よごし、ええい、とんだ業さらしだ」

烈火のごとく憤った源兵衛がバタバタと奥に踏みこんでみると、一棟の蔵が、開けっぱなしになっているから驚いた。

「あ、猪股の旦那《だんな》たいへんだァ！」

声に驚いてかけつけて来た一同も、蔵の中をのぞいて見て胆《きも》をつぶした、土蔵の中の珍器什宝《じゅうほう》、洗いざらい持っていかれているのだ。

「さては、われわれを表のほうへ誘《おび》きよせ、その間にかっさらっていったとみえる。いや、皆の衆静まらっしゃい。なんの土蔵の一棟や二棟、尊い人命にはかえられませぬ」

さすが腹の太い勘兵衛は、この大損害を歯牙《しが》にもかけぬ模様であったが、あたかもその時、あっと叫んで土蔵の中へとび込んだのは源兵衛である。

「おお、うぬゃ雁八、見ればこの深傷《ふかで》、いったいどうしたのだ。雁八、雁八やあい」

呼ばれて雁八、うっすらと眼を見開いた。

「おお、兄哥《あにい》、無念だ、残念だ！」

「雁八、傷は浅いぞ、しっかりしろ」

「いいや、兄哥、おれは——おれはもうだめだ。兄哥、おれの敵を討ってくんねえ」

「おお、討ってやるとも、うぬの敵は月の輪三椒太夫だの」

「ち、違う——兄哥、おれの敵は山猿じゃねえ、江戸の客というまだ前髪の若侍」

きいて、勘兵衛はっと驚いた。

「え！　なんといわるる雁八どの、すりゃお主の敵はあの斑鳩喬太郎とやら名乗る若侍よな、してしてその若侍はいずこへ参った」

「おれを斬って、長持のなかへ隠れたところを、なにも知らぬ山猿めが、ひっ担いで参りやした。兄哥、先生、あと追っかけてあっしの敵を、あっしの仇を討っておくんなせえ」

あわれ道中師雁八は、三十五歳を一期として、あえなくここに生涯の幕を閉じたが、そのころ、暁の嶺《みね》づたい、長持かついだ山窩《さんか》たちは、甲斐連山の奥ふかく、飛鳥のようにとんでいた。

三椒太夫親娘

「お藤や、どうしたえ。お客人はまだ正気にかえらねえかえ」

むさくるしい苫屋《とまや》の葭簀《よしず》をひらいて、ヌーッと顔を出した異形の人物、これぞ甲州山窩の総元締、月の輪三椒太夫という大親分。

山窩の親分というからには、どのように恐ろしい人物かと思うに、なかなかこれが人柄な親爺《おやじ》だ。なるほど、着ているものはむさくるしい。しかし、肩に垂れた雪のごとき白髪といい、炯々《けいけい》たる眼光といい、いかさま何千何百という山猿を一睨のもとに畏怖《いふ》させるだけあって、どこか、古武士の面影さえ見える。

「あれ、父《とと》さん、朝からお見舞ありがとうございますが、お武家様はまだこのように、よくお眠りでござります」

そう答えたのは、いつか怪物赤丸を、ひとにらみに射すくめた三椒太夫の一粒種お藤。山に育ったゆえの清浄さ、お藤はまだ赤ん坊のようにあどけなかったが、その膝《ひざ》にはわれらが白鷺弦之丞が昏々《こんこん》として眠りつづけているのである。

ここは信州甲州の国境、駒ヶ岳が尾を曳《ひ》いた、人里はなれた山奥の山窩部落だ。

「おお、それではお藤、おまえ昨夜からズーッとそうしてお客人の介抱をしていたのか」

「あれ、でも父さん、わたしが動けばお侍様はお眼をおさましなさいます。それがお気の毒ゆえ、つい辛抱しておりました」

これには三椒太夫もことごとく感服してしまった。一刻や二刻ならまだしものこと、昨夜から今朝にかけて、身動きもせぬ膝枕、これは、なみなみの辛抱じゃない。

「お藤や、旅の衆を大事にするのはよいが、それではおまえの体がたまらぬ。どれ、わしがそっとお客人を寝かしてあげるゆえ、おまえも少し横になったらよかろう」

「じゃというて父さん、せっかくよくお寝《やす》みのところを」

「よいわ、わしにまかせておけ」

子のかわいさはだれしも同じこと、娘が旅のものに気を配るはありがたいが、これでは体がたまらぬと、三椒太夫はそっと弦之丞の体を、藁蒲団《わらぶとん》のうえに寝かせると、

「さあ、お藤、おまえも向こうへいって寝んだがよい」

「あい」

と、お藤はしびれきった膝をさすって、苫屋の外へ出たが、

「時に父さん、昨夜赤丸は、大勢の者をつれて、どこかへ出掛けた様子でござんすが、いったいどこへ行ったんでござんすえ」

「さあて、わしも知らぬ。あいつも近ごろはわしの体の弱ったをよいことにして、勝手な振舞いをいたしおるが、いずれ仕置きをせねばなるまい」

苫屋の外には、早朝の気がすがすがしく満ち渡って、山の端より、いまや大日輪がおもむろに昇ってくる。人の世の掟《おきて》から全くかけ離れたこの山住まい。しかし、そういう仲間にも、また彼らの掟があり、また彼ら一流の仕置きもある。

三椒太夫が苦々しく、赤丸の面憎い所業を思いうかべながら、娘のお藤と、別の苫屋のまえまで来たときである。

突如お藤がびっくりしたような声をあげた。

「あれあれ、父さん、あのようなところに鷲《わし》が何やらくわえておりまする。あれ父さん、あれは人じゃございませぬか」

「なに？　鷲が人を？」

三椒太夫がきっと小手をかざしてみれば、いかさま、向こうの岩角に、一本たかくそびえる松の木、その松の木のうえに、はたはたと羽ばたく荒鷲の爪の下に、さっきから苦しげに手足を動かしているのは確かに人影だ。

三椒太夫もはっと驚いて、

「お藤、弓矢を持って参れ」

「あい」

と、答えた娘のお藤がひと走り、持って来たのは、六尺八寸の強弓だ。三椒太夫はきりりとこの弓をひきしぼると、しばし呼吸をはかっていたが、ねらい定めてひょうと射て放てば、さーっ！　銀箭《ぎんせん》は晨《あした》の山霊の気を縫うて、見事プッツリ、命中したのだ。

荒鷲は怒れるごとく、二、三度はげしく、バタバタと羽ばたいていたが、やがて、フワリフワリと風にのって、谷底へと舞い落ちる。

「おお、父さんお見事！」

「娘、だれぞ人をやって、あの者を救けて参れ」

「あい」

と、答えてお藤はいっさんに駆け出したが、言わずと知れた樹上の人とは、あの盲法師の雁阿弥なのだ。

はからずもふたたび、ここに巡り合う羽目となった弦之丞と雁阿弥！

弦之丞の身に、またなにか間違いがなければよいが。

奸悪三人男

「雁阿弥どの、雁阿弥どの」

声かけられて雁阿弥は、うとうととしていた夢からふと目覚めた。

「はて、そういう声はいったいどなたじゃな」

見えぬながらもきっと盲《めし》いた眼をみはる。

「拙者だ、拙者というても分らぬであろう。斑鳩喬太郎だ」

「はて、斑鳩喬太郎とは？」

「おお、そういうてもお主は知らぬかもしれぬ。いつぞや田沼様の奥御殿にて、お主にいちど会うたことがある。拙者は新宮の家来だが、家老を斬って逐電したものだ」

「おお、そういえば思い出した。いつぞや兵頭玄蕃どの推挙にて、山城守様に仕官願い出た若者だな、してして、その斑鳩どのが、どうしてこのような山奥へ」

「おお、思い出して下されたか。いや、もう妙な具合だ。拙者はついしたところの長持の中へかくれていたのを、ここの山窩《さんか》に連れ出され、なにも知らずにここまで連れて来られてしまった。山窩のやつ、長持の蓋《ふた》おしあけてびっくり仰天、宝物と思いきや、中から人間一匹飛び出したものだから、危うくなぐり殺そうとするところを、月の輪とやら三椒太夫とやらいう親分に救われて、この苫屋《とまや》の中へ放りこまれたが、入ってみて驚いた。見覚えのあるお主がしょんぼり寝ているからびっくりして起こしたのだが、してしてお主はどうしてこのようなところへ」

「わしかえ、わしはな、鷲に引っさらわれて危うく命をおとすところを、月の輪三椒太夫の矢に助けられたのだが、はてさて奇妙な御縁じゃな」

時刻はすでに暮れ近く、蒼茫《そうぼう》とくれ行く山間の気をここに宿して、苫屋の中は薄暗い。

その陰森たる伏屋《ふせや》の中で、今しもひそひそ話をつづけているのは、盲法師の雁阿弥と不良青年の斑鳩喬太郎、眼の寄るところへ玉が寄る。いや悪いやつが二人よったものだ。

「して、雁阿弥どの、お主はこれから先どこへいくつもりだ」

「さればじゃ」

雁阿弥はちょっと小首をかしげたが、

「はははは、新宮家を逐電したそなたなら、打ち明けても差し支えなかろうて。わしはな、これから伏金山の鳥羽姫様のところへ帰る途中だ」

「なに？　鳥羽姫様の？」

喬太郎はにわかにからから打ち笑い、

「おおさてはお主は鳥羽姫の身内の者か、こりゃ面白い。鳥羽姫はかねて新宮家を敵とねらいたまうと聞く、どうだ、雁阿弥どの、拙者も一緒につれてはくれまいか」

「なに、貴公も？」

「さようさ、どうせ主家へは帰れぬ身、いっそここらで寝返り打って、鳥羽姫様に忠義を尽くそう。雁阿弥どの、ひと骨折って下されい」

「おお、そりゃ尽力せまいものでもないが」

「その代わり雁阿弥どの、ただとはいわぬ。手土産進ぜよう」

「なに。手土産とはえ」

「されば、雁阿弥どの、お主、隣の小屋に寝ているを、いったいだれだか知っているかえ」

「はて、気になる物のいいよう、だれだの」

「されば、雁阿弥どの、耳をお貸しなされ」

何やらボシャボシャささやかれて、雁阿弥め、のけぞるばかりに驚いた。

「げっ、そ、それじゃあの、弦之丞めが！」

「そうよ、拙者もずいぶん胆《きも》を潰《つぶ》した。拙者を親の敵とつけねらうあの弦之丞、病気でうなっているのを幸い、たったひと討ちと思うたが、お藤とやらいうここの娘が片時も側を離れぬ。雁阿弥どの、なにかよい思案はないか」

「おおあるとも、あるとも」

雁阿弥が膝《ひざ》をたたいて、懐中から探り出したのは、匂いの高いひと袋。

「斑鳩どの、この中にある薬草の根はな、少しずつ飲む時は、根をつよめる薬だが、これを一時に多量に服する時は、全身膿《う》み崩れて死すという、これすなわち血晶草、これを偽って弦之丞に飲ませたいものだが」

「なるほど、そいつは奇妙、したがどうしてこいつを飲ませる。何せあの娘がつきっきりゆえうかつなまねのできぬのが難儀じゃ」

喬太郎と雁阿弥が、せっかくできた悪事の相談、しかし肝心の、つてがないのに思案の首をかしげているところへ、

「いや、その橋渡しはおれがしよう」

と、ヌーッと、入って来たのは片眼の赤丸だ。「げっ！」と、喬太郎と雁阿弥が、ふりかえって思わず顔色かえるのを、

「まあ、まあ、そうびっくりしなさんな。おれはおめえたちの味方よ」

どっかと大胡坐《あぐら》をかいて、

「おれはもうここにいるのがいやになったのさ。昨夜も昨夜、姨の湯でさんざんあばれて、金銀財宝手に入れて帰りゃ、三椒太夫めこっぴどく叱りやがる。おまけに娘のお藤とくりゃ、あの若侍につきっきり、いまいましくって仕方がねえから、おい、ひとつ仲間に入れてくんねえな。随分力にもなる男だぜ」

ああ、また悪いやつがとび込んだ。

血百合病流行の巻

毒入毒薬

「お藤坊いるかえ」

むさくるしい苫屋《とまや》のなかなのである。ちらちらと瞬く、ほの暗い裸ろうそくのもとに、昏々《こんこん》として、苦しく夢魔の境を彷徨《ほうこう》しつづけているのは、いわずと知れた白鷺弦之丞。昨日、今日とまる二日、正体もなく眠りつづけた弦之丞は、いつしか肉落ち、眼はくぼんで、どこやらに不吉な死相さえも見えるのである。

そういう弦之丞の傍らで、必死となって介抱しているのは、あの可憐《かれん》な山娘お藤。いまもいまとて、刻々として、血の色のあせてゆく弦之丞の様子に、お藤は身も寸断されんばかり、やっきとなって気をもんでいるところへ、ヌーッと入って来たのは片眼の赤丸である。お藤はその顔を見るより、さもいまわしそうに眉《まゆ》をひそめた。

「おや、だれかと思えば赤丸ではないか。してあたしになにか用かえ」

「ははは、お藤坊、なにもそうつんけんすることはねえやな。時に、お侍様の加減はどうだえ」

「ごらんのとおりだよ。悪くなっても快《よ》くなりそうな気配は見えないよ」

「そいつは気がかりなことであろう。どれどれおれがひとつ見てやろうか」

「よしておくれ」

　お藤はかん高い声でさえぎると、

「おまえなんか出る幕じゃないよ」

「だって、お藤坊、このお侍を一番に見つけたのはこのおれだぜ。してみりゃ、おれにだってかかわりあいがあろうというものさ」

「フン、なにをおいいだ。あの時おまえは大きな石で、このお侍様の頭をブチ割ろうとしていたじゃないか、なんでもいいから向こうへ行っておくれ。おまえがそばでやかましくいうと、いっそうこのお侍様が悪くなる」

「フン、そうかえ。そいつは大きに邪魔したな」

赤丸はプーッと頰をふくらませて、

「ひとがせっかく助けてやろうと思うたに、そっちがその気なら、こっちにも覚悟があらあ。せっかく持って来たこの薬だが、用がないとおっしゃるなら、どれひとつ、河へでも流してしまおうか」

「あれ、ちょっとお待ち」

薬——という一語が、思わずお藤の耳をそばだたしめたのだ。あわてて赤丸を呼びとめると、

「おまえ、いま、薬を持って来たとおいいだが、このお侍様の薬かえ」

「そうさ、そのつもりで持って来たが、なに、もう用があるめえ。あばよ」

「あれまあ、お待ちったらお待ち」

溺《おぼ》れる者は藁《わら》をもつかむたとえのとおり、悪いやつとは知っていても、薬という一言は聞き捨てにはできなかった。

呼びとめられて赤丸は、しすましたりといわんばかり、ペロリと赤い舌を出したが、すぐむっとして振りかえる。

「はて、おれにまだ用があるというのか」

「おまえ、何もそう短気に怒らずともよいではないか」

「怒りもすらあな。ひとがせっかく親切に、見舞うてやったに剣もホロロの挨拶《あいさつ》、業もわくぜ」

「ほんにこれはあたしが悪かった。それ、こうして手をついて謝まります。したがおまえ、薬というのはほんとかえ」

「おお、ほんまともほんまとも。おまえがはなからそうおとなしくいってくれりゃ、なんで俺が怒るものか。実は、お藤坊、おまえが今朝助けた盲目の坊主な。お前、あれを何者だと思うている」

「さあ」

「ありゃおまえ、雁阿弥様というて、江戸でも名題の本草の大家、公方様のお脈さえとるという名医だわな」

「え、まあ、あのお方が」

「そうよ、そのお方についおれが、お侍様のことを話したと思いねえ。そうすると雁阿弥様のおっしゃるのには、自分もこうして危ういところを救われた御恩返し、そのお侍様を助けて進ぜたいが、それには、この薬を煎《せん》じて飲ませるがいちばんと、くだされたのがほら、これよ」

　赤丸が懐中から取り出したのはあの奇薬血晶根、プーンと鼻をうつその薬草の匂いに、お藤はつい手を出してしまった。

これがほかの人間からといえば、お藤もおめおめだまされはしなかったろう。しかし、あの雁阿弥の風俗人態、いかさま将軍家のお脈でもとりそうに思われる。かつはまた、今朝危ういところを助けてやったその男が、恩を仇《あだ》で返すとは、夢にも思わぬ可憐なお藤。

「おお、それではこのお薬が――赤丸、お礼をいいます。さっきの無礼は許しておくれ」

「なんのなんの、おまえがそのように分ってくれりゃ、おれだってこんなうれしいことはない」

「してして、これをどのようにしてお飲ませすればよいのだえ」

「なあに、造作はねえ。そいつをぐらぐら一刻あまり土瓶で煎じて、ありったけ飲ませばよいのさ、いいかえ、一滴もあまさず、すっかり飲ませるのだぜ。そうすりゃ血を吐いて。――」

「え」

「いやなに、明日の朝までには、見違えるほど血色がよくなるというのさ」

赤丸はまたもやベロリ、赤い舌を出しながら、表のほうへ出ていったが、ああ、危ない、危ない。あとにはお藤がいそいそと、こわれた七輪に火をおこしている。

山窩《さんか》修羅場

こちらは兇悪《きようあく》無残な赤丸だ。

これで小面憎い弦之丞のかたはついたが、行きがけの駄賃、彼にはまだ仕事がのこっているのである。

「おい、皆の者、集まれ」

「へい、赤丸兄哥《あにい》、なにかご用ですかい」

赤丸の声にバラバラと集まって来たのは、昨夜姨の湯村へ押しかけた、あの不逞《ふてい》な山窩どもなのだ。

「おお、皆の者よく聞きねえ。昨夜の一件につき、月の輪親分はとてもお怒りだ。これから早く姨の湯村へ赴いて、昨夜奪って来たものを返して来いとおっしゃる。なるほど、親分のおっしゃるのももっともだ。こちとら、山住まいこそしているが、けっして非道なことをするなという掟《おきて》を破ったのはよくねえ。なあ、皆の者、そうじゃねえか」

「へえ、そりゃそういやあそうだが――」

と、日ごろにかわった赤丸の、殊勝らしい言葉に一同は、はてなと小首をかしげている。

「そうだもへちまもあるもんか。悪いことはどこまでも悪いのだ。だからよ、これからみんなして親分にお詫《わ》びしようと思うんだ。ほら、ことわざにもいうじゃねえか。過ちを改むるにはばかることなかれってよ。さあ、皆の者来てくんねえ。おれから親分に、ようくお詫びを申しあげるから、皆の者も殊勝にしていなきゃいけねえぜ」

なんとも合点のゆかぬ赤丸の態度だったが、月の輪三椒太夫が昨夜のことを、かんかんに怒っていることは、一同にもよく知れわたっていた。

「へえへえ、それじゃ兄哥、何分にもよろしく願います」

「よし、それじゃおいらについて来い」

ゾロゾロと一同をしたがえて、赤丸がやって来たのは月の輪三椒太夫の小屋のまえ、

「親分、もし、親分」

声をかけると、

「どいつだ!」

叫ぶとともに小屋のなかから躍り出した三椒太夫、見れば白はち巻に十字を綾取《あやど》った襷《たすき》もかいがいしく、三尺にあまる山刀をきっと身構えながら、

「おお、赤丸、さては先ほど申したことを根にもって意趣晴らしに押し寄せて来たか」

「親分、滅相もございませぬ。なんでおいらがそのような大それたことをいたしまし

ょう。こうして皆でお詫びに参りました」

「なに？　詫びに来たと？」

「へい、さようでございます。おいやろうども、なにをぼんやりしているんだ。さあ、親分にお詫びを申せ、申せ」

「へえ、親分、あっしどもが悪うございました。どうぞお許しなすって下さいまし」

三椒太夫はほっとした面持ちで、

「おお、それでは皆の者も悪いと気がついてくれたか。なんの、おまえたちがそう心を改めさえしたら、なんでわしがとがめよう。のう、山窩には山窩の掟がある。これから後もよく気をつけてくれ」

「それでは親分、お許し下されますか」

「ふむ、過ぎさったことは水に流せじゃ。明日はわしがじきじきに、姨の湯村へ出向いて、お詫びをして来ようわい」

「ありがとうございます。ありがとうございます。さあ、皆も礼をいえ、いえ」

「親分、ありがとうございます」

「さて、親分、こうして皆の者が悔い改めたおしるしに、ひとつきげん直して、いっぱい飲んでやって下さいまし」

と、赤丸が腰から取り出したのは貧乏徳利。ああ、赤丸はこの酒を、三椒太夫に飲まそうばかりに体のいい改心面をしていたのだ。

そうとは知らぬ三椒太夫、きげんよくひと息に飲み干した杯を、赤丸に回そうとすれば、

「いえ、あっしは昨夜の発頭人ゆえ、いちばん最後に頂戴《ちょうだい》いたします。それ、野郎ども順ぐりに親分から、お流れを頂戴しろ」

ああ、なんという奸悪さ、赤丸は三椒太夫ばかりか一味の者ことごとくを毒殺しようというのだった。

やがて、一まわり杯が回ると、最後に赤丸のところへやってきた。

「それじゃ兄哥、さすぜ」

「おっと、待ってくれ。おれはこの杯真っ平だ」

「なんという赤丸、それじゃ貴様はわしの盃を受けぬというのか」

「へえ、これが普通の酒ならいただきますが、この酒ばかりは真っ平です。おい三椒太夫、きりきり腹が痛みゃしねえか」

いうより赤丸、パッと二、三歩うしろへとびのいた。

「兄哥、な、なんという?」と一同。

「フフン、皆の者にゃ気の毒だが、これも親分へのおつきあいだ。悪く思うなよ。いまの酒にゃ毒がはいっていたのよ」

「おのれ！」

三椒太夫は山刀を取り直し、赤丸めがけてさっと斬ってかかったが、悲しや、すでに手肢《てあし》がしびれていうことかなわぬ。よろよろよろめくところをどんと片脚あげて蹴《け》倒《たお》せば、

「あ、兄哥、そ、そりゃひどい。親分ばかりかおいらまで、——兄哥、そ、そいつはひどい」

口々にののしりながら、四方からよろよろよろめきながら詰め寄って来るのを、

「ええい、なにをしやがる」

と、たたき伏せ、蹴り倒し、赤丸がバラバラと囲みを破って逃げ出した時、にわかに聞こえてきたは法螺貝《ほらがい》の音、陣太鼓の音、とみやれば麓《ふもと》のかたより篝《かがり》火《び》が、山も焼かんばかりにひしひしと攻めのぼって来る。

山窩部落炎上

「おや、あの物音は？」

赤丸からもらった血晶根、ようやく煎《せん》じて欠け茶碗《ちゃわん》に半分ばかり、弦之丞に飲ませたお藤は、にわかに聞こえる法螺貝、陣太鼓の音に、はたとばかりに茶碗を取り落とした。煮え返った薬湯は、さっと藁蒲団《わらぶとん》に吸いこまれる。

「あれ、もったいない」

お藤があわてて茶碗を取りあげるところへ、転げるように入って来たのは、同じく山窩の娘でお鶴という。

「お藤さん、たいへんだよ、たいへんだよ」

「あれ、お鶴さん、騒々しい。いったいあの物音は何事だえ」

「それがおまえ、大変だよ。姨の湯村の人たちが、昨夜の仕返しに押し寄せて来たんだってさ」

「え」

と、驚くお藤を制して、

「お藤さん、驚くのはまだ早い。それよりもっともっと大変なことがある。月の輪の親分さんが」

「え？　父《とと》さんが？　お鶴さん、もっとはっきりいっておくれ、父さんがどうしたえ」

「親分さんは赤丸のために毒を飲まされて」

「げっ、それじゃ父さんが毒を、あの毒を？」

「親分さんばかりじゃない。身内の衆はひとり残らず赤丸のために計られて、かわいそうに、枕をならべて苦しみながら死んだわいなあ」

あっとお藤が仰天した。あの赤丸が、——あの赤丸が。——お藤ははっと思いあたると、あわてて傍らを振りかえったが、あな、無残、弦之丞は今しも、藁蒲団のうえから乗り出して、七転八倒《しちてんばっとう》の苦しみなのだ。

「あれ、もしお侍様！」

お藤はあわててその体を抱き起こしたが、弦之丞の五体はさながら燃え上がるよう、かっかっと熱気をもよおして、しかも白皙《はくせき》の皮膚のおもてには、玉のような大粒の汗が流れんばかりに浮いている。吐く息も熱火のように熱い。

「あれ、どうしよう、どうしよう」

「お藤さん、なにをいっているのだ。おまえそれどころではないぞえ。姨の湯村の者がいまにもここへ攻め登って来たらどうしようとおいいなの。防ぎ手はみな死んでしまったし、あとには女子供が残っているばかり、さあ、逃げよう、一刻も早くここから逃げのびよう」

「だっておまえ」

「だってもへちまもあるものか。あれ、そういううちにも陣太鼓の音が近づいてくる。それじゃお藤さん、あたしゃひと足さきにいくぞえ」

お鶴があわただしく逃げていったあとで、お藤はとつおいつ思案に暮れていたが、やがてきっと決心したように、のたうち回っている弦之丞の体を抱きあげると、それを肩にかけ、ありあう扱帯《しごきおび》でぐるぐる背負うと、よろばい、よろばい、闇の中へと這《は》い出した。

と見れば麓のかたは炎々たる炬火《たいまつ》の海なのだ。お藤はそちらをよけて暗い裏道づたい、よろよろと下っていったが、と、うしろのほうよりあわただしい人の跫音《あしおと》。お藤はぎょっとして傍らの物陰にかくれた。

跫音はどうやら三人らしい。お藤のまえまで来るとその中のひとりが、

「あっ、しまった。おりゃ大変なものを忘れてきた！」

と、そういう声は盲目法師の雁阿弥なのだ。

「なんだえ、雁阿弥どの、なにを忘れたのだ」

「笛だ。大切な笛をどこかへ忘れてきた」

笛ときいて、お藤は思わずぎくりと胸をおさえる。今朝雁阿弥を助けたとき、何気なく取っておいた一管の笛。それはいま、お藤の懐のなかにある。

「なんだ、なんだ、たかが笛いっぽん、坊さん、あきらめたがよい。今更引き返したところで、姨の湯村の者につかまるばかりだ。さあ、逃げた。逃げた」

そういう声はあの憎い敵、赤丸なのだ。さては雁阿弥と名乗る盲目法師と、前髪の若侍、それにまたあの赤丸は仲間だったのか。

「ふむ、仕方がない、あきらめよう。しかし万一あの笛が弦之丞の手に入ったら

……」

「なにさ、その心配はありゃしねえ。弦之丞のやつも、お藤から毒を飲まされ、いまごろは苦しみ死に死んでいるわさ」

「そんなら、よいが――」

と、三人づれは、それからまたもや急ぎあしで下っていった。聞けば聞くほどお藤には、腹の立つことばかり、しかし、いまの立ち聴きによって彼女には二つのことが分ったのだ。

いま、自分の背負っている若侍が、弦之丞という名であること。それから、自分の懐中にある笛が、弦之丞にとって大切なものであるということ。――

お藤はそれから間もなく、ひた走りに麓のほうへ駆け下っていったが、しばらくして振りかえってみれば、だれかが火を放ったのであろう。懐かしい小屋のあたり、炎々たる猛火に包まれていた。

「父さん、皆の衆、おまえさんたちの敵は赤丸、雁阿弥、それから前髪姿の若侍の三人、――きっとこの敵は討ちますぞえ」

業火にむかって合掌したお藤は、弦之丞を背負うたまままいずこともなく姿を消していったのである。

高遠城下の大恐慌

こうして、甲州山窩《さんか》月の輪三椒太夫の一味の者が、ねこそぎ滅んでからはやひと月。ここは問題の伏金山の麓、高遠城下である。

この十日あまり、高遠城下には奇妙な病が流行して、武士といわず町人といわず、人という人をふるえあがらせた。

奇病というのはこうである。

どうかしたはずみに、ゾーッと熱気がしたと思うと、にわかにその夜から大熱を発し、七転八倒の苦しみのうちに体中、点々として赤い花が咲く。その赤い花は、血が浮き上がって痣《あざ》になるのであったろう。やがて、病人はドッと血を吐いて死んでしまうのである。

発病から死にいたるまでの経過がいつもきまっていて、しかもその間が瞬く間である。いかなる名医にもこの病名がよく分らない。ただ、痣の形がどこか百合の花に似ているところから、血百合病とかりに呼んでいたが、人々がこれを怖じおそれることは尋常ではない。

門毎に疫病除《よ》けの怪しげな護符がはられ、いたるところで、奇妙な祈禱《きとう》や呪文が行なわれた。それにもかかわらず、疫病は下火になる気配は見えぬ。

今日もどこそこのだれがやられた、昨日も三人死んだそうなと、寄るとさわるところうわさばっかり。

そういう騒ぎの中へ、ある日、

「ごめんよ」

と、城下の茶屋へ入って来た三人づれがある。顔半分に恐ろしい火傷《やけど》のある浪人と、はしこそうな眼つきをした旅人、いまひとりはまだ子供だ。いわずと知れたこの三人づれ、稲妻丹左と黄門様の源兵衛、いま一人は伊那丸なのである。

「いらっしゃいまし。なにを差し上げましょう」

「おお、なんでもよいから見つくろってくれ。したが亭主なんとやら城下が騒々しいようだが、なにかあったか」

「へえへえ、これはお侍様、いやもう、近ごろは変な病気がはやりますので、町中、火の消えたような有様でございます」

「ほほう、いったい、どのような病がはやるかの？」

「そうでございます。それが、あなた、体中に、赤い百合の花のような痣ができて、そして間もなく血を吐いて死んでしまうという、いや、なんともいえぬ恐ろしい病で、今までこの病にかかって無事に本復いたしました者は、数えるほどしかございませぬ。いやもう恐ろしいことでございますわい」

話をきいて丹左と源兵衛は思わず顔を見合わせた。

「これよ、亭主、なんと申す。体中に百合の花のような血痣ができると申すのか」

「へえへえ、さようで」

「それから、血を吐いて死ぬと申すか」

「へえその通りでございます」

「源兵衛、あれだの」

「どうやら、そうらしゅうござんすねえ」

仔細《しさい》ありげな二人の様子に、亭主はふと、

「旦那《だんな》様、それではなにかこの病気に心当たりがございますかえ」

「されば亭主」

丹左はおもむろに亭主のほうへ向き直った。

「ここに不思議なことがある。今よりおよそひと月あまり以前のことだが、駒ヶ岳にたむろする月の輪三椒太夫と申す者の一味が、不埒《ふらち》を働いたにより、われらこれを攻め滅ぼさんと山窩の部落へ攻め登った」

「へえへえ」

「すると、どうだろうおめえ」

と、源兵衛が話をひきとって、

「部落までいってみると、男って男はことごとく死んでいるじゃねえか」

「へえ、死んでいましたか」

「そうよ、月の輪三椒太夫をはじめ、およそ二、三十人の男がひとかたまりになって死んでいるのさ。驚いたね。これにゃ。仕方がねえから小屋に火を放って帰って来たが、その死にかたというのが尋常じゃねえんだ」

「尋常でないと申しますと」

「ほら、いまお前のいったあれよ。体中に百合の花のような痣ができてよ、血を吐いて死んでいるのよ」

「げっ！」

「されば亭主、拙者の思うには、これ、山窩の仲間より流行しきったものに違いあるまい。月の輪一味の者のなかでいくらか病の軽き者が、一命をとりとめ、この城下へまぎれ込み、それより他へうつったとみゆる。乞食《こじき》の仲間を詮議《せんぎ》してみよ。必ず月の輪一味の者が潜伏いたしおるにちがいあるまい」

町外れの躄《いざり》乞食

さあ、丹左のこの言葉が、パッと城下にひろがったから大変だ。

にわかに、乞食狩りが厳重になったが、そのうちに、一人の男がこんなことをいい出した。

「そういや、近ごろ城下外れの河原へやって来た躄乞食、いつも若い娘が躄車をひいて、町中を物もらいに歩くが、どうやらあの躄め、体中に痣があるらしいぜ」

いわれて他の男も、

「そういや、あいつがやって来たのは、ちょうどこの病気がはやり出すまえ、それにあの娘というのが縹緻《きりょう》こそよいが、どこやら油断のならぬ眼つきをしているのは、てっきり山窩にちがいない」

「そうだ、そうだ、あいつがこの疫病《やくびょう》のもとなんだ。ひとつ訴えてひっ捕えてもらおうか」

「なに、そんなことをしていたら、またまた病気がひろがるばかりだ。いいから、皆して、遠くのほうから石でも投げつけ、たたき殺してしまえ」

何しろ、親を失い子を失い気が立っていた城下の人々、今はもう理非分別もあらばこそ、それ行けとひとりがいえば、われもわれもとばかり血相かえて、雲霞《うんか》のごとく町外れの河原へいそいだ。

それにしても、この気の毒な躄乞食を何者というに、いわずと知れた白鷺弦之丞、そして、まめまめしくその弦之丞に仕えているのは、三椒太夫のひとり娘お藤なのだ。

「もし、弦之丞様」

いましも河原の石のうえに、ぽつねんとして陽を浴びている弦之丞にむかって、お藤はやさしく声をかけた。

「お粥《かゆ》が煮えました。おあがりになりますか」

「おお」

と、弦之丞は放心したような眼を向ける。ああ、これが果たして弦之丞であろうか。あの美しい白皙《はくせき》の面は、見るかげもなく傷み崩れ、手といわず、脚といわず、一面に恐ろしい血痣《ちあざ》が吹き出しているのだ。

あまりといえば、あまりの変わりようだったが、変わったのはその面差しばかりではない。彼はすっかり昔のことを忘れてしまって、今ではさながら生ける屍《しかばね》。なにを問うても、ただおおと答えるばかり。さればお藤も、この人こそ当高遠藩の家老の子息とは夢にも気づかぬ。

「さあ、温かいうちにおすすりなされませ」

あさましや、どこでもらってきたのか、食い余しの粥をさもうまそうにすする弦之丞。お藤はほっとため息つくと、

「おお、そうそう、そうしておまえ様がお粥をたべている間に、あたしが、笛を吹いてあげましょう」

どういう因縁があるのか知らねど、この笛さえ吹けば、弦之丞のきげんのよいこと

をいつしか知ったお藤は、いましも懐中から取り出したのは雁阿弥の残していった一管だ。

歌口に口をあて、ピイピイヒョロロと吹きはじめた時、

「おや。あの笛の音は？」

と、河原の柳の根元より、むっくりと起きあがった、深編笠《ふかあみがさ》の侍がある。

からす谷攻防の巻

河原の礫《つぶて》攻め

余念なくお藤の吹きすさぶ笛の音に、

「おや、あの笛の音は」

と、河原柳の根方にやすんでいた深編笠の侍が、むっくりと腰をあげたときである。

ワーッという喊声《かんせい》とともに、河原めざして駆けつけてきたおびただしい人の群れ、バラバラとたちまち弦之丞、お藤を遠巻きにすると、

「それやっちまえ」

と、ひとりが声をかければ、

「怨敵《おんてき》退散」

「疫病消滅」

「それ、やっつけろ！」

と、口々に叫びながら、てんでに石塊、木切、塵芥《ちりあくた》を遠くのほうから投げつける。

驚いたのはお藤である。笛をとりなおすと、きっと弦之丞のまえに立ちはだかり、

「これ、おまえさん方は、いったいなにをなさいます。なんのうらみがあってそのように、無法なことをなさいます」

「ええ、なんのうらみがあってとは口はばったい。そこにいるやつは血百合病を患うているのであろう。そいつが悪病を撒《ま》きちらすゆえ、御城下の者どもはひどい難渋」

「そうじゃ、そうじゃ、昨日も今日も、一昨日も、御城下にお葬式が絶えぬというのも、みんなそいつがさせる業、親を失い子を失い、われらはどのような悲しみを見たかしれぬ。それゆえこうして病気の根を断つのじゃ」

「あれ、滅相な、おまえさん方はなにをおっしゃいます。このお方が病気をまき散らしたなど、なにを証拠におっしゃいます。無法なことをなさいますと、お代官様に訴えるぞえ」

「お代官様に訴える？　はははは、訴えるなら訴えてみろ。お代官様もちゃんと承知のうえで、疫病の根をたってしまえと仰せじゃわ。問答無益、それやっちまえ」

ひとりの合図に、ワーッとときの声をあげた町人ども、何しろ気が立っているから
たまらないのである。手ごろの石をひっつかんでは、はっし、はっしと投げつける。

「あれ、ま、おまえさんたちそれは無法な。いいえ知りませぬ。そのようなこと知りませぬ。あれ、ま、危ない」

自分の身はどうなってもかまわない。そうでなくても患うている弦之丞、このうえにけがさせてはとお藤はけなげにも身をもってかばおうとする。町人どもは気をいらって、

「ええい、しゃらくさい。それ、こうなったら女のほうからやってしまえ」

むざんやなお藤、雨、あられと降って来る石つぶてを、右によけ、左によけてはいたものの、何しろ相手は雲霞のごとき大勢である。またたく間に髪はみだれ、着物はさけ、こめかみのあたりからは、はや、血さえたらたらと流れている。

「あれえ、あ、弦之丞様あ！」

思わずしぼる悲痛のひとこえ。——と、このとき、

「なに？　弦之丞？」

と、きっと柳の根元からたちあがったのは、さきほどの深編笠の侍である。土堤よりおりるとつかつかと二人のそばに歩み寄り、病みほうけた弦之丞の顔をちょっと見たが、たちまちきっと町人どもを振りかえった。

「これこれ、町人、しばらく待て、無法なことはいたすでないぞ」

「おや、変な侍が現われたぞ。お侍様、けがをしたら危ない。そこをどいて下さいませ。そいつは血百合病という、恐ろしい病気をまき散らす発頭人じゃ。どうでも石子責めにして殺してしまわねば御城下の者は枕を高くしてねむることができませぬ。そこをどいて下さいませ」

「いやならぬ。たわけたことを申すではない。血百合病と申すものは、けっして人から人へうつるものではないぞ」

「じゃと申して、近ごろあのようにはやっておりますものを」

「されば、あれはこの御仁がまき散らすのではなく、何やつか、当藩にうらみを持つものが、血晶根と申す薬を、井戸のなかへ投げこんでいるのであろう。幸いわしが立ちかえったからは、その後は病のうれいもないぞ。拙者が教える解毒剤を服用いたさば、いかなる重症患者といえども、たちまち本服疑いなしじゃ」

「へえするとあなた様が病気をなおして下さいますか、してしてあなた様のお名前は？」

「わしか――その中にはわしの顔を知っている者もあろうが」

　言いつつ笠をとった侍の顔を見て、

「あ、あなたは覚暁心斎様」

「おお、いかにも暁心斎様じゃ。おい、皆の者暁心斎様が病気を直して下さろうとおっしゃる。それ、皆の衆、早くお礼をいえ。お礼をいえ」

高遠城下の町人どもより、慈父のごとく仰がれている覚暁心斎、その暁心斎が、危ない瀬戸際に立ちかえって来たのだ。

それにしても危うかりし弦之丞のいのちよ!

高遠城下の奇遇

弦之丞は救われた。

高遠城下、いかり屋という旅籠《はたご》の一室に、お藤ともども引きとられた弦之丞は、暁心斎苦心の解毒剤が利いたのか、さしもの難病も日いち日と、薄紙をはぐようになっていく。血痣も残りなく平癒して、やがて天成の玉の肌、血色もまして、輝くばかりの美貌《びぼう》をとり戻した。血百合病平癒とともに畚渡《もっこ》し転落この方失われていた意識も、しだいに平常にかえってくる。

弦之丞本服のかげには、暁心斎の苦心もあったが見のがすことのできないのは、三人の女の骨身を惜しまぬ介抱である。三人の女とはほかでもない、お藤をはじめとして珊瑚、小夜である。珊瑚と小夜はあれ以来、弦之丞の行方をもとめて、暁心斎とここかしこ、さすらいの旅をつづけていたのだ。

「お師匠様はじめお三方様、手厚《てあつ》いご介抱いたみ入りましてございます。言いがいなき弦之丞、生気をうしない君命をおろそかにいたせし段、重々面目しだいもございませぬ。されどかく本服せしうえは、粉骨砕身、必ず君命を果たす所存でございます」

「おお、いさぎよし、弦之丞。かく病平癒のうえは大儀ながら明日ともいわず直ちにこれより、埋蔵金探索にとりかからねば相成らぬぞ。鏡の城修理については、田沼殿よりたびたびの御催促、殿には江戸表において、いたくご心痛と承る」

「は、なんとも申し訳なきしだいにござります」

「まった、お家に仇なす烏羽姫一族のもの、近ごろいよいよ本体を現わし、御城下を騒がせおると覚ゆる。このあいだよりの血百合病、お藤どのよりだんだんきくに、これまったく雁阿弥が奸計《かんけい》と覚ゆる。奇草、血晶根を城下の井戸に投げこんで、諸民をあやめ騒がせて高遠城を滅ぼさん計略、これまた油断なり難し、そのほうこれより直ちに、家中のものを引きつれて、烏谷へ攻めおもむき、烏羽姫一族を滅ぼして、諸民の難儀の根を断つとともに、埋蔵金を探索いたさねば相成らん」

「は、委細承知つかまつりました」

「とはいえ、気にかかるはみすずの一管、埋蔵金のありかを知るには、みすず、いすずの二管が揃わねば相成らぬ。幸い、いすずの一管は、お藤どのの機転にて、無事にこちらへ返れども、みすずの一管がなき時は、この一管は宝の持ちぐされ同然、はて、いかがいたしたものであろう」

さすが知謀の暁心斎も、弦之丞と顔見合わせ、愁然《しゅうぜん》と腕こまねいた時である。

「ああ、もし、そのみすずの一管とやらは、これではございませぬか」

と、隣室よりの声に、一同ハッと振りかえったときである。がらりと間の襖《ふすま》をひらいて入って来たのは、意外にも黄門様の源兵衛をはじめとして、うしろには稲妻丹左、伊那丸の三人。

「お師匠様、お懐かしゅうございます」

「おお、伊那丸か」

「白鷺どの、久しぶりでござったの」

「おお、あなたは丹左様」

弦之丞、丹左、珊瑚、さては暁心斎や伊那丸など、いままで不思議な縁の糸で操られていた一同が計らずここに会したのだから、おのがじし、その驚きはいかばかり。しばし、これはこれはとばかりに感嘆しあっていたが、やがて暁心斎が気を取り直し、源兵衛の手にした一管を見ると、

「や、や、これこそまさしくみすずの一管、これがどうしてそのほうの手に」

と、さっと喜色をうかべたのも無理ではなかった。

「いや、実はいつぞや鷲《わし》が人をさらって逃げていく様子に、つぶてを投げたところが、

その時、落としていったのがこの一管でございます」

と、詳しく当時の様子を物語れば、いずれも因縁の不思議さに、思わず感嘆するのであった。その時丹左は膝《ひざ》をすすめて、

「ああ、いや、先ほどより隣室で承れば、弦之丞どのにも、田沼山城めに苦しめられる由、それを聞いては拙者もぜひともひと肌ぬぎたい。鳥谷の鳥羽姫とやらには恨みはないが、何とぞ拙者も同勢にお加え下されい」

と言えば源兵衛もその尻《しり》について、

「あっしもひとつお願いいたします。弟分の敵、斑鳩喬太郎という侍が、たしかに鳥谷にありとききまする。あっしゃどうでも敵を討ちとうござります」

「その喬太郎とやらは、わたしにとっても父の敵、いつぞや凧《たこ》合戦のみぎり、父《とと》さんは喬太郎に斬られたがもとで、あえなくお亡くなりになったとのこと」

こういったのはお小夜である。こうなるとお藤も黙ってはいない。一同のあとより膝をすすめ、

「あたしにとっても父の敵赤丸が、鳥谷にいるとききまする。わたしもぜひぜひ、お連れなすって下さいまし」

話しあってみれば、ここにいる一同のことごとくが、鳥谷に怨讐《うらみ》を持っているのだ。

暁心斎もいまさら舌を巻き、

「はて、話をきけば不思議な御縁だ。こういう一同がここに会うのも、これまた天意のなすところ、さらにまたみすず、いすずの二管の名笛が、首尾よく手に入るというは、願望成就の吉兆と思わるる。弦之丞、喜べ」

「お師匠様」

一同、ここに勇気百倍、いよいよこれより鳥谷を攻略して、埋蔵金探索の途にのぼろうと、凜然《りんぜん》としてふるい立ったのだ。

妖雲《ようウん》凶鳥

鳥谷攻略。

これはいうには易いが、さて、実際にはなかなか困難なのだ。幾度もいうとおり、鳥谷というは、鹿も通わぬ名題の絶壁、しかもそこに幽居する鳥羽姫というは、齢《よわい》二百歳になんなんとして、いつしか神通力を会得した奇怪な老婆。さてはまた、雁阿弥《がんあみ》鳥婆あなどと称する幻術使いもいることとて、尋常のことでは成功おぼつかないのである。

知謀の暁心斎は、そこでつらつらと計《はかりごと》を考えたが、ふと思いついたのは、高遠城の天守の下にはひとつの抜け穴があることだ。

これは鳥羽姫の先祖、大和氏がこの城を領している時、戦国の世とて、いつ何時どのような不慮の災難があるやも知れずと、烏谷まで通ずる抜け穴を掘っておいたのである。大和氏滅亡のみぎり、鳥羽姫が身をもって城を脱出したのも、この抜け穴によったのであるが、その後、新宮家の御先祖景元様が途中までこの抜け穴を埋めてしまわれた。

それをふたたび掘り起こすのは、そう大した難事とも思われぬ。途中まで掘り起こせば、あとは昔ながらの抜け穴があるはずだから、これによって烏谷を奇襲しようというのである。しかし、この計略を敵にさとられてはなんにもならぬから、そこで稲妻丹左が家中の一隊をひきつれ、烏谷の正面より攻め寄せ、敵の心をこちらへ引きよせて、その間に弦之丞が裏より攻めようと、万事手筈は定まった。

こうして用意はととのった。

高遠城下はいまや上を下への大騒ぎだ。それ、烏谷に戦争がはじまるぞ。鳥羽姫の一族が、御城下へ攻め寄せて来るそうなと、町人どもは右往左往、早くも家財道具をひとまとめにして逃げ出す者もある。商家は戸を閉ざして、戦々兢々《せんせんきょうきょう》。こういう騒ぎのなかを、ある日、家中の若侍たちがいずれも具足すがたも勇ましく、烏谷さして攻めのぼった。

先頭に立ったのは、いわずと知れた稲妻丹左。

伏金山の山ふところ、烏谷まで来てみると、なるほど聞きしにまさる大難所だ。

何十丈とも知れぬ絶壁が、屏風《びょうぶ》のごとく屹立《きつりつ》して、ここかしこ、崖崩《がけくず》れのあとは見えるが、攻めのぼろうにも足の踏み場もないくらい。

しかし、そこは命知らずの稲妻丹左だ。こんなことで怖じ気をふるうような男ではない。

「それ、おのおの拙者について参られい」

と、先頭に立って崖をかけのぼれば、なんじょうほかの者ども遅れをとろう。

「それ、他藩の者におくれて、恥を末代にさらすな」

とばかり、われがちにその後につづく。

まるで屏風にとりついた蟻の群れもさながら、えいや、えいやと登っていく。

と、この時だ。奇怪なことが起こったのである。静穏な空気のなかに、にわかにさっと腥《なまぐさ》い風が吹いたと見るや、どこから現われたか一団の黒雲、むくむくと絶壁のうえにひろがったと思うと、見るみるうちにその黒雲が凝って、人間の首となった。

大きな、大きな文字通りの入道雲、盲《めし》いた眼、砕けた鼻、ゾーッとするような人間の首。——一同があまりの異様さに、思わず息をのみこんで、あれよ、あれよと騒いでいるとき、突如、入道雲がかっと口をひらいた。

と、見れば、眼を射るばかりの金色の焔《ほのお》が、さあっと、鳥谷の絶壁をはいて、その焔の中からとび出したのは無数のからすだ。

ああとばかりに不吉な啼《な》き声を立てながら、十、百、千、万、いや、数え切れぬ凶鳥が、風をまき異臭をあたりに撒《ま》きちらしながら、一時にどっと一同におそいかかって来る。そのすさまじさ。天日ために暗くなるばかりだ。

「やあ、雁阿弥の妖術《ようじゅつ》ぞ。一同、油断めさるな」

丹左は刀を抜き放ち、追えど、払えど、からすの数は刻一刻と増すばかり、地底をゆるがす、その羽音、嵐のごときその翼かぜ、烏谷はたちまち、一場の修羅場と化した。

烏羽姫狂乱

「ああ、あれ、聞こえる、聞こえる。あの笛の音はたしかにみすず、いすずの笛の音じゃ。ああ、あれ、もくずの笛が共鳴きするわいの」

陰森たる洞窟《どうくつ》の奥。

上ずった声で叫びながら、気も狂乱のありさまですっくと立ったは二百歳の老妖姫《ようき》。烏羽姫様だ。

木乃伊《ミイラ》のごときその顔に、それでも忘れぬ身だしなみ、濃い紅白粉《べにおしろい》が気味悪いのである。

皮膚はしわより、骨は枯木のごとくやせ朽ちてはいるが、昔ながらの金糸銀糸のうちかけを着ているのがこの際、こっけいというより、むしろ、なんともいえないほど物凄《ものすご》い。

「ああ、また聞こえてくる。だれやらがみすず、いすずの笛を吹いている。もくずの笛が共鳴きする。ええい、あの埋蔵金を渡してなるものか」

うちかけの裾《すそ》踏みしだいて、烏羽姫様は狂気のごとく悩乱する。その度に、ズーッと洞窟のなかが山海嘯《つなみ》のように鳴った。

この騒ぎをききつけて、駆けつけて来たのは盲法師の雁阿弥と、お側つきの烏婆あ。

「ああ、もし、姫君様、どうなされたのでございます。気をお鎮めなされませ」

「おお、烏婆あか。気を鎮めよと申しても、どうしてこれが鎮まれよう。だれやらがみすず、いすずの笛を吹いている。あの宝物をとりに来る」

「なんの、そのご心配には及びましょう。この烏谷へは、一歩たりと入れることではございません。まあまあ、気をお鎮めなさいませ」

「それじゃと申してあの笛の音が……」

「ええい、大事ないと申しますのに」

烏婆あはしいて言葉を強めたが、しかしその顔色にはかくし切れぬ不安がやどっている。笛の音は、あるいは遠く、あるいは近くおびやかすように嫋々《じょうじょう》として響いてくる。

烏婆あと雁阿弥は思わず顔を見合わせた。

烏羽姫はしばし身をもだえて懊悩《おうのう》していたが、やがてつと雁阿弥をふり向くと、

「してして、雁阿弥、いくさの様子はどうじゃぞいの」

「さればでございます。いったんはわたくしめの妖術で追いはらいましたが、何分にも敵方には、筧暁心斎と申すしたたか者がいることゆえ、わたくしめの幻術も及びかねます」

「なに？　そのほうの術が破れたとの？」

烏羽姫のおもてには、さっと怒りの色が現われてあるかなきかの白髪が、針金のごとく逆立ったが、いや、その形相の物凄いこと。

「はい、例によってわたくしめは、習いおぼえしからすの術にて、さんざん敵がたを悩ましましたが、暁心斎は、荒鷲《あらわし》の術にて、たちまちそれを破ってしまいました」

「ええ、なんじゃと、そのほうの術が破れたとの。ええい、言いがいのない者ども、暁心斎が何ほどのことあろう。それをおめおめ破られるとは、口ほどにもなき未熟者、ああ、どうしようどうしよう、いまにあいつどもはここへ攻めのぼって来る。烏羽姫一族はほろぼされる。そしてあの埋蔵金は、憎い新宮の家中へ取り戻されるのじゃ」

烏羽姫は髪をかきむしり、地団駄を踏みながら転げ狂い、泣き叫ぶ。

いや、その気味悪いことといったらお話にならない。烏羽姫が地団駄を踏むごとに、

烏谷全体がゴーッと鳴り、烏羽姫が泣き叫ぶたびに、伏金山いったいが揺れ震う。

これぞ烏羽姫あらしといって、高遠城下の者どもは、その度に耳をおさえ、地に伏しておそれおののくのである。

「ああ、もし、烏羽姫様」

烏婆あは急いで姫を抱き起こすと、

「なるほど、雁阿弥どのの術は破れましたが敵方もだいぶ傷んだ様子。ここ二、三日は攻めて来る気遣いはございませぬ。また、攻めて来たとて、こちらには防ぐ手だてがございます」

「手だてがあるとの。お婆や、それはどのような手だてじゃ。さあ、それを聞こう」

「はい、それはかようでござります。はばかりながらちょっとお耳を拝借」

烏婆あが何やらささやくと、烏羽姫ははじめてにっことして、

「ああ、それではあの虜《とりこ》にしてある小百合を」

「さようでございます。そうすれば敵のほうでも二の足を踏むでございましょう。そこをすかさずこちらから……」

「ほほ、それはよい思案じゃ。お婆、そちはやっぱり知恵者じゃの」

烏羽姫のきげんははじめて直ったが、それにしても烏婆あの計略というのはいったいどのようなことであろう。ああ、小百合の身に間違いがなければよいが。

あわれ小百合は真っ逆さま

暁心斎の働きによって、雁阿弥の幻術は破れたものの、味方も相当いたんでいた。からすに眼をつかれた者、あやまって崖から足を踏み外した者、それらの補充もせねばならぬ。そこで、いくさは二、三日休みとなった。

崖《がけ》の上と下に対峙《たいじ》しながら、稲妻丹左のひきいる一隊は、しばらく時期のいたるのを待つことにする。だが、それはあまり長いことではなかった。高遠城より補充の一隊がつくとともに、あの抜け穴掘り起こしの仕事も、間もなく完成するだろうという報告がとどいた。

「それ、おのおの、いまが大事の瀬戸際だ。この期を逸せず、攻め登らねばならぬぞ」

「心得ましてございます。なに、これしきのこと!」

かくて、一同はふたたび、えいや、えいやの掛け声も勇ましく、絶壁にとりかかったが、と、この時、崖上よりにわかに聞こえてきた陣太鼓の音、それまたなにか計があるぞと、一同思わず足をとめ、空をふり仰いだが――……

と、眼についたのは、はるか中空にそびえる崖より斜めに枝をさしのべた一本の松の木。その松の枝にだれやら人がブラ下がっている。いや、手脚を太い綱でしばられ、ブラ下げられているので、さながら振り子のごとくブラブラと下がっている。

しかも女だ。女——ああ、小百合なのだ。

「ああ、お嬢様だ。お嬢様だ」

崖下より狂気のように叫んだのは伊那丸である。

「お嬢様あ——お嬢様あ！」

呼べど小百合は黙然として答えぬ。いや、答えようにも、口には猿ぐつわをはめられているから、答えることができないのだ。ただ、切なげに手脚をねじって、バタバタと身をもがくばかり。

ああ、危ない、危ない！

もしもあの綱が切れようものなら、小百合の体は真っ逆さま、幾十丈とも知れぬ崖下に転落して、その体は木っ葉微塵《みじん》とならねばならぬ。

「お嬢様あ——小百合様ア、しっかりして下さいましよう」

伊那丸がわれを忘れて、タタタと崖をよじのぼっていこうとすれば、その時、ヌーッと崖のはしより一つの頭が現われた。

「来るか小僧、一歩たりとも近づけば、ふびんながらも娘のいのちはないと思えよ」

セセラわらうように毒《どく》つきながら、ドキドキするような山刀を、ズラリと抜きはなったのは、ああ、凶悪無頼な赤丸ではないか。

「ああ！」

と、伊那丸をはじめとして、一同は思わず二の足を踏んだ。すると、この時、またもや現われたひとつの頭。――喬太郎なのだ。赤丸といずれ劣らぬ無頼の侍、あの斑鳩喬太郎なのだ。

ああ、眼の寄るところには玉が寄る。赤丸といい喬太郎といい、悪いやつが集まったもの。

「ふふふ、どうじゃ、どうじゃ。それではいかに地団駄踏んでも、一歩も近づくことは相かなうまい。はははは、よい気味やの」

「ええい、卑怯《ひきょう》未練の痴《し》れ者め、いまに素っ首抜いてくれるぞ」

丹左が歯ぎしりをかんで悔しがれば、喬太郎はいよいよ図に乗り、

「おい、化け物め、悔しいか。悔しければそこで地団駄を踏め。貴様にゃ、ずいぶんうらみが重なっているなあ。いま、その返報をしてくれるぜ。これでも喰《くら》え！」

言うかと思えば、がらがらがらと、天地も崩れる大音響とともに、落下してきたのは千鈞《きん》の大岩石だ。

丹左はあっと跳びのいた。

危ない。一歩跳びのくのが遅ければ、岩の下敷きとなって、無残な圧死をとげたであろう。

喬太郎は手を打ってわらいながら、

「ははははは、あのざまはなんだ。白痴《こけ》が蛇を踏んづけたようなあの格好はなんじゃ。やい、悔しければここまで登って来いやい」

自分の身が安全なときにのみ、いばり散らすのが小人の常、聞くにたえぬ罵詈《ばり》雑言《ぞうごん》を吐き散らしながら、手を打って踊り狂うその面憎さ、それに耐えかねたのであろう、味方のひとりが、

「おのれ」

と、叫びながら、キリキリと十三束三伏《じゅうさんぞくみつぶせ》、満月のごとくしぼると、ひょうとばかりに矢を放った。むろん、射るつもりはなかったのである。あまりの面憎さに、おどかしに一矢見舞ったのだが、その矢が喬太郎の肩をかすめ、プッツリと赤丸の太股《ふともも》にさ さったからたまらない。

いや、怒ったの、怒らぬの、その名のごとく真赤になって怒った赤丸が、手にした山刀を取り直すや、いきなりええいとばかりに、小百合を縛った綱を断ちきったから、あわれ、小百合のからだは真っ逆さま、つぶてのごとく落下した——ら、命はむろんなかったのだが、その時不思議なことがそこに起こったのである。ああ、不思議なことはなんであろうか。

烏羽姫呪いの巻

狼の群れ

千仞《せんじん》の崖から真っ逆さま、落ちてしまえば、むろん小百合の命はなかったが、その時、不思議なことが起こった。

小百合の吊《つる》しあげられた松の根方から、およそ三間あまり下に、小さな崖のくぼみがあって、下から見えぬが、どうやらそこに洞窟《どうくつ》のようなものがあるらしい。

伊那丸はじめ寄せ手の一同が、思わずあっと眼をつむった時である。その洞窟の奥からツッーと這《は》い出したひとりの女、がっちとばかりに小百合の体を受とめると、

「おお、危ないこと、すんでの事に木っ葉微塵となるところであった。さあお嬢様、もう大丈夫、気をたしかにお持ちなさいまし」

小百合がはっと眼をひらけば、いそがしく縛《いまし》めの綱をといてくれるのは、思いがけなくも春風一座の女座頭、軽業師のお蝶ではないか。

「あれ、おまえはお蝶さん」

「はい、そのお蝶でございますよ。よしない運命から敵味方と分れていても、女はや

はり女同士、こんなむごいことを見ていられますものか。さあ、わたしと一緒に逃げましょう」

「あれ、そのお志はうれしいけれど、そんなことをしておまえの体に、もしものことがあっては」

「いいえ、かまいません。わたしはもうここにいるのがいやになりました。いかにお主のためとはいえ、罪もない人々を血晶根で苦しめたり、それもこれもあの雁阿弥の仕業とやら、わたしはつくづくいやになりました。さあ、お嬢様、わたしと一緒においでなさいまし」

お蝶は手早く小百合の縛めをとくと、引き立てるようにして立ちあがったが、崖の上よりそれと見た斑鳩喬太郎。

「やあ、裏切り者だ。かたがた油断あるな。お蝶が寝返りうつと見えますぞ」

大音声に呼ばわれば、にわかにわッとあがる喊声《かんせい》、お蝶はハッと気をいらって、

「ええい、もうぐずぐずしてはいられませぬ。さあ、こちらへおいでなさいまし」

小百合の手を取るより早く、タタタタと洞窟さして駆け込んでいく。上ではいよいよ大騒ぎだ。しかし、その騒ぎもすぐ聞こえなくなった。黒白《あやめ》もわかぬ洞窟は、八幡《やわた》の藪《やぶ》みたいに、いくつも枝が出ていて、ともすれば道を迷いそうになる。小百合は心細そうに、

「お蝶さん、大丈夫かぇ」

「なに、大船に乗った気でおいでなさいまし、ほら、どうやら向こうが明るくなって参りました」

なるほど向こうにぼんやりと、白い光が見えてきた。ふたりは夢中で石につまずき、木の根にころび、やっと洞窟の出口までたどりついたが、――と、その時だ。

「ほほほほほ、お蝶や、よくもわたしたちを裏切りおったの。礼をいうぞえ」

ゾッとするほど冷たい声、お蝶も小百合も、あっとばかりに釘《くぎ》づけになる。と見れば傍らの崖《がけ》上にニタニタと気味悪い笑いをうかべているのは、鳥谷の女軍師鳥婆あだ。

「あれ、おまえは！」

「フフフ、たまげたかえ。おまえが逃げていく先ぐらい分らぬこのお婆と思っておいでか。のうお蝶や、裏切り者にはどのようなお仕置きがあるか。おまえようく知っていようのう」

お蝶はあっと血の気を失った。

「あれ、お婆様、それはいけませぬ。あたしの身はどうなってもかまいはいたしませぬが、小百合様だけはそのような恐ろしいこと……」

「ほほほほほ、いまになってなにをそのようなこと言うておいでじゃ。どうせ小百合も敵のかたわれ、一緒に制裁してくれるぞよ」

スックと崖に立ちあがった鳥婆あ、唇に指を当て、ヒューッとひと声、口笛を吹いたと見るや、ウオーッという物凄《ものすご》い唸《うな》り声。

狼なのだ。

一頭、二頭、三頭、四頭——十頭ちかい狼が、土を蹴立《けた》て、風を捲《ま》き、びょうびょうたる唸り声をあげながら、こちらを目差してとんで来る恐ろしさ。

「あれ、お蝶さん」

「小百合様」

二人はあっと抱きあったが、お蝶はすぐに気をとり直し、小百合をあとにスックと立つと、ギラリと懐剣抜きはなった。

「フフフ、お蝶、生意気な真似をおしだね。そのやせ腕で刃向かう気か。それ、狼どもかかれ、かめ、その女めらをズタズタにかみ裂くのじゃ」

いう間もあらせず先頭に立った狼が、牙《きば》を鳴らし、毛を逆立て、さっとお蝶にとびかかる。お蝶は危うく身をかわすと、

「ええい、かなわぬまでも——」

さーっと懐剣振りおろしたが、無念や虚空をきってよろよろよろめく。ところへ、第二第三の狼が、左右からパッと跳びかかった。

「あれ、お蝶さん！」

お蝶はその度も危うく身をかわしたが、とたんに木の根へつまずいたからたまらない。思わずバッタリ地上へ倒れた。

「あっ！」

叫んだがもう遅い。中でもひときわ物凄いやつがさーっと宙をとんで跳びかかる。小百合は思わず全身の毛が逆立つのを感じた。周囲にはひしひしと、狼の群れが牙を鳴らしながら取り巻いている。

折から寄せ手の弦之丞

恐ろしいとも、凄惨《せいさん》とも言いようがない。地獄絵巻とは全くこのこと。こちらはかよわい二人の女、相手は飢えた狼群なのだ。

闘わぬうちからすでに勝負はわかっている。お蝶がバッタリ倒れたところへ、ウオーッと風を切って躍りかかった一頭の巨狼、その爪先がお蝶の肩にがっきりと喰い入ったから、さっと飛び散る唐紅。

「あれえ！」

小百合が思わず叫んだ時だ。どこやらでズドンという音、とたんに狼はもんどり打って地上に倒れた。

「や、や、さては敵の回し者があると覚えたぞ」

さすが不敵の烏婆あも狼狽《ろうばい》した。きょときょとあたりを見回したが、その時またもやズドンという音、つづけ様に二、三頭、地上に倒れたと見るやその時、にわかにワッと鯨波《とき》の声、烏婆あは足下から鳥が立つように驚いた。

「やあ、やあ、敵が攻め寄せたと覚ゆるぞ、皆様お出会いなされ、お出会いなされ」

烏婆あはわめきつつ逃げていく。

小百合にはなにがなんだか分らない。

助かった——と思ったが、それが真実とはどうしても思えぬ。夢だ、まるで夢を見ているような心地なのだ。

銃音に驚いた狼も、バラバラと四方に散ったが、それでもまだ未練らしく、ウソウソとその辺を歩き回っている。

と、その時、またもや二、三発、銃音がとどろいたと見るや、ワッ、ワッと、一声、二声、勇ましく鯨波の声をあげて、彼方《かなた》の丘の麓《ふもと》よりバラバラと駆け出したのは一群の軍勢。

白鷺弦之丞の率いる一隊なのだ。

天守の下より、この烏谷に通ずる抜け穴を、ようやく掘り起こした搦《から》め手の一隊が、危ういせつなに到着したのだ。

先頭に立ったのは、いわずと知れた弦之丞、緋縅《ひおどし》の鎧《よろい》に白はち巻、具足姿も勇ましく、水の垂れるような姿だ。手にした鉄砲よりは、まだブスブスと煙が立ちあがっている。

小百合はそれを見ると、夢かとばかりこおどりして喜んだ。

「あれ、兄上様、兄上様、小百合でございます。小百合でございます」

駆けよる姿に、

「おお、小百合、無事であったか、達者であったか、かたじけない。もうこの兄が参ったからには、心配することはないぞ」

「うれしゅうございます。もし、お蝶様」

小百合はお蝶を抱き起こすと、

「助かりましてございますぞ。お気をたしかにお持ちなされまし。助かりましてござりまするぞ」

「おお、小百合様」

お蝶はすでに虫の息だった。

「これ、もし、どうしたのでございます。傷は浅うございます。気をたしかにお持ち下さいまし」

「小百合様――あ、ありがとうございます。でも、でも、あたしはもう助かりませぬ。

せめてお嬢様がお助かりあそばしましたが冥途《めいど》への土産、お嬢様、おさらばでございます」

いうかと思うと、お蝶はがっくりその場につっぷしてしまった。あわれお蝶、親代々の宿命から、この鳥羽姫に仕えていたばかりに、あたら花の身を狼の餌食《えじき》となって非業な最期をとげたのだが、最後まで身をもって小百合の体をかばったけなげさ、小百合がよよとその場に泣き伏したのも無理ではない。

それはさておき。弦之丞の率いる一隊は、あとからあとからとこの場へ到着する。さあ、こうなっては烏谷は上を下への大騒ぎ。わけても驚いたのは、正面の寄せ手を防いでいた崖上の一隊。

よもやよもやと思うていた背後から、にわかにワッと鯨波の声があがったのだから、斑鳩喬太郎も赤丸も、鳩が豆鉄砲をくったような驚きよう。

「おい、赤丸、こいつはいかぬ。これでは所詮《しょせん》烏谷は防ぎきれぬ。ええい、どうせわれわれには深い縁故のあるわけじゃなし、足元の明るいうちに逃げたが得だ」

「なるほど、喬太郎さん、おまえのいう通りだ。それじゃ人に見られぬうちに立ち退くとしやしょうか」

根が軽薄な二人の悪人、味方危うしと見るや、もう一刻も踏みとどまる気持ちはない。例によって三十六計の奥の手バラバラと人気なき裏山のほうへ逃げようとしたが、今度ばかりは、どっこいそうはいかなかった。

仇討二面相

だれが火を放ったのか炎々と燃えあがる火の手、バチバチと立木のはぜる音、やがてバラバラと金粉の火の粉が雨霰《あめあられ》と降ってくる、ワッワッとあがる鯨波の声――烏谷は今や一大修羅場だ。その修羅場をあとに、裏山づたい、やっと小高い嶺《みね》のうえまでたどりついた喬太郎と赤丸のふたりが、ここまで来れば大丈夫とほっとひと息入れている時だ。

バラバラと傍らの岩角から現われた数名の男女、ズラリと周囲を取り巻いたから、ふたりはあっと驚いた。

「やあ、凶悪無残な斑鳩喬太郎、おおかたこのようなことであろうと、先程より待ちかねた。父の敵、覚悟いたせ」

先頭に立ったのはいわずと知れた弦之丞、あとには小百合、お小夜、黄門様の源兵衛まで、それぞれ、襷《たすき》はち巻勇ましく、ズッと控えているのだから、喬太郎め肝を潰《つぶ》したのも無理はない。

「やあ、だれかと思えば弦之丞、さては寄せ手の大将というのは貴様であったか」

「おお、いかにも。烏谷にひそむ烏羽姫とやらを攻め滅ぼし、お家の禍《わざわ》い、根を切って葉を枯らすのじゃ、その門出の血祭り、それ小百合、お小夜どの」

「心得ました。父の敵、覚悟しや」

「父《とと》さんの敵！」

「おっと、おれもひっこんじゃいられねえ。いつぞやお前の手にかかった、弟分雁八の敵だ。覚悟しやがれ」

いかに無頼の喬太郎でも、こう一時に大勢の敵をひきうけてはやり切れない。

「ええ、こうなったら破れかぶれ、どいつもこいつも冥途の道連れ、観念しやがれ」

太刀振りかぶって斬り込んだが、所詮この勝負ははじめから分っている。

こちらは赤丸、幸いだれも自分のほうは見ておらぬので、この間にそうだと四つん這《ば》いになって、こそこそその場を逃げ出したが、どっこい、そうは問屋がおろしてくれぬ。

「赤丸、どこへ逃げるのだえ」

ビシリといわれて、あっと顔をあげて見ると、これぞ余人ではない三椒太夫のひとり娘、お藤だ。

「やあ、お藤坊、おめえどうしてこんなところへ来たのだえ」

「ええい、どうしてとはいうまでもない。父さんはじめ一味の者を、よくも毒酒で殺したな。その敵が討ちたさに、ここまでお前をつけて来たのじゃ、さて、立って勝負をおし」

「チェッ、小生意気なことをぬかしやがる」

言いながらあたりを見回したが、幸い弦之丞一行は、斑鳩喬太郎に気をとられているると見え、だれもこちらに気がつかぬ様子。

しめたとばかり、

「ヘヘン、敵の市場じゃあるめえし、そうあっちでもこっちでも、敵討ちがあってたまるものか。こっちは返り討ちだ。覚悟しやがれ」

二尺あまりの山刀、抜く手も見せずにがあーっとばかりに斬りつける。お藤もそこは山娘、素早く横にとびのくと、二、三合斬り結んでいたが、何せ相手は六尺有余の大男、こちらはかよわい女の身、しだいしだいに斬り立てられ、今はもう引くにも引かれぬ断崖《だんがい》絶壁、赤丸はニタリニタリと笑いながら、

「どうじゃお藤、だから初手からいわぬことじゃない。さあ、ひと思いに息の根をとめるぞ」

「無念！」

お藤はがっくり片膝《ひざ》つく。その上をピューンと風音立てて、赤丸の太刀が振り下ろされようとしたまさにその時。

「お藤さん、しっかりしなよ」

声もろとも、ピューンと飛んで来た石つぶて、こいつがはっしと真眉間《みけん》に当たったからたまらない。眼くらんだ赤丸が勢いあまってよろよろ、よろめくはずみに、もんどり打って崖下《がけ》へ転落する。

「おお、伊那丸、相変わらず見事な手の内じゃの」

「ヘン、どんなもんですい」

話しながら駆けつけたのは、いわずと知れた稲妻丹左に伊那丸だ。

「お藤さん、しっかりなさい」

「あ、ありがとうございます。おかげで危ないところを助かりましたが、してして赤丸は」

「その赤丸はどうやら崖から転げ落ちた様子だが、どれひとつのぞいてやろう」

伊那丸はのぞいてみて驚いた。

「あ、こ、これはッ！」

「ど、どうしたのでございます。赤丸はまだ生きておりますか」

「お藤さん、おめえ見ねえほうがいいよ。女の見るものじゃねえ」

「いいえ、父さんの敵の身のなりゆき、見ねば心が晴れませぬ。ちょっとのぞかせて」

伊那丸がとめるのも聞かずに、お藤は崖からのぞきこんだが、とたんにさっとちり毛が立った。生命冥加《いのちみようが》な赤丸は、崖から落ちてもまだ命があったらしい。よろよろと逃げていくところへ、さあーっと躍りかかったのはさっきの狼群、何しろ鉄砲でおどかされ、火の粉にいよいよ狂い立っているのだからたまらない。

「ウワーッ、タ、助けてえ――」

しぼるような赤丸の悲鳴の中に、火の粉はいよいよ激しくなった。

折から、首尾よく喬太郎を討ち果たした弦之丞の一行も、悲鳴をきいてその場へかけて来たがこの様子を見ると、さすがに面をそむけてしまった。

悪人には悪人の報いがあるとはいえ、これはまた、あまりにも無残な最期。赤丸は狼群の餌食《えじき》となって引き裂かれたのである。

烏羽姫の呪い

火の手はいよいよ勢いを加え、黒煙は濛々《もうもう》として渦を巻く。烏谷は天日ために暗く、さながらこの世からなる活地獄。

この中にあって、今しも首尾よく仇討本懐とげた弦之丞兄妹、次はいよいよ烏羽姫を攻め滅ぼして百万両の伏金探索だ。

「小百合」

「あい」

「ここにあるはいすず、みすずの二管の名笛。これを同時に吹きすさぶ時は、埋蔵金とともに埋められし、もくずの一管が共鳴きをするという。今ぞ時節到来、ともどもに吹いてみようぞ」

「あい」

小百合がうやうやしく受け取ったのはいすずの一管。弦之丞は静かにみすずの一管の、歌口をしめしつつ、

「小百合、よいか」

「あい兄上様」

「しからば吹くぞ」

「心得ました」

言葉とともに、嫋々《じょうじょう》たる笛の音が火災渦巻く烏谷いっぱいに響き渡った。

岩上に立てる双生児の兄妹、黒煙はその周囲に渦を巻き、火の粉は散華のごとく降り注ぐ。しかし、ふたりとも今はもう余念なく、笛の音にわれを忘れているのだ。

神々しいまでに粛然たるその姿、丹左はじめ一同は、思わず襟をただして首うなだれたが、ああ、その時、聞かずや、

ルルルル、リラリラ、ルルル!

天の涯《はて》からか、地の底からか、二管の名笛の音に混って聞こえてくるは、あれこそ

確かにもくずの一管、一同はっと顔見合わせ、われ知らず火の粉の中を、その一管に引き寄せられて歩み出したが、ちょうどそのころ。

こちらは洞窟《どうくつ》の奥の妖姫《ようき》烏羽姫、

「お婆、烏婆あはおらぬか、雁阿弥はいずこにあるぞ。あれあれ、聞えるもくずの音、だれかあの音を止めてくれい。ええい、言いがいのないものども、烏婆あはおらぬか。雁阿弥はいずこにあるぞ」

金糸の裲襠《うちかけ》踏みしだき、すっくと立ったその形相は、さながら地獄の幽鬼のごとく、ピンと逆立つ白髪は、針金のように物凄《ものすご》い。

「ああ、ああ、たまらぬ。あの笛の音を聞くと、身内がしびれるようだ。気が狂いそうじゃ。だれかあの笛の音とめて、烏婆あ、雁阿弥よ、やあい」

火はすでにこの洞窟まで這《は》い寄ったらしい。黒い煙が濛々として、地面に這って忍び寄る。

烏羽姫はその煙にむせびながらも、烏婆あを呼び、雁阿弥を求め、さながら狂気のようにさまよい歩く。

ところへ、外から急ぎあしに、タタタと帰って来たのは、烏羽姫の捜し求むる雁阿弥と烏婆あのふたりだ。

「おお、姫様、御無事でございましたか」

「ああ、烏婆あ、してして戦の様子はどうじゃ、どうじゃ」

「あい、残念ながら、所詮《しょせん》味方に勝ち味はございませぬ。あれあれ、聞こえる笛の音、敵はもうこの洞窟の表まで攻め寄せましてございます」

「なに、表まで攻め寄せたとの。これ雁阿弥、お婆」

「はい」

「そのほう両人がおりながら、いったいどうしたものじゃぞえ。そなたたちの習い覚えし幻術はいかがいたした。このような時に役に立ていで、いかなる時に役立つと思うているぞ」

「お言葉ではございますが、姫様、敵には暁心斎と申す術破りの名人が控えております。残念ながらわれわれの力では及びませぬ」

「こうなっては、姫様、一刻もかようなところに猶予はなりませぬ。いったん、ここを立ち退いて、時節の至るのを待つが得策」

烏婆あ、雁阿弥が左右から、いさめる言葉も耳に入らばこそ。

「いやじゃ、いやじゃ。ああなんのために妾《わらわ》は百七十年も生き長らえたと思うているぞ。あの伏金を渡さぬため、それによって新宮家滅亡を計らんばっかりじゃ。それを何ぞや、ここを立ち退け、いやじゃ、いやじゃ。妾はここを立ち退かぬ。一歩も洞窟を出るのはいやじゃ。あ、また聞こえる。止めて、止めて、あの笛の音とめて――」

狂乱の烏羽姫を責めさいなむごとく、またもや聞こえる地底の笛の音。煙はいよいよ激しくなり、はや焔《ほのお》の舌さえ、チロチロと見えだした。

それと見るより烏婆あは、

「雁阿弥様、こうなっては致し方ございませぬ。無理矢理にでも姫様を連れて、ここを立ち退くが上分別」

「おお、わしもそう考えていたところじゃ。残念ながらいったんここはあきらめて、またの再挙を計るとしましょう。それ、お婆」

「あい」

左右から烏羽姫の体を抱けば、

「ええい、なんといたす。無礼者、さがれ、さがらぬか。妾は死んでもここを立ち退かぬぞよ。このままここを立ち退くぐらいなら、いっそあの伏金もろとも土中に埋もれたほうがまだしも本望、ふたりとも離せ。ええい、離しおらぬか」

枯れ木の体に金剛力を振りしぼった烏羽姫が二人の体を突きはなすや、さっと洞窟の奥ふかく駆け込んだが、と、その時だ。

天地もくつがえるばかりの大音響。

岩もとんだ。大木もとんだ。寄せ手の者もことごとく虚空に吹きあげられた。

烏谷の奥深く、烏羽姫の隠れ棲《す》む洞窟は、轟然《ごうぜん》たる音とともに、永久に地中深く埋もれてしまったのである。
ああああの伏金もろともに――。

大団円

「お師匠様」

「弦之丞」

「これでは所詮、伏金は見つかりませぬ」

鳥羽姫一族が滅亡してから、今日ではや幾十日、勢子《せこ》を督励して掘れども掘れども、百万両の伏金は見当たらなかった。

いすず、みすずの二管の名笛を、いかに吹きすさぶも、もくずの笛は今や答えぬ。おそらくあの大爆発の際、笛も黄金も木っ葉微塵《みじん》となって吹っとんだのであろう。

鳥羽姫の呪いはついに成功したのだ。新宮のお家になくてはならぬ百万両、鳥羽姫はその百万両を冥途《めいど》のはなむけと持ち去った。おおかた今ごろはあの世とやらで、気味悪いほくそえみをうかべていることだろう。

「あの百万両見当たらぬ時は新宮家滅亡は目のあたり、あの意地悪い田沼山城守めが、きっとお家取り潰《つぶ》しにかかるでございましょう」

「詮《せん》ないことじゃ、これがお家のなりゆきか」

さすが知恵者の筧暁心斎も、こればかりはいかんともすることができぬ。二人は愁《しゅう》然《ぜん》として顔を見合わせた。

ああ、思えば重ね重ねた幾辛苦、幾艱難《かんなん》、それもこれも、すべて、百万両の伏金を得たいがためであった。ある時は大凧《おおだこ》の難、ある時は畚《もっこ》渡しの危禍、さらに血晶根の毒計、いく度か死の中をくぐりつつも、たわまぬ心はただひと筋、百万両の目当てがあったればこそ、それを寸前にひかえながら、鳥羽姫の奇計に裏をかかれた悔しさ、悲しさ。

できることなら山を掘り、谷をうがっても伏金のありかを求めたかったが、いまはもう全く力はつきた。

「お師匠さま、これと申すも私の不束《ふつつか》ゆえ、死んでお詫《わ》びを仕《つかまつ》りまする。お師匠様、介錯《かいしゃく》お願いいたします」

今はもう、全く心定めた弦之丞、双肌脱いで、すでに覚悟のほども察せられた。暁心斎とてこれを押しとめる力はなかった。

「おお、よい覚悟じゃ。そなたひとりはやらぬぞ、この暁心斎も殿へのお詫び、きっと後から参る所存じゃ」

鳥谷の明け方なのである。

掘りつかれた勢子どもは、しつらえられた仮屋の中にいずれも熟睡しているらしい。

どこやらで夜がらすが淋《さび》しく鳴いた。

今や、岩角にどっかと腰を据えた弦之丞、恨みの鳥谷を眼下に見ながら、あわや、刀を腹に突き立てんとしたが、と、その時。

「弦之丞、待てい」

暁心斎の声なのだ。

「あれ見よ、麓《ふもと》よりおびただしい松明《たいまつ》が、こちら目差して登って来るぞ。城中になにか変事があったか弦之丞、しばらく切腹相待て」

「はっ！」

と、瞳《ひとみ》を定めて見れば、暁の薄明りの中に、なるほど、点々として松明がゆらめいている。おびただしい数なのだ。しかも松明はしだいにこちらへ登って来る。

やがて、その一行が間近に迫った時、暁心斎も弦之丞もあっとばかりに仰天した。先頭に立ちたまうは、夢ではないか。新宮伊勢守ではないか。お供の中には、丹左もいる、伊那丸もいる。小百合も小夜も源兵衛も珊瑚もお藤もそして昨日までの愁然たる面差しとは打って変わって、いずれも欣々《きんきん》然たる表情だ。

「おお、弦之丞か。その場の様子は——おお、分った。余への申し訳に切腹の覚悟とみえるな。こういうこともあろうかと急いで参った。暁心斎、弦之丞、もはや伏金探索の要はないぞ」

「殿、なんと仰せられます」

弦之丞も暁心斎も夢かとばかりに驚いた。

「二人とも喜べ、お家にかかる黒雲は晴れ渡ったぞ。田沼山城守は殿中において佐野《さの》善左衛門《ぜんざえもん》と申す者のために、刃傷《にんじょう》かけられ、相果てたわい」

「ええっ、そ、それは」

「しかも、上様より鏡の城修理に及ばずとの御赦免、新宮のお家は万々歳じゃ」

聞くとともにあまりのうれしさ、弦之丞はあっとばかりに大地にひれ伏し、男泣きにむせび泣いたが、おお見よ、その時連なる山脈のその向こう、屹然《きつぜん》とそびゆる富士ヶ根の嶺《みね》より、大日輪が燦然《さんぜん》と現われたではないか。

世の中にはなにが幸せになるか分らない。天明の江戸を震撼《しんかん》させた、あの佐野善左衛門の千代田の刃傷こそ、新宮家にとって真に世直し大明神。

「それ者ども、祝え、祝え」

殿の下知に男も女も、エイ、エイ、エイと鯨波《とき》の声をあげたが、その声は遠く信州一円にとどろくかとばかり、実にこの朝こそは弦之丞はじめ、あまた辛苦に辛苦を重ねた篇中の諸人物にとっては、真に日本晴れの上天気——まことにめでたい限りであった。

解説

著者の本文庫に収められた作品が、二十七冊に達した昭和五十年末には、発行部数七百万部を突破した。その比類ない作風がいかに圧倒的な歓迎を受けたかを、如実に物語っている。

それからさらに四冊を加えたわけだが、すべて著者独特のカラーに彩られた探偵小説であった。著者には人形佐七を主人公とする捕物帳が二百篇近くあることをご存じの読者も多いかと思うが、その他に若干の時代物があることまではあまり知られていないだろう。こんどはその中でも伝奇性を多分に盛った特異な時代小説を紹介することにした。

著者の回想記によると、若い時分には投書癖があって、見様《みよう》見真似で書いた小説を、あちこちの雑誌に送ったが、小器用にうまれついているとみえて、めったに没にならなかったとある。『新青年』に発表された処女作も、その一つに違いないが、これなど江戸川乱歩の登場以前のことである。

そのころ『キング』の懸賞に時代物を応募して、大枚五百円という賞金をもらったことがあるそうだから、まったく時代物と無縁だったわけではないが、探偵作家になってからは、ふっつり忘れていたところ、昭和十一年の末に捕物帳の執筆を勧められた。

それは『講談雑誌』の編集長だった乾信《いぬい》一郎の発案で、各作家の捕物帳数冊に、三田村鳶魚《えんぎょ》の『捕物の話』まで送り添えるという熱心さであった。

江戸時代の知識はとりたてていうほどのものはなかったが、温かい配慮に感動した著者は、思い切って新しい試みにぶつかってみることにした。それが十二年四月から連載した『不知火捕物双紙』である。

翌十二年から『人形佐七捕物帳』が誕生し、十三年には時代長篇『神変稲妻車』を『譚海《たんかい》』に一年間連載した。十四年の一、二月に『髑髏検校』を『奇譚《きたん》』に分載し、また長篇『奇傑左一平』を連載している。

捕物帳では人形佐七物は時局柄、お色気がありすぎるというので遠慮させられ、『朝顔金太捕物帳』『緋牡丹《ひぼたん》銀次捕物帳』『左一平捕物帳』などに移った。時代物は『菊水兵談』『菊水江戸日記』『矢柄頓兵衛戦場噺《ばなし》』などがあって、戦時下の探偵小説禁圧の時期は、これらの執筆で憂さをはらす他はなかった。

本巻に収めた二作はいま述べたように、著者の時代物のうちでも、ごく初期の作品であるが、千変万化するプロットの構想力は、恐る恐る手をつけたとは思えぬほど、工夫に富んでいる。

著者は「読み本仕立て」と題するエッセイで、「人間の感受性、ことに文学などにたいする感受性がいちばん強く培われるのは、旧制の中学時代ではないか」といい、自分がそのころもっとも耽読《たんどく》したのは江戸の読み本だったと述べている。

馬琴《ばきん》の『南総里見八犬伝』を見ても分るように、読み本は空想的な構成と、複雑な筋を発展させながら、しかも仏教的因果応報と、道徳的教訓の線にそって書かれたもので、ほとんど人間が描かれていない。

その「もっぱら筋の変化にとんだ読み本に、うきみをやつし」ていた著者は、この読み本が謎と論理の本格探偵小説に一脈相通ずるものがあると述べているが、それはさておいて、これらの時代小説にこそ、もっとも色濃く投影していると思う。しかも後年の『獄門島』『八つ墓村』以下の著者の不朽の名作の伝奇的浪漫性の源泉を求められるのではないかと思っている。

『髑髏検校』は房州の沖で捕《と》れた鯨の胎内から現われた書き付けが発端となっている。その内容は言語に絶する怪異を纏綿《てんめん》と綴《つづ》っていた。嵐に遭《あ》って島に打ち上げられた主従は、狼をにらみすえる上臈《じょうろう》に案内され、異形の人物に面接する。どうやら主従を饗《きょう》応《おう》したのは、夜ごと墓の奥から抜け出す幽鬼のたぐいであって、その首魁《しゅかい》の髑髏検校は江戸に上って何かを画策しようとするのだ。

将軍家の姫君陽炎姫が次第に血の気を失っていき、姫に仇なす検校に対して、対策に腐心するのが鳥居蘭渓である。検校の眷属《けんぞく》に狼、蝙蝠《こうもり》があれば、蘭渓の降魔《ごうま》の利剣は花葫《はなにんにく》であった。

この暴虐無惨な吸血鬼の跳梁《ちょうりょう》ぶりに接して、例のドラキュラを思い浮かべる読者もあるだろう。たしかにブラム・ストーカーの古典的作品『ドラキュラ』にもとづいて、舞台を江戸へ移したものであった。

ストーカーは大学在学中から観劇に熱中し、卒業後は不世出の名優アーヴィングの秘書役として、二十数年間勤めた。レ・ファニュの『吸血鬼カーミラ』を読んで衝撃を受け、自分も吸血鬼をテーマにして書こうと決意し、数年間の慎重な準備を経て、一八九七年に刊行した。たちまちセンセーションをまきおこし、吸血鬼小説では最高の傑作という定評を得ている。

私がその全貌《ぜんぼう》に接したのは戦後で、千百枚にのぼる記録集合体のこの作品は、冗長さを免れないけれども、稀代《きたい》の魔人を調伏するために、肝胆《かんたん》を砕くおぞましい死闘の物語は、日本に類がないだけにショッキングな読物に違いない。

この完訳が公けにされなかった時期に、著者は見事に自家薬籠《じかやくろう》中のものとして、この恐るべき妖怪《ようかい》を紹介された。しかもその発現の地を不知火の島とし、幽鬼の墓の碑銘に「四郎」の字を読みとらせて、将軍家への深讐綿々《しんしゅうめんめん》の伏線を張っている。結末に至って著者の周到な用意がうかがい知られるのである。

『神変稲妻車』は前に述べたように『譚海』に連載された。この雑誌ははじめ「少年少女」を肩書にした小型のもので、いわば少年向きの娯楽読物を満載していた。次第に成人向きに移行した末期に本篇が載ったので、この連載の終わったときに廃刊となり、『奇譚』と改題した。その創刊号と第二号に『髑髏検校』が発表されたのである。

本篇はその題名のように、ストーリーのテンポが速く、目まぐるしいばかりである。悪政で知られる田沼意知の横暴に対して、悲憤やる方ないのが信州高遠の城主新宮伊勢守で、その秘蔵する名笛を無理無体に所望するのが発端であった。

この名笛は三幅対をなして、一管を吹けば他が共鳴きをするという稀代の品で、しかも財宝の埋蔵地を示す手がかりとなって、後の宝さがしに重大な役割を演ずるが、奸物《かんぶつ》妖人、義士忠臣が卍巴《まんじともえ》となって入り乱れるばかりか、正義の剣に対するに幻術あり、軽業あり、山窩《さんか》、琵琶《びわ》法師、ごまの蠅、不死の妖姫に山童など、登場人物のヴァラエティに驚かされよう。

いずれが敵か味方か、けじめもつかぬほど、かつ現われかつ消えて、物語の転換が速い。しかもかれらの遭逢流離《そうほうりゅうり》の慌しさに、読者は翻弄《ほんろう》されるばかりだが、田沼が稲妻丹左の祖先の系図を奪った話を織りこんだのは、最後の佐野善左衛門の刃傷の原因と思い合わせると、著者の奔放自在と見える筋立てに、抑えるべきところを抑えた心くばりを気付かせられるのである。

著者はストーリー・テラーを自任しているが、この複雑で錯綜《さくそう》した多彩な登場人物を、巧みにあやつって破綻《はたん》をきたさぬ手腕は見事という他はない。各巻の筆を惜しんだために、筋立てに追われるような気味がないでもないが、読み本の伝統を活かして、読者を飽かせぬ技巧の限りを尽くしている。

中島河太郎

本書中には、今日の人権擁護の見地に照らして不当・不適切と思われる語句や表現がありますが、作品発表時の時代的背景を考え合わせ、また著者が故人であるという事情に鑑み、底本どおりとしました。

編集部

髑《どく》髏《ろ》検《けん》校《ぎょう》

横《よこ》溝《みぞ》正《せい》史《し》

平成20年 6月25日　初版発行
令和7年 6月25日　15版発行

発行者●山下直久

発行●株式会社KADOKAWA
〒102-8177　東京都千代田区富士見2-13-3
電話　0570-002-301(ナビダイヤル)

角川文庫 15194

印刷所●株式会社KADOKAWA
製本所●株式会社KADOKAWA

表紙画●和田三造

●お問い合わせ
https://www.kadokawa.co.jp/ (「お問い合わせ」へお進みください)
※内容によっては、お答えできない場合があります。
※サポートは日本国内のみとさせていただきます。
※Japanese text only

ISBN978-4-04-355506-2　C0193

角川文庫発刊に際して

角川源義

第二次世界大戦の敗北は、軍事力の敗北であった以上に、私たちの若い文化力の敗退であった。私たちの文化が戦争に対して如何に無力であり、単なるあだ花に過ぎなかったかを、私たちは身を以て体験し痛感した。西洋近代文化の摂取にとって、明治以後八十年の歳月は決して短かすぎたとは言えない。にもかかわらず、近代文化の伝統を確立し、自由な批判と柔軟な良識に富む文化層として自らを形成することに私たちは失敗して来た。そしてこれは、各層への文化の普及滲透を任務とする出版人の責任でもあった。

一九四五年以来、私たちは再び振出しに戻り、第一歩から踏み出すことを余儀なくされた。これは大きな不幸ではあるが、反面、これまでの混沌・未熟・歪曲の中にあった我が国の文化に秩序と確たる基礎を齎らすためには絶好の機会でもある。角川書店は、このような祖国の文化的危機にあたり、微力をも顧みず再建の礎石たるべき抱負と決意とをもって出発したが、ここに創立以来の念願を果すべく角川文庫を発刊する。これまで刊行されたあらゆる全集叢書文庫類の長所と短所とを検討し、古今東西の不朽の典籍を、良心的編集のもとに、廉価に、そして書架にふさわしい美本として、多くのひとびとに提供しようとする。しかし私たちは徒らに百科全書的な知識のジレッタントを作ることを目的とせず、あくまで祖国の文化に秩序と再建への道を示し、この文庫を角川書店の栄ある事業として、今後永久に継続発展せしめ、学芸と教養との殿堂として大成せんことを期したい。多くの読書子の愛情ある忠言と支持とによって、この希望と抱負とを完遂せしめられんことを願う。

一九四九年五月三日

角川文庫ベストセラー

角川文庫ベストセラー

人面瘡
金田一耕助ファイル6
横溝正史

「わたしは、妹を二度殺しました」。金田一耕助が夜半遭遇した夢遊病の女性が、奇怪な遺書を残して自殺を企てた。妹の呪いによって、彼女の腋の下には人面瘡が現れたというのだが……表題他、四編収録。

夜歩く
金田一耕助ファイル7
横溝正史

古神家の令嬢八千代に舞い込んだ「我、近く汝のもとに赴きて結婚せん」という奇妙な手紙と佝僂の写真は陰惨な殺人事件の発端であった。卓抜なトリックで推理小説の限界に挑んだ力作。

迷路荘の惨劇
金田一耕助ファイル8
横溝正史

複雑怪奇な設計のために迷路荘と呼ばれる豪邸を建てた明治の元勲古館伯爵の孫が何者かに殺された。事件解明に乗り出した金田一耕助。二十年前に起きた因縁の血の惨劇とは？

女王蜂
金田一耕助ファイル9
横溝正史

絶世の美女、源頼朝の後裔と称する大道寺智子が伊豆沖の小島……月琴島から、東京の父のもとにひきとられた十八歳の誕生日以来、男達が次々と殺される！開かずの間の秘密とは……？

幽霊男
金田一耕助ファイル10
横溝正史

湯を真っ赤に染めて死んでいる全裸の女。ブームに乗って大いに繁盛する、いかがわしいヌードクラブの三人の女が次々に惨殺された。それも金田一耕助や等々力警部の眼前で――！

角川文庫ベストセラー

角川文庫ベストセラー

悪魔の百唇譜 金田一耕助ファイル16 横溝正史

若い女と少年の死体が相次いで車のトランクから発見された。この連続殺人が未解決の男性歌手殺害事件の秘密に関連があるのを知った時、名探偵金田一耕助は激しい興奮に取りつかれた……。

仮面舞踏会 金田一耕助ファイル17 横溝正史

夏の軽井沢に殺人事件が起きた。被害者は映画女優・鳳三千代の三番目の夫。傍にマッチ棒が楔形文字のように折れて並んでいた。軽井沢に来ていた金田一耕助が早速解明に乗りだしたが……。

白と黒 金田一耕助ファイル18 横溝正史

平和そのものに見えた団地内に突如、怪文書が横行し始めた。プライバシーを暴露した陰険な内容に人々は戦慄！　金田一耕助が近代的な団地を舞台に活躍。新境地を開く野心作。

悪霊島 (上)(下) 金田一耕助ファイル19 横溝正史

あの島には悪霊がとりついている——額から血膿の吹き出した凄まじい形相の男は、そう呟いて息絶えた。尋ね人の仕事で岡山へ来た金田一耕助。絶海の孤島を舞台に妖美な世界を構築！

病院坂の首縊りの家 (上)(下) 金田一耕助ファイル20 横溝正史

〈病院坂〉と呼ぶほど隆盛を極めた大病院は、昔薄幸の女が縊死した屋敷跡にあった。天井にぶら下がる男の生首……二十年を経て、迷宮入りした事件を、等々力警部と金田一耕助が執念で解明する！

角川文庫ベストセラー

双生児は囁く　横溝正史

「人魚の涙」と呼ばれる真珠の首飾りが、檻の中に入れられデパートで展示されていた。ところがその番をしていた男が殺されてしまう。横溝正史が遺した文庫未収録作品を集めた短編集。

悪魔の降誕祭　横溝正史

金田一耕助の探偵事務所で起きた殺人事件。被害者はその日電話をしてきた依頼人だった。しかも日めくりのカレンダーが何者かにむしられ、12月25日にされていて——。本格ミステリの最高傑作！

殺人鬼　横溝正史

ある夫婦を付けねらっていた奇妙な男がいた。彼の挙動が気になった私は、その夫婦の家を見張った。だが、数日後、その夫婦の夫が何者かに殺されてしまった！　表題作ほか三編を収録した傑作短篇集！

喘ぎ泣く死美人　横溝正史

当時の交友関係をベースにした物語「素敵なステッキの話」。外国を舞台とした怪奇小説の「夜読むべからず」や「喘ぎ泣く死美人」など、ファン待望の文庫未収録作品を一挙掲載！

人形佐七捕物帳傑作選　横溝正史　編／縄田一男

神田お玉が池に住む岡っ引きの人形佐七が江戸でおきたあらゆる事件を解き明かす！　時代小説評論家・縄田一男が全作品から厳選。冴えた謎解き、泣ける人情話……初めての読者にも読みやすい7編を集める。

角川文庫ベストセラー

真珠郎
横溝正史

鬼気せまるような美少年「真珠郎」の持つ鋭い刃物がひらめいた！　浅間山麓に謎が霧のように渦巻く。無気味な迫力で描く、怪奇ミステリの金字塔。他1編収録。

蔵の中・鬼火
横溝正史

澱んだようなほこりっぽい空気、窓から差し込む乏しい光、箪笥や長持ちの仄暗い陰。蔵の中でふと私は、古い遠眼鏡で窓から外の世界をのぞいてみた。それが恐ろしい事件に私を引き込むきっかけになろうとは……。

不死蝶
横溝正史

23年前、謎の言葉を残し、姿を消した一人の女。殺人事件の容疑者だった彼女は、今、因縁の地に戻ってきた。迷路のように入り組んだ鍾乳洞で続発する殺人事件の謎を追って、金田一耕助の名推理が冴える！

夏しぐれ
時代小説アンソロジー

編／縄田一男
平岩弓枝、藤原緋沙子、諸田玲子、横溝正史、柴田錬三郎

夏の神事、二十六夜待で目白不動に籠もった俳諧師が死んだ。不審を覚えた東吾が探ると……。『御宿かわせみ』からの平岩弓枝作品や、藤原緋沙子、諸田玲子など、江戸の夏を彩る珠玉の時代小説アンソロジー！

丹夫人の化粧台
横溝正史怪奇探偵小説傑作選

横溝正史
編／日下三蔵

美貌の丹夫人を巡る決闘に敗れた初山は、「丹夫人の化粧台に気をつけろ」という言葉を残してこと切れる。勝者の高見は、丹夫人の化粧台の秘密を探り、恐るべき真相に辿り着き——。表題作他13篇を所収。

角川文庫ベストセラー

ドミノ　恩田　陸

一億の契約書を待つ生保会社のオフィス。下剤を盛られた子役の麻里花。推理力を競い合う大学生。別れを画策する青年実業家。昼下がりの東京駅、見知らぬ者同士がすれ違うその一瞬、運命のドミノが倒れてゆく！

ユージニア　恩田　陸

あの夏、白い百日紅の記憶。死の使いは、静かに街を滅ぼした。旧家で起きた、大量毒殺事件。未解決となったあの事件、真相はいったいどこにあったのだろうか。数々の証言で浮かび上がる、犯人の像は――。

チョコレートコスモス　恩田　陸

無名劇団に現れた一人の少女。天性の勘で役を演じる飛鳥の才能は周囲を圧倒する。いっぽう若き女優響子は、とある舞台への出演を切望していた。開催された奇妙なオーディション、二つの才能がぶつかりあう！

メガロマニア　恩田　陸

いない。誰もいない。ここにはもう誰もいない。みんなどこかへ行ってしまった――。眼前の古代遺跡に失われた物語を見る作家。メキシコ、ペルー、遺跡を辿りながら、物語を夢想する、小説家の遺跡紀行。

夢違　恩田　陸

「何かが教室に侵入してきた」。小学校で頻発する、集団白昼夢。夢が記録されデータ化される時代、「夢判断」を手がける浩章のもとに、夢の解析依頼が入る。子供たちの悪夢は現実化するのか？

角川文庫ベストセラー

青の炎　貴志祐介

秀一は湘南の高校に通う17歳。女手一つで家計を担う母と素直で明るい妹の三人暮らし。その平和な生活を乱す闖入者がいた。警察も法律も及ばず話し合いも成立しない相手を秀一は自ら殺害することを決意する。

硝子のハンマー　貴志祐介

日曜の昼下がり、株式上場を目前に、出社を余儀なくされた介護会社の役員たち。厳重なセキュリティ網を破り、自室で社長は撲殺された。凶器は？　殺害方法は？　推理作家協会賞に輝く本格ミステリ。

狐火の家　貴志祐介

築百年は経つ古い日本家屋で発生した殺人事件。現場は完全な密室状態。防犯コンサルタント・榎本と弁護士・純子のコンビは、この密室トリックを解くことができるか⁉　計4編を収録した密室ミステリの傑作。

鍵のかかった部屋　貴志祐介

防犯コンサルタント（本職は泥棒？）・榎本と弁護士・純子のコンビが、4つの超絶密室トリックに挑む。表題作ほか「佇む男」「歪んだ箱」「密室劇場」を収録。防犯探偵・榎本シリーズ、第3弾。

ダークゾーン　(上)(下)　貴志祐介

何だこれは⁉　プロ棋士の卵・塚田が目覚めたのは闇の中。しかも赤い怪物となって。そして始まる青い軍勢との戦い。軍艦島で繰り広げられる壮絶バトルの行方と真相は⁉　最強ゲームエンターテインメント！

角川文庫ベストセラー

閉じ箱　竹本健治

幻想小説、ミステリ、アンチミステリ、SFなど多岐のジャンルに及ぶ竹本健治の初期作品を集めた、ファン待望の短篇集、ついに復刊！

フォア・フォーズの素数　竹本健治

『涙香迷宮』の主役牧場智久の名作「チェス殺人事件」やトリック芸者の『メニエル氏病』など珠玉の13篇。『匣の中の失楽』から『涙香迷宮』まで40年。ついに復刊される珠玉の短篇集！

ジェノサイド（上）（下）　高野和明

イラクで戦うアメリカ人傭兵と日本で薬学を専攻する大学院生。二人の運命が交錯する時、全世界を舞台にした大冒険の幕が開く。アメリカの情報機関が察知した人類絶滅の危機とは何か。世界水準の超弩級小説！

生首に聞いてみろ　法月綸太郎

彫刻家・川島伊作が病死した。彼が倒れる直前に完成させた愛娘の江知佳をモデルにした石膏像の首が切り取られ、持ち去られてしまう。江知佳の身を案じた叔父の川島敦志は、法月綸太郎に調査を依頼するが。

ノックス・マシン　法月綸太郎

上海大学のユアンは、国家科学技術局から召喚の連絡を受けた。「ノックスの十戒」をテーマにした彼の論文で確認したいことがあるというのだ。科学技術局に出向くと、そこで予想外の提案を持ちかけられる。

角川文庫ベストセラー

ドグラ・マグラ (上)(下)　夢野久作

昭和十年一月、書き下ろし自費出版。狂人の書いた推理小説という異常な状況設定の中に著者の思想、知識を集大成し、〝日本一幻魔怪奇の本格探偵小説〟とうたわれた、歴史的一大奇書。

少女地獄　夢野久作

可憐な少女姫草ユリ子は、すべての人間に好意を抱かせる天才的な看護婦だった。その秘密は、虚言癖にあった。ウソを支えるためにまたウソをつく。夢幻の世界に生きた少女の果ては……。

犬神博士　夢野久作

おかっぱ頭の少女チイは、じつは男の子。大道芸人の両親と各地を踊ってまわるうちに、大人たちのインチキを見破り、炭田の利権をめぐる抗争でも大活躍。体制の支配に抵抗する民衆のエネルギーを熱く描く。

瓶詰の地獄　夢野久作

海難事故により遭難し、南国の小島に流れ着いた可愛らしい二人の兄妹。彼らがどれほど恐ろしい地獄で生きねばならなかったのか。読者を幻魔境へと誘い込む、夢野ワールド7編。

押絵の奇蹟　夢野久作

明治30年代、美貌のピアニスト・井ノ口トシ子が演奏中倒れる。死を悟った彼女が綴る手紙には出生の秘密が……(「押絵の奇蹟」)。江戸川乱歩に激賞された表題作の他「氷の涯」「あやかしの鼓」を収録。